绿湾古树

[美]路易斯·布罗姆菲尔德 著
李梦露 李志伟 译

天津大学出版社
TIANJIN UNIVERSITY PRESS

图书在版编目（CIP）数据

绿湾古树 / (美) 路易斯·布罗姆菲尔德著 ; 李梦露, 李志伟译. -- 天津 : 天津大学出版社, 2025. 5.

ISBN 978-7-5618-7993-1

Ⅰ. I712.45

中国国家版本馆CIP数据核字第2025FB3059号

LÜWAN GUSHU

出版发行　天津大学出版社
地　　址　天津市卫津路92号天津大学内（邮编：300072）
电　　话　发行部：022-27403647
网　　址　www.tjupress.com.cn
印　　刷　北京盛通数码印刷有限公司
经　　销　全国各地新华书店
开　　本　710mm×1010mm　1/16
印　　张　15.25
字　　数　290千
版　　次　2025年5月第1版
印　　次　2025年5月第1次
定　　价　66.00元

译 序

《绿湾古树》由美国小说家路易斯·布罗姆菲尔德(生于一八九六年,卒于一九五六年)创作,是一部深入探讨爱情、家庭与社会变革的小说。故事发生在十九世纪末至二十世纪初的美国,围绕着谢恩家族展开,通过家族成员间的复杂关系和各自的经历,展现了时代变迁对个人命运的深刻影响。

本书原著凭借其丰富的情节、错综复杂的人物关系以及深刻的主题,展现了其独特的魅力。原作者通过对谢恩家族的精细描绘,将家族成员间的情感纠葛、理想追求与社会变革紧密交织,使我们得以窥见时代洪流对个体的冲击与塑造。原著为读者开启了一扇通往过去的大门,让读者得以深入探究那个时代的社会构造、人际纽带以及人们的精神追求。在现实层面,它为我们理解社会发展过程中人性的抗争与坚持提供了鲜活的例证,激励我们反思现代社会中的相似议题;从理论层面来看,它丰富了文学作品在家族史诗和社会变迁主题上的表现手法,为文学研究领域贡献了珍贵的资料。

本书的第一到八章由李梦露翻译完成,第九到十三章由李志伟翻译完成。在翻译过程中,为了更好地呈现原著的风貌,我们在章节划分上参考了原著的叙事脉络,将全书分为十三个章节,每章配以精炼且富有代表性的标题,力求清晰地展现故事的发展节奏。在语言处理方面,我们在忠实原文的基础上,努力使译文符合中文的表达习惯,注重词语的精准选择和句子结构的优化,以确保读者能够流畅地阅读,同时感受到原文的韵味。此外,译者在注释中融入相关背景知识,帮助读者更好地理解本书的内容。

原著题目为“The Green Bay Tree”，其中“Green Bay Tree”最早出自《圣经》（一六一一年英文钦定版《诗篇》第37章35节），比喻恶势力的表面兴盛，多被翻译为“繁茂的树”或“绿月桂树”。莎士比亚在《理查二世》中引用了这一意象，用于比喻生命的短暂及其表面的繁荣。十九世纪后，“Green Bay Tree”逐渐脱离宗教语境，成为“虚假繁荣”和“短暂成功”的文学隐喻。因本小说多次出现河湾（例如“热尔米尼莱韦克”所在地）和树木（例如柏树山上形似柏树的雪松）等，综合多种因素，译者将小说名译为“绿湾古树”，一方面与原著题目保持文字上的关联性，另一方面以此象征自然、传统与工业化、城市化的冲突，以及小说角色在社会变迁时期的挣扎与成长。

在此，我们向原著作者路易斯·布罗姆菲尔德致以崇高的敬意，感谢他创作了如此精彩的作品。同时，也感谢在翻译和编辑过程中给予帮助的各界人士。我们真诚地希望社会大众能够阅读本书，并对我们的翻译工作提出宝贵的批评和指正，让我们共同为传播优秀文学作品而努力。愿每一位读者都能在《绿湾古树》中找到对人性、社会和历史的深刻感悟，收获独特的阅读体验。

献给
我的母亲，
在她人生的某个阶段，她必定认识
哈蒂·托利弗

“生活对我们的孩子来说很艰难，不像我们当年那么简单。他们的祖辈是拓荒者，同样的血液在他们体内流淌，只是他们不再有边疆可以开拓了。他们站在那里……我们的孩子……背对着这粗犷的中西部，面朝着欧洲和东方，感到无所适从，迷失在两者之间。”

“我们每个人都是独一无二的。没有两个人是完全相同的，也没有人能真正了解另一个人。在灵魂的最深处，总有一些秘密和隐藏的真相。没有丈夫能真正了解他的妻子，也没有妻子能真正了解她的丈夫。总有些东西看似触手可及，实则遥不可及。它们冷漠、疏远、未被触及，神秘而难以捉摸，因为我们自己都不清楚那究竟是什么。有时，它们是可耻的；有时，它们因为过于美好和珍贵而永远被埋藏。即使我们选择去揭示它们，它们也远远超出了我们揭示的范围……”

“《绿湾古树》在某种意义上是‘逃离’系列的一部分，该系列还包括其他三部作品：《占有》、《初秋》和《一个好女人》。”

目 录

第一章　柏树山的往昔(1~6)

1

如果你能想象出这样一个小公园：此刻它因初夏花朵的绽放而绚烂夺目，里面满是身着（十九世纪）九十年代末服饰的男男女女——如果你能想象出这样一个坐落在由火焰、钢铁和烟雾构成的炼狱中的公园，那么在州长花园派对的那个下午，柏树山的景象便无须赘述。这是一个很大的花园，确实可以称得上是“公园”——它与世隔绝，四周环绕着高高的金钟柏[①]篱墙。树篱间每隔一段距离就有一个小壁龛，里面摆放着一些白色的雕像，有些是真品，有些则是仿制品。有基德诺斯[②]的维纳斯雕像（当然是仿制品），自然也有望景楼[③]的阿波罗雕像（正式花园里备受青睐的装饰品），还有萨莫色雷斯的胜利女神像（它似乎正向前飞奔，要高高凌驾于附近鼓风炉冒出的浓烟之上）。

---

① 也被称为“侧柏”，是柏科侧柏属的一种常绿乔木。

② 指基德诺斯河，位于今土耳其南部，历史上著名的克利奥帕特拉七世曾以维纳斯的形象在基德诺斯河上巡游。

③ 位于德国魏玛城东南郊外的望景楼公园内，曾是卡尔·奥古斯特的狩猎宫，里面展示了十七世纪末到十八世纪出产的玻璃、瓷器、彩陶和武器等物品。

树篱间显露出死亡的迹象。有的地方绿色已经枯萎,而有的地方根本没有绿色,只剩下成团的干枯枝条。透过因树篱枯死而出现的缺口,可以看到花园之外的景象,那里满是轰鸣的熔炉、钢铁厂房,纵横交错、闪闪发光的铁轨,以及杂乱无章的信号标和信号灯。夜晚的魔法将信号标和信号灯转化为一串串发光的宝石——如翡翠、红宝石、卡波其①、猫眼石一般,在黑暗中闪耀。但此刻天还没黑,参加花园派对的人里没有一个会透过那些因树篱渐渐枯萎而形成的缺口往外看,因为在白天,花园之外尽是极其骇人的丑陋景象。

这座小型公园沿着一座巨大的砖房向四周倾斜而下。这座砖房堪称乔治亚风格与哥特风格最为奇特的融合。砖房体形庞大,线条方正,正面覆盖着洁白的石材,除此之外,看不到更多的乔治亚元素。屋顶有六七座高耸的山墙;窗户又高又尖,颇似教堂牧师住宅的样式,而那些用白色石头砌成的烟囱,则是以最为华丽的哥特式风格雕刻而成的。整座房子上攀爬着大量的藤蔓——忍冬②、五叶爬山虎和紫藤——它们怪异的风格不知怎么地形成了一种和谐的美感,赋予这座房子一种饱经沧桑的韵味。要知道,这座砖房的历史还不到一个世纪。它建成时,周围还只是一片荒野。

这些藤蔓和树篱一样,早些时候曾更加翠绿,更具异域风情。有些藤蔓叶子已经掉完了,而另一些藤蔓叶子,尽管正值初夏,却显得病恹恹的,周围是光秃秃的枯死卷须,紧紧地贴在褪色的砖墙上。

不过,总体而言,花园正处于最美的时节。沿着通往凉亭的砾石小径,鸢尾花扬起了淡紫色、深紫色和黄色的花冠。牡丹正从紧实的绿色花蕾中绽放,变成一团团粉色和白色的大绒球,在石板小径上蔓延开来。在飞翔的爱神厄洛斯③(铸铁材质,漆成白色,手上拿着的那枚戒指常被当作拴马桩使用)脚下,朱莉娅·谢恩的祖母从英格兰带过来的石竹花和白色紫罗兰,正从新长出来的草叶间探出头来。但最壮观的景色当属紫藤花了。在那棵枯瘦的橡树高高伸展的枝丫间,它那一串串淡紫色、皇家紫④和白色的花朵如决堤的江水般倾泻而下。更多的花瀑从黑色的铁艺门廊上倾泻而下,甚至在赋予这所房子名字的尖顶柏树梢头高处,也能看见它的身影。说实在的,这些树压根儿就不是真正的柏树,因为真正的柏树是无法在北方严酷的寒冬中存活下来的。实际上它们是雪松。哪怕只是一丝微

---

① 一种经过打磨但未刻面的宝石,其顶部呈光滑的圆形凸起状,底部则通常是平的或略微弯曲的。

② 忍冬在文化中常被赋予坚韧、顽强的象征意义,因为它能够在较为恶劣的环境中生长,且生命力旺盛。

③ 希腊神话中的爱神,通常被描绘为一个带有翅膀、手持弓箭的小男孩。

④ 深紫色,一种浓郁、深沉且带有高贵感的紫色,比一般的紫色更加鲜艳、庄重,常与皇室或贵族联系在一起,又称帝王紫。

风拂过,它们那绿中带黑的高耸尖顶也会以一种忧郁的姿态摇曳着,这和柏树有几分相似,宛如兄弟之间彼此相像一样。或许是因为柏树唤起了约翰·谢恩内心深处的某些秘密,所以他总是称这些雪松为柏树。因而,它们实际上已经成了柏树。没人知道他为什么把这所房子命名为柏树山,也没有人知道他为什么如此喜爱柏树,以至于当大自然没能满足他内心的渴望时,他会把雪松叫作柏树。镇上的人只是把这当作他的又一个怪癖。约翰·谢恩已经去世十多年了,这或许已无关紧要了。

在铁艺门廊下的紫藤花架旁,他的遗孀朱莉娅·谢恩拄着一根镶银的乌木拐杖,审视着这明媚的花园以及在古树下穿梭的宾客们。男士们身着素净的黑色服装,女士们则穿着有碎花图案的薄纱或色彩鲜艳的亚麻布料服饰。朱莉娅·谢恩是个高挑消瘦的女人,微钩的鼻子让她偶尔会透出一种鹰的神态,显得勇敢、果敢,甚至有点冷酷无情。一种高贵出众的气质弥补了她容貌上的不足;她确实称不上美女,而且那细腻的肌肤上早已布满了无数细小的纹路,这些纹路如同蛛网般纤细而清晰。和在她之前的那一代女性一样,朱莉娅·谢恩并不试图用装扮去维持青春的假象。尽管她刚过中年,却打扮得像个老妇人。她穿着一件用最昂贵的面料制成的黑紫色长袍 —— 这是为悼念去世十年的丈夫而一直保持的守丧装扮,而她丈夫的离世本不该让她有任何遗憾,对他的回忆也绝不可能让她那象牙色的脸颊泛起哪怕一丝愉悦的红晕。但这身黑紫色的装扮却赋予了她极大的尊严感和一种略带忧郁的美。她纤细的手指上戴着镶有紫水晶和钻石的戒指,脖子上挂着一条由紫水晶串成的项链,这些紫水晶镶嵌在古老的西班牙银质托座里。这条项链在她纤细的脖颈上绕了两圈,一直垂到膝盖处。

整个下午,她一直站在门廊边,与宾客们稍稍保持着距离,因为她知道自己长袍的淡紫色以及紫水晶那黯淡的薰衣草色光芒,与紫藤花那纷纷垂落的花朵搭配起来相得益彰。毕竟,她做约翰·谢恩的妻子也不是毫无所获。人们说,是他教会了妻子如何充分展现自己的优点,因为他只能容忍那些品味高雅的事物在他身边。人们还说,他的妻子之所以跛脚,并非不小心从那长长的、擦得光亮的楼梯上摔下来所致,而是丈夫在一次狂怒发作时,将她从楼梯顶端扔下去所致。

从她所处的有利位置,朱莉娅·谢恩用她那双湛蓝的眼睛扫视着花园,辨认着宾客们 —— 哪些是她希望能来参加聚会的,哪些是她完全不在意其是否出席的,还有哪些是出于政治需要而不得不邀请的。他们中的大多数人都沉浸在轻蔑、苦涩和琐碎的思绪中,这些思绪也在朱莉娅·谢恩疲惫的大脑中盘旋。

在小亭子另一边的树篱旁,站着一群人。看起来,这群人比其他任何人都更让朱莉娅·谢恩感兴趣,因为她正带着一丝嘲讽的微笑注视着他们。她认出了哈蒂·托利弗(她的亲外甥女)身上穿的那件由邦巴辛毛葛布[①]制成的黑色衣服,还有哈蒂女儿艾伦所穿的带碎花的薄纱裙。艾伦带着极为不屑的神情满脸愤恨地站在正在和魏斯曼法官交谈的母亲旁边。这位母亲滔滔不绝地说着,使出浑身解数想要讨好法官。这位法官是个胖胖的、爱出汗的东方人,是维也纳犹太人的后裔。由于哈蒂毫无城府也不善伪装,所以她如此实在、得体又直截了当的努力都是完全徒劳的。她试图讨好这个犹太人,因为他在县里的政治舞台上拥有举足轻重的地位,在党内也拥有无可争议的统治权,而哈蒂·托利弗的丈夫正在竞选公职。或许站在世俗的巅峰,朱莉娅·谢恩从这公然上演的粗俗阴谋中,察觉到了一种近乎天真的滑稽感。

女儿凶狠的态度以及对政客冷漠和愤怒的表情中也有一种无法形容的滑稽。年仅十六岁的她任性、骄纵、野蛮,无疑是个令人头疼的孩子。然而,不可否认的是,她以一种真正独特的方式,将钢琴弹奏得极为出色。

此刻,在紫藤花架掩映处,朱莉亚·谢恩忽然吸了吸鼻子,仿佛微风送来花朵淡雅香气的同时,也把那个肥硕的犹太人身上刺鼻的汗味带过来了。他出现在那里是出于政治上的考量,因为州长想让他来。显然,在她看来,他不过是一个侵扰了这个小公园宁静的局外人。

在更远处,被藤蔓覆盖的废弃狗舍旁,另一群人聚集在一张摆着粉红色冰块和粉色、白色蛋糕的桌子旁。在巨大的银色潘趣酒碗周围,十几个男人不停地喝酒、喝酒……仿佛这座小公园是个街角小酒馆,而这张小桌子就是惯常的免费午餐供应处。朱莉娅·谢恩盯着那些人看了一会儿,她瘦削的鼻孔微微颤动,情不自禁地大声斥责:“猪!”她的声音如此之大,以至于在广场下方的三个完全陌生的女人无意中听到了,从此开始散播朱莉娅· 谢恩开始喜欢自言自语的流言。

2

在花园的其他地方,闲聊的女人们三三两两地撑着色彩鲜艳的阳伞,就像大片碧绿草坪上突然冒出来的蘑菇一样。不见州长的踪影,朱莉娅·谢恩的两个女儿莉莉和艾琳也不知所踪。

① 通常由蚕丝或羊毛制成。由于其颜色和质感的特点,它常常被用于制作葬礼服装,以表达对逝者的尊重和哀悼之情。此外,在一些重要的社交活动或宗教仪式中,人们也会穿着由邦巴辛毛葛布制成的服装,以显示身份和遵循传统礼仪。

宾客们开始陆续离开。当一辆维多利亚马车①从老房子的拐角处驶过时，里面身着紫色衣服、戴着金链子的胖妇人微微欠身行礼，她旁边那个穿着紧身外套、戴着德比帽的矮个子年轻人礼貌地微笑着——非常礼貌地微笑着。这是朱利斯·哈里森夫人和她的儿子威廉，他们来自拥有米尔斯工厂的名门望族。

朱莉娅·谢恩也微微欠了欠身，更加用力地倚着她那根乌木拐杖。第二辆马车缓缓驶来，这是一辆高高的轻便马车，里面载着县审计员和他的妻子……他们都是些平民百姓，以前从没进过柏树山那扇锻铁大门。那位体态肥胖、衣着邋遢的妻子夸张地鞠躬行礼，并不停地用手中的扇子扇着她那红扑扑的脸，直到她意识到自己那一连串烦琐的鞠躬是徒劳的，因为此时的朱莉亚·谢恩正全神贯注地盯着自己瘦骨嶙峋的手指上那闪烁的戒指。胖妇人脸上的笑容僵住了，她撅起厚唇，低声说"势利小人！"。在她那醉醺醺丈夫的劝阻下，她的怒火反而越烧越旺，以至于片刻之后她又大声吐出了一个更粗俗的绰号："老荡妇！"两辆马车沿着长长的林荫道前行，道路两旁是一排排即将枯死的挪威云杉②，一直来到大门前，黑人仆人亨尼瑞正在那儿站岗守卫。

门外站着二十来个住在附近平民区的工厂工人，他们把脸紧紧贴在大门的栅栏上。这群人中有十几个妇女，她们披着披肩，穿着好几条衬裙，还有三四个小孩子以及同样多的半大男孩。这些男孩年纪还小，再过一两年才对哈里森工厂有用处。他们用力地推挤着那扇华丽的大门，渴望一窥花园里的热闹景象，看一看那些主宰着这座城镇、这片平民区，以及他们生活与命运的男男女女们。酷热中，一个婴儿哇哇大哭，一个顶着一头蓬乱黄发的高个子男孩隔着栅栏朝里啐了一口唾沫。

马车驶近时，黑人亨尼瑞猛地跳起来，做出一副像是在打开白金汉宫大门的架势，朝外面的人群喊道："你们都小心点！有马车过来了！"

伴随着一阵巨大的哐当声，门闩被拉开了。接着，亨尼瑞迅速推开大门，载着朱利斯·哈里森夫人和她的儿子威廉的马车疾驰而过。马蹄轻快地敲击着鹅卵石路面，发出有节奏的声响。这位母亲什么都没看，可她儿子却眯起双眼打量着那群男孩，甚至连婴儿都没放过，把他们都视作工厂里潜在的工人。虽然这些意大利裔③孩子长得挺快，但还是赶不上工厂日益增长的用工需求；而且他们中有许多人还没成年就夭折了。

---

① 一种双座四轮敞篷马车，起源于十九世纪的英国，因当时英国维多利亚女王喜爱乘坐这种马车出行而得名，它也成为那个时代英国贵族和上层社会的象征之一。

② 一种常绿针叶树，属于松科云杉属。

③ 原文中的"Dago"是一个带有贬义的、对意大利人或西班牙人等南欧人的蔑称。

当马车拐进狭窄的哈尔斯特德街时，哈里森夫人不由身体前倾，胸前那串金链子像钟摆一样在她那丰满的胸脯上晃荡。她打量着那些破败的房屋、寸草不生的院子，以及距离谢恩城堡大门仅一百码远的破旧火车站。

“朱莉娅·谢恩真应搬出这个脏兮兮的地方，”她说，“念旧情是挺好，但也不能太过头了。连花都快被这烟和煤灰熏死了，远没有去年开得那么好。”

威廉耸了耸他那窄窄的、微微下斜的肩膀。

“这块地可价值连城，”他说，“有三条铁路经过 —— 这是仅剩的地段了，她可以随意开价。”

街角的酒馆里，一架自动钢琴正播放着《蓝色多瑙河》，破碎刺耳的旋律透过弹簧门，飘散到炎热的空气中，一时间让两人没法再继续交谈下去。

县审计员和他的妻子的马车在驶出大门时显得犹犹豫豫。这是因为县审计员酒喝得太多了，不慎将缰绳交叉[①]，导致马匹接收到混乱的指令。他的妻子，脸红得像熟透的西红柿，骂骂咧咧地从他手里夺过缰绳。

“别以为自己有多了不起，”她说，“她有什么可骄傲的？我觉得她应该为在那所破房子里所发生的事感到脸红。哼，她的邻居净是些匈牙利佬和意大利佬！”

她朝马背上抽了一鞭子，驾车猛冲向前，得意扬扬地超过了哈里森夫人和她儿子威廉乘坐的维多利亚马车。

随着一声响亮、煞有介事的哐当声，亨尼瑞关上了锻铁大门，那些外国女人饱经沧桑的脸庞又一次紧紧贴在了栅栏上。人群中有一个人 —— 那个顶着一头蓬乱黄发的高个子男孩，一个名叫斯特潘·克林科的乌克兰人 —— 在大门关上时用俄语喊了句什么。亨尼瑞虽听不懂这门语言，但从这年轻人那湛蓝眼眸中透露出的凶狠目光来看，他明白那句话可不算友好。女人们呵斥了那男孩，然后敬畏地交头接耳起来，但那犯错的男孩丝毫没有收敛的意思。过了一会儿，当浑身珠光宝气、肥胖且大汗淋漓的魏斯曼法官坐着轻便四轮马车从他身边疾驰而过时，那男孩又用俄语喊道：“犹太人！肮脏的犹太人！”魏斯曼法官瞪着他那双凸出的眼睛[②]看了看那男孩，又擦了擦他那红褐色的脸颊，并对他的同伴布里格斯律师嘟囔道：“这些外国人的举止越来越放肆了…… 哈里森家的工厂迟早要出乱子…… 真该制定条法律禁止他们进入这个国家。”

法官很生气，不过他生气并非是因为斯特潘·克林科的那声喊叫，而是因为当他的轻便四轮马车拐过那座老宅的拐角时，朱莉娅·谢恩竟然对他视而不见。而

① 在正常驾驭马匹时，缰绳是分开的，骑手通过控制左右两根缰绳来引导马匹转向、停止等。当缰绳交叉时，马匹接收到的指令是混乱的，可能不会按照骑手预期的方向前进或转弯。

② 用于形容人或动物的眼睛向外突出的状态，可能因为惊讶、恐惧等情绪导致。

那声喊叫只是让他有了个发泄怒火的由头。

3

从她所在的爬满紫藤花的门廊这个有利位置上,朱莉娅·谢恩目睹了公园入口处那小小的一幕。当大门再次被猛地关上后,她便回到凉爽的阴影里,心里还在纳闷莉莉、艾琳和州长躲到哪儿去了。她在一张长铁椅上坐了下来,祈祷着别有人经过打扰她,可就在这时,一阵啜泣声传进了她的耳朵。那声音是从屋子里面传来的,从那扇高大窗户后面的书房里传来的。在那儿,那个大银球后面的角落里,艾琳扑倒在地,正在哭泣。那压抑着的啜泣声让女孩柔弱的身体不停地颤抖。她那条系着蓝色腰带的薄纱连衣裙已经皱巴巴的,还湿了一片。母亲俯下身去,把女孩拉起来,让她靠在红木沙发的锦缎靠背上坐好。

"好了,艾琳,"老妇人说,"现在不是哭的时候。等这群讨厌的人都走了,有的是时间哭。怎么了?从昨天起你这是怎么了?"

女孩的抽泣声渐渐变弱,但她既不回答,也没有抬起头。她身体柔弱,蓝色的双眸睁得大大的,浓密的头发在颈后低低地束成一个发髻。她有一张小巧漂亮的嘴巴和一个颇为突出的鼻子。她母亲年轻时想必也是这般模样,只是随着岁月的流逝,曾经小巧漂亮的嘴巴变成了嘲讽的薄唇,原本突出的鼻梁也似乎变得尖锐如鹰喙。此时的朱莉娅·谢恩俨然一副尖酸刻薄的老妇人的形象。母亲沉默了,困惑而僵硬地坐在哭泣的女孩旁边,手指无意识地拨弄着镶嵌在西班牙银饰上的紫水晶项链。

"你是累了吗?"过了一会儿,她问道。

"没有。"

"那到底是怎么了,艾琳?肯定是有原因的。女孩子不会无缘无故这样的。你做了什么让自己这么难过的事?"

"没什么,"女孩抽泣着说,"没什么!"

母亲坐得更直了些,开始用她的乌木拐杖描摹着奥布松地毯①上玫瑰花的轮廓。最后,她又用清晰、严厉的声音说道:

"那你就得振作起来,出去走走。我要你去找莉莉和州长。—— 大家都要走了,他们应该在这儿的。要是州长打算冷落那些政客,那为他办这场聚会就没什么意义了。…… 来 —— 坐直!…… 转过身来,我给你把头发系好。"

母亲不慌不忙、仔仔细细地为女孩梳理好头发,抚平她那皱巴巴的薄纱连衣

① 起源于十六世纪法国南部的奥布松小镇,是世界上公认最优雅的手工地毯之一。

裙，拍直她腰间的蓝丝带，擦干她的眼泪，然后让她站到一旁，上下打量一番。

“现在，”她用同样干脆的声音说道，“你看起来没问题了…… 我可不能让你这样闹情绪…… 你应该到花园里去。艾琳，在我死之前，我想看到你嫁人。要是你老把自己藏起来，谁也看不见你，那你永远也嫁不出去…… 我不担心莉莉——她能照顾好自己。去把他们找回来…… 告诉他们我让他们马上回来。”

女孩一声不吭地走出房间，通过又大又暗的走廊，来到花园里。她母亲的声音里带着发号施令的腔调。很少有人会拒绝执行她的命令。当艾琳来到露台时，客人们正三三两两地往回走。穿着夏装的女士们束紧腰身，用色彩鲜艳的小阳伞遮挡着六月骄阳，以免晒黑皮肤…… 里面有米尔斯夫人，那位教区牧师的妻子；伯德小姐，镇上的图书管理员；史密斯夫人，卫理公会牧师的妻子；米利肯夫人，治安官的妻子；阿伯克龙比小姐，还有…… 在她们身后跟着的是各位丈夫，以及那些零散的政客，他们把放着潘趣酒碗的小凉亭当成了街角的酒馆。现在潘趣酒已经喝光了，最后一点粉色的冰块也融化了。更多的客人从花园的其他地方正往房子这边走。艾琳从他们身边走过，一边鞠躬，一边强迫自己微笑，尽管这努力让她感到一种身体上的痛苦。在杜鹃花丛中，她看到一尊父亲从锡耶纳[①]带回来的赤陶制的圣母与圣婴像，这让她想起了自己在修道院的修行经历。于是，她便停了一会儿，默默祈祷了一番。

在杜鹃花丛中没有找到莉莉和州长。于是，她跑到鸢尾花小径尽头的小亭子那儿，发现这里也没有人。那爬满了康科德葡萄[②]新叶、绿意盎然的凉亭同样没人，只有那些阴森高大的柏树投下的阴影。女孩心烦意乱、惊恐万分地从一个遮阴处跑到另一个遮阴处，她的薄纱连衣裙都被树枝划破弄脏了。小公园里的人们渐渐离去，落日投下的阴影在一片片开阔的草地上蔓延开来。还剩两个藏身之处，但艾琳避开了它们。一个是远处铁门旁的灌木丛。她不敢去那里，因为那一小群透过栏杆窥视的外国人让她感到恐惧。下午早些时候，她曾在那里闲逛以求独处，一个金发的大男孩用蹩脚的英语对她喊道：“你们的地窖里藏着骨头……人的骨头！”

不，她不敢再去冒险听他叫嚷。

另一个藏身之处是马厩后面那口旧井。如今那口井已经废弃了，被一丛铁线莲掩盖得几乎看不见了。井边有个带遮蔽的座位。女孩一直跑到马厩那儿，然后，她鼓起勇气，想着万一有必要就对母亲说谎，便头也不回地转身，匆匆穿过花

① 坐落在阿尔西亚和阿尔瑟河河谷之间的山上，是历史上重要的贸易和军事据点。

② 原产于美国马萨诸塞州的康科德镇，由美洲葡萄品种中的野生葡萄自然杂交而来，是美国第一个成功培育的葡萄品种。

园朝门廊跑去。她没有勇气走近那口井,因为她知道,姐姐莉莉和州长就在那儿。

艾琳走进屋子时,发现暮色中母亲独自坐在客厅。客人们都已经离开了,老妇人正抽着烟,这是她在最后一位访客走后才会享受的乐趣。镇上没人见过她抽烟。在比亚里茨[①]或蒙特卡洛[②]抽烟没什么,可在镇上抽烟就是另一回事了。朱莉娅·谢恩抽烟的姿态很优雅。她静静地抽着,让抽烟这件事丝毫没有粗俗之感。她坐在大房间的一个角落里,靠近一扇微微开着的高大窗户。幽灵般的阵阵香气飘了进来,时而有鸢尾花的香气,时而有紫藤花的香气,时而又有丁香花的香气。有时,还会瞬间飘进一股从远处工厂传来的刺鼻的煤烟和煤气味道。她纤细手指上的钻石和紫水晶在渐渐黯淡的光线中闪烁着。她很生气,生气的迹象都明显摆在那儿 —— 她明亮的蓝眼睛里闪着怒火,青筋暴突的双手微微颤抖着。那根乌木拐杖就放在她身边。艾琳进来时,她脸上的表情没有一丝变化,身体也没有挪动一下。

"他们在哪里? 你找到他们了吗?"

女孩的嘴唇变得煞白。回答时,因为深知自己在对母亲说谎,浑身颤抖起来。

"我找不到他们。到处都找过了。"

母亲皱起了眉头。"给我拿个烟灰缸来。艾琳,别对我撒谎。他们就在花园里。"她掐灭了香烟的余烬。"那个男人是个傻瓜。我好不容易才邀请了十几位重要人物到这儿来,他却把他们都得罪了。天知道,我本来就不想请他们!"

就在她说话的时候,沿着客厅远端延伸的露天走廊上传来了脚步声。烟雾弥漫的夕阳下,两个身影出现在窗前,正朝着门口走来。他们正是失踪的莉莉和州长。他跟在她身后不远处,好像他们刚才一直在争吵,而且她还不许他跟她搭话。一看到他们,艾琳就朝门口走去,但她母亲拦住了她,不让她溜走。

"艾琳! 你要去哪儿? 你在怕什么? 要是你还这样,我就不许你去做弥撒[③]了。你已经虔诚得过了头,这在这个世界上没有任何好处。"

吓坏了的女孩默默转身回来,带着往常那种顺从的神情,在沙发上坐了下来。沙发位于阴影处,旁边的壁炉架上挂着一幅由特纳亲手所绘的色彩艳丽、熠熠生辉的《威尼斯》画作。一听到莉莉的声音,艾琳就往靠垫里缩了缩,好像要把自己藏起来似的。那声音里并没有什么能吓到她的东西。恰恰相反,那是一个低沉而温暖、慵懒又讨人喜欢的声音 —— 充满魅力,能唤起别人的喜爱之情。

莉莉年长两岁,比她的妹妹更高挑;然而她们之间却有着巨大的差异,这差异

① 位于法国西南部的一座海滨城市。
② 摩纳哥公国的一个著名区域,以奢华闻名。
③ 天主教的一种宗教仪式。

与其说与年龄有关，不如说与举止有关。艾琳身上有种稚气未脱的气质，而莉莉则散发着女人的美丽。当然，是年轻女人的魅力，高挑又可爱。她的头发呈蜂蜜色，闪烁着明亮的铜色光泽；和艾琳一样，她把头发低低地束在那漂亮的脖颈后，透着一股任性的味道。她的肌肤如透明般细腻，散发出淡淡的绿光，备受艺术家们的青睐。她那紫罗兰色的眼眸，在特定的光线照射下，会显露出清澈的蓝色。莉莉手捧着鸢尾花，有湛蓝的，也有淡黄的，都是她在回来的路上采的。她也穿着一件薄纱连衣裙，系着一条鲜亮的蓝色腰带。她走进屋时，轻轻地把花放在红木桌子上那些水晶和银质的小摆件中间，然后按铃唤来了萨拉。萨拉是亨尼瑞 —— 就是那个看守锻铁大门的人 —— 的混血妻子。

州长跟在她身后走了进来。他是个大约四十岁的高个子男人，身材魁梧，胸膛厚实，肩膀宽阔。他乌黑浓密的头发剪得很短，衬得脑袋的形状很好看。他留着当时流行的下垂式小胡子。他这副模样很能吸引民众的目光。要是他不那么趾高气扬、盛气凌人，举止还是挺有魅力的。人们说，他将来很可能会当上总统。州长像政客一样机智，或许过于机智，所以这辈子也就只能是个辅助别人当上总统的人。

此刻的他怒火中烧。那是一种原始而炽热的愤怒，眼看就要冲破他克制的枷锁爆发出来。他呼吸急促，声音沙哑。这是一个习惯于支配他人的人突然遇到了一个对他的权力毫不在乎的人时的愤怒。而莉莉则是身体微微倾斜着保持着平衡，神态平静如水，就好像什么事情都没有发生一样。

“夫人，”他说，“您女儿拒绝嫁给我。”

母亲拿起她的乌木拐杖，直直地放在身前，同时身体前倾靠在上面。有那么一会儿，她笑了，几乎是暗自偷笑，这是对州长那浮夸的言辞所流露出的一种戏谑。直到那个混血女仆悄无声息地溜进来，拿走了那些花，又消失在宽敞的大厅里，朱莉娅·谢恩才开口说话。她对靠在壁炉架上的莉莉说道：

“莉莉，这是真的吗？”

女孩点了点头，微微一笑，那笑容轻微得都算不上是一种表情变化。仿佛她把这笑容和其他秘密一同藏了起来，不打算与这些不明就里的人分享。

“这事儿很严肃，夫人，我向您保证，”州长打断道，“我爱您的女儿。她也跟我说过她爱我。”此刻他又变得有点浮夸起来，就好像是在对一群选民发表演说。“还有什么别的吗？”他突然转向莉莉，“是这样的，对吧？”

女孩点了点头。“是的，我是跟你说过…… 但我不会嫁给你…… 我拒绝并不是因为我想对你刻薄…… 我也没办法。相信我，我真的做不到。”

母亲又开始用拐杖在地毯上一圈又一圈地描摹着那些褪色的玫瑰花瓣图案。当莉莉说话时,她也没有抬起头,依旧不停地描着…… 描着……

“肯定是有原因的,莉莉…… 这可不是一桩能轻易放弃的婚事…… 这桩婚事会让我非常开心的。”

她的话被一声关门声打断了。艾琳已经消失在客厅远端的走廊里。他们三个看见她从窗前跑过,又跑回花园里去了,那样子就好像有人在追她似的。母亲又一次低下头去描摹地毯上的轮廓。随着夜色愈发浓重,丁香的香气也愈发浓郁。

一直站在窗边的州长猛地转过身来。“谢恩夫人,我想和您单独谈谈…… 如果可能的话。有些事我必须得说…… 这些事不太好听,但对莉莉和我来说都极其重要。”他咳嗽了一声,那张粗犷而英俊的脸上泛起了红晕。“作为一个正直的人,我必须坦白这些事。”

听到最后这句话,莉莉发出了一声轻微的笑声。她突然低下头,把目光移开了。

“要是莉莉能离开一下就好了。”他恶狠狠地补充道。

女孩笑了笑,理了理她的红发。“如果你想,你可以和母亲说。但这对你没什么好处,只会让事情变得更糟。毕竟,这是我们自己的事。”

他突然朝她吼道:“求你了,你走吧。你闹得还不够吗?没必要表现得像个恶魔!”

女孩没有回应,只是静静地走出去,随手关上了门。她穿过露台来到杜鹃花丛边,知道在那儿能找到艾琳。此时天几乎全黑了,山下工厂熔炉发出的光亮已经开始把整个天空染成一片昏暗的、泛红的颜色。在轧钢厂持续的轰鸣声之上,一列火车发出了尖利的汽笛声。透过那渐渐枯萎的树篱的一处缺口,信号灯开始亮起,宛如一串串珠宝。风向变了,煤烟此刻正吹向柏树山。这意味着花儿们的末日到了。在极少有的南风刮起时,花朵会被工厂排放的气体烤焦、毁坏。

在萤火虫的微光中,莉莉沿着小路匆匆赶往杜鹃花丛。在那儿,在那尊赤陶制的圣母与圣婴像前,她发现妹妹正在虔诚地祈祷。莉莉跪下来,将妹妹紧紧搂在怀里,亲切地对她说话,还把自己温暖的脸颊贴在妹妹苍白的脸颊上。

4

那天晚上,艾琳和莉莉在各自的房间里用餐,朱莉娅·谢恩和州长在客厅用餐。在那间镶着木板的客厅里,银色的烛台上摆放着长长的蜡烛,它们的光芒照亮了四周。墙上挂着狩猎题材的画作，摇曳的烛光下，整个客厅显得有些阴森。混血女仆进进出出，脚步轻盈，悄无声息。最后她被打发走了，并被告知没接到传唤不得再进入房间。随后，州长和老妇人进行了一番长谈。其间，这位相貌英俊的州长愤怒地揪着自己的小胡子，有时还会提高嗓门，声音大得仿佛把房间都震动了，以至于朱莉娅·谢恩不得不提醒他小声点。大部分时间都是州长在讲，朱莉娅·谢恩只是偶尔打断，插入一些极为敏锐的问题或评论。

最后，他推开椅子，开始在房间里踱步。朱莉娅·谢恩静静地等待着，目光紧随那只黄绿色的小酒杯。在蜡烛即将熄灭的光芒中，这只酒杯散发出淡金色和绿色的光辉。不久之后，她倚靠在椅背上，向他发问："那么，对你而言，首先考虑的是事业?"她的话语中带着询问的语气。

桌子对面，州长那魁梧的身姿静止了。他没有反驳，面色变得更加红润。

"我告诉过您我爱她。"

州长没有正面回答问题，而老妇人也只是微微一笑，明亮的蓝眼睛中闪过一丝锐利的光芒。她的薄唇紧抿，勾勒出一抹几乎难以察觉的微笑，这是一种带有嘲讽的冷笑。面对州长的愤怒和激动，朱莉娅·谢恩始终保持着平静和冷漠，宛如一座冰山。

"该生气的应该是我，"她说，"你没理由发火。"她边说边转动着手指上的戒指。戒指上的钻石和紫水晶将光芒分解，并以无数细碎的光点反射出来。"而且，"她轻声补充道，"爱，能战胜很多东西……请相信我，我对此深有体会。"她缓缓地将椅子推开，依靠着乌木手杖，慢慢站起身来。"现在，只能看莉莉怎么说……毕竟，这是关于她的事。"

书房是个方形的房间，天花板很高，光线昏暗，四周的墙壁全是书架，房间正中央挂着一幅全身肖像，画的是约翰·谢恩，柏树山的建造者，也是西部保留地[①]的首位绅士。这幅画绘于十九世纪五十年代，那时他刚来镇上，距离与朱莉娅·麦克杜格尔结婚还有十年。在这幅色调暗沉的肖像画中，他站在一张桌子旁，脚边卧着一只白色的爱尔兰赛特犬。他身材高大，身形修长而结实，穿着鸽灰色的裤子和一件及膝的黑色长外套。一顶鸽灰色的大礼帽俏皮地歪戴在他那形状好看的小脑袋上，透着一股桀骜不驯的劲儿。他的领巾本是鲜艳的猩红色，但经过清漆涂层的覆盖以及多年灰尘的沉积，已黯淡成暗红色。他一只手垂在身侧，另一

① 保留地是美国政府从印第安人部落原来拥有的土地中划出来供部落全体成员继续居住的那一部分土地，其边界确定，范围有限，印第安人不得随意离开。保留地内的印第安人处于军队和联邦官员的控制与监督之下，被迫进行"美国化"。这种制度出现于十九世纪五十年代，在内战后的十余年里得到广泛推行。保留地制度不仅使印第安人失去了原来的家园和故土，而且剥夺了他们的自由、独立和权利。

只则搭在桌上。那手纤细、局促、青筋浮现，彰显着贵族的气质。但让人印象最深刻的还是那张脸。那是一张着了魔似的脸，不知怎的，既英俊又丑陋。当你注视它时，它时而英俊时而丑陋，仿佛这幅画本身在神秘地变化着。那张消瘦黝黑的脸因饮酒过量而泛红，红润性感的嘴唇透着一种坚定和残忍。那双大而深陷的眼睛，会随着你在房间里的走动而转动。这双眼睛呈现出一种奇异的深蓝色，就像光线透过钴玻璃的那种蓝。这是一位绅士的肖像，是一位决斗者的肖像，是一位敏感之人的肖像，也是一个被近乎疯狂的暴躁脾气所困扰的人的肖像。这一刻它看起来很可怕；下一刻它又极具魅力，让人捉摸不透。

朱莉娅·谢恩和州长在这间屋子里默默等候着莉莉。过了一会儿，莉莉应混血女仆的传讯下了楼。在她到达之前，他们就听到了从长长楼梯上传来的轻快脚步声。这些脚步声几乎是跳跃着的，直到她突然出现在敞开的门口。莉莉身披一件黑色披风，里面穿着睡衣，一头红发随意地盘在头顶。此刻，她的眼睛是蓝色的，而非往常的紫罗兰色。她步态轻盈，流露出一种挑衅的气息，与那幅逐渐变得昏暗的画中高挑男子所展现的不顾一切的挑衅姿态惊人地相似。她在门口停了片刻，看着坐在画像下方的母亲，以及双手背在身后站着的州长。州长望着她，宽阔的胸膛随着呼吸一起一伏。莉莉把披风往白皙的脖颈处拉了拉，然后走进房间，轻轻关上了身后的门。

“坐下。”母亲用一种紧张而平淡的声音说道，“发生的一切我已经知道了…… 我们今晚必须把这事彻底谈清楚。”

女孩顺从地坐了下来，州长也走过来，站在她面前。

“莉莉，”他开口说道，随后却停了下来，似乎不确定该怎么继续说下去，“莉莉…… 我觉得你没意识到发生了什么。我觉得你不明白。”

女孩微微一笑。“哦，我知道…… 我可不是小孩子了，你知道的…… 现在当然更不是了。”她一直若有所思地垂着眼睛。

母亲探身向前，打断了她的话。“我没想到事情会以这种方式收场，”她说，“我原本还希望他能成为我的女婿。你知道的，莉莉，你也得为他考虑考虑。你难道不爱他吗?”

女孩迅速转过头来。“我爱他…… 是的，我爱他，而且我也为他考虑过…… 您不用担心会有什么丑闻。没这个必要。要不是他告诉您，根本就没人会知道。这本来就是我们俩之间的事。”州长愤怒地揪着自己的小胡子，想要说话，但女孩制止了他。“我知道…… 我知道，”她说，“您是怕我会告诉别人…… 您是怕会有孩子…… 就算有，也没什么区别。”

“可为什么…… 为什么啊?”母亲问道。

“我说不出为什么…… 我自己也不明白。我只知道我不想嫁给他,我就想保持现在这样……”有那么一瞬间,她的声音里带上了一丝激动的情绪。“我为什么不能这样?您为什么不让我这样?我自己有钱。我想做什么就做什么。这是我自己的事。”

5

在那一瞬间,房间里安静了下来,只回荡着远处工厂传来的规律性轰鸣声,单调且不停歇。从南方吹来的风带着一股煤烟味,把紫藤和鸢尾花的香气都给掩盖住了。突然,随着一声呼喊声,身着紧身外套、面色通红、模样英俊的州长,一下子跪在了莉莉面前,双臂环抱住她的腰。女孩依旧静静地坐着,此刻,她的脸在黑色披风的映衬下显得格外苍白。

“求你了……莉莉,求你了,”州长恳求道,“我愿意放弃一切……我会按你说的做。我愿做你的奴隶。”他变得语无伦次,反复念叨着下午在那口老井边就说过的话。他絮絮叨叨地说了好长时间,而女孩就像尊大理石雕像般一动不动地坐着,好奇地看着他,仿佛这整个场景只是一场噩梦。最后,他终于停了下来,吻了吻她的手,然后站了起来。坐在画像下的老妇人什么也没说,只是眯着聪慧的双眼,默默地注视着这两人。

是莉莉先开口说话的。“没用的…… 我该怎么跟你解释呢?我不会是个好妻子。我知道…… 你瞧,我知道是因为我了解自己。我想我是爱你的,但我更爱我自己。这是我自己的事。”她的声音里几乎带上了一丝倔强。“两天前我或许还会嫁给你。但现在不行了,因为我明白了。你知道的,我想弄明白。”她突然抬起头,带着一抹怪异的笑容说道,“难道你宁愿我从街上随便找个情人吗?”

母亲在椅子上动了动。“莉莉…… 莉莉…… 你怎么能说出这样的话?”

女孩站起身来,恭敬地站在一旁等待着。“没什么可说的了…… 我可以走了吗?”然后她转向州长,“你想吻我一下吗?…… 我觉得那样会让你开心的。”

一瞬间,男人在欲望和尊严之间展开了一场激烈的挣扎。此时,毫无疑问,他热切地爱着她。他浑身颤抖,脸涨得通红。最后,经过一番艰难的挣扎,他突然转身离去,甚至都没说声再见。

“瞧,”母亲说,“我无能为力。她太像她父亲了。”语气中隐约透出一丝苦涩,一种因那个早已不在人世、仅存在于她身后那幅灰色画像中的男人而引发的冷酷。“如果被求婚的是艾琳就好了,”她继续说道,可随即又止住了话头,“我这是在想什么呀？这事永远也不可能发生在艾琳身上。”

莉莉轻轻地推开门，悄无声息地离开了。她的黑色斗篷在光滑的地板上轻轻拖曳，脚步声随着她上楼而逐渐消散。

午夜时分，亨尼瑞把马车从马厩里牵了出来，州长上了车。朱莉娅·谢恩拄着拐杖，从门廊的遮蔽处看着州长愤怒地驾车沿着长长的车道穿过铁门，驶入那条两旁尽是外国人居住的破旧棚屋和寄宿公寓的街道。在街角，自动钢琴叮叮当当的音乐声从酒吧的弹簧门里飘了出来，一群刚下夜班的炼钢工人正在里面喝酒，试图忘掉那关于炽热熔炉的记忆。

就这样，州长与柏树山那座老宅的长久往来戛然而止。

他身后留下了三位女性。此刻，莉莉已经在那张巨大的意大利式床上睡着了。在相邻的房间里，她的母亲却躺在床上，凝视着黑暗，盘算着如何不让艾琳知晓这件事。很难预料这件事会对这个敏感又神经质的女孩产生怎样的影响。它可能会让艾琳陷入几十种歇斯底里状态中的任何一种。直到黎明的灰色晨光透进房间，朱莉娅·谢恩才终于睡着。

至于第三位女性 —— 艾琳，她躺在床上同样无法入眠，正向圣母玛利亚祈祷，祈求赐予她力量来保守那个可怕的秘密。她闭上眼睛，把脸埋进枕头里，但这一切都无法抹去脑海中州长偷偷打开莉莉房门的那幅画面。

6

在莉莉的记忆里(那时艾琳仅有两岁，还不能记事)，曾有那么一段时期，第一条横贯大陆的铁路如钢铁丝带般从小镇的北部边缘穿过。那时柏树山周边还是一片开阔的沼泽地，里面长满了香蒲和沼泽草，宛如一片绿色的海洋，随风摇曳。一排如羽毛般轻盈的柳树下，一条泥泞的小河 —— 黑叉河——在蜿蜒流淌。在那些日子里，柏树山与小镇仿佛被隔绝了一样，只有通过约翰·谢恩修建的、横跨沼泽地的道路才能从小镇到达那座巨大的冰碛丘上。在那里，约翰建起了那座梦幻般的房子。十九世纪五十年代，当小镇还只是一条街道，两边稀稀拉拉排列着白色木屋和砖房的时候，这个年轻人不知从何处来到了这里。在那个时候，他算得上是相当富有了。他购置了一大片土地，这片土地沿着山下那条唯一街道的一侧延伸，一直到沼泽地的对面。他买下的土地包括柏树山宅邸的所在地，在他的指挥下，这座宅邸拔地而起，让镇里的人们惊得目瞪口呆。

制砖工人翻山越岭来到蜿蜒的黑叉河边，在黏土河岸的那些砖窑里为他烧制砖块。镇上的木匠们晚上回来时，总会绘声绘色地讲述那座新房子的种种奇妙之处。从东部运来了各种奇特的乔木和灌木,在房屋周围精心打造了花园,以抵御中西部这片地势多变、土地肥沃地区强烈阳光的炙烤。锻铁大门已安装完毕,马厩也已竣工。最终,约翰·谢恩翻山越岭旅行归来,正式入住他的宅邸。尽管他将其命名为柏树山,镇上的人们却更倾向于称之为谢恩城堡。

关于约翰·谢恩究竟是谁,从何处而来,一直都是个谜。有人说他是爱尔兰人,这倒很有可能。也有人确信他是英国人,因为他说话带着英国人那种短促利落的口音。甚至还有人认为,像他这样肤色黝黑的人,只能来自西班牙或意大利;还有些人坚信,他对旅行的热爱是源于体内那一丝隐晦的吉卜赛血统。至于谢恩本人对这件事的说法,除了含糊其词地承认自己曾在伦敦生活过,觉得那里的生活太过平淡之外,再没有人能从他口中探听到更多的信息了。

他在柏树山的宅邸里安顿下来,过起了绅士般的生活,或许那是种老派意义上的、世故且玩世不恭的绅士生活。在整个西部保留地,这样的绅士恐怕也只有他一个。在这个人人都辛勤劳作的边疆社区,除了打理自己的农场外,唯独他从不佯装工作。他养着马和狗,由于身边没有随行的猎犬,也没有能与他一同骑马狩猎的同伴,他便在小镇主街旁的一块大片空地上圈出一块场地,每天(包括安息日在内)都在那里骑马,还进行最惊险的跳跃动作,这让聚集在围场周围观看他这怪异举动的农民和镇民们惊讶不已。

在这些人当中,有位苏格兰移民和他的女婿雅各布·巴尔,他们在谢恩农场以西共同拥有一大片土地。他们虽然算不上是喜好运动的人,但也养马用来骑乘。他们为人正直,举止端庄,勤劳肯干,在当地是备受尊敬的成功人士。靠着在这片荒地上的辛勤劳作,他们也过上了富足的生活。麦克杜格尔[①]是该县的第一位废奴主义者。正是他建立了地下铁路的第一个站点,并组织策划帮助黑奴越境逃往加拿大的行动。这两人有时会把他们的马带到谢恩农场的围场里,在谢恩的指导下,让马学习跳跃。

废奴运动在南北战争期间达到了高潮,这三个人都参军入伍了。谢恩凭借其神秘过往积累的丰富的军事经验,被任命为中尉。他的两位朋友则是从普通士兵做起,后来都当上了指挥官。麦克杜格尔在荒野战役中丧生。雅各布·巴尔染病归来,而谢恩自己的大腿也中了一枪。

战后,谢恩以上校的身份归来,发现如今接替麦克杜格尔成为他骑马同伴的竟是这个农民的小女儿,一个年仅十九岁的姑娘。她对骑马充满了热情,是个很合他心意的女骑手。她不知道什么是害怕,会无所顾忌地与他一起完成那些最惊

① 指前文的那位苏格兰移民。

险的骑术动作。即便是骑乘他那些最桀骜不驯的马匹,她也能表现得轻松优雅,宛如亚马孙女战士一般。她算不上漂亮,用“英俊”这个词来形容她或许更为准确。她身体强壮、身姿轻盈且充满活力。她的五官虽说和正直的麦克杜格尔一样偏大,但轮廓分明,透着一种大气的美。

这对奇特的组合在围场里一起骑马的次数越来越多,直到最后,县里的人们惊讶地得知,约翰·谢恩,这个州里最有绅士派头的人,带着麦克杜格尔家最小的女儿翻山越岭去了东部,然后悄无声息地让她成为谢恩城堡的女主人。人们还得知,他带着新娘去了欧洲,而他那位从不与镇民来往的漂亮的中年爱尔兰女管家也被打发走了。这样一来,在县里长期传得沸沸扬扬的那些有关他不道德行为的谣言也就不攻自破了。有些市民暗示说,看样子是朱莉娅·麦克杜格尔取代了那位爱尔兰女管家的位置。

这两年,这对夫妇一直身处国外。但在这段时间,他们并未生活在一起。谢恩意识到自己新娘身上有那种质朴的乡村气息,便把她送到了一所专为英国女孩开办的寄宿学校。这所学校位于巴黎郊区的圣克卢,由一位名叫维奥莱特·德沃、支持波拿巴主义[①]的老处女开办。在那两年里,他没去看过她,而是去欧洲南部处理一些秘密事务。回来时,他蓄着浓密的蓝黑色胡须,以至于他的新娘几乎无法认出这位两年前与她结婚的丈夫。那胡须让他看起来更加陌生、更加险恶。

这两年对女孩来说是痛苦的。但不知怎的,这两年的经历让她变得坚强起来,也让她有能力适应她那神秘丈夫所规划的人生道路。当他们回到柏树山时,谢恩又刮掉了胡子,投身政界。从那时起,各路大人物纷至沓来,到柏树山做客——有法官、政客、律师,甚至还有一位总统。至于谢恩本人,他并不谋求任何官职。在政治领域,他似乎更喜欢做幕后的操纵者,做那个拥立国王、出谋划策、策划竞选活动的人;他更喜欢搞阴谋诡计,而不是承担责任。就这样,他成了州里的一个知名人物,一个奇特、怪异、风度翩翩的人物。不知怎的,他的形象很能抓住民众的想象力。他的面孔广为人知,关于他私生活的种种传闻——中西部那些不断发展的城市里发生的离奇斗殴事件、他和女人的风流韵事、各种各样的丑闻——也不胫而走。但在人品是否正直这方面,他是无可指摘的,没人怀疑过他的诚实。除了他家乡的一小撮人把他视为罪恶的化身,觉得他就像住在黑叉沼泽中心那座大砖房里的路西法[②]一样以外,那些丑闻对他也没造成太大伤害。

在那座大宅子里,他的妻子——人们私下里都说她过得一点儿也不幸

① 一种政治理念和政治现象,主要与拿破仑·波拿巴及其家族的统治理念和方式相关。

② 在基督教传说中,路西法原本是天使长,因骄傲试图与上帝平起平坐而带领部分天使反叛,战败后堕落为恶魔。

福 —— 为他生下了两个女儿。这种情况或许会让大多数男人感到失望,但乖僻的约翰·谢恩却很高兴,还说很庆幸没有儿子来继承“他那该死的姓氏”。

随着年龄的增长,他越发不得人心,以至于在小镇较为贫困的居民当中,一些关于那座大砖房里的狂欢作乐和种种恶行的离奇故事开始流传开来。这些故事经过多次传播,最后连他那不幸的妻子也被牵扯了进去。但谢恩依旧我行我素,骄傲地赶着他那几匹漂亮的马穿过小镇,在围场里疯狂地骑马驰骋。小镇不断发展壮大,逐渐蔓延到他农场的周边,眼看就要将其包围起来,但谢恩就是不肯卖地。他紧紧守着自己的土地,对那些关于发展和繁荣的论调嗤之以鼻。终于,又有了第二条、第三条横贯大陆的铁路,它们沿着迟缓的黑叉河河岸,穿过那片随风摇曳的绿色沼泽地延伸而过。谢恩发现自己无能为力了,因为州里要征用这片土地,而推动铁路建设的正是他自己所在的政党。他只好让步,结果他的土地价值成两三倍地增长。随着工厂的兴起,沼泽地的价值也日益凸显,原因在于其核心地带,三条铁路呈三角形交会,形成了一个包围柏树山宅邸的交通网络。谢恩年纪越来越大,也越发乖僻。关于他的传言越来越多,有夜里听到的尖叫声,还有他对妻子的暴行;不知怎的,又传出了一些关于一个年轻女仆的丑闻。这些丑闻不知怎么就泄露了出来,成为小镇居民茶余饭后的谈资。但在整个州内,谢恩的名字依然备受尊敬。当重要人物来访小镇时,他们会前往谢恩城堡。每当这个时候,城堡就会举办招待会,允许各色人等进入,以满足他们的好奇心。他们看到的只是一座漂亮的房子,这座房子奇特而精美的风格是小镇上从未出现过的。约翰·谢恩和他面色如手指上珠宝般冷峻的妻子,站在这位法官或那位州长身旁迎接宾客。他们神情平静而端庄,那种世故圆滑的气质与这个质朴且不断发展的社区格格不入。

终于,在一个冬夜,谢恩城堡的主人在那长长的、擦得光亮的楼梯顶端突发中风,他那枯槁的身躯顺着楼梯滚落,最终不幸辞世。敏感、胆小的艾琳在目睹了这一幕后,尖叫着跑出了屋子。而莉莉当时正在欧洲,在巴黎郊区的圣克卢,寄宿在维奥莱特·德沃小姐开办的寄宿学校里。朱莉娅·谢恩不慌不忙地抬起尸体,把它放在书房里那幅画像下方的沙发上,然后叫来了一位医生。医生确认这个可怕的老头终于死了。

当谢恩的死讯在小镇传开时,沿着柏树山脚下铁路行走的意大利工人纷纷在胸前画十字[①],然后把目光移开,仿佛魔鬼本人正躺在那扇锻铁大门内停灵。州

① 基督教信徒在遇到困难、危险或者内心不安时,会在胸前画十字。他们相信这个手势能够祈求上帝的庇佑和力量,帮助他们度过艰难时刻。

长、法官和政客们都来参加葬礼,寡妇身着深色丧服出席,这身丧服她一穿就是三年。她扮演着一位痛失挚爱的妻子的角色。世人私下里流传着关于她不幸的种种传闻,但其实他们对此一无所知。每当显赫人物莅临小镇,照例会在柏树山受到款待。有关约翰·谢恩的传奇变得荒诞不经,却反倒成了本地的一个传统。那个浅黄色头发的乌克兰人斯特潘·克林科隔着锻铁大门冲着惊恐万分的艾琳喊出的那些话,不过是某些荒诞不经故事的回响罢了。

丈夫去世后,朱莉娅·谢恩以惊人的高价陆续出售了被铁路贯穿的沼泽地。一家又一家工厂拔地而起:有些工厂生产农具,有些制造木器,但占据该地区大部分面积的还是钢铁厂。轧钢厂纷纷进驻,高炉竖起了它们那阴森的高塔,直到谢恩城堡从一座被沼泽环绕的孤岛,变成了一个被庞大的熔炉、钢铁厂房和闪闪发光、错综复杂的铁路轨道所包围的迷宫。新的家族变得富有并崭露头角,哈里森家族便是其中之一。谢恩家的部分农田也被出售了,但寡妇保留了沿着主街的一大片狭长地带。在那里她建起了房屋,以收取丰厚的租金。剩下的钱她也精明地进行了投资,使其以惊人的速度增值。她成了一个富有的女人,而有关谢恩城堡的传说也因人们的嫉妒越传越神。

对于那些住在柏树山大门附近简陋棚屋里的外国人来说,那座宅邸和那片园林成了压迫性财富以及冷酷无情权力的象征,其野蛮程度丝毫不亚于他们为了来到这片新大陆而舍弃的旧世界。诚然,朱莉娅·谢恩和那些工厂、熔炉并无关联,她的钱来自她所拥有的土地。那些工厂是哈里森家族和魏斯曼法官所拥有的,但谢恩城堡很容易就成了人们发泄仇恨的一个象征。在那些工人又热又拥挤的住所中间,谢恩城堡的宏伟气势日渐衰败。

第二章　州长的求婚(7~12)

7

在州长驾车愤怒地从柏树山离去的六周后，朱莉娅·谢恩举办了最后一场晚宴，为莉莉饯行。这场晚宴规模不大，只邀请了朱利斯·哈里森夫人、她的儿子威廉以及阿伯克龙比小姐。但这显然是朱莉娅为了蒙蔽小镇众人而使出的一招策略。艾琳不在，因为她回了东部的修道院，她小时候曾在那里上学。一位在维也纳接触到一些创新理念的著名医生建议她回去一趟。他说，这是让女孩恢复正常的唯一办法，因为他没能从她口中问出任何导致她忧郁和神经衰弱行为的合理缘由。她的母亲也未能发现任何线索。事实上，女孩似乎对母亲有种莫名的恐惧，这让她不敢说话。于是，朱莉娅·谢恩克服了自己对罗马天主教会的厌恶，同意让女孩回去，还暗自庆幸自己没有把真相告诉她。她相信，真相只会让艾琳精神错乱。

晚宴过后，在客厅里展开了一场不动声色的较量，一方是朱莉娅·谢恩，另一方是朱利斯·哈里森夫人和阿伯克龙比小姐。莉莉和威廉·哈里森则退到了书房。说来奇怪，这古老、神秘而又精致的客厅倒成了这场颇为文雅的争斗的绝佳战场。

除了三盏台灯——一盏马略尔卡陶器灯、一盏蓝色珐琅灯和一盏明青花瓷灯——散发出的柔和光芒,以及高大镜子两侧壁灯中蜡烛的微弱光辉,还有特纳先生那幅色彩斑斓的《威尼斯》画作所散发的光辉外,屋内没有其他光源。唯一的鲜花是一束白色芍药,那是莉莉从被南风连吹三天而破败不堪的花园里抢救出来的。

“州长的这次来访,”哈里森夫人说道,“结果很不妙。他几乎把所有有头有脸的人都给得罪了。”

“还有他的突然离去。”阿伯克龙比小姐急切地探身向前补充道。

朱莉娅·谢恩在她的大扶手椅里动了动身子。今晚她穿了一件老式的黑色蕾丝长裙,腰部收得很紧,领口开得很低,大胆地露出了她那结实却嶙峋的双肩。“我觉得他没打算怠慢任何人,”她说,“他是接到一封电报被召回的。要知道,州长是有职责在身的。想当年谢恩上校在世的时候……”接着,她便绘声绘色、巧妙地讲起了二十年前的一件轶事,暂时把朱利斯·哈里森夫人和阿伯克龙比小姐的注意力从州长的行为上引开了。她谈起自己的丈夫时,言辞间总是一往情深。

哈里森夫人是一位体态丰腴的漂亮女人,比朱莉娅·谢恩大一两岁,但和她不同的是,哈里森夫人热衷于紧跟时尚潮流。她通过使劲束腰和偷偷抹胭脂来营造一种年轻的假象。可在朱莉娅·谢恩面前,这不过是徒劳的伪装罢了,因为朱莉娅在巴黎见识过各种各样的化妆。在那里,人们涂脂抹粉的手法既娴熟又大胆。这位年长些的女人(哈里森夫人)走路时略带浮夸之态,她时刻都清楚自己作为小镇上最富有的女人所拥有的那种尊贵地位。她比朱莉娅·谢恩还要富上一两百万,除了柏树山及其传统所带来的那种威望之外,她在任何方面都不输朱莉娅。

阿伯克龙比小姐,一位年龄不详的单身女士,梳着高发髻,自认为法语说得极为流利。她必须得相信自己的法语水平,因为给小镇上的年轻姑娘们教授法语和历史的人正是她,而她所凭借的知识背景源自她在欧洲大陆度过的十几个夏天。在朱莉娅·谢恩讲述那冗长轶事的过程中,阿伯克龙比小姐不时地插上几句,发出轻轻的、表示赞赏的轻叹声,嘴里念叨着“哦!”“啊!”之类的感叹词,还会突然感慨过去小镇的日子是多么惬意。等朱莉娅讲完轶事,又是她以一个突然而大胆的举动把话题拉回到了州长身上。

“那么,亲爱的朱莉娅,”她说道,“莉莉那边有什么消息吗?…… 州长的一片深情就没产生点什么结果吗?”

“什么结果也没有,”朱莉娅面带一丝紧绷的苦笑回答道,“除了一场逢场作戏的调情,什么都没有。要知道,莉莉可是非常漂亮的。”

“莉莉太漂亮了!”哈里森夫人评论道,“就在今晚,我还这样和我儿子威廉说。他很仰慕她…… 非常仰慕,你知道的,非常。”夜晚的闷热让哈里森夫人开始使劲地给自己扇风。她扇得很大胆,试图把一丝微风送进她那紧身衣里层层叠叠的赘肉间,但却徒劳无功。

“我一直都搞不明白的是,”阿伯克龙比小姐接着说,“为什么到现在莉莉还没结婚。一个如此漂亮、对每个人——尤其是对长辈们——都那么友善的姑娘……”

谢恩夫人故作谦虚地贬低起莉莉来。“她是个好姑娘,”她说,“但也没那么有魅力。问题是她太挑剔了,很难找到合她心意的人。”她在这番贬低之辞中流露出一种优越感,仿佛她完全有底气这么说,因为没人会真把她的话当回事儿。

“她有过很多机会…… 这一点我毫不怀疑。”阿伯克龙比小姐说道,“我还记得那年夏天,我们都在艾克斯的时候…… 朱莉娅,你还记得那个年轻的英国人吗?那个黄头发的帅小伙儿?”她转向朱利斯·哈里森夫人,脸上带着一种傲慢、得意又亲昵的神情。“要知道,他可是一位贵族的次子,莉莉只要稍微勾勾手指,就能把他拿下。”

与贵族阶层的这层关联,使得阿伯克龙比小姐在这场客厅里的小小争执中,暂时明确地站到了朱莉娅·谢恩这一边。

“还有哈维·比格斯也对她一片痴心呢,”她喋喋不休地说着,“多么好的一个小伙子啊…… 现在和其他许多勇敢的小伙子一样,上战场打仗去了。”接着,仿佛突然想起威廉·哈里森并没有上战场,而是安然无恙地待在大厅对面的书房里,阿伯克龙比小姐便迅速转移了话题:“他们说西班牙人在古巴的暴行简直不可思议。我觉得我们应该尽可能地去宣扬这些暴行,以唤起民众的斗志。”

“从那以后我就一直在想,”哈里森夫人说道,“朱莉娅,你举办花园派对的时候就应该用旗帜来做装饰。毕竟正在打仗,而且州长当时也在场。我之所以提这件事,是因为这事已经让人们议论纷纷了。这只会让大家对他的所作所为更加不满。”

“我原以为鲜花就足够了,”谢恩夫人皱着眉头回答道,“它们原本可漂亮了,直到你们工厂的炉渣把它们都给毁了。那些芍药,”她指了指在柔和灯光下隐隐可见的白色花朵,接着说,“就只剩这些了。”片刻的停顿之后,远处工厂传来的有节奏的轰鸣声充斥着整个房间,宣告着它们的永恒存在。那是一种永不停歇的声响。“那场花园派对似乎彻底搞砸了。我年纪越来越大,都没办法好好招待客人了。”

“胡说!”朱利斯·哈里森夫人着重强调道,“但我不明白你为什么非要住在这儿,整天对着那些工厂。”

“我不会住到别的地方去。柏树山在这些工厂出现之前就存在了…… 远在工厂之前。”

几乎是下意识地,两位女士都从对方的眼神中察觉到了一丝隐隐的怒意,那仅仅是一瞬间闪过的斗志,是既定事物与永恒变化之间的较量。朱利斯·哈里森夫人在内心将其称作“进步”,而朱莉娅·谢恩则在心底将其视为“亵渎”。

8

这场争执到此为止了,因为就在这时,威廉·哈里森那慢吞吞且毫无色彩的声音传进了房间。他从门厅走了进来,走在前面的是莉莉,她身着一件玫瑰色缎面长袍,腰部打了褶,领口端庄的 V 字形开口处垂下如瀑布般的蕾丝作为装饰。威廉比莉莉矮一两英寸,一头淡金色的头发,蓝色的眼睛在高高的秃脑门下微微凸出。他的鼻子很长,嘴巴很窄,毫无表情。他站得笔直,因为他深知自己身材矮小,与哈里森家族数百万家产继承人应有的威严不太相称。

“时间不早了,妈妈,”他说,“而且莉莉明天要动身去纽约。您知道的,她周四就要乘船出发了。”

他的脸涨得通红,神情显得很紧张。他不停地拨弄着表链,烦躁地把红宝石表扣来回滑动。

“乘船出发!”哈里森夫人重复道,并在椅子上猛地坐直身子,手中的扇子停在了半空中。“乘船出发!朱莉娅,你怎么没告诉我呀?莉莉,我本该送你一份送行礼物的。”

“乘船出发,”阿伯克龙比小姐附和道,“去法国呀,亲爱的!我有些事情想拜托你帮忙办一下。你介意帮我带一两包东西吗?”

莉莉不慌不忙地笑了笑。“当然不介意。您能明天早上把东西送过来吗?明天我恐怕不会进城了。”

她突然往旁边让了让,给那个混血女仆让出路来。她是亨尼瑞的妻子,就在威廉·哈里森刚开口说话的时候,是朱莉娅·谢恩按铃叫她过来的。

“告诉亨尼瑞,”她说,“把哈里森夫人的马车派过来。”这位老妇人现在可不想出什么岔子。

随后便是一片混乱,女人们忙着收拾披肩之类的衣物。阿伯克龙比小姐一想到“欧洲大陆”的旅行就兴奋不已,叽叽喳喳地说个不停,更是让场面愈加混乱。

马车到了，客人们乘车沿着长长的车道驶出大门，进入了那条脏乱的街道上。

阿伯克龙比小姐在镇上老区一座被紫丁香、榆树和丁香花遮掩着的小旧房子前下了车后，威廉·哈里森在维多利亚马车里挪了挪身子，紧张地拨弄着表链，还压低了声音，生怕车夫在马蹄铁踏在鹅卵石路上发出的辘辘声之上还能听到他说话。

“她拒绝了我。”他说。

维多利亚马车辘辘地前行着，车里一片寂静，女主人坐得笔直，呼吸沉重。过了一会儿，她说道：“她也许会回心转意的…… 你对付女人可不在行，威廉。”

儿子在黑暗中扭动着身体。有时他肯定会怀疑，母亲对他的评价甚至比他自己对自己的评价还要低。那天晚上，他们母子俩没再交谈。对哈里森夫人来说，一个巨大的希望破灭了 —— 或许更准确地说，是暂且搁置了，因为她是个强势的女人，不会消极地接受失败。她原本希望能把镇上的两大笔财富合二为一。艾琳已经试过了，发现根本不可能。她绝不会嫁给任何人。有一件事让这位不屈不挠的女人感到迷惑，也稍稍冲淡了她那强烈的失望之情。那就是突然去巴黎的旅行。一个奇怪而难以置信的疑虑在她脑海中浮现。她为此思索了一阵子，反复琢磨着，心里有种反常的快感。最后，尽管她很想相信这个疑虑，但还是觉得它太离奇，于是就把它抛开了。

“不可能，”她寻思着，“如果是这样，朱莉娅怎么敢邀请我们去见那姑娘？莉莉本人也不可能表现得如此镇定自若、和颜悦色。不，这不可能！”

尽管如此，当她进入用红砂岩砌成的又大又丑的房子，回到自己的房间时，她还是坐了下来，在脱衣服前给一个住在巴黎的朋友写了一封信。

9

在柏树山，朱莉娅·谢恩和她的大女儿在送走客人、关上门之后，按照由来已久的习惯，回到客厅讨论起当晚的招待活动。她们一致认为，哈里森夫人胖得太离谱了，确实已经到了中风的边缘；阿伯克龙比小姐则变得越来越矫揉造作、烦躁不安。

“女人就应该结婚，”朱莉娅·谢恩说，“哪怕她只能嫁给一个干零活的苦力也好。”

高大镜子旁边的两支蜡烛，还有那支映照着特纳先生色彩绚烂的《威尼斯》画作的蜡烛，都微弱地摇曳着，随后熄灭了。此刻没有外人，老妇人便点燃了一支香烟，静静地把烟吐到寂静的空气中。打破这片寂静的是莉莉。

“威廉又向我求婚了。”她过了一会儿说道。

母亲没有回应，只是静静地看着女儿，疲惫的眼神中带着一种好奇的询问神情。莉莉坐在马约利卡陶①灯投下的光晕里，想必已经猜到了母亲心里在想些什么。

“不，”她说，“要是我想结婚的话，我本可以找个男人…… 一个真正的男人。”有那么一瞬间，她的双眼因情绪激动而变得阴沉，她那红润的嘴唇微微翘起，仿佛突然带着一种不知羞耻的愉悦回忆起了情人的拥抱。“不，”她接着说，“我可不会开这样的玩笑，哪怕是对威廉这样的可怜家伙也不会。”

老妇人弹了弹香烟上的烟灰，手上的戒指在烛光下闪闪发亮。“有时候，”她轻声说道，“我觉得你真是没救了…… 完全堕落了。”

她的声音里透着一股忧伤，如此深切，以至于女孩突然从椅子上跳起来，穿过两人之间的小段距离，冲动地抱住了母亲。“对您，妈妈，我很抱歉，”她说，“我真的很抱歉……”她亲吻了那张坚毅而美丽的脸庞，母亲也突然爆发出一阵罕见的强烈情感，回抱了她。

“没关系的，亲爱的莉莉。我只是在为你着想。我觉得没什么能再真正伤到我了。我是个久经沙场的老战士，坚韧且全副武装。”她温柔地看了女孩一会儿，然后问道：“难道你不害怕吗？”

“不害怕！”回答得平静又自信。

“你真是个奇怪的女孩，太奇怪了。”母亲说道。

10

玛丹·吉贡和菲菲住在阿索姆普松街②的一套小公寓里。那年夏天，她住到了热尔米尼莱韦克③。它位于马恩河流经莫城和特里波尔之后的一道河湾旁。河水在莎草丛与野菖蒲间蜿蜒流淌，舒缓从容。河两岸是一行行高大的悬铃木，翠绿斑驳的树皮好似蝾螈的脊背。在这里，她住在她表亲城堡的小屋里。她的表亲是位绅士，其头衔是从法兰西第一帝国时期的一位银行家那里继承来的，他把这小屋给吉贡夫人免费居住。吉贡夫人的父亲也是一位银行家，在法兰西第二帝国覆灭时破产了。她的丈夫 —— 吉贡先生既是学者也是古董收藏家，曾是克吕尼

① 一种具有特定制作工艺和装饰风格的陶瓷制品，通常是在白色的陶胎上，使用含金属氧化物的颜料进行绘画装饰，然后再覆盖一层透明的釉料，经高温烧制而成。

② 位于法国巴黎的第 16 区。

③ 又称热尔米尼，位于法国中北部的法兰西岛大区塞纳-马恩省，地处莫城东北 9.5 公里处的马恩河左岸。

博物馆[1]的馆长。他早已过世——是个没什么能耐的小个子男人，有点驼背，还斜视。他一生过得平平淡淡，离世时也没引起什么波澜，以至于就连吉贡夫人有时也会审视自己的良心和名声，因为有很长一段时间她都完全忘记了他曾经存在过。对她来说，菲菲可要有个性多了——菲菲走路摇摇摆摆的，一身黑褐相间的皮毛，在下午茶时间还会汪汪叫着要蛋糕吃。

虽说吉贡夫人不是英国人，但下午茶在她的生活中却是一项雷打不动的仪式。这一习惯源自她在巴黎近郊圣克卢的维奥莱特·德沃小姐寄宿学校的经历。在那儿，下午茶是一顿正餐，因为德沃小姐的寄宿生里总有二十来个英国女孩。吉贡先生过世后，迫于生活的艰难，她在年事已高的德沃小姐开办的学校里谋得一份教授艺术与历史的教职。德沃小姐和她一样，都是波拿巴主义者、中产阶级，而且极为体面。她从微薄的薪水中攒下了一笔数目可观的小钱，最终带着菲菲退隐到阿索姆普松街的那套小公寓里，靠着存款利息和她男爵表亲的接济过活。但比起她的体面和那点小积蓄，她更看重自己的身份和地位。即便是身处逆境，她也没有放弃过自己的身份和地位。她依然因支持小拿破仑[2]而倾家荡产的父亲而备受尊敬。她仍会出席波拿巴主义家族在位于帕西、弗朗德兰大道以及代表新巴黎地区的星形广场[3]上的宅邸和公寓里所举办的沙龙。在围绕着波拿巴亲王那日渐衰老的身影活动的社交圈子里，她依然备受敬重。最了不起的是，每当亲王要在地理学会发表演讲前，她都会收到一张由亲王亲笔签名的入场券。

朱莉娅·谢恩的信寄到的时候，吉贡夫人正准备离开阿索姆普松街的那套小公寓，去热尔米尼莱韦克过夏天。在获悉信件中的消息后，她搁置了原有的计划，一边耐心等待美丽的莉莉·谢恩的到来，一边带着菲菲前往布洛涅森林[4]散步，呼吸新鲜空气。考虑到她的年龄和身体状况，布洛涅森林是个挺合适的去处。到了莉莉要来的那天，她设法叫了一辆出租马车，去巴黎北站接莉莉。

吉贡夫人迎接女孩的方式有些令人感动，而胖得气喘吁吁的菲菲迎接莉莉的样子则更令人动容。这只精明的老狗还记得莉莉就是那个曾大方地给它蛋糕吃的女孩，所以当莉莉穿着一身漂亮的紫色套装，头戴一顶插满羽毛的大帽子，爬上出租马车时，圆滚滚的菲菲又叫又跳，像只活力四射的小狗崽。

在前往莫城的路上，以及随后乘坐马车沿着马恩河去往热尔米尼的行程中，两人都没有提及朱莉娅·谢恩的那封信。她们聊天气的炎热，聊乡村的美景，聊年

---

① 又名国立中世纪博物馆。
② 指路易·拿破仑·波拿巴，即拿破仑三世。
③ 法国巴黎的一个著名地标，现名为戴高乐广场。
④ 位于法国巴黎西部，是巴黎的两大森林公园之一。

逾九十、身体十分虚弱的德沃小姐，聊学校里新来的女孩子们…… 直到那个农民车夫在小屋的大门前勒住他那匹肥壮的马，把她们的行李搬进那座爬满藤蔓的小屋。

11

莉莉在鸽舍正下方的房间里休息后，一人一狗在一个脸颊红扑扑的农家女孩的帮助下，开始动手收拾整理这个地方。随着夜幕降临，吉贡夫人摘下假发，戴上一顶蕾丝帽，然后她们便安顿了下来，准备一直住到十月份。

她们吃完有煎蛋、土豆和葡萄酒的晚餐后，便在露台上坐了下来。终于，吉贡夫人小心翼翼、措辞谨慎地提及了那个话题。这是法兰西岛常见的那种雾霭蒙蒙的蓝色傍晚，寂静变得愈发浓重、可感，哪怕最微弱的声响，也能在那随风起伏的麦田间，清晰地传至令人惊叹的远方。河对岸传来一阵若有若无的铃铛声，两头白牛正慢悠悠地从农场往长着灯芯草的河边走去。头顶上，小屋屋顶的葡萄藤间，鸽子们梳理着自己的羽毛，慵懒地咕咕叫着。这个平静而祥和的傍晚很美，宛如奇妙的梦境般。

沉默了许久之后，吉贡夫人又开始聊起了家常。过了一会儿，她说道："说真的，这种事以前也发生过，以后还会再发生。问题是，亲爱的莉莉，你长得太漂亮了，容易头脑发热，而且你太大方了。以前我总跟德沃小姐说，比起那些英国女孩或者美国女孩，你更像是我们这边的姑娘。"

莉莉什么也没说，仿佛她压根没听见吉贡夫人说的话。她裹着黑色披风抵御着马恩河上飘来的淡淡薄雾所带来的寒意，似乎沉浸在这令人屏息的傍晚美景之中不能自拔。

"嗯，在我的家族里就发生过这种事。我有个表妹…… 就是住在这城堡里的男爵的妹妹……"吉贡夫人从一个事例说到另一个事例，试图为莉莉的奇怪举动寻找理由。讲完一长串事例后，她轻轻摇了摇头，说道："我懂，我懂……"吉贡夫人脸上始终带着微笑，仿佛她自己也曾有过许多情人，仿佛自己像克利奥帕特拉[①]一样富有魅力。喝完最后一口咖啡，她轻拭了嘴角。

"我从巴黎带了些上等的细棉布和蕾丝来，"她说，"我记得你针线活做得可好了。今年冬天我们在那套小公寓里可有得忙了。"

这时莉莉第一次有了动静。她懒洋洋地动了动身子，眼睛半闭着，头靠在椅

---

① 古埃及托勒密王朝的最后一任女法老，其与凯撒、安东尼之间的爱情故事充满了传奇色彩，成为后世文学、艺术作品中经久不衰的题材。

背上。“我们不会住在那套小公寓里，吉贡夫人…… 我们会有一栋房子…… 我已经看好了，就在雷努瓦街。您瞧，我以后要一直在巴黎生活了。我再也不回美国生活了。”

这位法国老妇人什么也没说，既没表示赞同也没表示反对，但她突然高兴得心里热乎乎的，因为雷努瓦街的那栋房子勾起了她的想象。这意味着她将拥有与自己身份相称的体面居所。毕竟，她可是能收到波拿巴亲王演讲会亲笔签名入场券的人。她可以举办沙龙了。她知道莉莉·谢恩和所有美国人一样，非常富有。

过了一会儿，她们进了屋。莉莉在鸽舍正下方的房间里点上一支蜡烛，坐下来写信。她先给暂住在修道院的艾琳写了一封信，接着又给柏树山的母亲写了一封。最后一封信，内容简洁而正式，是写给州长的。这是她写给他的第一封信，也是最后一封。

12

小镇上，莉莉突然离开的消息和所有来自谢恩城堡的小道消息一样，迅速传开了。这件事一度引发了漫天的流言蜚语。后来，当人们渐渐得知她打算在巴黎定居时，大家又议论纷纷了好一阵子，她父亲的那些故事也再度被人提起。她的名字成为众多流言蜚语的焦点，就像那些围绕着既美丽又冷漠的女性所流传的各种传说一样。

但有一件事镇上的人一无所知。他们并不知道有一封电报发到了谢恩城堡，电报内容很简单，就写着：“约翰已平安抵达。”只有电报员看到了这封电报，而对他来说，这些文字可能毫无意义。

是朱利斯·哈里森夫人让那团笼罩在莉莉身上的谣言迷雾一直不散。要不是忙着通过儿子威廉来指挥工厂的事务，她会一直琢磨自己心中的疑虑。她写给巴黎朋友的信也没问出什么结果来。莉莉似乎把自己藏起来了，美国侨民群体里没人知道她的下落。但哈里森夫人毫不气馁，自己编出了一个故事，到后来连她自己都信了。她还会把这个故事讲给她最要好的朋友们听，讲之前她会先说上这么一句：“谢恩城堡还是老样子。那里发生的事情比世人想象的要多得多。”

至于那位州长，两年后在选举前夕他来到了镇上；但这一次他没有去谢恩城堡。人们知道他与老朱莉娅·谢恩进行了一次长达一个多小时的神秘谈话，但是他们之间究竟谈了些什么，无人知晓。

莉莉离开后，她的母亲慢慢地过上了隐居生活，不再举办招待会和花园派对了。莉莉一走，这里似乎就没了欢乐的理由。大家都知道，艾琳讨厌各种各样的庆祝活动。

“我年纪越来越大了，”朱莉娅·谢恩说，“招待客人让我觉得累。我何必呢？”

说她年纪大其实并不准确，但说她累了却是事实。很明显，她正在渐渐放下所有感兴趣的事。更显而易见的是，她其实很珍视自己的独处时光。

偶尔，她还是会屈尊去镇上参加晚宴。她坐着由亨尼瑞驾驶的维多利亚马车，穿过散发着汗臭的哈尔斯特德街，越过油腻腻、蜿蜒流淌的黑叉河，再爬上小山，来到镇上有产者聚居的体面地段。在这难得的旅途中，她心里在想些什么，旁人无从猜测。那些想法想必很是奇特…… 她是个刚过中年不久的女人，在有生之年亲眼见证了自己出生的小镇经历了一场惊人的变革。她还记得曾和约翰·谢恩在围场骑马的日子，而如今那片围场早已被大片的仓库掩埋。她还记得当哈尔斯特德街还只是一条穿过沼泽通往柏树山的私人车道的时候。的确，随着岁月流逝，朱莉娅·谢恩似乎不知不觉地跨越时光回到了过去，回归到她作为农家女儿时的那种质朴状态。她的话变少了，也开始回避人群，不再在意自己衣着是否优雅。仿佛她那消瘦而世故的神态不过是一种伪装，随着时间的推移，她开始一点一点地将其褪去。少数几位踏进过谢恩城堡的女士回来后都讲起，朱莉娅·谢恩把城堡里其余的房间都关了，只在两三间屋子里生活。

人们也会说起朱莉娅及其两个女儿的许多事情，但其中大部分是关于莉莉的。不知何故，莉莉似乎抓住了他们的想象力。在小镇中，她出生并成长于被炉火环绕的山丘之上，仿佛是一株在繁茂菜园中意外绽放的兰花，带有一种异国情调。

人们会这样说：“朱莉娅·谢恩从她女儿艾琳身上得不到丝毫慰藉…… 我觉得这姑娘有点古怪。”

又或者，朱利斯·哈里森夫人会一边会意地摇头，一边评论道：“奇怪的是莉莉一直没结婚。他们说她在巴黎过得挺自在，虽说在那儿她和美国同胞没什么往来。约翰·谢恩的女儿更喜欢和法国人打交道，这倒挺符合她的做派。”

第三章　莉莉的离去与转变(13~18)

13

与此同时,小镇发展起来了。朱莉娅·谢恩度过青春岁月的那片农场完全消失了,取而代之的是一块块被分割成方格状的地块,简陋的混凝土人行道纵横交错,贯穿其间。房屋一栋接一栋地建了起来,宛如菌类般成群冒出来。这些用廉价材料建起来、供米尔斯工厂的职员和小官员们居住的房屋在风格上千篇一律且丑陋不堪。在"平民区",也就是那些被工厂占据的区域,涌入了成百上千的外来工人,使得原本就拥挤不堪的房屋更加令人难以忍受。克罗地亚人、斯洛文尼亚[①]人、俄罗斯人、波兰人、意大利人,还有黑人,在不健康的低地上,在熔炉塔的阴影下,在回响着钢铁撞击声的厂房旁,甚至就在谢恩城堡的树篱边安了家。几位有良知的市民有感于这一地区的严峻状况,在哈尔斯特德街紧临街角酒馆的地方,开办了一家机构,并给它起了个饱含深情的名字——"欢迎之家",来帮助为数不多的那些对来自小镇的志愿工作者们没有敌意和戒心的外来人员。

这些事情就发生在朱莉娅·谢恩的窗下。但生活在另一个世界里的朱莉

① 位于中欧南部,西临意大利,北部与奥地利接壤,东北部与匈牙利接壤,东南部与克罗地亚接壤。

娅·谢恩,对这一切都视而不见。

的确,她从女儿艾琳身上得不到丝毫慰藉。从修道院长时间休养回来后,艾琳和母亲爆发了一场激烈的争吵。这场争吵并非以一方突然取得决定性胜利而告终,而是持续了好几周。艾琳回来时,她那张消瘦漂亮的脸显得苍白而清透,浅金色的头发从前额紧紧往后梳,梳成了严肃的修女式发型。她穿着一套朴素的黑色套装,仅用一个简单的白色细棉布衣领做装饰。

艾琳回家后的第一个晚上,母女俩在书房里一直坐到午夜。晚饭后,当屋里只有她们两人的时候,她们就待在这间书房。直到那座小巧的法式座钟敲过十二响,姑娘才终于鼓起勇气开口唤母亲。可当她终于出声时,却不得不打断老太太——她正借着银柄放大镜读着莉莉寄来的科莱特·威利[①]的新作。

"妈妈,"艾琳轻声喊道,"妈妈……"

朱莉娅·谢恩放下眼镜,抬起头来。"什么事?"

"妈妈,我已经决定要进入教会了。"

这并不是什么新鲜的宣告,是年复一年被提起却一次次被这位老妇人否定的愿望。但这一次,艾琳的声音里带着一丝坚定和决心,这与她平日里的谦逊态度截然不同。母亲的脸色变得严厉起来,近乎冷酷。她手中的《谢莉》[②]轻轻滑落到地上,并被遗忘在了那里。

"这就是我让你回修道院的回报吗?"每次听到这冰冷、强势的声音,艾琳都会吓得浑身发抖,并乖乖顺从。对母女俩来说,"教会"指的都是同一样事物——罗马天主教会。约翰·谢恩原本是天主教徒,后来却成了一个一生都在嘲讽天主教会的人;而对他这位长老会信徒的遗孀来说,天主教会始终是"罗马的红衣女子"[③]。

女孩什么也没说,只是一直垂着眼眸,手指不停地摩挲着红木椅子扶手上的雕刻花纹。她的脸色变得极为苍白,纤细的手指也在颤抖。

"这和莉莉有关系吗?"母亲突然面露疑色问道,艾琳急切地连说"没有!没有!",那强烈的语气让朱莉娅·谢恩相信艾琳确实还什么都不知道,于是便换了种策略。

"你知道我是怎么想的,"她说,"我老了,也累了。我已经经历了太多的不

① 20世纪上半叶法国著名的双性恋女作家,其作品背景大都设定在美好年代时期的勃艮第或巴黎,主题围绕婚姻生活和性,小说经常为半自传性质。

② 科莱特·威利的一部作品。

③ 在宗教语境中,这是新教对罗马天主教会带有贬损和诋毁意味的称呼,用来表达新教对天主教的批判和不认同态度。

幸，艾琳。你加入教会将是压垮我的最后一根稻草。”

女孩的眼里涌出了泪水，全身都开始颤抖起来。“这是我唯一的寄托了！”她哭喊道。

“别这么消极！”

谢恩夫人脸上浮现出一种威严的神情——那种她用来面对除了自家人之外的整个世界的神情。

“我不想听这个，”她接着说，“我已经跟你说过很多次了，艾琳…… 要是我能阻止的话，我绝不让我的女儿把自己卖给魔鬼。”她说话时情绪愈发激动，近乎憎恶。“只要我还活着，你就别想这么做！就算我死了，如果能阻止，你也别想这么做！”

女孩努力不让自己抽泣出声。她灵魂深处新燃起的反抗意识给了她某种精神上的力量去与母亲对抗。以前她可从来不敢为自己的想法据理力争。“要是莉莉的话……”她有气无力地开口道。

“那也没什么区别。而且，莉莉根本不可能这样。那是不可能的事。莉莉又不傻……”

艾琳的这番指责由来已久，一直深埋在她那颗孤独且逆来顺受的心底。此刻，她的指责如同从灵魂深处爆发的激情呐喊，抗议着那个被众人原谅、赞赏和喜爱的姐姐。同时，这也是对母亲的指责，因为母亲非常理解莉莉，却始终无法体察她的痛楚。

“我猜是那些修女们跟你说了些什么……”朱莉娅·谢恩继续说道。见女孩只是痛苦地把脸埋进双臂里，她又更加温和地说道：“过来，艾琳…… 到我这儿来。”

女儿静静地走到母亲身旁，跪了下来，紧紧握住母亲那戴着戒指的手。戒指贴在女儿娇嫩、清透的皮肤上，感觉是那样冰冷。有那么一瞬间，母亲皱起了眉头，仿佛身体某处突然疼痛起来。“我的天哪！”她说，“为什么生活就这么难？”但她的脆弱转瞬即逝。她挺直了疲惫的身躯，叹了口气，又接着说道：“现在，”她粗声粗气地说，“我们得把这事解决了…… 我们得更好地理解彼此，亲爱的。要是你能试着告诉我…… 让我来帮你就好了。我是你母亲啊！无论你遇到什么事，我都会与你同在…… 所有事都是如此。咱们三个，你、莉莉和我。”她的态度渐渐变得更加温柔、亲切起来。“我们必须团结在一起。可以说咱们孤立无援…… 三个女人，面对整个世界。等我死了，我希望你和莉莉能比咱俩现在更亲近。要是你有什么想坦白的事…… 要是你有什么秘密，都跟我讲，别跟那些修女说。”

此时,艾琳已经歇斯底里地抽泣起来。她一直紧紧抓着母亲的手,哭喊道:“没什么…… 没什么!我不知道自己为什么这么痛苦。”

“那答应我一件事…… 在我们把这件事彻底谈清楚之前,你什么都不要做。”她伸出纤细而青筋突出的手,开始缓缓抚摸女孩的金发,那动作仿佛带有催眠的魔力。

“好…… 好…… 我答应!”渐渐地,抽泣声平息下来,女孩也恢复了平静。

有那么一会儿,她们就那样坐着,听着壁炉上方那座小巧的法式座钟发出的轻佻的滴答声,仿佛在嘲弄着什么。对于另一种更为低沉且规律的声响——宛如巨锤的敲击声——她们却充耳不闻。由于这声音早已成为她们日常生活中的一部分,她们甚至不再意识到它的存在。工厂昼夜不息的运转声,已经成为这宁静的一部分。

最后,朱莉娅·谢恩动了动身子,突然激动地说:“来,艾琳!…… 到我房间来。这儿没法让人安心。”于是两人起身匆匆离开。母亲拄着乌木拐杖一瘸一拐地走着,一次都没有回头看那幅画像,而画像中那双英俊却透着恶意的眼睛似乎正带着邪恶的快意注视着她们离去。

14

母女俩之间这场无声的较量持续了好些天。尽管双方都不承认有这么一场较量,但不管是睡着还是醒着,她们心里都始终清楚它的存在。最终,母亲从饱受折磨的女儿那里又得到了第二个承诺…… 只要母亲还活着,她就永远不会进入教会。母亲很精明,她激起了女儿对那些住在柏树山门口的工厂工人家庭的兴趣。艾琳在这些家庭中找到了自己的位置。她像慈善修女一样走进他们的家门,直面谢恩城堡所引发的根深蒂固的敌意和猜疑。她甚至在夜里去“欢迎之家”的学校教一小群工人学英语。就这样,她辛苦劳作了三年。后来,她似乎变得开心起来,因为在这些外来人员当中,有那么几个人信任她了。他们当中那些虔诚而淳朴的人,甚至开始相信来自谢恩城堡的这位女士身上有某种圣洁的品质。

四年后,莉莉回到柏树山看望母亲时,见到的就是这样一个面色苍白、虔诚的艾琳。她没提前打招呼就独自抵达了位于平民区中心的那个满是煤烟的砖砌车站。她是午夜时分从横贯大陆的特快列车上下来的,就连在那儿工作了二十年的老站长都没认出她来。她像个陌生人一样进了小镇,衣着华丽,戴着厚厚的巴黎式面纱，穿着厚重的皮草，除了一双黑眼睛，脸都被遮住了。当一个人不期而至时，就不太容易被认出来。小镇上有些人还以为莉莉·谢恩可能永远都不会从巴黎回来了。

她在脏兮兮的站台上站了一会儿，环顾着四周自她离开后新建起来的工厂厂房和一排排工人住房。它们在纷纷扬扬的大雪中影影绰绰，仿佛这一切并非真实存在，而是从梦境中冒出来的怪异建筑。接着，她上了一辆出租马车，车里隐隐散发着霉味和氨气味。在沿着哈尔斯特德街前往谢恩城堡的路上，她不停地把头探出又缩进马车车窗，望着映衬在天空微光下的新烟囱和新厂房的轮廓。大片大片湿漉漉的雪花一落到地上就变黑了，融化后顺着排水沟形成一股脏兮兮的水流。在街角的酒馆旁，一群醉眼惺忪的钢铁工人带着敌意和好奇的目光盯着她看。看到一个衣着如此华贵的陌生女子在午夜时分乘车穿过平民区，这些工人们都惊讶不已。不管心中还有何疑惑，他们肯定都知道她的目的地是山上那座巨大的黑色房子。

马车拐进长长的车道时，莉莉借着路灯的强光，注意到没有上漆的锻铁大门已经锈迹斑斑。门侧柏树篱的缺口越来越大，有些地方有十几码甚至更宽。房子里所有的窗户都是黑的，只有书房那一侧，昏黄的灯光透过飘落的雪花隐隐透出。不知怎的，这房子看上去死气沉沉，好像已经被遗弃了。在过去，它可是灯火通明的。

马车夫杰瑞把她的行李搬了下来，放在了有锻铁柱子的门廊上。那些行李上贴着圣莫里茨、戛纳、索伦托和佛罗伦萨等地的皇家辉煌酒店、博里瓦日酒店、丽思卡尔顿酒店以及大都会酒店的鲜亮标签。莉莉突然发现，紫藤花已经没有了，只剩下锻铁支架的黑色轮廓在熔炉暗淡的火光映照下，呈现出一种硬朗的花丝模样。

门是锁着的，她拉了六七次门铃。听着那远处传来的叮当声，那个混血女仆过了好一会儿才来开门。见到是莉莉，她含糊其词地嘟囔着欢迎之词。

“妈妈！”莉莉朝着那长长的、擦得光亮的楼梯喊道，“艾琳！妈妈！你们在哪儿呢？”

她把外套和皮草交给了那个混血女仆。在解面纱的时候，母亲一瘸一拐的脚步声和拐杖敲击地面的声音从头顶上方那个寂静的房间里传了过来。片刻之后，朱莉娅·谢恩出现在楼梯顶端，身后跟着穿着一件高领灰色布料连衣裙、打扮得像个女执事的艾琳。

15

为了给莉莉接风,那个混血女仆拿出了最重的银质烛台,还派亨尼瑞去镇上买了一打长蜡烛和一大束粉色玫瑰。当母女三人下楼来用餐时,银质的花瓶里插满了玫瑰。跟往常一样,朱莉娅·谢恩穿着黑色衣服,灰色的头发上搭着一条蕾丝披肩。这是她晚上的穿衣习惯,也让镇上的人又多了一条可以证明她怪癖越来越多的证据。艾琳仍旧穿着那件高领的灰色连衣裙 —— 看上去有点像这家里雇的家庭女教师或者护士 —— 在餐桌一侧坐了下来。莉莉迷人的风采把那个混血女仆和帮忙的黑人女孩都迷住了,以至于晚餐服务得很糟糕,惹得谢恩夫人大声呵斥。莉莉早已不再是小姑娘了,她已经长成了一个女人。她本可以称得上一位体态优美的女子,只可惜她太过慵懒倦怠了。曾经苗条的她如今已变得柔美丰腴,有种成熟美果般的饱满感。以前纤细的地方现在都有了曲线。她动作缓慢而优雅,带着和母亲一样奇特的端庄气质。她没擦胭脂,因为她饱满红润的嘴唇和泛着淡淡红晕的脸颊不需要这些东西。她的美是那种农家女孩的美,只是去掉了所有的粗俗,只留下因健康而焕发出的光彩。毕竟,她是苏格兰农场主的孙女;她身上没有丝毫的娇弱,也没有艾琳那种贫血似的苍白。今晚她穿了一件威尼斯茶会礼服,颜色如同石灰岩水池里的水,清澈、凉爽、淡绿。她不顾当下流行的时尚,将那红褐色的头发紧紧地束在头上,并用一枚镶有宝石的别针固定着。她的脖子上挂着一条细细的银链,上面悬着一颗梨形的翡翠。这翡翠时而垂在礼服外面,时而紧贴着她细腻的白色肌肤。

晚餐时艾琳话语寥寥,目光低沉,仿佛姐姐的美貌在某种程度上既吸引着她,又让她有些反感。晚餐结束后,她站起身来对母亲说道:

"现在,我得走了。今晚该我去'欢迎之家'教课了。"

莉莉一脸疑惑地看着她,直到母亲转过身来解释说:"她在哈尔斯特德街教一群外国人英语。"然后又对艾琳说:"莉莉今天刚回来,你其实不必去的。"

妹妹那张苍白的脸上露出了倔强的神情。"我不能不去。他们都指望着我。接下来好几周我每天都能见到莉莉。这是我的责任。要是留下来,那就是贪图享乐!"

"可你不会是要一个人去哈尔斯特德街吧?"莉莉抗议道,"还是在晚上!你肯定是疯了!"

"我非常安全…… 他们都认识我,也知道我在做什么。"妹妹骄傲地回答道,"而且有个男人总会送我回家的。"

她走到莉莉的椅子旁，用凉凉的嘴唇在姐姐温暖的脸颊上轻轻碰了一下。“晚安，”她说，“以防我回来的时候你已经睡了。”

艾琳离开后，这两位女士的举止瞬间发生了变化，就好像原本分隔着母女俩灵魂的一道无形屏障，此刻突然消失了。莉莉向后靠去，伸展着她修长的四肢。混血女仆拿来了香烟，母女俩便坐下来聊了起来。她们终于可以单独相处，畅所欲言了。

“艾琳这样有多久了？”莉莉问道。

“已经三年多了。我没去干涉，因为这能给她带来很多快乐。要知道，这还让她打消了进教会的念头。不管怎么说，这总比进教会要好。”

接着，母女俩仿佛突然进入了另一个世界，开始说起了法语，把那个混血女仆排除在了她们的谈话之外。

“可她已经像个修女了[①]，”莉莉说，“完完全全就是[②]。你还不如就让她进教会。她现在的举止已经像个修女了…… 还穿着那件可笑的灰色连衣裙。她看上去糟透了。您应该禁止她这样。一个女人没权利把自己弄得这么难看。这有点罪过。”

母亲疲倦地笑了笑。“禁止她？你不了解艾琳。能让她不进教会我就谢天谢地了。她都快变成狂热分子了。”谢恩夫人停顿了一下，又接着说，“她现在都不出门了…… 从一年多以前就这样了。”

“她就像个四十岁的老处女…… 一个二十五岁的姑娘把自己弄成这样，太丢人了。没有男人会看上她的。”

“艾琳是不会结婚的…… 跟她讲也没用。我以前见过这种人，莉莉…… 那种宗教狂热分子。她们对宗教的虔诚，几乎等同于对爱情的渴望。”

一直在收拾餐具的混血女仆走过来，依照惯例，站在女主人的椅子旁边，等着听第二天的吩咐。“就我们三个人用餐…… 跟往常一样。就这些，萨拉！”

女仆转身要走时，莉莉在她身后大声说道：“妈妈，”她说，“我在这儿的时候，能不能把其余的房间也打开？像这样关着，太可怕了。有客厅却老坐在书房里，我可讨厌这样了。”

谢恩夫人没有反驳。“萨拉，明天找个人帮你，把客厅打开。莉莉小姐在这儿的时候，我们就用客厅。”

混血女仆出去了，莉莉又点了一支烟。“为了圣诞派对，您也得把客厅打开

---

① 原文是法语“Mais elle est déja religieuse”。

② 原文是法语“tout simplement”。

呀，”她说，“您总不能在书房里招待所有亲戚吧。”

“我本来还想着今年不办圣诞派对了。”母亲回答道。

“不…… 今年可不行，”莉莉叫道，“那多有意思呀，而且我好几年都没见到哈蒂表姐、雅各布叔叔和艾伦了。”

母亲又一次让步了。“我看出来了，你就喜欢热闹。”

“嗯，这房子已经够阴沉的了，我可不像艾琳那么虔诚。”看到母亲从椅子上站起来，她说：“咱们别去书房了。就坐在这儿吧。我讨厌待在书房里。”

于是，母女俩就坐在那儿，高高的蜡烛越烧越短。谈话稍作停顿之后，母亲突然转向莉莉，说道：“那你呢？①”

莉莉耸了耸肩。“我？我？我挺好的呀。”②

“吉贡夫人和小吉恩呢？”③

“他们都挺好的…… 两个人都好。我带了一张照片，一直等着给您看呢。”

“你知道吗，他结婚了。”

“什么时候？”

“就在三周前。收到你的信后，他曾来过这儿，表示愿意尽他所能帮忙。他想让孩子去美国上学。”

说到这儿，莉莉得意地笑了。“可吉恩是我的。我不会从他那儿接受任何帮助。他不敢承认吉恩是他的儿子，因为那会毁了他。我要把孩子送到我想送的地方去。”她向前探着身子，突然热情高涨。“您都不知道他有多帅、多聪明。”她把椅子往后推了推。“等等，我去拿他的照片。”

母亲拦住了她。“去把我梳妆台上那个珐琅盒子拿来。里面有样东西会让你感兴趣的。”

16

不一会儿，女儿就拿着照片和珐琅盒子回来了。朱莉娅·谢恩感兴趣的是那张照片。她把盒子搁到一边，拿起照片，默默地凝视了许久，而莉莉则隔着光亮的桌子仔细地观察着她。

“他是个帅气的孩子，”她过了一会儿说道，“长得像你，一点也不像他父亲。”朱莉娅蓝色的眼睛湿润了，那张疲惫而冷峻的脸也柔和了下来。“到这儿来。”她几乎是低声补充道。等女儿来到她身边时，她便把她轻柔地搂在自己瘦

① 原文是法语：“Et toi.”

② 原文是法语：“Moi？ Moi？ Je suis contente.”

③ 原文是法语：“Et Madame Gigon，et le petit Jean.”

弱的胸前，轻轻地吻了她。松开莉莉后，她问道："那你呢？打算什么时候结婚？"

莉莉笑了。"哦，我还早。毕竟我才二十七岁，我现在这样就很开心。"她微笑着拿起珐琅盒子。"给我看看那个秘密吧。"她说。

谢恩夫人打开盒子，从一堆发黄的剪报中抽出一张崭新的。"看，"说着她把剪报递给女儿，"这是他和他新婚妻子在婚礼上拍的照片。"

照片中，州长虽然比以前稍稍发福了些，但依然高大挺拔，肩膀宽阔。除了被修剪过的飘逸小胡子，他倒也没什么变化。照片里，他对着镜头亲切地笑着，仿佛在蜜月期里就预见了自己的政治资本。在他身旁站着一位中等身高、体格健壮的女子。她的面容略显粗犷，却也带着微笑。然而，那笑容中似乎流露出一种优越感，仿佛对周围的人群不屑一顾。尽管她平凡的相貌里透露出智慧的光芒，但不知为何，总感觉缺少了一丝吸引力。剪报上介绍说，她出身于中西部一个富商家庭，曾就读于女子学院。接着还简短地介绍了一下州长的生平，预言他前途光明，并就这场公众期盼已久的婚事向他表示祝贺。

莉莉把剪报放回珐琅盒里，并啪的一声合上了盖子。"他干得不错，"她说，"听上去她是美国政客的完美妻子。换作是我，肯定会一败涂地。好在现在我们俩都过得挺开心。"

母亲的眼中又露出了困惑的神情。"那孩子，"她说，"应该有个父亲。为了他，你也该结婚，莉莉。"

"他迟早会有父亲的…… 不着急。而且，他的身份没什么问题。我是谢恩夫人，一位富有的美国寡妇。吉贡夫人已经把这些都安排妥当了。我的身份地位很不错。没有哪个女人能比我更受人敬重了。"

她缓缓地开始讲述起自己在巴黎的生活。这与吉贡夫人在马恩河畔露台的第一个宁静夜晚所畅想的美好情景颇为相似。雷努瓦街的那所房子又大又旧。它建于法国大革命之前，当时帕西还是一片被开阔草地环绕的郊区。房子后面有个花园，一直延伸到帕西街，帕西街曾是通往欧特伊[①]的开阔大路。如今，虽然公寓、商店和房屋已遍布那些开阔的草地，但自勒诺特尔[②]为塞维涅侯爵夫人[③]设计规划之日起，这所老房子和花园就一直保持着原样。花园里有个漂亮的露台和一座亭子，将来有一天，吉恩在这里也会有属于他自己的地方。这所房子的布局很适合举办各类活动：空间十分宽敞，还有一间很大的客厅，高大的窗户沿着花园一

① 位于巴黎西部，临近塞纳河，交通便利，周边有多个地铁站，方便人们前往巴黎的其他区域。

② 法国著名造园家，一六一三年三月十二日出生于巴黎的造园世家，一七〇〇年九月十五日去世。

③ 出生于法国的一个贵族家庭，父亲是塞维涅伯爵，后来嫁给了亨利·德·塞维涅侯爵，从而成为塞维涅侯爵夫人。

侧延伸，向外开向露台。不远处就是塞纳河。在白天和夜晚，人们都可以听到往返于塞夫勒和圣克卢的游览汽船的鸣笛声。

至于朋友，那可太多了…… 多得都超出了她的期望。有吉贡夫人那个圈子里受人尊敬的男爵夫人和伯爵夫人，这群人对波拿巴亲王崇拜有加，还大谈特谈恢复帝国之类的蠢话。说实在的，她们都古板守旧，但她们的子女倒还不错。其中有些人莉莉在德沃小姐的学校里就认识。有些人还挺迷人的，尤其是男士们。她还去贡比涅打过猎，虽说她并不喜欢这种过于剧烈的运动。确实，他们对她都非常友善。

“说到底，”她总结道，“我既不聪明也不出众。和他们相处我挺满足的。我真的挺开心。至于吉贡夫人，她可是容光焕发。在她那个圈子里，她已经成了个了不起的人物。她每个月举办两次沙龙，摆出的糕点多得光看看就能让你腻得难受。我给她一大笔生活费，但她却打扮得像个魔鬼。我觉得她挺遗憾现在裙撑不再流行了。她看上去就像棵圣诞树，但她可是端庄得体的典范。”有那么一瞬间，她的声音里略带一丝嘲讽，几乎是苦涩的意味。

朱莉娅·谢恩突然探过身来，碰了碰女儿的胳膊，因为莉莉的声音或态度中的某些东西让她警觉起来。“小心点，莉莉。可别让自己变得冷酷无情。那才是最重要的。”

17

她们就这么坐着聊天，直到蜡烛燃得越来越矮，烛泪簌簌落下，接着便开始一根接一根地熄灭。最后，远处传来一阵门铃声，在屋子里回荡。她们听了一会儿，等着有仆人去应门。见仆人迟迟没有动静，莉莉终于懒洋洋地起身说：“肯定是艾琳。仆人们可能都睡了，我去开门吧。”

“她一般都带着钥匙，”她母亲说，“以前她可从没忘带过。”

莉莉穿过门厅，大胆地打开门，发现自己猜对了。艾琳站在门外，浑身是雪。她走进屋时，莉莉透过纷纷扬扬的雪花瞥见一个身材高大、体格健壮的男人正沿着长长的车道往哈尔斯特德街走去。寒夜里没穿大衣的他，步履匆匆。

在温暖的、灯光亮堂的门厅里，艾琳抖落了外套上的雪，摘下那顶朴素又难看的黑帽子。她苍白的脸颊泛起了红晕，或许是因为沿着车道快步走来费了些力气。

“那个男人是谁?”莉莉带着好奇的笑容问道。妹妹一边脱着厚重的套鞋，一边头也不抬地回答道：“他叫克林科。是个乌克兰人…… 是工厂里的工人。”

一个小时后，姐妹俩坐在莉莉的房间里，莉莉从一只只贴着鲜亮标签的箱子里拿出一件又一件的礼服。晚上的某个时刻，发生了一些事让妹妹的态度有所缓和。她头一次对莉莉的生活流露出些许兴趣。她甚至俯身到箱子跟前，满怀赞赏地摸着莉莉随意扔到意大利大床上的那些绸缎、锦缎、丝绸和皮草。艾琳在那些精致的雪纺绸和蕾丝制品里翻找着。最后，她发现了一张小照片，上面是一位身着华丽胸甲骑兵制服的英俊绅士。他肤色黝黑，眼睛乌黑，留着一撇卷曲而有活力的小胡子。胡子末梢还精心地上了蜡，向上翘着，很是帅气。艾琳把照片拿到床头灯的灯光下看了一会儿。

"这是谁?"她问道。正忙着开箱整理衣物的莉莉抬头看了一眼，然后又继续干她的活儿。"是那位男爵，"她回答道，"吉贡夫人的表亲…… 就是资助她的那个人。"

"他很帅。"艾琳用一种奇怪而敏锐的声音说道。

"他是我的一个朋友…… 我们一起在乡下骑马。夏天的时候我们住在他的城堡里，我自然能经常见到他。"

妹妹不再继续这个话题了。她突然变得沉默寡言，心事重重，那种惊恐的古怪神情又出现在她苍白的蓝眼睛里。过了一会儿，她借口说累了，便回到自己那个素净的房间里。她在一尊石膏圣母像前跪了下来，那圣母像通体粉红，还镀了金，有时看上去还挺俗气。她就在那儿祈祷起来。

18

第二天晚上，从哈尔斯特德街那破败的街面望去，这所房子坐落在白雪覆盖的松树和假柏树丛中，呈现出小镇往昔所熟悉的模样。客厅的窗户透出温暖的光亮，菱形小窗的玻璃上挂着花环。在工厂喧嚣偶尔停歇的间隙，那些路过铸铁大门的人能听到从远处传来的钢琴声。弹奏者情绪高涨，选的都是诸如华尔兹和波尔卡舞曲等最欢快的曲子。与此同时，在巴黎的十几家音乐厅里也都能听到这样的曲子。

这个星期，在小镇地势较高的富人区，陆续有人收到了晚宴请柬，晚宴之后还将在那长长的客厅里举办一场舞会。

"柏树山又热闹起来了。"阿伯克龙比小姐说道。

"肯定是莉莉回来了。"朱利斯·哈里森夫人说，"朱莉娅是不会再举办什么活动了，她太消沉了。"补充这句话时，她带着一种得意的口吻。

莉莉回来后的一两天晚上，哈里森夫人又和她儿子威廉说起莉莉的美貌和财富。当然说得很巧妙,而且目的隐藏得很小心,因为如今威廉已经三十五岁了,却还没结婚。他一天比一天更羞涩,对自己的魅力也越发没有信心。

显然,柏树山的传统绝没有消亡,只需稍作努力,哪怕只是草草写张便条邀请一下,就能恢复它沉睡已久的威望。这场晚宴和舞会成了当年的盛事。大家对莉莉充满了好奇。那些见过她的人都说她气色很好,模样俊俏,衣着也比当地人时尚太多了。他们又开始谈论起她的美貌、魅力和善良。他们对莉莉只有赞誉之词,就如同他们嘲笑艾琳,讥讽她在平民区那些外国人当中所做的工作一样。莉莉接替了她母亲的位置,成了柏树山那座美丽而略带忧郁的老宅的女主人。

也是莉莉,在圣诞节前大约两周的时候,接待了朱利斯·哈里森夫人和魏斯曼法官。这两人此次前来是有目的的,这次会面也是他们此生唯一一次以社交的方式相聚在一起。这对奇怪的宾客乘坐哈里森夫人的维多利亚马车来到了谢恩城堡。那个犹太人裹着一件大皮袄,由于喝了太多威士忌,脸涨得通红;而那位年长的贵妇则穿着一身帝王紫连衣裙,戴着一条晃来晃去的金链子。这位贵妇尽可能地往马车的一侧坐,好像和她的同伴稍有接触就会以某种可怕的方式玷污了她似的。莉莉在大厅里接待他们时,对他们的突然到访感到很是惊讶。当法官过分谄媚地鞠躬行礼,哈里森夫人也努力挤出一副亲切的模样时,莉莉的脸上突然绽放出一阵抑制不住的狂笑,就像水从决堤的大坝中突然奔涌而出一样。哈里森夫人显然决心要装作上午十点和魏斯曼法官一同前来拜访是没什么不寻常的。这场景显得有些难以言喻的滑稽。

"我们是来看望你母亲的。"那位身着紫色衣服的女强人道,"她能见我们吗?"

莉莉把这两人领进了书房。"稍等,"她回答道,"我去看看。她现在总是要到中午才起床。您知道,她如今很容易疲倦。"

"我知道…… 我知道。"哈里森夫人说,"你能告诉她这事很重要吗?是生死攸关的大事。"

莉莉离开后,书房里的这两人就在约翰·谢恩画像中那嘲讽的目光下等待着。他们保持着如坟墓般的死寂,只听得见哈里森夫人塔夫绸衬裙发出的轻微沙沙声,以及法官在奥布松地毯上像猫一样轻手轻脚地从一张桌子走到另一张桌子,查看那些勾起他东方情结的玉石、水晶或银器时发出的脚步声。哈里森夫人笔直地坐着,有点像只凸胸鸽,她把外套往后一甩以便能顺畅呼吸。她那胖胖的手指有节奏地敲打着椅子的扶手,那双蓝色的小眼睛紧盯着悬在法官表链上、随着他肥胖身躯的每一个动作而晃动的麋鹿牙小饰品。朱莉娅·谢恩——她是那么高挑、那么憔悴、那么冷峻——一进来，哈里森夫人便紧张地站起身来，脸上勉强挤出一丝紧张的微笑。那是一种准备放下自尊的、带有歉意的微笑。

谢恩夫人拄着拐杖，缓缓走上前来，目光紧紧地盯着法官，眼神里既有好奇，又毫不掩饰地流露出厌恶之情。

“亲爱的朱莉娅，”哈里森夫人开口说道，“希望您不会太累。我们是有事才来找您的。”法官忙不迭地点头表示赞同。

“哦，不累，我挺好的。但如果你们是为买下柏树山而来，那可没门儿。只要我还活着，就没打算卖掉它。”

哈里森夫人又坐了下来。“不是那事儿，”她说，“是别的事。”然后她转过身去。“您肯定认识魏斯曼法官吧？”

法官谄媚地鞠了一躬。从女主人的态度中可以明显看出，她并不认识他，而且就算有千万次介绍，也绝不可能让她愿意去认识他。

“您请坐。”她冷淡而客气地说道。于是，法官便往一把柔软的椅子上一坐，整个人松松垮垮地陷进一堆肥肉里。

“我们想单独和您谈谈，”哈里森夫人说，“要是莉莉能回避一下就好了……”她说完这话，点了点头，还使了个眼色，想营造出一种神秘兮兮的感觉。

“当然可以。”莉莉应道，然后走出去，顺手关上了门，把母亲和那两位访客留在了屋里。

他们在书房里密谈了两个小时，而莉莉则在房子里四处闲逛，写写便条，弹弹钢琴。有一次，她实在按捺不住好奇心，便踮着脚尖在书房门外偷听。两个小时过后，门开了，首先走出来的是朱利斯·哈里森夫人，她看上去神情冷漠，端庄威严，身上的金链子晃得比平时更厉害；接着是魏斯曼法官，他满脸通红，怒气冲冲；最后是朱莉娅·谢恩，她那双老眼里闪烁着一种奇异的新光芒，薄薄的嘴唇上挂着一抹带着讽刺意味的胜利微笑。

马车来了，两位访客上了车。马车在弹簧的吱呀声中驶过满是煤灰的雪地，渐渐远去。他们走后，母亲把莉莉叫进书房，关上门，然后坐了下来，脸上那淡淡的微笑此时变成了一阵狡黠的轻笑。

“他们被抓了个正着…… 那两个人。”她说，“是查理表哥干的…… 他们一直想让我叫他罢手。”

莉莉微微皱着眉头，疑惑地看着母亲。显然，她被搞糊涂了。“可是查理表哥怎么做到的？”她问道，“他是怎么抓住他们的？”

母亲开始从头解释整件事。“你知道，查理表哥是县财务主管。是魏斯曼法官把他选上去的。那个犹太人很有势力。要不是他，查理表哥根本没机会。魏斯曼法官之所以支持他，是因为觉得他会听话。但他并没有。问题就出在这儿。这就是他们现在着急的原因。他根本不按魏斯曼法官说的做！”

说到这儿，她停了下来，想起早上那两位不速之客的狼狈模样，不禁又笑了起来。她那得意的笑声是如此真切，以至于，有那么一瞬间，她那世故的伪装消失了，露出了三十年前嫁给约翰·谢恩的那个农家女孩的模样。

“你瞧，”她接着说，“查理表哥在查账的时候发现，独眼巨人工厂拖欠县里大约五十万美元的税款。他已经提起诉讼，要求追回这笔钱以及相应的罚款，而且他稳操胜券。魏斯曼法官和哈里森夫人刚刚得知此事，就跑来找我，想让我让他撤诉，因为他铁了心要把钱追回来。他根本不听指挥。要知道，这可触动到他们的钱袋子了。在查理表哥之前的那位财务主管已经消失得干干净净。这里面肯定有不小的丑闻。就算这事不被捅出来，哈里森一家和魏斯曼法官也得损失几十万。你知道的，那个犹太人持有大量的股票。”

老妇人用她的乌木拐杖使劲敲打着地板，仿佛内心的喜悦太过强烈，不通过这种方式就无法表达出来。她蓝色的眼睛里闪烁着狡黠的光芒，“终于等到这一天了！”她说，“终于等到这一天了！我等这一天…… 已经等了好多年了。”

“那您是怎么跟他们说的？”莉莉问道。

“我是怎么跟他们说的！怎么跟他们说的！”朱莉娅·谢恩叫道，“我能怎么给他们说？我只能说我无能为力。我告诉他们，他们面对的是一个正直的人。想收买哈蒂的丈夫是不可能的。就算我想帮忙，也帮不上什么忙，而且就算我能帮，我也肯定不会帮。他们得掏钱…… 偏偏就在他们忙着建新熔炉的时候。”突然，她的脸色变得严肃起来，得意的口吻也消失了。“可我还是为查理和哈蒂感到难过。他会因此吃苦头的。在政治上，他算是把自己给毁了。那个犹太人势力太大了，他对付不了。这对哈蒂和孩子们来说太艰难了，尤其是当艾伦打算外出求学的时候。从现在起，魏斯曼法官会跟他没完没了的。你都想象不到他当时有多生气。他还想冲我大吼大叫，不过我很快就把他给拦住了。”

老妇人回想起自己的胜利，又笑了起来。

莉莉那张俊俏的脸因为气愤而涨得通红。“事情不可能糟到那种地步！一个人不应该因为履行了自己的职责就落得这样的下场！这个小镇不可能腐败到那种程度！”

“可就是这样，”她母亲说，“就是这样。你根本想象不到这里有多腐败。哎呀，查理表哥在那些人当中就像羊入狼群。相信我，我了解情况。比你父亲在世的时候还要糟糕。那工厂把情况弄得更糟了。”

随后，两人都陷入了沉默，独眼巨人工厂那震耳欲聋、胜利而又骇人的轰鸣声再次传进屋内。艾琳从平民区回来，往门里瞅了一眼，发现她们都沉浸在各自的思绪中，便赶忙回自己房间去了。最后，谢恩夫人站起身来。

“我们得想办法帮帮托利弗一家，”她说，“要是他们没那么死要面子就好办多了。”

双眼深沉而严肃的莉莉，此刻正站在窗边，望着被熏黑的积雪覆盖着的花园。“我知道，”她说，“我也在想同样的事。”

第四章　家族的纷争与挑战（19~25）

19

三十年来，圣诞晚宴在谢恩城堡一直是件大事。约翰·谢恩自己没有家人，又与亲朋好友断了联系，于是在七十年代，他接纳了妻子的家人，并定下了一个惯例：在圣诞节邀请每一位亲戚来参加一场盛大的宴会，宴会上会有美酒、火鸡、鹅和一对烤猪。在麦克杜格尔农场还没被不断扩张的城镇吞并之前，农场里的新年晚宴也曾是件盛事。全家人会坐着雪橇从县里的各个地方赶来，围聚在雅各布·巴尔那张摆满食物的大餐桌旁。雅各布·巴尔是朱莉娅·谢恩的姐夫，也曾是约翰·谢恩在如今已被仓库覆盖的那片围场的伙伴。但所有这些都已成为过去，就连那座农场的房子也不复存在了。如今，只剩下柏树山的圣诞节庆祝活动了。

曾经，餐桌旁能围坐多达三十人。但随着时间推移，这些人一个接一个地消失了。他们或是离世，或是在工厂建立、县里变得拥挤后迁往西部。因为麦克杜格尔家族、巴尔家族以及他们所有的亲属都是冒险家，是真正的拓荒者。当他们周围的空间不再宽阔，不再有足够清新、未被煤灰和煤气污染的空气供孩子们呼吸时，他们就会变得痛苦不堪。

圣诞节那天，来到柏树山的只有寥寥七人。这些人加上朱莉娅·谢恩和她的两个女儿，便是这个家族仅存的成员了。这个家族的始祖曾从马里兰州翻越阿巴拉契亚山脉，来到这里，将这片荒野开垦成了肥沃的农田。他们分成两组来到有着锻铁柱子的门廊前。第一组便是托利弗一家，成员包括哈蒂表姐、她的丈夫查尔斯·托利弗，他们的女儿艾伦、两个儿子弗格斯和罗伯特，以及雅各布·巴尔。雅各布·巴尔和托利弗一家生活，并且和朱莉娅·谢恩一样，是家族中的长辈。

他们乘坐一辆由两匹马拉的雪橇赶来——都是好马，因为雅各布·巴尔和查尔斯·托利弗都是相马的行家——托利弗夫人先下了雪橇。她是个身材魁梧的女人，高大但并不肥胖，面色红润，举止间透着一种威严。她围着一条黑色羽毛围巾，头戴一顶饰有短鸵鸟毛的帽子，还穿着一件阿斯特拉罕羔皮短上衣（羊腿袖[1]的款式显得有点过时）。之后下来的是她的父亲，家族的长辈雅各布·巴尔。下车时，马车摇晃了一下，因为他身躯庞大，光脚身高就有六英尺三英寸。虽说已经八十二岁高龄，但他依然精神矍铄，腰杆笔直。他长长的白胡子盖住了领巾，一直垂到绣花马甲的第三颗纽扣处，还和他那沉重的表链缠在了一起。表链上挂着一块金块，那是他四十年代去黄金海岸探险带回来的纪念品。他拄着一根沉重的樱桃木拐杖，走路有点一瘸一拐的，这是他在八十岁时摔断髋骨留下的后遗症。

接着下来的是艾伦。她那一头乌黑的卷发被梳成了蓬巴杜式发型，这是她母亲为了庆祝她刚满十八岁而做出的让步。她身材高挑，模样俊俏，还带着一丝少女的青涩。她的眼睛又大又蓝，双手修长而美丽。她有着家族式的鼻子，高挺而骄傲地微微弯曲着，到了朱莉娅·谢恩那儿，这鼻子就变成了鹰喙的模样。在她之后下来的是弗格斯，一个十四岁的高个子害羞男孩，以及小他两岁的罗伯特。罗伯特脾气倔强且任性，留着一头红发，酷似他那备受尊敬的祖父。祖父年轻时在县里被称作“红发苏格兰人”。在走进朱莉娅表亲那漂亮的房子之前，两个男孩正在争吵，他们的母亲不得不介入，对他们进行一番管教。在她的注视下，他们在门垫上使劲蹭了好一会儿鞋子。哈蒂管理起家人来，颇有陆军元帅的风范。

查尔斯·托利弗把哈着热气的马交给了亨尼瑞，吩咐这个黑人给马好好盖上毯子，还和他聊了一会儿，然后才跟着其他人进了屋。亨尼瑞对他极为崇敬，那是仆人对理解他的主人所怀有的崇敬之情。在马厩里，亨尼瑞格外卖力地给马擦拭身体，脑海里一直浮现着一位头发花白、眼神和蔼、声音温和悦耳的高个子绅士形象。

---

① 一种服装袖型，形状酷似羊腿，上部膨起，自手肘以下逐渐变窄。它的膨起部分可以是非常夸张的，就像一个鼓起的气球，给人以强烈的视觉冲击。

“托利弗先生，”那天晚些时候，他对那个混血女仆说道，“是上帝造就的绅士之一。”

另一组是巴尔家族。岁月的流逝使这个家族的成员不断减少，到最后只剩下伊娃·巴尔了。她是塞缪尔·巴尔的女儿，精力充沛、德高望重的雅各布的外甥女。她一如既往地坐着一辆出租马车前来。到了的时候，她还和车夫就车费讨价还价。她那尖细、老处女似的声音盖过了工厂的轰鸣声，可最后她还是像往常一样输掉了这场争论，极不情愿地付了那高达二十五美分的车费。她本可以很轻松地乘坐哈尔斯特德街的有轨电车过来，只需五美分，但她觉得那样既不安全也不体面。随着年龄越来越大，她也变得越发古怪，开始采取额外的防范措施来守护自己的贞洁。她又高又瘦，面容憔悴，长鼻子的鼻尖微微泛红，头发一缕缕地耷拉在一张马脸似的面庞上，显得很是忧郁。她在海恩斯公寓自己房间的门上装了两把锁，而且无论如何都不会冒险独自进入那破败的平民区。她虽然很穷，却非常虔诚，照顾着教区里的穷苦人。她以吝啬管家般的严苛和高效来精心打理着那里的一切。

晚宴下午两点开始，一直持续到黄昏，颇具部落仪式般的庄重。工厂冒出的浓烟使冬日的黄昏来得格外早，混血女仆和她的黑人助手们只得拿来银质烛台，将它们放置在丰盛晚宴的残羹剩饭之间，然后点亮蜡烛，将昏暗的餐厅照亮。当葡萄干、坚果和小镀金杯里的咖啡依次传过一圈后，房间里响起了椅子挪动的刮擦声，这群人开始随意地在大宅里散开了。每年大家散开后的活动安排都差不多。在宽敞的客厅一角，身着朴素灰色连衣裙的艾琳和身形消瘦、目光犀利、穿着耐磨且发亮的黑色哔叽[1]衣服的伊娃·巴尔凑到了一起。她们因对贫困人群持有截然不同的态度，却又能找到共同点而聚在了一起。每年这两位老姑娘都会为同样的问题争论不休，因为她们在很多根本性的问题上都存在分歧。艾琳对待穷人的态度是罗马式的，充满了家长作风，仁慈且富有怜悯之心。而伊娃·巴尔那颗清教徒的心里可容不下这种多愁善感的矫情作态。“穷人，”她说，“必须被教导要靠自己摆脱困境。为他们做得太多是种罪过。”

家族里有两名成员完全不见踪影了，一个是最年长的雅各布·巴尔，另一个是最年幼的，也就是他的孙子。年长者去马厩和园林巡视了一圈，之后便没了踪迹；年幼者则消失在了书房里，在那儿，他全然不顾老约翰·谢恩那幅阴森的画像，在书房里四处翻找，还一个劲儿地吃着威廉·哈里森送来的糖果，那糖果是威廉再三

① 一种面料，通常用羊毛纺织而成，纹路清晰，色泽柔和。

求爱表心意的信物。祖父(雅各布·巴尔)抽着他古雅地称作“方头雪茄”[1]的烟,仔细地查看了马厩和房屋,留意着哪些地方正逐渐显露出破败的迹象,之后便将这些情况告知朱莉娅·谢恩。这位老妇人拄着拐杖,摆出一副全神贯注的神情倾听姐夫说话,可等他一出门,她就把他的建议忘得一干二净。每年都是如此,一切都未曾改变。

在客厅的另一端,靠近大钢琴的位置,莉莉把艾伦·托利弗和高大害羞的兄弟弗格斯拉到她身边。托利弗夫人也加入了他们,眼中闪烁着对子女的骄傲与赞赏。显然,艾伦被她那迷人的表姐[2]所吸引,毫无顾忌地打量着莉莉那件沃斯[3]的黑色礼服、她的珍珠项链,以及她那双来自拉帕伊克斯街[4]的鞋子。她急切地请求莉莉讲述在巴黎歌剧院的经历,以及帕德雷夫斯基与科隆管弦乐团的精彩演出。她对小镇之外那个迷人世界的渴望,显得有些令人心疼。

“我打算明年去纽约深造,”她向莉莉透露,“我本来今年就有机会去,但母亲认为我还太年轻。然而,我并不这么认为。如果我有足够的资金,我肯定会毫不犹豫地出发。”她突然向她那强势的母亲投去了一道挑战的眼神。

想到魏斯曼法官来访的目的后,莉莉的脸色立刻变得凝重起来,但她还是试图安慰着艾伦:“你还有许多机会,艾伦。毕竟,你还年轻,才十八岁。”

“我始终生活在贫困之中,”女孩回答,她那双湛蓝的大眼睛中闪烁着愤怒的光芒,“父亲总是债台高筑。除非我亲自争取,否则我永远不会有出头之日。”

在画廊旁边的小壁龛里,朱莉娅·谢恩倚靠着她的手杖,与查尔斯·托利弗讨论着生意上的事。这已成了一年一度的惯例:她身为县财务官的外甥女婿会向她提供一些投资建议,她则用银质铅笔记录下来,待他离开后便将其销毁。她之所以倾听并征询他的意见,实则是为了给予他支持和信心。查尔斯是一个温和而诚实的人,朱莉娅以她特有的冷漠方式深爱着他,对他的爱甚至超过了对她亲外甥女的爱。他所提供的建议往往平庸且缺乏创新,而朱莉娅·谢恩本身是一个精明的女性,在商业领域,她的敏锐程度甚至超越了大多数男人。

简短的“仪式”之后,老妇人将话题引向了独眼巨人工厂的丑闻。

“接下来会怎样?”她询问,“你们会胜诉吗?”

① 一种两端开口的雪茄。

② 原文亲属关系不对:艾伦的母亲是莉莉的表姐,所以莉莉应为艾伦的表姨妈而不是表姐,艾伦应为莉莉的表外甥女而不是表妹。但出于对原著的尊重,译文中仍沿用表姐、表妹之称。

③ 该品牌服务于欧洲上流社会的贵妇等高端客户,比如法国末代皇后欧仁妮以及奥地利皇后茜茜等都是其重要客户,曾为她们定制过上百条裙子。

④ 高级时装的聚集地,巴黎时尚与奢华的象征之一,代表了法国的高端时尚文化和生活方式。

查尔斯·托利弗露出了微笑。“我们已经赢了。昨天已经结案，工厂需向国家支付大约五十万美元的罚款。”

朱莉娅·谢恩再次挥动手杖敲击地面，兴奋地宣称：“真是个棒极了的圣诞礼物！”她咯咯地笑着重复道：“真是个棒极了的圣诞礼物！”接着，她做出了一个令人费解的举动：她用那戴着戒指、瘦骨嶙峋的手轻轻拍了拍外甥女婿的后背。

“你知道，他们来找我，”她继续说，“是冲着我的影响力来的。我告诉他们，去你的吧！……我猜他们也试图向你行贿。”

外甥女婿眉头紧锁，脸上的温和转瞬即逝，那原本迷人的嘴角此刻却显得愈发严厉。“他们试过……非常小心，小心到根本不会被人发现他们在做这件事。”

“这会给你带来麻烦的。魏斯曼法官是个危险的对手。他权力很大。”

“我明白。但我必须与他抗争。农民们站在我这边。”

“但小镇没有站在你这边，现在小镇才是关键。”

“是的，小镇没有站在我这边。”

查尔斯·托利弗的面容变得严肃，蓝色的双眸中流露出严肃与忧虑的神情。朱莉娅·谢恩察觉到他正注视着自己那高挑的女儿，她正坐在钢琴前准备开始演奏。

“在下一次选举中若你需要资金支持，”她提议道，“来找我。我可以帮助你。”

20

艾伦的琴声一响，长长客厅里的交谈声便都停了下来，只有坐在远端角落里的两位女士 —— 艾琳和伊娃·巴尔还在继续低声谈论着她们在穷人中开展的工作。其他人都被琴声深深吸引住了，静静聆听着，因为艾伦弹得非常好。这群人中，只有莉莉和朱莉娅·谢恩知道她弹得有多好。对其他人来说，这仅仅是音乐；但对这位老妇人和她的女儿来说，却不止如此。她们从琴声中感受到了天才的火花，听出了真正艺术家那隐隐燃烧的热情。这是一种梦幻而超凡的特质，它瞬间将这间华丽的旧屋从平凡乏味的日常生活中解脱出来。艾伦穿着高领衬衫和裙子，一头乌黑的头发高高盘起，梳成了一个略显滑稽的蓬巴杜式发型。她坐得笔直，不时温柔地俯身轻抚琴键。她首先弹奏了一首勃拉姆斯的华尔兹，这首原本质朴的农民旋律，在这天才的手中被提升至不朽的崇高境界；随后，她又流畅地演奏了一首肖邦的华尔兹，忧郁的旋律中也流露出一种华丽；接着，她又弹起了一首波兰舞曲，节奏激昂、气势磅礴，就连对如洪水般涌进这间老屋子的美妙乐声一无所知的艾琳和伊娃·巴尔,也暂时搁置了她们那愤愤不平的对话,静坐聆听。不知怎的,她们也被周围人深受感染的敬畏之情所打动。

坐在钢琴前的那个瘦弱女孩,感觉自己仿佛根本不在客厅里,而是置身于一座巨大的音乐厅。她坐在高高的舞台上,面前是数以千计的观众。一排排面孔在她眼前延伸开来,直到后排的那些面孔变得模糊不清,难以辨认。弹完那首波兰舞曲后,她静静地坐了一会儿,似乎在期待着那众多观众在短暂的安静之后,爆发出雷鸣般的掌声。片刻的沉默之后,她听到了莉莉那温暖柔和、近乎亲昵的声音。

"弹得真美,艾伦…… 真的很美。我都不知道你弹得这么好。"

女孩脸红了,转过身来,朝表姐微微一笑。表姐穿着沃斯的黑色礼服,慵懒地靠在沙发靠垫上,看起来是那么美丽,那么迷人。这微笑里饱含着无尽的羞涩与难以言表的感激之情。女孩很开心,因为她知道莉莉是懂音乐的。对其他人来说,这仅仅只是音乐而已。

"你的女儿是个艺术家,哈蒂,"朱莉娅·谢恩评价道,"你应该为她感到骄傲。"

哈蒂身材壮实,身上紧紧地裹着束身衣。她在那把硬邦邦的椅子上坐得笔直,满是劳作痕迹的双手笨拙地搁在腿上。她的脸上洋溢着自豪之情,她是个极其质朴的女人。在这个世界上,除了自己的孩子,她眼里再无其他。

"那么,艾伦,"她说,"现在来弹《麦金莱[①]葬礼进行曲》吧。你弹这首曲子可好听了。"

女孩年轻的脸庞突然阴沉了下来。"可是,妈妈,那不是《麦金莱葬礼进行曲》,"她抗议道,"那是肖邦的曲子。这两者是不一样的。"

"嗯,你知道我的意思…… 就是你在麦金莱追悼会上弹的那首曲子。"她转向莉莉,满脸的自豪清晰地写在她那轮廓分明的坚毅面庞上。"你知道吗,艾伦被选中在麦金莱的追悼会上演奏。马克·汉纳[②]本人还在同一个讲台上发表了演讲。"

21

莉莉的脸上掠过一抹抑制不住的微笑。"我敢肯定,他们选得再合适不过了。弹吧,艾伦。"

女孩转身面向钢琴,客厅里再次陷入一片恭敬的寂静之中。她缓缓地奏响了《葬礼进行曲》那低沉的旋律。开头的声音轻得几乎听不见,随后稳步攀升,直至

① 美国第 25 任总统。

② 美国总统威廉·麦金莱的好友兼政治盟友,他利用自己的财富和商业才能,成功地为麦金莱策划了一八九六年和一九〇〇年的总统竞选活动。

达到高潮。用那架古老的普莱耶尔钢琴,她弹奏出了极为罕见的美妙音乐。客厅里,人们脸上都露出庄重而若有所思的神情。莉莉斜倚在长沙发的靠枕上,闭上眼睛,在一片黑暗中聆听着。在她旁边,她的母亲拄着乌木拐杖,低下了头,因为她的双眼已被泪水模糊,而她是绝不会让世人看到自己这副模样的。不一会儿,音乐又转入了一种低沉迟缓的节奏;接着,缓慢而又确切地,带着一种奇异、超凡的默契,它与工厂的轰鸣声同步了起来。那稳定的节拍完全一致。老朱莉娅·谢恩睁开眼睛,透过窗户凝望着渐浓的暮色。突然间,这音乐使得工厂那砰砰的撞击声变得异常清晰可闻。

随着最后一个音符在老宅中回荡并逐渐消散,伊娃·巴尔一边烦躁地摆弄着她精致的绣花手袋,试图找出一块手帕来擦拭她那又瘦又红的鼻子,一边站起身来,说道:"嗯,我得走了。时候不早了,马车已经在外面等着了。要知道,他可是会额外收取等候费的。"

那便是不可避免的散场信号:晚宴到此结束。巴尔爷爷在庄园里溜达了一圈,面色红润,而红发的罗伯特则享用了很多威廉·哈里森送来的求爱巧克力,肚子撑得圆滚滚的。他俩这时也都重新露面了,随后便开始了连续不断的告别。

趁着亨尼瑞从马厩牵来托利弗家的雪橇之际,莉莉揽住艾伦的腰,将她带到一旁,对她精湛的琴艺表示赞赏。"你可不能荒废了这份才华,"她说道,"这是上天赐予的非凡礼物。"她压低声音,神情变得像个密谋者。"别让他们把你束缚在小镇的生活模式里。他们肯定会这么做的,但你可别听他们的。人就活这一回,艾伦,别浪费了你的人生。其他人…… 那些各方面都平平无奇的人,会设法把你从高高在上的位置拉到和他们一样的水平。但你别让他们得逞。遵循那种模式就是他们人生的全部意义。'和大家都一样',这就是他们的座右铭。别屈服。等时机到了,你要是想来巴黎跟着伟大的菲利普学习,你可以住在我那里。"

女孩脸红了,默默地盯着地面看了一会儿。"我不会让他们得逞的。"她过了一会儿才勉强说出这句话,"谢谢你,莉莉表姐。"到了门口,她猛地转过身来,所有的羞涩突然消失不见,取而代之的是一种挑衅的神情。"我不会让他们得逞的…… 你不用担心。"她突然激动地补充道。

"还有,下周过来过夜吧。"莉莉说,"我想听你多弹些曲子。这个小镇除了工厂的轰鸣声,就没别的音乐了。"

在壁炉旁,在特纳先生那幅色彩绚烂的《威尼斯》画作下方,朱莉娅·谢恩正认真地和她的外甥女托利弗夫人交谈着。托利弗夫人站在温暖的炉火旁,烤着她那件短的阿斯特拉罕羔皮夹克。

“还有一件事,哈蒂。”老妇人说,“我早就打算把这些给你了,可一直没找到合适的机会。我也没多少年可活了,希望你能收下它们。”

她神神秘秘地从纤细的手指上取下两枚戒指,塞进了外甥女那双红润且因劳作而略显粗糙的手里。“别告诉任何人。”她又补充道,“这是咱们俩之间的事。”

托利弗夫人紧紧握住戒指。她激动得说不出话来,只是深情地吻了吻朱莉娅姨妈,眼里噙满了泪水,因为这位老妇人太了解在涉及金钱问题时那种微妙的自尊心了。这两枚戒指价值数千美元,如果换成对等价值的金钱,哈蒂·托利弗是不可能接受的。

在门口,当喧闹的人群正准备散去时,一位悄然而至的驾车访客意外地撞上了这一幕。来的是威廉·哈里森,他是来拜访莉莉的,想提议去工厂看看正在建造的新熔炉。在门口透出的灯光下,来访者和查尔斯·托利弗认出了彼此,随后出现了尴尬的一幕:尽管威廉·哈里森满脸窘迫,但他还是礼貌地鞠了一躬。而查尔斯·托利弗则爬上他的雪橇,没有做出任何回应。新旧势力之间隐藏了多年的宿怨,正慢慢浮出水面。

22

圣诞节后的这天清晨,天色明亮而晴朗,就像弗拉茨地区任何一个清晨那般晴朗。在那里,日出时,烟雾会把太阳渲染成一个巨大的铜盘,懒洋洋地在天空中升起。那年一月的解冻来得格外早,带来了些许虚假的暖意。微风轻柔地拂过,把房子那宽大屋檐上的冰柱化成了水流。这些水流汇入了早已在长长的车道上潺潺流淌的“小溪”,使得车道上的砾石裸露出来,饱受侵蚀。随着地下冻土的消融和上涌,地面也变得坑洼不平。但是,这虚假的暖意并没有带来什么美景;树木没有绽出如云朵般葱郁的新绿;番红花也没有抽出它们那纤细如剑的绿叶,绽放出零星的花朵。一月的解冻不过是北方冬日里一种虚幻的希望罢了。午后早些时候的太阳消融了所有的积雪,仅留下藏匿于杜鹃花下或紧靠着马厩北墙的雪堆。随后,一大片又黑又干的草坪显露出来,有些区域甚至连枯萎的草都不复存在,完全光秃秃的。花园终于褪去了它冬日的“毯子”,展现在眼前的是一片破败的景象,昔日的辉煌如今只剩下这残败的一角。

莉莉被太阳的暖意吸引,走出屋子,像一位美丽的树精被狡黠的神灵从冬日的庇护所诱出来一般,在荒芜的小径上漫步。她在灌木丛中穿梭,折下细嫩的小树枝,探寻着那象征着生命的嫩绿色内皮。有时她能找到绿色的内皮,但更多的时候,她所发现的仅仅是毫无生气的枯木。在花园里,她沿着砖砌的小径一直走到尽头,那里有一座爬满紫藤的小凉亭。在这里,米尔斯工厂也造成了破坏:除了几缕缠绕在凉亭上的纤细藤蔓外,紫藤已经枯死了。在小径旁的花坛里,她发现了鸢尾花的踪迹——这种植物生命力顽强,很难被除掉——偶尔还能瞥见一两片风铃草或洋地黄那厚实的绿叶,这些绿叶掩映于亨尼瑞精心种植的其他植物叶片之下。但也有大片大片寸草不生的裸露土地。在她小时候,这些地方曾被茂密绚烂的花卉所覆盖,有天蓝色的飞燕草、猩红色的罂粟花、火红的火把莲、娇艳的牡丹、洋地黄、藜草、长春花和肉色石竹…… 如今,所有这些花卉都已消失不见,被那变幻无常且致命的携带着煤气和煤烟的南风摧残殆尽。遭受苦难的不只是花卉。在亨尼瑞修剪过的、由紫杉树篱围成的壁龛里,那些白色的小雕像也布满了黑色的煤烟污渍,它们纯净的身躯被玷污弄脏了。望景楼的阿波罗雕像和基德诺斯的维纳斯雕像都已难以辨认。

在绕着小花园漫步的过程中,她那一头红发变得松散凌乱,脸颊也因用力而泛红。当她再次走进屋子时,发现自己那双精致的高跟鞋式拖鞋已经毁了。她叫来那个混血女仆,吩咐她把拖鞋扔掉。

在楼梯上,她碰到了母亲,不禁惊恐地轻叫了一声,并说道:“妈妈,花园全毁了…… 什么都没剩下!”

老妇人的表情依旧冷漠如石,毫无波动。

“那儿再也长不出什么东西了。”她说,“而且,这也没关系。等我一死,就没人会住在这房子里了。艾琳讨厌这儿。她想让我在镇上买栋房子住。”

莉莉仅穿着轻薄的丝袜,继续沿着长长的楼梯向自己的房间走去。即使威廉·哈里森曾经拥有一丝希望,哪怕是最微小的可能性,也被这提前两周解冻的一月所无情揭示的受灾花园的惨状彻底粉碎了。

23

那天下午三点,威廉派维多利亚马前来接莉莉和艾琳去独眼巨人工厂参观,这是威廉提议的行程。工人们从马车旁经过时,都好奇地打量着这姐妹俩。当他们认出艾琳坐在哈里森家的马车里时,就皱起了眉头。陌生人若是见了这场景,或许会误以为这是一位贵妇带着她的管家去赶集,因为这两位女士的外表差异太大了,看起来极不搭调。莉莉靠在厚厚的桑葚色靠垫上,身上裹着一件黑貂皮披肩。她身穿一套剪裁精致的灰色套装,脚蹬一双小巧时髦的黑色拖鞋。她全然不顾当时流行的高硬领[1]时尚，任由那白皙的脖颈裸露在外，脖子上仅佩戴了一串豌豆般大小的珍珠项链。相较于莉莉的华丽与奢侈，艾琳显得更为冷酷而朴素，宛如一位哥特风格的圣女。和往常一样，她身着一套剪裁拙劣的套装，头戴一顶简约的黑色帽子，脚蹬一双宽鞋跟的实用平底鞋。

大门内侧，威廉·哈里森正站在厂长办公室的窗边，等待着她们的到来。当维多利亚马车驶过煤渣路，拐进漆成红色的大门时，莉莉和艾琳看到威廉正站在那儿。他近视般眯着眼往窗外张望，肩膀微微佝偻着，一双不大的手像往常一样不停地摆弄着表链上的红宝石搭扣。看到他这副模样，莉莉皱起了眉头，咬了咬她那好看的红嘴唇，仿佛觉得像他这样拥有所有这些熔炉和钢铁厂房的有钱有势男人，应该更有征服者的气度，给人留下更深刻的印象才对。

艾琳说："哦，威廉正在那儿等我们。"片刻之后，马车在水泥台阶旁停了下来，威廉本人也走了出来迎接她们。他没戴帽子，一头稀疏的金发在微风中轻轻飘动。随着太阳渐渐西沉，天气迅速变得更加寒冷了。悬在熔炉玫瑰色炉顶上方的太阳，已然变成了一面深铜红色的盾牌。

"你们来得正是时候，"威廉说，"再过一会儿就要换班了。我们从这儿开始参观好吗？我先带你们去看看办公室。"

他们走进屋内，威廉一想到即将要展示的东西，态度就变得自信了一些。他领着她们走进一间狭长的屋子，屋里的男人们穿着制服，一排排整齐地坐在高脚凳上，面前是一张张长桌。每张桌子上方都悬着六盏罩着绿色灯罩的电灯。威廉告诉她们，这些灯彼此之间的间隔为八英尺三英寸，精确到十六分之一英寸。这体现了他所秉持的精确与规范理念。

"这里，"威廉手臂微微挥动了一下说道，"是簿记[2]部门。档案都存放在这儿，订单以及所有的文书工作也都在这里处理。"

当访客们走近时，较年轻的男人们抬头看了一眼，立刻就被莉莉的美貌吸引住了。她如此漫不经心地闯入，打破了他们平日里神圣的工作常规。这里有各种年龄和模样的男人。有年老的，也有年少的；有精力充沛的，也有疲惫不堪的，他们处于不同的服务阶段，都在为这庞大的工厂之神效力。年轻些的男人显得坐立不安，不断地朝访客这边偷瞄。中年男人们看了莉莉一两眼，然后便又沉闷地回到他们那一列列的数字上。年纪大些的男人们已经沉沦在这千篇一律、枯燥乏味的工作中无法自拔，根本没注意到她。

① 带有硬质支撑结构，这种领型在欧洲中世纪和近代早期的贵族服饰中较为常见，是一种很有复古风格的时尚元素。

② 簿记主要是对企业的经济业务进行记录，包括日常财务交易，如收入、支出、资产、负债等方面的记录。

艾琳比莉莉更了解这个小镇。在那些视力不佳、胸襟狭隘的工人中，她辨认出了几位本县早期定居者的孙子或曾孙，也就是那些曾经开垦荒野，为银行、律师和工厂开辟空间的人的后代。

“咱们继续吧，”莉莉说，“去工厂里面看看。我敢肯定，那儿比这儿有意思多了。你知道的，我还从来没进过工厂大院呢。”她说话的语气几乎带着轻蔑，好像觉得这簿记乏味得很，实在是没什么可看的。威廉蜡黄的脸上掠过一丝失望的神情。

威廉穿上一件带有阿斯特拉罕羔皮领①的绒面呢大衣，戴上一顶圆顶硬礼帽②，然后在前面带路。他们在标有北美各地名称的货运车厢之间走了很久，那些车厢上写着：圣菲铁路、南太平洋铁路、大北方铁路、芝加哥、密尔沃基和圣保罗…… 他们穿行于庞大的仓库之间，脚下是覆盖着寒霜的生锈铁块，缝隙中还残留着未融化的污浊积雪；最终，他们来到了一片辽阔的空地，在那里，一个巨大且形状奇特的物体正被搭建至空中。

“这儿，”威廉说，“就是新熔炉。一共要建六座，这是第一座。”

“我更喜欢这儿，”莉莉说，“这儿有生气…… 哪怕是在这些劳工当中也是如此。”

这建筑与巴别塔之间有一种奇特的相似之处。皮肤黝黑的工人们在广阔的混凝土和钢铁结构上忙碌着，他们的呼喊声在工厂的喧嚣之上回荡。对这些访客来说，那些话语毫无意义。工人们如同蚂蚁一般，推着装满混凝土、耐火黏土或耐火砖的手推车。在他们头顶上方，一台巨型起重机轻盈地移动着，它吊起钢梁，随后将它们安置到位。工人们络绎不绝地涌向那座塔，整个场景构成了一幅奇异的画面。那座塔在他们眼前逐渐升高，仿佛正直冲云霄，似乎在他们离开之前，就有可能刺破天际。

看到威廉·哈里森的到来，工头们的态度变得更为殷勤。他们扯开嗓子，更加卖力地喊出指令，仿佛他们肺活量的大小能对那座高塔的建造速度起到什么作用似的。但工人们实际干活的速度并没有加快。当他们返回沙堆和耐火砖堆旁边时，他们甚至会不时地完全停下脚步，像好奇的动物一样，平静地注视着访客。有一两个人认出了艾琳，当她打招呼说“你好啊，乔”或者“你好吗，鲍里斯？”时，

① 一种用阿斯特拉罕羔羊皮制作的衣领。阿斯特拉罕羔羊主要产于俄罗斯的阿斯特拉罕地区，该地区的自然环境造就了阿斯特拉罕羔羊独特的皮毛品质，其羊毛卷曲紧密、细腻且富有弹性，通常呈现黑色或深灰色等深色系，具有独特的外观和优良的保暖性能。

② 它有一个硬挺的圆顶，高度适中，一般不会太高或太扁平。帽檐比较窄且微微上翘，通常是环绕帽子一周的硬檐。在英国维多利亚时代，圆顶硬礼帽成了中产阶级男士的典型象征。

他们便点头回应。这些话语似乎在一定程度上给威廉观赏这一壮观景象时的那种自豪的愉悦心情蒙上了一层阴影。每个经过的工人都久久地、目不转睛地盯着莉莉看。莉莉裹着皮衣站在那儿，显得有点冷漠和疏远，但她的眼睛依然因为眼前这奇妙的景象而闪烁着光芒。莉莉、艾琳和威廉都只在必要的时候才开口说话，因为要在这喧闹声中让别人听见，他们不得不提高嗓门大声喊叫。

从那座正在建造的高塔处，这几个人转身向西，朝着日落的方向，在一条由煤渣和炉渣铺就的崎岖道路上缓缓前行。有一次，一颗煤渣扎进了莉莉那单薄的鞋子里，她不得不靠在威廉身上，把鞋子脱下来，取出那恼人的煤渣颗粒。威廉绅士地搀扶着她，同时侧过脸去，以免因看到她穿着丝袜的匀称美足而冒犯到她。

他们继续前行约一百码，眼前出现了十几个庞大的罐子，罐子上方有一个铁皮做的顶棚。罐子里升腾起淡淡的雾气，雾气笼罩着正在干活的黑人劳工。他们一边干活一边呼喊着，将一块块巨大的钢板反复浸入罐中，随后又将其取出。空气中弥漫着一股刺鼻的气味，访客们匆匆经过时，这股气味直冲喉咙。莉莉不得不从手提包中取出一块最薄的亚麻手帕，捂住鼻子，直到他们再次走出那片烟雾弥漫的区域。

“那些是回火罐，”威廉说，“只有黑人在这儿干活。”

“为什么呀？”艾琳问道。

“因为其他工人都不愿意干，”他说，“这酸雾会侵蚀他们的肺部。这些来自南卡罗来纳州和佐治亚州的黑人，他们愿意干！”

他们继续前行，那砰砰的敲击声愈发响亮，也更加清晰可闻。这声音似乎源自他们前方那座在落日余晖映照下显得格外阴暗的大铁棚。在逐渐暗淡的暮色中，工厂大院宛如一个奇幻的世界，其中居住着由钢铁铸成的庞然大物。在天边余晖的映照下，庞大的起重机摆动着，吊起一块块硕大的钢板，随后将它们堆叠成一堆。当隐藏在这些钢铁巨兽黑色骨架高处的无形之手操作操纵杆时，钢板便落下，并发出一种怪异的滑动声。在高空中，一盏盏红色、绿色，甚至刺眼的蓝白色灯光，如同一双双眼睛，依次凶狠地俯瞰着他们。在与起重机相邻的院子里，黑色的熔炉巍然耸立。高耸的炉顶被一圈圈红色的火焰光环所环绕，塔内深处的铁水在炽热的高温下翻滚沸腾，那光环也随之此起彼伏地跳动着。四处舞动的诡异阴影不断向他们袭来。

在这座钢铁巨兽的映照下，三位访客显得格外渺小。他们在炉渣和煤渣铺就的地面上艰难前行，耳朵被那诡异的噪声震得嗡嗡作响。

“昨天，”威廉·哈里森尖着嗓子喊道，“在那边另一个院子里发生了一起可怕的事故。一名工人不慎坠入了装满铁水的大罐子里。”

艾琳惊恐地转过头望着同伴。“我知道，”她说，“是个叫里佐的意大利人。我今天早上听说了这件事。我还去看望了他的妻子和家人。他们一家有九口人。”

威廉又喊道：“他们什么都没找到。他和铁水融为一体了。这会儿他已经成了钢梁的一部分。”

在那些幽暗摇曳的阴影之中，一个被烟熏得黑乎乎的男人突然朝他们猛扑过来。“小心！”他大声呼喊，并用力将他们推向旁边棚屋的墙壁，这导致艾琳向前跌倒，双膝跪地。一大捆钢板——重达数吨——猛然从黑暗中抛出，距离他们如此之近，以至于金属的热量几乎扑面而来。随后，它被一只无形之手迅速拽向高空，转瞬即逝。仿佛这庞大的钢铁巨兽突然对它的驾驭者展开了反抗，打算像摧毁那位名为里佐的意大利人一般，也要将威廉·哈里森摧毁。

威廉吓得说不出话来，也完全没了行动的念头。艾琳脸色苍白如纸，她倚靠在墙上，呼唤着莉莉来搀扶她。说来奇怪，只有莉莉还能勉强控制住自己。她没有显露出丝毫恐惧，反而异常平静，这种平静中蕴含着强烈的情感，仿佛她内心深处的怒火已经彻底吞噬了她的灵魂。

“天哪！”她激动地喊道，“这简直就是一场噩梦！”威廉在她身旁无助地摸索着，找到了艾琳，他揉搓着艾琳的手腕，直到她抬起头来，他们才放心。

“我没事了，”艾琳说，“我们现在可以继续走了。”

但莉莉想带她回家。“你已经看够了。我可不想你在我这儿晕过去。”

“我真的没事…… 真的，”艾琳有气无力地重复道，“我想把剩下的看完。我必须得看。这是必要的。这也是我职责的一部分。”

“别犯傻了！别想着把自己弄成个殉道者！”

然而，艾琳的坚持是坚定的。莉莉本人既未感到恐惧，也未感到疲倦。最终，在强烈好奇心的驱使下，她还是选择了让步。与此同时，她的怒气也消散了，又变得完全和颜悦色起来。

威廉带着她们穿过另一片开阔地，这片开阔地的尽头被那座在整个参观过程中一直矗立在他们眼前的大棚子围了起来。他们穿过一扇又低又窄的门，瞬间发现自己置身于一个巨大的洞穴状空间内，里面闪耀着从二十来个巨大的熔炉口喷涌而出的红色火焰。在头顶上方，起重机和钢铁架构纵横交错的地方，一盏盏带有灯罩的球形灯投射出一道道明亮且清冷的光线。洞穴内回荡着一阵阵巨大的锤击声，这些声音时而响起，时而中断，显得杂乱无章。然而，在柏树山宅邸所听到的锤击声，却带有强烈且规律的节奏感。在这个洞穴的地面上，男人们在熔炉散发的红光中辛苦工作。他们无一例外地赤裸上身，皮肤光滑而强健；汗水与烟灰在他们身上交织，使他们的身体闪烁着光泽，布满了斑纹。在这巨大空间的映衬下，他们显得格外渺小。

24

在一座熔炉旁，这一小队人停了下来。莉莉和艾琳听着威廉描述相关操作过程。艾琳似乎已经恢复了些，不过脸色依旧苍白如纸。工人们逐一将黑色的铁块投入一个由钢铁和耐火黏土制成的巨大容器中，直至容器被完全填满。随后，这个容器被推上铁制的滚珠轨道，轻松地滑入了熔炉那炽热的炉口。片刻之后，容器再次被拉出，那些炽热的铁块被高高吊起，运往远处，放置在那些能够将它们轧平、锤打成光滑钢板的大型机器旁边。

他们站在那里，目睹了来自十几个不同国家的工人们忙碌的身影，这些工人对他们视若无睹。莉莉似乎对威廉的解说提不起兴趣，她略微远离了人群，目光在厂房内四处漫游。这场冒险 —— 甚至片刻之前那惊心动魄的逃生经历 —— 都没让她有多少情绪波动，她依然镇定又漠然。她的眼神中透着一种特有的慵懒，一种心不在焉的神态，这种神情在类似这样的时刻常常会出现在她身上。她的着装毫无凌乱之感，从帽子、皮草到珍珠首饰，再到她的套装，一切都显得井然有序。尽管飞扬的尘土和煤烟在她那长长的睫毛上沉积，这反而赋予了她一种戏剧性的魅力：煤烟让睫毛颜色加深，使得她那双紫罗兰色的眼睛更加熠熠生辉。她审视着那些暂时休息、正等待着从熔炉中取出炽热铁块的工人们，他们有的倚靠在铲子上，有的则倚在长长的铁棍上。由于刚刚经历了一番辛勤劳作，他们宽阔的胸膛仍在起伏。

他们之中，有个高大的金发巨人尤为引人注目。他的脸庞宽阔，五官仿佛是雕塑家未完成的英雄雕像。他身上散发着一种原始的、未经雕琢的气质。这位年轻人看起来非常年轻，年龄应该不会超过二十岁太多。在他的白皙皮肤之下，肌肉线条清晰可见，仿佛是巴黎沙龙中罗丹[①]所塑造的青铜雕像上的肌肉。在一次不经意间，他举起宽大的手掌擦拭脸上的汗水。察觉到她的目光后，他突然投去一瞥，随后带着一丝不悦，转过身去，背对着她倚靠在一根铁杆上。

威廉缓步靠近她，轻柔地触碰了她的手臂。然而，她的视线依旧牢牢锁定在那个男人身上，仿佛无法将目光从那位工人身上挪开。

---

① 十九世纪法国现实主义雕塑家，被誉为现代雕刻艺术之父。

“到这边来坐吧。”威廉邀请道，并引领她走向一条位于工头小屋稍远处的长凳。“艾琳想和其中一个工人说说话。”

莉莉跟着他走过去并坐了下来。脸色苍白、疲惫不堪的艾琳开始和站在熔炉旁的一位皮肤黝黑、身材矮小的波兰人交谈。那人皱着眉头，带着不悦的情绪向她打了个招呼。在周围的喧嚣声中，莉莉听不清他说了些什么，但从他的表情和态度来看，他似乎心情不佳，显得郁郁寡欢，仿佛与这位由厂主亲自陪同到访厂房的女士交谈，让他感到尴尬和不自在。

“你觉得这景象壮观吗？”威廉开口问道。

莉莉笑了笑。“我这辈子还没见过这样的场面。我从来都不知道花园篱笆的另一边到底有些什么。”

“明年这里的规模将会比现在更大，后年还将进一步扩大。”他的眼中闪烁着光芒，原本垂下的双肩瞬间挺拔起来。“我们希望有朝一日，这些工厂能够覆盖整个平地。新熔炉的建立标志着我们扩张的起点，我们渴望不断发展壮大。”他突然挥动双臂，激情地描绘着，“要明白，这一切是没有界限的。”

莉莉的目光在宽敞的厂房内四处游移，上下打量，似乎对威廉因规模扩大而感到的兴奋毫无兴趣。艾琳已经离开了那位皮肤黝黑的小个子男子，转而与一位倚靠着铁棍、金发飘逸的高大年轻人交谈。尽管他面带怒色，但显然对艾琳还是很有礼貌的，只是这份礼貌中夹杂着一丝好奇。站在他身旁的艾琳显得异常憔悴和苍白，仿佛一个脆弱的纸人。他不时露出羞涩而略显拘谨的笑容。

莉莉礼貌地转向她的同伴。“不过，威廉，你是越来越有钱了。用不了多久，你将会拥有整个镇子。”

他羞怯地看着她，薄薄的嘴唇勾勒出一抹充满希望的微笑，然后又开始笨拙地摆弄起表链上的红宝石搭扣。

“我可以给你全世界。”他突然说道，仿佛这句话的分量让他费尽了力气。“如果你愿意嫁给我，我可以给你一切。”他稍作停顿，然后俯身靠近静静坐着、正把手指上的戒指转来转去的莉莉。“莉莉，你愿意嫁给我吗？”

“不愿意。”她轻声回答，似乎不愿因拒绝而伤害他的感情，然而她的语气却坚定而明确。

威廉俯身，腰弯得更低了。“我会确保我母亲不再干预我们的生活。”莉莉目不转睛地凝视着前方，手指不停地转动着戒指。与艾琳相伴的年轻工人已经抬起他那强健的双臂，将铁棍倚靠在熔炉旁的墙上。他站在那里，身体轻松地前后摇摆，展现出力量与美的和谐。当他微笑时，一排整齐洁白的牙齿显露无遗。艾琳则以她特有的模糊、心不在焉的方式笑着。莉莉的目光始终注视着……注视着……

“只要你愿意,你甚至可以将一半的时间花在欧洲。”威廉继续说道,“你可以随心所欲,我不会干涉你。”他轻柔地将手搭在她的肩上,试图引起她的注意。而此时她的注意力显然已经转移到了那位健壮的金发工人身上,似乎并未察觉到他的手正搭在她的肩上。

此刻,工人们纷纷朝熔炉走去。那位年轻力壮的小伙子轻松地扛着铁棍,仿佛那只是稻草。他仰头,依靠着自己强健的肩膀,迈着充满愤怒和挑衅的步伐。当那装满炽热铁块的巨大“棺材”被拖出时,他高声发出指令。正是他,将铁棍插入那堆钢铁之下,然后一抬,轻松地将它缓缓推上铁制滚珠轨道。他宽阔的后背弯下去时,肌肉在皮肤下起伏,宛如它们也是由神奇而有弹性的钢铁构成。

威廉·哈里森握紧莉莉的手,制止了她转动戒指的动作。“告诉我,莉莉,”他柔声询问,“难道真的没有一丝希望了吗?或许明年,或者后年呢?”

突然间,她好像才听到他说的话。于是,她转过身,将另一只手轻柔地搭在他的手上。她从宽边帽檐下抬起目光,凝视着他,轻声说道:“威廉,这没有用,我很抱歉,真的非常抱歉。”她轻轻地笑了。“但你的方法错了,你不应该对我做出关于欧洲的承诺。如果我要结婚,那必须是一个不会让我离开他身边的人。”

这就是她对他说的全部了。其余的想法,不管是什么,都深藏在她的内心深处,藏在那双对威廉·哈里森毫无兴趣的黑眸之后。在她眼里,除了那个金发壮汉,别的什么都看不见。那壮汉干活时力大无穷,同时又流露出难以置信的优雅。或许,如果威廉哪怕只有一瞬间猜到她心里在想什么,他都会脸红的,因为大家都说威廉是个不错的年轻人,一直过着体面的生活。这样的事情对他来说无疑是难以理解的。或许如果她说出了实情,如果她愿意费心去解释一番,她可能会说:“我不能嫁给你。我不会委身于任何不能让我心动的人。那样的男人必须拥有力量,必须具备优雅的气质。威廉,美貌可是很重要的…… 比你想象的重要得多。你总是生活在喧嚣与嘈杂之中。我很富有,你的财富对我来说毫无意义。还有你的权势!对我来说毫无价值…… 啊,要是你有张像那个工人那样的脸……一张…… 真正的脸,还有一副…… 像他那样的真正的身体,那你或许还能满怀希望地问我。但这是不可能的,威廉。你引不起我的兴趣,尽管我也不想伤你的心。”

但她什么都没说,因为人们很少会把这些话说出口。相反,她只是简单地拒绝了他。不管这些想法在她灵魂深处扎根有多深,都很难说她是否真的有过这些念头；因为她显然不是个倾向于深思熟虑的女人。显然，她未曾深入审视自己的动机。无疑，她对自己的美丽感到满足，对让自己的周围环绕着漂亮、奢华的物品感到满足。

此时，艾琳离开了那些工人，重新加入了威廉和她姐姐的行列，这让莉莉无法继续说下去。威廉满脸通红，求婚的努力让他仍在微微颤抖，他建议他们应该离开了。时间已经是五点四十五分。工人们突然间都从那间小棚屋里消失了。他们这一班的工作已经完成。现在他们可以自由地返回他们那杂乱的家中，或是去街角的小酒馆消遣，或是前往富兰克林街那些阴暗、门窗紧闭的妓院。在这片荒凉的平地上，他们可以自由地前往任何他们想去的地方，享受这短暂的十二小时。

25

三位访客穿过如今被上百盏弧光灯冷冷地照得透亮的工厂院子，往主管的办公室走去。途中，莉莉突然转向她妹妹，询问道："刚才和你说话的那个人是谁…… 就是那个黄头发的高个子。"

艾琳突然瞥了她姐姐一眼，那曾经的惊恐神情再次浮现在她苍白的双眸中。"他叫克林科，"她答道，声音低沉而冷淡，"前几天晚上就是他把我从'欢迎之家'送回家的。他是个聪明的小伙子。我还教过他英语。"

一直走在她们后面的威廉加快速度赶了上来，与她们并排走着。"克林科？"他说，"克林科？他就是那个一直在捣乱的家伙。他们一直想在这里成立工会。"他对艾琳说："恐怕你的'欢迎之家'惹麻烦了，艾琳。教育这些人没什么好处。他们根本不想学。"

莉莉笑了起来。"得了吧，"她说，"这不是你母亲常说的话吗？我都能听见她这么说。"

威廉沉默不语，但蜡黄的脸上露出了一抹羞涩与尴尬，仿佛他那强势的母亲不知怎的就突然出现在他们中间。艾琳紧随莉莉的步伐，小声对她姐姐说："你不该那么说的。你太残忍了。"

当他们抵达主管的办公室时，发现威廉的维多利亚式马车已经准备就绪。马匹身上覆盖着毯子，以抵御冬夜刺骨的寒风，而车夫则在座位上冻得直发抖。他们三人登上了马车，威廉指示车夫首先驱车前往哈尔斯特德街，他计划在那里下车，将马车留给两位女士使用。当莉莉表示反对时，他回应道："我想要步行上山去镇上，这样可以活动活动筋骨。"

他们驾车穿越街道，两旁是两队工厂工人。随着班次的交替，一队工人正步入工厂大院，而另一队则刚刚离开。工人们如同两列整齐的队伍，但缺乏个性，仿佛是毫无感情的机器人。其中一队的工人穿着整洁，昂首挺胸，而另一队则浑身沾满油渍和煤烟，显得灰暗，他们低着头，显露出疲惫之态。这条街道昏暗而狭窄，一边是高耸且光秃的仓库墙壁，另一边则是工厂大院。黑叉河上覆盖着油污和垃圾，散发出的恶臭污染了湿润的空气。在工厂的一侧，一道由带刺铁丝网构成的高大围栏正在建设中。威廉自豪地向她们展示这道围栏。“你们看，”他说道，“我们要确保工厂坚不可摧。一旦工会介入，必将引起麻烦。这道围栏的建设是我的主意……未雨绸缪。”他边说边在黑暗中轻声笑了起来。

抵达哈尔斯特德街后，威廉下了车，摘下帽子，以一种冷漠而礼貌的方式向两位姐妹道了晚安。然而，在马车即将继续前行之际，莉莉朝他喊道：“今晚你会来参加舞会的，对吧？别忘了，有一场四对舞[1]，你可不能在最后关头放我们鸽子。”

“我会来的，”威廉说，“我当然会来。”然后，他转身朝着相反的方向，向那座山走去。朱利斯·哈里森夫人正坐在山上那座难看的红砂岩房子里，期待着求婚的好消息。他走路姿势利落，步伐轻盈而稳健，双手背在身后，若有所思地低着头。他的肩膀疲惫地耷拉着，夹在臂弯里的雨伞随着他的走动忧伤地晃荡着。他已经向莉莉展示了自己所有的财富和权势，而她却把这一切看得一文不值。在那座红砂岩房子里，哈里森夫人正坐着等消息。

马车缓缓驶过哈尔斯特德街，绕过街角那家此刻挤满了工厂工人的酒馆，向柏树山的那座房子前进。在那扇锻铁大门对面的一幢公寓楼前，一位怀旧的俄国人坐在门廊的台阶上，神情忧伤地拉着手风琴，那手风琴奏出的忧郁草原乐曲弥漫在这冬日的夜晚。

艾琳脸色苍白，显得极度疲惫。她倚靠在桑葚色的靠垫上，说道：“你为什么要问威威廉来不来？你知道的，只要有可能，他从不缺席任何活动。”

“我只是想让他觉得自己是受欢迎的，”姐姐心不在焉地回答道，“自从那次税务纠纷之后，妈妈和哈里森夫人的关系便不再那么亲近…… 我挺同情威廉的。他都不知道这到底是怎么回事。”

① 一种起源于十八世纪的欧洲宫廷舞蹈，由四对舞伴组成方阵共同表演，故称为“四对舞”。

第五章　艾琳的坚持(26~32)

26

回到老宅后，艾琳径直回了自己房间，而莉莉也没有像往常那样去找母亲聊天，而是轻手轻脚地上了楼。她甚至对舞会的准备工作都不闻不问。卸下衣物后，她在放了马鞭草盐的热水浴缸里泡了许久，慵懒地打着盹儿，直到热水洗去了工厂留下的所有污渍。泡完澡后，她换上了一件轻薄的缎面睡袍，在梳妆台的镜子前坐了好长时间，精心打磨着自己的粉色指甲，审视着嘴角因频繁微笑而形成的细纹。接着，她往全身扑上了香粉，梳理好自己的红发，并用镶有宝石的发簪将其固定。没过多久，先前的低落情绪便烟消云散，她开始用低沉而温暖的嗓音唱起了《我知道你很温柔》。那是一首饱含深情、欢快的歌曲。有时，她的歌声会逐渐高亢起来，穿透墙壁，传进艾琳所在的房间。此时的艾琳正躺在黑暗中狭窄的白色床上。

莉莉一边为晚宴精心打扮，一边不停地唱着一首又一首歌曲，大部分是活泼俏皮、充满韵味的法国胸甲骑兵歌曲，例如《在蒙托邦的路上》、《沿着泰晤士河》和《在我的金发女郎身旁》。对莉莉而言，穿衣打扮是个慢条斯理的过程，得花上一个小时甚至更久,因为她对每一个细节都极其讲究。衬裙不能有一丝褶皱;孔雀蓝的长筒袜要贴合得如同是她自己的肌肤一般;束身衣必须勒到极致。最后,她穿上了一件孔雀蓝缎面礼服,裙摆轻拂过她的脚踝。然后她按铃召唤一个黑人女仆来帮她系扣子。在女仆到来之前,莉莉注意到缎面礼服下面有一处褶皱,于是又重新开始整个穿衣过程。直到第二次尝试结束,她站在镜子前,在床边炉火柔和的光芒映照下,显得精致完美。那件紧身的孔雀蓝礼服完美地贴合着她的身材曲线。接着,她在纤细的脖颈上挂了一条经过精心打造的、镶嵌着钻石的月桂叶银质项链。随后,她点燃一支香烟,借着灯光审视起自己高挑的身影。在这间昏暗房间的老式家具中间,她身着华服,亭亭玉立,优雅非凡,尽显世故。她轻轻抚了抚那像擦亮的头盔般覆盖着她小巧头颅的头发,满意地笑了,镜子里的那张脸也带着一种奇特的欣喜神情、一种洋溢着的健康活力和喜悦回望着她;然而,那笑容里也透着几分神秘和得意扬扬的意味。

27

艾琳的房间没有那么宽敞,也不那么阴暗。窗户上挂的不是锦缎窗帘,而是洁白的织物。房间的一个角落里摆放着一个祈祷台,台上供奉着一尊小巧的彩绘圣母与圣婴石膏像,色彩斑斓,蓝、粉、金三色交织。这尊像是莉莉从佛罗伦萨寄来的。床铺狭小而简陋,旁边的白色桌子上堆满了整齐排列的书籍和纸张,这些都是艾琳在平民区为民众服务时所需的资料。当莉莉容光焕发、满脸通红地走进房间时,她看到妹妹正坐在桌旁。于是她在白色的床边坐下,和妹妹聊了起来,一直聊到客人们到来。

艾琳将白色桌子上原本摆放得整整齐齐的几摞书籍和纸张推到了一边,腾出地方来放置一个装满食物的白色托盘,正独自在房间里吃晚餐。她压根就没打算去参加舞会。"我受不了,"她对母亲说,"我会很难受的。我不想去。您为何要让我受这种折磨?"近来,她的言辞越来越夸张,与事实或应有的严肃性大相径庭。然而,朱莉娅·谢恩逐渐习惯了迁就小女儿的任性,便准许她不参加舞会了。

"你手头有什么书可读吗?"莉莉开口问道,"要是没有的话,我的小行李箱里装满了书。"

"我有的是书,而且,我还要出门。"

"去哪儿?"莉莉突然好奇地问道。

"去'欢迎之家'。今晚该我去上课。我还以为你会记得这事。"她的声音听起来疲惫又紧张。她转过头来,带着极其不满的神情看着姐姐,仿佛在指责莉莉犯了什么不可言说的罪过。

“我不记得了，”莉莉回答道，“我怎么会记得呢？”说着她站起身来，走到妹妹身边，伸出一只胳膊搂住她的肩膀。这一亲昵的举动似乎让妹妹突然感到厌恶，因为被那温暖裸露的胳膊一碰，她就猛地打了个寒战。“你今晚不该出门。你太累了！”

“我必须得去，”艾琳回答道，“他们都指望着我。”

“你在吃什么……”莉莉边说边从托盘里拿起一小块蛋糕，“豌豆、土豆、米饭、甜点、牛奶…… 哎呀，艾琳，你都没吃肉。你应该吃肉的。这是你最需要的东西。你太苍白了。”

艾琳苍白的额头皱了起来。“我已经戒了，”她说，“我再也不吃肉了。”

“为什么呀？”莉莉从她身边走开，站在那儿低头看着她，脸上挂着一丝淡淡的嘲讽的微笑。她妹妹那透明般的脸颊微微泛起了红晕。

“因为我相信吃肉是不对的。我觉得这是不对的。”

“好吧，我要去跟妈妈说说这事。这太荒唐了。你这样的饮食习惯会把自己搞垮的。说真的，艾琳……”她的声音里带着一丝恼怒，但她还没来得及再说下去，艾琳就突然像一只长期遭受虐待后，对冒犯它的手突然发起攻击的受虐犬一样，对她发起了火。

“你们为什么就不能让我清静清静呢？你和妈妈都把我当小孩子看待。我已经是个成年人了。我想做什么就做什么。除了我自己，我又没伤害到任何人……谁都没有…… 我跟你说，我已经受够了。真的受够了！”

突然间，艾琳开始轻声而歇斯底里地啜泣。她那瘦弱的肩膀不断地颤抖，啜泣声似乎要将她的身体撕裂。“我想离开这儿，”她呜咽着说，“我想一个人待着，这样我可以思考，可以祈祷。我想一个人待着！”她的抽泣声既令人心生怜悯又让人揪心，那是因为长时间压抑的痛苦所发出的干涩、嘶哑的哭泣声。有那么一会儿，莉莉无助地站在她身旁。然后，突然之间，身着孔雀蓝礼服的莉莉跪了下来，用她那迷人的光胳膊搂住妹妹，努力想要安慰她。但奇怪的是，这一努力并没有奏效。艾琳只是挣脱开来，哭得更厉害了。“只要你能让我清静清静…… 我自己就能找到安宁！”

莉莉什么也没说，只是跪在妹妹身旁，亲吻并轻抚着她那纤细苍白的双手，直到艾琳的抽泣声稍微平息了一些。艾琳俯身趴在书籍和纸张之上，将头深深埋入臂弯。妹妹在精神和情感上所承受的痛苦，让莉莉感到极大的震撼。她望着妹妹，眼中满是困惑，仿佛突然间发现了一个她之前完全不了解的世界。这一幕瞬间浇灭了她刚才高涨的情绪。那些粗俗的法国民谣也被她抛到了脑后。她突然变得严肃庄重起来，那美丽的脸庞线条也变得冷峻。她坐在地板上，头倚在艾琳的腿上，一阵敲门声和呼唤她名字的声音将她从沉思中唤醒。

“莉莉小姐，”传来了那个混血女仆的声音，“谢恩夫人说客人们就要到了，您得赶紧下楼来。”

“好的，萨拉…… 我这就下去。”

莉莉费力地拉扯着那件紧身缎面礼服，慢慢站起身来，轻吻了妹妹的额头，说道：“亲爱的，请你今晚留在家里好好休息。”

艾琳没有回应，仍在轻声抽泣着，仿佛沉浸在情感宣泄的满足之中。她依旧伏在桌子上，脸埋在臂弯里。不过此刻她已经平静了许多，带着经历强烈情感爆发后的慵懒沉静。

莉莉返回自己房间，再次站在镜子前，一边重新整理被弄乱了的头发，一边聆听着从楼梯井传来的低语。直到她第二次把镶有宝石的发簪插好，她才突然惊恐地发现，孔雀蓝礼服的一侧从胳膊肘到腰部被撕开了一道大口子。在刚才一时冲动对妹妹表达亲昵之情时，她全然不顾及虚荣，猛地就跪了下去，结果礼服就这么给毁了。

随着一辆接一辆的马车抵达，楼下传来的低语声愈发响亮。莉莉用法语低声咒骂了一句，迅速脱下身上的礼服，从衣橱里又取出一件类似查特酒的淡黄绿色礼服。于是，她的穿衣打扮的过程又重新开始了。尽管那位混血女仆上来催促了两次，但都被莉莉打发走，客人们也都已经入席用餐。又过了半个小时，莉莉再次站在了镜子前，光彩照人、美丽动人。这件礼服的领口开得比她先前丢弃的那件还要低，黄绿色与她那头黄褐色的红发相得益彰，让她看上去既性感又撩人。笑容再次浮现在她的脸上，仿佛在宣告：“今晚，镇上的人将会目睹前所未有的风采。”

在下楼之前，她又去了一趟艾琳的房间，却发现里面漆黑一片，空无一人。艾琳身着灰色套装，头戴朴素的黑色帽子，悄无声息地从房子后面的楼梯下去了。她穿过走廊，经过客厅的窗户，步入了那片沉寂无声的公园。那间素净而空荡的屋子似乎让莉莉突然感到一阵羞愧，于是在走下那长长的楼梯之前，她回到自己的房间，从行李箱里拿出一把黑色的鸵鸟毛大扇子，用来遮挡自己裸露的胸部，这样既可以躲开无礼之人的窥探，也可以避免异样的眼神。

这场舞会很成功。乐队被安置在走廊旁的小壁龛里，首先演奏了一曲四对舞，随后是优雅的华尔兹、轻快的两步舞和活泼的波尔卡。直至晚上十点，一辆辆马车沿着哈尔斯特德街缓缓前行，经过工厂和那些破旧的房屋，穿过锻铁大门驶入公园；到了午夜时分，马车又开始陆续离开，将宾客们送回各自的家。莉莉举止优雅、魅力四射，在舞者中穿梭，平等地向每个人展现她的魅力，唯独对威廉·哈里森是个例外。威廉身着黑色晚礼服，看上去神情沮丧，显得比实际年龄要老，因此莉莉与他共舞了三次，并且还与他一起坐下来休息了整整一曲华尔兹和一曲波尔卡的时间。镇上的居民们对此感到困惑不解，私下里纷纷议论，认为威廉似乎又有了新的机会。

艾伦·托利弗也出席了舞会，她身着母亲亲手缝制的裙装，整个夜晚的大部分时间都陪伴在姨妈朱莉娅的身旁。朱莉娅姨妈身着黑色煤玉色①衣服，佩戴着紫水晶首饰，坐在客厅一端，拄着拐杖，看上去十足像个邪恶的公爵夫人。随着音乐的响起，看到舞者们的优雅舞姿，她那疲惫的双眸瞬间重燃了往昔的光辉。

虽然艾伦比其他宾客年轻许多，与大多数人也仅是点头之交，但她从不缺少舞伴。尽管她的裙子做工简陋，头上的高发髻看起来有些滑稽，但她容貌秀丽，跳舞时展现出一种野性而充满活力的优雅。不跳舞时，她的举止也完全不像壁花②般羞怯畏缩。她以一种挑衅和轻蔑的目光注视着舞者们。没人会把她当成穷亲戚。

28

临近午夜时分，艾琳才在克林科的陪同下，从平民区返回。她像只悄无声息的飞蛾，匆匆穿过走廊，经过灯火通明的窗户，然后上楼回到了自己的房间。那位工厂工人在车道的转弯处与她分别，随后在逐渐融化的雪地里站了一会儿，被从高大窗户里飘出的音乐和舞者们的身影所深深吸引。在那些舞者当中，他突然瞥见了艾琳的姐姐，就是那个曾在工厂车间里注视过他干活的女人。她正和工厂主共舞华尔兹，一边旋转，一边纵情欢笑，充满了活力。在那些一本正经享受着欢乐的人群当中，她就像是酒神的女祭司，野性十足，完全沉浸在声色之中。那把黑色的扇子从她的手腕垂下，淡黄绿色的舞会礼服将她胸部和颈部的大片肌肤暴露在外，散发着一种撩人的美感。音乐停止了，她的身影也早已消失，但克林科却仍旧站在湿漉漉的雪堆中，茫然地盯着她曾一次次经过的那扇窗户。他就那样站着，仿佛被催眠了一般，动弹不得。最后，一个路过的车夫停了下来，惊讶地望了他一眼，这才让他回过神来。他低声嘟囔了几句俄语，然后沿着长长车道的一侧离开，

① 这种颜色不是简单的纯黑色，而是带有一定的光泽质感，就像高品质的黑色宝石或者经过精细打磨后的黑色大理石那种色泽。这种颜色在服饰上出现时会给人一种高雅、深邃同时又有华丽质感的视觉感受。

② 常用来形容在社交场合因害羞或不受欢迎而独坐一旁的人。

尽量避开那些开始陆续离开的华丽马车。

最后一辆马车在凌晨一点过后不久驶出了锻铁大门，车上坐着威廉·哈里森和他的两位表妹。此时，屋里只剩下莉莉、她的母亲以及艾伦·托利弗了。由于艾伦自己没马车，所以她决定在柏树山过夜。此刻，她们置身于凋谢的花朵和被人遗忘的四对舞小礼品的狼藉之中。随着最后一辆马车的离去和音乐的终结，朱莉娅·谢恩眼中的光芒也随之黯淡。她再次变回了那个身形佝偻、疲惫不堪的老妇人，那双曾经锐利的眼睛现在因黑眼圈而显得黯淡无光，仿佛随着最后一个和弦的消逝，黑眼圈一下子就冒了出来。

“我要去睡觉了，”她表示，并向其他人道了晚安，“我们明天早上再讨论这场派对吧。”

她步履蹒跚地登上楼梯，留下女儿和外甥孙女两人在宽敞的客厅里。她离开后，莉莉站起身，依次熄灭了一盏盏油灯和蜡烛，最终只留下钢琴上方壁灯中三支蜡烛的微光。

“现在，” 她说道，并向后倚靠在长沙发的软垫上，伸展着她那修长漂亮的双腿，“为我弹奏一曲吧…… 可以是勃拉姆斯，或者肖邦的曲子。”

艾伦显然已经很疲惫了，但这个请求却唤起了她那非凡的青春活力。她坐在钢琴前，烛光勾勒出她的轮廓来…… 那滑稽的高发髻弧线，还有那因束身衣而显得更可笑的身形曲线。莉莉半闭着眼睛，在长沙发上注视着她。她先弹奏了两首肖邦的练习曲，接着又弹了一两首勃拉姆斯的华尔兹。她弹得精彩绝伦，自由奔放且激情四溢，仿佛意识到自己终于拥有了梦寐以求的听众，而且不管她将来会变得多么有名，都不会再有比这更理想的听众了。

在工厂机器的轰鸣声之上，乐声如细丝，带着一种永恒的美感昂扬而起，时而轻柔、含蓄，时而激昂澎湃，热情高涨。艾伦将所有难以言表的渴望、青春的活力、满腔的愤懑与轻蔑，以及那些曾让她年轻而迷茫的灵魂苦苦摸索的情感，都融入乐曲中。通过这神奇的乐声，她设法将那些因羞怯和骄傲而难以启齿的情感传达给了那个半埋在靠垫中的女人。莉莉注视着她，被这饱含深情的音乐感动得默默落泪。

她们之间自始至终未曾有过只言片语。最后，女孩以轻柔而哀怨的方式奏响了那凄美而神秘的《悲伤圆舞曲 ①》。这首曲子虽然独特却充满哀愁，它或许称不上伟大，甚至可能显得有些平凡，但在她那纤细手指的演绎下，却变得异常美妙。她仿佛让这个昏暗的房间里住进了虚幻的幽灵，它们带着悲剧色彩、浪漫情怀，以

① 一种起源于奥地利民间的三拍子舞蹈音乐，节奏明快，旋律流畅，常用于舞会等社交场合。

及炽热而难以想象的欲望。蜡烛在陈旧家具间投下的舞动影子,在莉莉朦胧的泪光中变得奇幻而熟悉,宛如那些只露出端倪的记忆,还未及捕捉和辨认便已消散。圆舞曲在一种奇异超凡的狂喜中升腾,旋转着、欢腾着,达到了人们渴望却此生难以实现的喜悦与圆满的顶峰……那是一种遥不可及、能感知却无法触及的境界,是艾伦在她的音乐中试图追寻并几乎捕捉到的,是艾琳跪在锡耶纳圣母像前的祈祷台前,在一种神秘的升华中所追寻的,也是莉莉以她本能的、半清醒的方式所追寻的。这是一场注定孤独的探索;不知怎的,这音乐让那份孤独感变得无比强烈。圆舞曲的节奏再度放缓,也愈发轻柔,点燃了一种新的忧郁的热情,直至最后渐渐消逝,归于寂静,只留下工厂的轰鸣声打破了这个老房间的宁静。

稍作停顿后,艾伦疲惫地向前趴在钢琴上,头枕着双臂。突然间,只听得一阵轻微的沙沙声,她缓缓滑倒在地,那件自制的舞会礼服在她纤细的身躯下皱成一团,还沾上了污渍。莉莉从靠枕间一跃而起,将女孩紧紧搂在自己白皙而丰满的胸前,因为她已经昏厥过去了。

29

艾伦的留宿时间从一夜延长至三夜。这架钢琴非常漂亮,远比镇上托利弗家客厅里那架音质刺耳的竖式钢琴要好得多。艾伦兴致勃勃地弹奏了数小时,仅有的听众是躺在靠垫间的莉莉,以及沉浸在自己荒诞回忆中的老朱莉娅·谢恩。

在第三晚,午夜过后很久,当莉莉和她的表妹爬上长长的楼梯时,年长些的莉莉开口道:“艾伦,我有些衣服,如果你喜欢的话,可以拿去穿。它们都只穿过几次,而且比你在美国能找到的任何衣服都要漂亮。”

直到她们走进莉莉的房间并关上门后,女孩才做出回应。她的脸涨得通红,内心在两种情感间默默挣扎:一方面是对美好事物的渴望,另一方面则是因出身于体面却贫寒的家庭而产生的一种莫名的骄傲。不知怎的,她的表姐察觉到了这场内心的挣扎。

“如果你想要,它们就是你的了,”她说,“不管怎样,你要是愿意的话,可以先试试。”

艾伦感激地笑了笑。“我很想试试,”她羞怯地说,“谢谢你。”

女孩脱下衬衫和裙子的时候,莉莉在衣橱的阴影里忙活着。当她回来时,胳膊上搭着三件礼服:一件暗红色的,一件黑色的,还有一件是黄色的。女孩仅穿着因频繁洗涤而变得粗糙且泛黄的廉价内衣,羞涩地站在那里等待着。

“你必须把这些都脱掉,”莉莉说道,“我这就给你找些别的内衣。”她随即取出了一套白色丝绸内衣。艾伦穿上后，在这个宽敞房间的寒气中轻微地颤抖着。

然后莉莉拿起那件淡黄色的礼服，从她表妹头上套了下去。这件礼服不属于任何特定的时尚时期。它那闪亮的丝绸面料从肩部宽松地垂下，形成褶皱，紧贴着女孩纤细的身体。随后，莉莉将一条银色腰带系在艾伦的臀部上方。艾伦转过身，对着镜子仔细打量着自己。

"等等，"莉莉笑着说，"这才刚开始呢。我们得打理一下你的头发，摘掉那个滑稽的发簪。你干吗要用一团旧铁丝，把这么漂亮的头发扎成这样啊？"

于是艾伦拔掉发簪，让头发如黑色的瀑布般倾泻而下。那是一头漂亮的头发，乌黑而浓密，与她白皙的肌肤和湛蓝的双眸相得益彰。她的秀发在淡黄色的礼服上形成了优雅的波浪。莉莉将头发分成几缕，轻轻拧成松散的发丝，在灯光下细细观赏。

"这头发真漂亮，"她说，"就像长发公主的头发一样。"

随后，她将头发在艾伦的头顶松散而低垂地盘起，使得光线在散开的发梢上投射出光晕般的美丽效果。她以一种极度轻蔑的姿态，将那个"发髻"随手扔进了废纸篓。

"好了，"她说道，将表妹转过身来面对那面长镜子，"瞧…… 瞧瞧这位伟大的钢琴家…… 伟大的艺术家。"

在那面神奇的镜子里，映照出一位高挑且美丽的女性形象。那个曾经滑稽笨拙的女孩已不复存在；取而代之的是一位脱胎换骨、美丽动人的新女性。在她那坦率的蓝色眼睛里流露出一种新的神采——既有惊讶，又夹杂着决心。这面神奇的镜子发挥了它的魔力。从那一刻起，这个女孩对镇上的人来说，仿佛变成了一个陌生人。她已经悄然长大，不知不觉间迈入了一个全新的世界。

她眼中闪烁着兴奋的光芒，转过身来面对她的表姐。

"莉莉，我真的可以拿走这些衣服吗？"

"当然可以，你这傻孩子！"

莉莉微笑着回答，因为这些衣服其实压根就没被穿过，它们是全新的。

30

第二天早上吃早饭的时候，那个混血女仆将一封电报放在了莉莉的餐盘前。电报内容很简单："吉恩得了麻疹。"

莉莉手忙脚乱地收拾行李，整个家顿时乱作一团。然而，朱莉娅·谢恩依旧从容不迫地在家中踱步，对周遭的喧嚣显得泰然自若。午夜时分，莉莉登上了开往东部的特快列车。直到那个星期过了一半，客厅又一次被粗棉布罩起来，并弥漫着樟脑丸的气味，镇上的人才意识莉莉已经突然回巴黎去了。人们都觉得，要揣测她反复无常的生活方式是不可能的。

在她突然离开三个月后的一个早春午后，莉莉坐在雷努瓦街自家花园的露台上。这时，身着怪异栗色府绸礼服的吉贡夫人，身后跟着又胖又老的菲菲，给她带来了朱莉娅·谢恩的一封信。

莉莉撕开信封，开始读了起来。

“毫无疑问，艾伦的私奔事件成了头条新闻。她与一位名叫克拉伦斯·默多克的电器公司旅行推销员私奔了。据我所知，他之前与梅·塞顿有过婚约。塞顿家族在哈里森工厂以东拥有一家紧身胸衣工厂。他们选择在纽约定居，现在，我相信艾伦将有机会继续她的音乐事业。我深知艾伦的个性，坚信她对这位荒唐的男子并无真爱。至于哈蒂，她心烦意乱，认为艾伦犯下了严重的罪行。无论我说什么，都无法改变她的看法。虽然那个男子并无任何值得称道之处，但我仍然希望艾伦能自行处理自己的事务。她绝非愚笨之人。我们家族中亦无一人是。哈蒂认为是你赠予艾伦的礼服让她失去了理智。但我怀疑艾伦只是将这位年轻的推销员视作一种逃避的途径——一种摆脱她所有困境的方式。整个小镇都在热议此事。阿伯克龙比小姐表示，多年来未曾发生过如此不体面的事件。愿艾伦获得更多的力量……”

莉莉放下信件，静坐片刻，沉浸在深思之中。信件的末尾，似乎还回荡着那种狡黠的轻笑，宛如当年魏斯曼法官与朱利斯·哈里森夫人在柏树山铩羽而归时她所发出的笑声……这仿佛是新旧势力长期对抗的漫长记分板上，又一次微弱胜利的回响。

莉莉静静地坐了一会儿，聆听着远方河流的潺潺声…… 圣克卢方向轮船的汽笛声，帕西街上隐约传来的马蹄声，以及那种新式机动货车刺耳的突突声。如今，在林荫大道上，这类货车变得越来越常见。她正在想些什么，思绪却突然被一个小男孩打断了。这个小男孩长得非常帅气，穿着一身水手服，拖着一只毛绒玩具熊，在铺着石板的露台上走过。他爬上莉莉的膝盖，开始摆弄她肩上那块暖和的毛皮。

“妈妈，”他喊道，“我饿了…… 我想吃点心！”[1]

莉莉将他拥入怀中，将他那柔软的脸颊贴在自己的脸上。“好的，宝贝……

① 原文为法语：“J’ai faim.... Je veux un biscuit！”

去找吉贡夫人拿吧。”①

她将他紧紧拥入怀中，流露出一种原始而珍贵的热情，一遍又一遍地亲吻着他。

“我爱你，妈妈……非常爱你。”② 小男孩小声说道，随后从膝盖上爬起，跑向那座大房子，去找和蔼的吉贡夫人要蛋糕去了。莉莉的目光紧紧跟随着他那结实的小身影，她那双黑眼睛中闪烁着胜利的爱意，愈发灿烂。

当小男孩消失在那扇高大的窗户后，莉莉重新拾起信件，继续读了起来。

“艾琳，”她母亲在信中写道，“在你走之后，似乎变得更满足了。我得承认，我越来越不理解她了。有时候我觉得她可能身体不太好…… 也许是有点受到宗教狂热的影响了。她把自己的生活、精力和灵魂都奉献给了平民区的那些外国人。这是为什么呢？我猜想，这或许能给她带来内心的平静吧。但我还是理解不了她。有这么一个男人…… 我记得好像叫克林科，她似乎将他塑造成了一名信徒。我只希望关于他的事情不会传到镇上。天知道人们会编排出怎样的故事来。我还担心她可能会卷入工厂区的那些麻烦事当中。终有一天，平民区会爆发公开的冲突。”

读完信后，依照由来已久的习惯，莉莉慢慢地把信撕成了碎片，随后将这些碎纸片投入露台旁的石瓮中……接着，她站起身，将毛皮披风裹得更紧，开始焦虑地在露台上来回踱步，似乎是一些深沉而撩动心弦的回忆占据了她的心灵。细雨开始轻柔地飘落，夜色也逐渐笼罩了花园。在她身后的屋子里，仆人们点亮了灯。而她，依旧不知疲倦地来回踱步。

过了一会儿，她从露台走到花园的砾石小径上，继续在那儿徘徊，直到花园围墙的门突然打开，一个男人走了进来。在帕西街的灯光映照下，他那漆黑的身影像军人般挺得笔直。他是那位男爵，吉贡夫人的表亲。他快步朝她走来，将她拥入怀中，默默地、热烈地拥抱她许久。

当他终于松开她时，他黝黑的脸上掠过一丝忧愁，他轻声问道：“怎么了？是什么让你如此心烦意乱？你是不是有什么烦心事？”

莉莉轻轻挽起他的胳膊，依偎在他身旁，却刻意避开了他的目光。“没什么，”她回答，“没什么事。”

于是，他们就这样在雨中漫步，一直走到离房子有段距离的、由勒诺特尔设计的亭子那儿。到了那儿，他们停了下来，男爵从口袋里掏出一把钥匙，打开门，两

① 原文为法语：“Bien, petit ... va chercher la bonne Madame Gigon.”

② 原文为法语：“Je t'aime, Mama ... tellement,”

人默默走了进去。

一进屋，他又吻了她，接着说道：“到底怎么了？我们之间似乎有些不对劲。”

“没什么，”她固执地低声说，“真的没什么。肯定是你想多了。”

31

朱莉娅·谢恩对女儿所述之事确实属实。艾伦的私奔事件在全镇引起了轰动，尽管并非所有人都持反对态度，毕竟这为人们提供了新的闲聊素材，同时也进一步印证了这个家族的放荡不羁。这个家族向来不甘于墨守成规，总是试图打破枷锁，以一种粗犷的方式追求所渴望的生活。

当哈蒂·托利弗泪流满面、心神不宁地来找她姨妈寻求安慰时，朱莉娅·谢恩在她位于工厂院子上方的那间宽敞卧室里接待了她。老妇人安慰道：“好了，哈蒂。你没理由这么难过。艾伦是个好姑娘，也是个聪明的姑娘。你换个角度看，这其实是件再好不过的事了。”

身材高挑、精力充沛且情感丰富的托利弗夫人觉得自己受到了伤害。她不停地抽泣着说：“要是她能跟我说实话就好了！…… 这就好像她欺骗了我一样。”

听到这番话，朱莉娅·谢恩不禁轻轻一笑。“啊，就是这么回事，哈蒂。她没法跟你说实话，因为她太了解你了。她知道你舍不得她离开。这姑娘很聪明，选择了更为明智的做法。真正受到伤害的是你的自尊心，因为你感觉到艾伦心中有一种比她对你的爱更强烈的情感。”她用自己青筋凸显的纤细的手握住外甥女那只布满劳作痕迹的红润之手，继续说道：“我们都得面对这一点，哈蒂…… 我们所有人。孩子想要自由的时候总会到来，这是很自然的事。就像野生动物…… 狐狸和狼一样。我们没什么不同。我们也是动物，在大自然粗暴的掌控下无能为力。它想怎么对待我们就怎么对待我们。”

然而，托利弗夫人仍旧无助地抽泣着。这是她一生中首次彻底拒绝接受降临在自己身上的命运。

“你以为我愿意莉莉去巴黎生活吗？你以为我愿意和生分的艾琳待在一起吗？这些事情迟早都会发生。如果莉莉真的帮了艾伦，那也只是因为所有年轻人都在团结起来对抗年长者。所有的孩子都在暗中策划、反抗他们的父母。当我们年老时，我们可能会忘记那在年轻时对我们至关重要的事情。我们开始将它们视为理所当然。毕竟，我们会认为那不过是些微不足道的烦恼，但那是因为我们是从遥远的视角回顾它们。老年人是自私的，哈蒂…… 比你想象的还要自私。他们甚至会嫉妒年轻人的生活和他们对生活的渴望。”

老妇人稍作停顿，默默地看着她那红着眼睛的外甥女。“不，”她接着说道，“你还不明白我一直在说的话，但这些都是真的…… 就像生活本身一样真实。而且，哈蒂，生活对我们的孩子来说很艰难，不像我们当年那么简单。他们的祖辈是拓荒者，同样的血液在他们体内流淌，只是他们不再有边疆可以开拓了。他们站在那里……我们的孩子……背对着这粗犷的中西部，面朝着欧洲和东方，感到无所适从，迷失在两者之间。”

然而，托利弗夫人却完全无法理解这些话。对她而言，感情没有那么多细微差别，责任也没有什么不同。在她看来，不论是身处非洲腹地还是圣日耳曼区，母亲与孩子之间的关系都不会变。喝过茶后，她就回家了，暗自抚慰着自己那颗受伤的心。她对丈夫说，这世上没有任何女性被要求忍受如此之多的苦难。

至于查尔斯·托利弗，他的运气也并不见好。在接下来的选举中，尽管老朱莉娅·谢恩为他的竞选活动投入了大量资金，他还是落选了。破产的现实摆在了他的面前。工厂的势力太强大了，农民的时代已经结束了。在为了生计而挣扎却徒劳无功之后，他最终在由他的对手魏斯曼法官掌控的一家银行找到了一份职员的工作…… 这是一杯充满屈辱的苦酒，但为了妻子和孩子，为了给他们提供食物和住所，他不得不饮下这杯苦酒。因此，他为自己的错误付出了代价，这并非由于不诚实，而是由于判断失误。正因为他诚实，所以他成了工厂的牺牲品。就这样，四十五岁不再年轻的他，在农民商业银行的黄铜栏杆后面找到了自己的位置。不知怎的，这个银行的名字似乎带有一种讽刺意味，因为它已经吞并了不止一个农场。

随着岁月的流逝，小镇发生了翻天覆地的变化。一次恐慌波及了当地的银行系统。平民区开始流传关于暴力和不满的不祥之兆；这些动荡对小镇产生了巨大的影响，就如同过去小麦和牲畜市场的衰退曾给小镇带来的冲击。公共市场已不复存在。在主街尽头的广场上，曾经用来称量干草和谷物的旧秤被移走了，它成了被遗忘的过去的一个无用标志，是进步道路上的一块绊脚石。在旧秤曾经的位置对面，美洲麋鹿慈善保护会购得了大西部酒店，并将其改造成了一个俱乐部会所，在主要入口上方悬挂着一个巨大的铸铁麋鹿头像。路过时，透过窗户可以看到一些面色红润、没穿外套、汗流浃背的男士们，他们正在谈论着进步、繁荣以及小镇在本州各城市中地位的提升。广场上的旧地标逐渐消失，取而代之的是“熏肉店”、外观酷似霜糖糕点的电影院、希腊人经营的糖果店，这些新元素都是小镇不断增长的外来人口所带来的。在广场的另一端，法院的塔楼终于落成了。这座象征着贪腐的建筑，让与该合同有关的魏斯曼法官和其他政客们大发横财。

傍晚时分，人们或许能瞥见法官本人在广场上缓步而行。他总是选择在阴影中徘徊，因为对于一个面色红润、易中风的人来说，炙热的天气并不友好。尽管他刻意避开阳光，但他的步伐依旧显得趾高气扬，似乎对自己的“成就”感到无比自豪。当他在广场上散步感到疲倦时，通常会回到麋鹿俱乐部，将自己沉重的身躯安放在摇椅的扶手间，静坐着欣赏过往的行人和繁忙的商业活动。在这种时候，人们可以听到钱币落入钱箱的清脆响声，就像能听到远处工厂的轰鸣声一样。到了晚上，那工厂的轰鸣声甚至能传到广场这边来。他公开地为自己的贡献感到自豪，正是他让小镇繁荣起来。他就这样一路走来，心胸狭隘、不诚实、腐败堕落…… 但即便是他的敌人也宽恕了他的这些缺点，因为他“为将小镇建设成如今的模样做出了巨大贡献”。自从固执己见的查尔斯·托利弗之后，还没有人能让他遭受挫折，甚至在征税那件事上，小镇居民的同情心也都偏向他这边，因为那场官司的判决使得新建熔炉的工程推迟了两年多，从而阻止了数百名外来务工人员的涌入。要知道，那些人原本可能会让小镇成为本州第三大城市。大多数人都认为，查尔斯·托利弗实在是太固执、太自私了，他把自己置于小镇及其蓬勃发展的繁荣景象之间，成了阻碍。

32

随着时间的推移，一波又一波新的移民涌入了平民区。那些破旧不堪、污秽满布的房屋被挤得水泄不通，令人窒息。原本就堵塞着黑叉河的缓慢流动的垃圾和废弃物，现在更是堆积如山。男人们在工厂里辛勤劳作，常常需要工作十二个小时，有时甚至更长时间。女人们头上裹着头巾，生养了许多孩子，其中大多数都在这烟雾弥漫、环境恶劣的条件下夭折了。在这方面，小镇错失了一个机会，因为只要稍稍努把力，本可以挽救这些婴儿的生命，将来为工厂提供宝贵的劳动力；然而，从欧洲引进更多廉价劳动力显然是一种更为简单的办法。能生存下来的就继续生存，无法存活的就任其自然吧。

在这些新居民中，没有一人尝试学习英语，他们坚守着自己的母语。他们是从波兰、乌克兰、意大利南部以及巴尔干半岛等地原样迁移过来的，保持着不变的传统和习俗。他们与小镇似乎格格不入。他们被标签化为贱民、被遗弃者，被称作“匈牙利佬”“意大利佬”，小镇居民甚至责备他们不学习英语，没有加入高歌繁荣盛景的大合唱。

但如今麻烦事越来越频繁了。威廉·哈里森再也不敢独自上山到镇上去锻炼了。由带刺铁丝网构成的屏障现已全面竣工，它将工厂四面八方围得水泄不通，坚固得如同堡垒，散发出一种不言而喻的威胁感。这道屏障紧临环绕谢恩城堡公园的那排已经枯萎的侧柏篱笆。虽然目前还没派上用场，但它就那样静静地等着，仿佛随时准备发挥作用。

“欢迎之家”，这个曾象征着城镇良知的尝试性举措，在繁荣的浪潮中逐渐被遗忘。志愿市民们不敢再冒险踏入平民区这片充满麻烦的地带。维持其运作的资金链也已断裂。最终，它从一个由整个社区共同资助的机构，转变成了一所仅由一对男女支持的学校。这位女士是艾琳·谢恩，而这位男士是斯特潘·克林科。女士很富有，而男士则是一名工厂工人，他不仅每日需辛勤工作十二小时，还要额外奉献六小时，致力于工友们的教育事业。

岁月和巨大的变迁对艾琳可不像对小镇那么仁慈。她变老了…… 是以一种老处女特有的方式，她们将生活的洪流从宽广的河道引向了狭窄的沟渠，充斥着狂热的活动。她变得越发消瘦、苍白。有时候，她那透明的皮肤下蓝色的血管清晰可见，就像小学生地图上的河流一样。她那淡金色的头发失去了往日的光泽，变得细软而直顺，因为她既没时间也没有心思去打理。她的双手因救助贫民区的婴儿而变得粗糙、发红。她的着装总是千篇一律：一套朴素的灰色套装，一顶不起眼的黑色帽子，磨损了就更换新的。但在更换时，她完全无视时尚的潮流，款式还是原来的老样子，相当过时且怪异，因此在小镇上，人们因她在穷人中所做的善举而给予她的回报，就是将她视为一个怪人，一个略带滑稽色彩的角色。

尽管如此，她依旧保持着一种处女般的纯净气质，眼中闪烁着非凡而超脱的光芒。既然生活不可能没有这样或那样的补偿，艾琳很可能也获得了她应得的那份。她在工作中找到了内心的宁静，并且在将那个多年前曾在谢恩城堡锻铁大门外对她恶言相向的浅黄色头发男孩培养成自己得力助手的过程中，感受到了成就感。

克林科已经成长为一位杰出的人物。他精通英语，与艾琳并肩工作，成为同胞中的领袖。他不仅教导他人，还深入阅读让-雅克·卢梭、约翰·斯图亚特·穆勒、卡尔·马克思等人的著作，甚至还涉猎了伏尔泰的作品……这些书籍都是艾琳买给他的，尽管她并不完全理解书中那些充满激情的思想。到了二十五岁，斯特潘·克林科已经成为该地区的领军人物，而在小镇上，一些对他略有所闻的有产者，称他为捣乱分子、无政府主义者、狂人、社会主义者、罪犯。

尽管艾琳鲜少回到小镇，她的母亲也未曾踏出谢恩城堡半步，但对那些曾目睹柏树山往昔荣光的人们而言，关于她们的故事依旧有吸引力。对于那些已不再积极参与社区活动的女人们来说，老朱莉娅·谢恩及其两个女儿的名字，在小镇的晚宴、午宴和茶会上的提及频率异常之高。或许,在这样一个喧嚣、平淡、紧张且充满繁荣气息的社区中,谢恩家族及其古老的宅邸满足了人们内心深处对神秘、美好、奇异,甚至是对神秘主义的普遍向往。当然,在这样一个物质主义盛行的社区里,谢恩家族显得独树一帜,引人瞩目。此外,约翰·谢恩的传奇故事,以及人们私下流传的关于谢恩城堡中发生过的种种神秘事件,始终是人们津津乐道的话题。最引人遐想的莫过于莉莉,可能是因为她相较于母亲和妹妹更加孤僻、神秘,人们对她总是充满了无尽的想象……莉莉要是回来的话,定能将全镇的目光再次吸引至谢恩城堡;莉莉,那个慷慨大方、性情和善、美丽动人的莉莉。

朱利斯·哈里森夫人,以及她被拒绝的儿子威廉和阿伯克龙比小姐,都会谈论她们。随着岁月的流逝,阿伯克龙比小姐患上了一种神经性疾病,这使得她的面部不时地抽搐,所以哪怕是在最严肃的谈话当中,她看起来也总是在以一种轻佻的方式挤眉弄眼。她以一种真正的高尚精神,坚韧地承受着这份苦难。

第六章　罢工的风暴(33~37)

33

在哈里森夫人最后一次造访柏树山的那天傍晚,阿伯克龙比小姐应邀前往山上那座外观不甚悦目的砂岩宅邸共进晚餐。这次访问标志着哈里森夫人为了缓解自征税争议以来不断升级的旧怨所做出的最终尝试。阿伯克龙比小姐事先已意识到这次邀请的分量,因此当她抵达哈里森府邸时,内心无疑充满了激动与期待。

两位女士在一间宽敞的餐厅里单独用餐,餐厅的装饰采用了金黄色的橡木,巨大的黄铜枝形吊灯下悬挂着二十来个黄铜球形灯罩。她们坐在一张超长餐桌的两端,由于距离过远,交流几乎需要靠喊。

"威廉不在家,"哈里森夫人以她那响亮而低沉的声音解释道,"一家来自东部的大公司有意收购我们的工厂。他们提出了一个相当优厚的价格,并且会给予威廉和我一大笔股票作为补偿。然而,我坚决反对…… 我曾告诉威廉,工厂就是哈里森家的根基…… 我绝不能眼睁睁看着它们脱离家族……魏斯曼法官和威廉一同前往东部,目的是确保威廉不会草率行事。我曾告诫威廉,平民区那边正麻烦不断,他们俩谁都不应该在这个时候离开。”说到这里,她停顿了一下,深吸了一口气。“哎呀,就在今天下午,那群波兰孩子中的几个竟然朝我的维多利亚马车扔石头,就在朱莉娅家车道的尽头……以前从未发生过这样的事情!”

在这段冗长而复杂的讲话中,她仅在中途停顿了一次以换气。她愈发发福了,那曾经令人印象深刻的男子般的活力似乎也有所减退。她曾凭借着自己强大的意志力,勇敢地挺过了一次轻度中风。除了在地板上行走时轻微的跛行,以及在餐桌一端的长毛绒扶手椅上坐下时稍显困难外,这次不幸并未给她留下更多痕迹。

管家 —— 哈里森夫人雇了个管家,把他当作自己在镇上权势的象征 —— 悄无声息地端上了浓稠的蘑菇汤。当他的目光落在两位女士身上时,眼中闪烁着光芒。他是个白发苍苍的老人,看上去颇有绅士风度。

“太令人震惊了!”阿伯克龙比小姐惊呼,随后她无法抑制自己的好奇心,急切地询问:“快告诉我,朱莉娅现在怎么样了?”

哈里森夫人喝了一口杯中的水,慢慢放下杯子,然后郑重其事地说:“她不见我!”

“我就担心会这样。”阿伯克龙比小姐回应道,同时焦虑不安地眨动着双眼。

“一切都结束了! 没人能够质疑我对和解所付出的努力。”她在说出这番话时,流露出一种女皇宣战般的威严。“而且,”她又带着一丝悲伤补充道,“这么多年的老交情竟如此轻易地画上了句号。”

“我也有同感。”阿伯克龙比小姐回应道,“你知道的,我和她的交情比你更早开始。哦,我还记得当年她只是个农家女孩的时候。”说到这儿,她的病让她不停地眨眼,仿佛她这简单的陈述里有什么下流的内容似的。

“唉,”哈里森夫人叹息道,“我敢说,在这个镇上,没有人比我和朱莉娅的关系更亲密了。你猜怎么着? 今天那个混血女仆竟然把我挡在门外,她的态度真是傲慢至极。她告诉我朱莉娅身体不适,无法见我。想象一下,身体不适到连我,她最老的朋友,都不见了!”阿伯克龙比小姐这个马屁精听了这话,默不作声,似乎认同了她的说法。“天晓得,”哈里森夫人继续说,“我完全是出于友情才去探望的。我肯定不是出于好奇去窥探什么。你知道的,珀尔。哎呀,连门都不让我进,好像我患有什么传染病似的。”

接着,一阵沉默笼罩了整个房间,空气中似乎弥漫着未被言表之事的颤动。每当哈里森夫人回想起自己遭遇的冷落,她的脸颊便不由自主地泛起红晕。那位举止得体的管家悄然撤下了汤盘,随后端上了一道煎得恰到好处、沐浴在黄油中的白鱼。

“那可真是个古怪的家庭。”阿伯克龙比小姐评论道，她的语气似乎在暗示着一些难以启齿的事情，同时小心翼翼地试探着，想要消除所有的顾虑。显然，她们正因谁是“最老的朋友”这一地位而争执不休，这实在是令人遗憾。在某种程度上，这使得双方都感到不安。

“那家人向来就很古怪。”女主人回应道，“从那房子建成起就是这样。”

又是一阵意味深长的沉默，随后阿伯克龙比小姐不自觉地、带着一丝不雅的暗示眨了眨眼，补充道：“我必须承认，艾琳的行为让我感到困惑。”这番努力虽然有些委婉，但效果显著。这标志着谈话又向前迈进了一步。

“莉莉的行为我也搞不懂。”哈里森夫人接过话茬，继续迈出了第三步。

“他们说，”阿伯克龙比小姐一边从嘴里取出鱼刺一边说，“有个普通的工厂工人对艾琳特别殷勤。她肯定不会考虑和他结婚的吧。”

“不，据我所知，她不会。”哈里森夫人断言。说完这句隐晦的话后，她停顿了片刻，仿佛站在新爆料的边缘摇摇欲坠，就像一个准备跳入冷水的游泳者。最终，她还是勇敢地一头扎了进去。

“他们说，”她压低声音喃喃道，“他们之间的关系比大多数人猜测的要复杂得多…… 有些不太合适。”

阿伯克龙比小姐往前探了探身子。“你知道吗？”她说，“真有意思。我也听到过同样的传言。”

“嗯，我是从车夫托马斯那里听来的。当然，我还责备了他，哪怕只是暗示这样的事也不应该。我得说，他只是很委婉地暗示了一下…… 很谨慎的。要不是我已经猜到可能有这种事，我都不知道他到底想说什么。”

阿伯克龙比小姐挺直了身子，往后靠了靠，好让管家撤下她的鱼盘。“想想看！”她说，“想想看，你自己的孩子居然成了仆人们闲言碎语的对象！”

女主人发出了一阵狡黠的轻笑。“你忘了约翰·谢恩了。他在世的时候，他的行为可是大家茶余饭后的谈资。你怎么可能忽略那些广为流传的谣言？那都是众所周知的……众所周知的秘密。”

阿伯克龙比小姐深深地叹了口气，轻声说道：“我明白……我明白。朱莉娅的生活并不幸福。”在这声叹息中，她似乎蕴含了千言万语，暗示着处女们可能拥有更高层次的幸福。

“当然，”哈里森夫人说，“他当时是疯了。这毫无疑问。人们爱怎么说就怎么说，但事实就是事实。约翰·谢恩当时是疯了…… 最终，他肯定是疯了。”

管家端上了烤鸡,在他转身离开之前,两位女士都没再说话。等他走出房间,她们便开始争相发言。尽管两人同时开口,但哈里森夫人的话语还是压过了阿谀奉承的阿伯克龙比小姐。

“当然,”她回应道,“我觉得朱莉娅自己有时候也有点古怪。我注意到这一点已经好几年了…… 自从…… 嗯…… 自从莉莉去巴黎生活以后。”

“是啊,”阿伯克龙比小姐附和着,试图说得更明确些,“自从州长的花园派对之后。那一切都太奇怪了…… 太奇怪了。”

说到这儿,她们又一次被那些未曾言说的巨大信息量给拦住了。哈里森夫人便转移了话题。

“那座房子已经破败不堪,连大门也仅剩一个铰链勉强挂着,显然已经很久没人打理了。”

“你见过艾琳的那个追求者吗?”阿伯克龙比小姐直截了当地问道,她力求一次只集中精力于一件事情。

“我见过他一次…… 威廉在工厂里指给我看过。他就是在那儿惹麻烦的人之一。”

“他长得帅吗?”阿伯克龙比小姐问道。

“说帅也帅,说不帅也不帅。”她的同伴回答道。

“嗯,这是什么意思?”

“嗯,他个子高,脸长得挺帅…… 或许带有些许不羁的气息。真正的问题是,我觉得他很普通。对,普通这个词很合适,绝对普通。”

阿伯克龙比小姐轻轻挑起眉毛,微笑着回应:“但是,亲爱的,毕竟他只是个工人。”

“是啊,”哈里森夫人回答道,“他就是个工人。”她的语气不容置疑。

“你真的觉得,”阿伯克龙比小姐问,“他们之间有什么实质性的关系吗?”

哈里森夫人缓缓举起叉子,向客人投去一个意味深长的眼神。“嗯,我确实不太明白他看中了她哪一点……她看起来既苍白又憔悴。但他却截然不同。他……嗯,”她突然中断了话语,随后继续说道,“这鸡肉太老了,珀尔……很遗憾你在和我共进晚餐时遇到了这种情况。”接着又补充道:“我猜他可能是看上了她的财富。她肯定非常富有。”

在管家呈上更多美味佳肴并退下之后,阿伯克龙比小姐终于放下了所有的矜持,起身提议道:“我得把椅子拉近一些,贝尔。这样隔着桌子交谈实在不方便。”

于是她把椅子和餐盘挪到了一个更有利的位置,这样当管家回来的时候,就看到两位女士紧挨着坐在一起，头靠得很近，声音也降低到了极其私密的程度。她们交谈的零星话语，飘进了那位早已习惯于偷听老妇人谈话的耳朵里。

“可莉莉才是关键人物，”传进耳朵里的声音说道，“我真的很想知道她的真实情况。毕竟血浓于水。他们说她……”哈里森夫人晃了晃杯子里的冰块，将未尽之言淹没了。

就这样，她们一直坐到将近午夜 —— 两位年迈的妇人，一位终身未尝过爱情滋味，另一位则被爱情遗弃，慢慢沦为一堆逐渐衰败的躯体——她们在细细品味着两位女士的故事，而对这两位女士而言，某种形式的爱情力量依旧是生动的现实。她们一无所知，她们所拥有的只是猜疑和零星的闲言碎语，但正是凭借这些，她们成功地拼凑出一幅马赛克拼图，上面闪烁着最迷人的罪恶和最浪漫的激情。

34

与此同时，在柏树山的那所房子里，朱莉娅·谢恩正倚在床上读一本法国小说。那是一张巨大的床，覆盖着一层落满灰尘的宽大床罩，由两个悬挂在天花板上、带有讽刺意味的镀金木雕丘比特支撑着。在床头灯的柔和光线下阅读的朱莉娅·谢恩，宛如一位在汹涌波涛中摇摆的女子，仿佛迷失在那张宽大的床铺之中。今晚，她感到比往常更加不适，于是选择在床上用餐。她身着一件镶有淡紫色缎带和瓦朗谢纳蕾丝[①]的宽松晨衣，瘦削的脖子从晨衣的亚麻布料上方显露出来。

她像往常一样，借助一个镶银的阅读放大镜看书，放大镜将文字放大成巨大的大写字母，正好适应了她逐渐减弱的视力。旁边的桌子上，一只镀金咖啡杯静静地见证着这位老妇人对医生建议的无视。杯子旁边摆放着两本平装的法国小说，在桌子投下的阴影下，地板上还散落着六七本，有的摆放得相对整齐，有的则摊开摆放，露出因匆忙裁开而参差不齐的边缘。

如今，年迈体弱的朱莉娅·谢恩只能在回忆中寻找往昔的影子……她回忆起年轻时的自己，曾毫无畏惧地骑着约翰·谢恩那匹性情刚烈的母马多娜·丽塔，在农场的围场中尽情驰骋；她回忆起与维奥莱特·德沃小姐以及来自法国和英国的女孩们，在塞夫勒那片被精心照料的树林里野餐的欢乐时光；她还回忆起刚回到柏树山的那些日子，那时的约翰·谢恩，与其说是她的丈夫，不如说更像是一位热情如火的情人。随着岁月的流逝，这些记忆变得愈发鲜明而生动，但它们还不够丰富多彩，无法完全填补她所有的时间空隙。在剩余的时间里，她要么沉浸在单人纸牌游戏中，要么阅读莉莉从巴黎一箱箱寄来的法国小说。

---

① 一种著名的梭子花边，起源于法国北部城市瓦朗谢纳。

这位老妇人形成了一套自己的读书方法,艾琳将其称为“略读”,对此她颇有微词。然而,朱莉娅·谢恩却对此方法感到满意,因为它让她能够迅速掌握故事的主线,同时避免在冗长复杂的场景描述上和对难以理解的法国式情感的深入分析上耗费过多时间。按照这种略读方式,她会先浏览开头几页,接着直接翻到结尾查看故事的结局。之后,她会跳到书的中间部分,随意挑选一两页阅读,直到好奇心得到满足,兴趣逐渐消退。最终,这本书就会被她搁置一边,等待那个混血女仆收走。女仆每次都会仔细地翻阅每本书,似乎相信只要反复阅读这些文字,终将能够破解外语的奥秘。床边地板上散落的书籍,都已被她“略读”过了。它们杂乱无章地摆放着,宛如战场上倒下的士兵。书名成为了解这位老妇人偏爱的作家的索引。有的书名用黑墨水书写,有的用红色,甚至还有蓝色……保罗·玛格丽特、马塞尔·普雷沃斯特、皮埃尔·洛蒂、保罗·布尔热、科莱特·威利,还有令人意外的阿纳托尔·法朗士,其代表作是《企鹅岛》。奇怪的是,《企鹅岛》似乎让她的略读法失效了,因为在所有这些书中,只有这一本的每一页都被仔细裁开了。

读倦之后,她随手将《守护天使》搁置一旁,身体向后靠去,闭上了双眼。或许她正沉思着普雷沃斯特故事中那四位邪恶女家庭教师的所作所为;或许她的思绪已飘向了镇上,飘向了朱利斯·哈里森夫人。她之所以让哈里森夫人离开,是因为她不想被琐事打扰。甚至可能她已经察觉,在哈里森家那座砂岩砌成的房子里,有人正在谈论她。她足够精明、足够世故,不可能不清楚贝尔·哈里森会如何评价她。然而,她看起来却异常平静、满足,对于熟人的看法、镇上人的看法——实际上,对于全世界所有人的看法,她似乎完全不放在心上。她已经到了对这些琐事不再挂怀的年纪。

她对周遭的事务显得异常冷漠,以至于三个多月来,她仅踏出家门一次,那便是随雅各布·巴尔的灵柩前往山上的公墓参加葬礼。这位长者在经历了一场漫长的病痛折磨后,终于撒手人寰。病魔以一种缓慢而折磨人的方式,逐渐耗尽了他那曾经强健的体魄。在葬礼那天,哈尔斯特德街上的外国女人们在柏树山宅邸的女主人乘车前往公墓经过此地时,匆匆瞥见了她一眼。她们肯定猜到了,能让她从隐居生活中走出,必定是件极其重要的事情;而实际上也确实如此,因为这是家族中辈分最高者的葬礼,也是他那一代人中,除了朱莉娅·谢恩之外的最后一位成员的告别仪式。

葬礼结束之后,朱莉娅·谢恩回到家中,把自己封闭了起来,决定除了艾琳和她的外甥女哈蒂·托利弗之外,不见任何人。

35

不论她刚才沉思着什么，回忆着何种往事，很快便被那位混血女仆的敲门声所打断。女仆进来是为了取走那只镀金的咖啡杯和那些被翻得凌乱不堪的小说。当听到女仆拖沓的脚步声逐渐靠近时，朱莉娅·谢恩睁开了眼睛，轻声说道："来，萨拉。帮帮我。我滑倒了。"

萨拉协助她重新坐起身来。老妇人轻蔑地挺直了脊背，似乎她那不屈的精神与她衰败的躯体毫无瓜葛。她似乎对自己的身体很鄙夷，认为这副身躯已不再有用，既无法驾驭，也无须对它负责。

混血女仆弯腰捡起散落在地上的小说，当她重新站直时，女主人咯咯地笑着评论道："天哪，这些书真是无聊透顶，萨拉。他们总是围绕着爱情这个主题，仿佛这世上再无其他事情可写。即便是爱情，读多了也会让人感到厌倦。"

混血女仆恭敬地静候着。片刻后，她回应道："是的，谢恩夫人。我想您说得对。" 听到这话，老妇人笑了。

"另外，萨拉，" 女主人接着说，"等艾琳小姐回来，告诉她我想见她。有要紧事。"

女仆犹豫了一下。"可是艾琳小姐要到午夜之后才会回来，谢恩夫人。" 她说话的样子像是在隐瞒着什么。她柔和的语调中隐约透露出一丝怀疑，几乎带有奴仆般的责难。"是那个外国人送她回来的。" 她又补充了一句。

"没关系，" 老妇人回答道，"我会保持清醒的。" 随后，她以一种冷淡的语气补充说："他能护送她回家，这确实不错。我可不想让她大半夜的一个人在外面瞎逛。他的考虑真是周到。"

到了午夜，她果然信守诺言，还醒着。她甚至忍痛设法站了起来，步履蹒跚地穿过房间，向存放香烟的抽屉走去。这些香烟，医生早已禁止她触碰。

在返回那张宽大床铺的途中，她经过了窗户，便将窗帘拉开，在那里站了一会儿。透过窗户，她看到了一幅热气蒸腾的景象：熔炉发出耀眼的光芒，高耸的黑色烟囱林立其间。她站在那里，看见有两个人影走进了锻铁大门。在哈尔斯特德街那刺眼的白色弧光灯照耀下，两人的轮廓显得格外清晰。那位女性是艾琳，而伴随在她身旁的是克林科。

老妇人静静地将桌上的蜡烛熄灭，房间顿时陷入一片黑暗。在她窗下，车道的拐角处，两人停下了脚步，低声交谈起来。他们声音低沉，即便窗户敞开着，也听不清他们在说些什么。不久，艾琳疲惫地坐在上马石[①]上，她那柔弱的身躯因劳累而显得无力。她倚靠在铸铁制成的丘比特雕像旁，雕像手中紧握着一个铁环。在远处弧光灯的照耀下，克林科弯下腰，用外国人特有的夸张而生动的手势，比画着向她传达着什么。在他们头顶上方的窗户里，母亲紧握着厚重的窗帘，支撑着自己的身体，默默地观察着这一切。她什么也听不到，只能在那儿静静地守望。最终，艾琳站起身，摘下那顶难看的黑帽子，用手指梳理着被炎热天气弄湿的凌乱头发。这一刻，老妇人倚靠在旁边的桌子上，期待着证据的出现。

然而，没有任何证据显现。既没有拥抱，也没有任何轻微的亲昵行为。克林科以端庄的姿态握住了艾琳的手，道了一声晚安，随后迈开他那坚定的步伐，转身沿着漫长的车道离去。艾琳则沿着客厅旁边的走廊前行，将钥匙插入锁孔，转动门锁，步入屋内。

上楼后，她注意到母亲正坐在床上，再次沉浸在《守护天使》的阅读之中。女儿轻步走到床边，手中依旧握着那顶破旧的帽子。随着母亲病情的恶化，艾琳的态度变得更加柔和。她甚至展露出了一丝疲惫的微笑。

“怎么？”她打趣地说，“您还没睡吗？我看您又在略读呢。”

然而，她的态度并不像是女儿对待母亲应有的态度，倒更像是一位泛泛之交的朋友。她的举止过于戏谑，过于刻意。毕竟，三十多年的代沟不是仅凭勉强的热情就能轻易弥合的。

朱莉娅·谢恩放下了她的阅读放大镜。“我睡不着，就试着读读书。”她说。

艾琳拉过一把椅子，在床边坐了下来。她看上去疲惫不堪，仿佛八月的酷热已经耗尽了她那由内而外的活力。

“您感觉怎么样？”

“好多了……除了后背疼，其他方面都好多了。”

艾琳的表情变得严肃起来。“医生已经明确禁止您抽烟了，您怎么又抽了呢？”她质问道。老妇人似乎早有准备，开始辩解，摇头否认。“别这样，妈妈……我都看到了…… 我注意到您在窗口抽烟时的火光了。”

（所以艾琳知道自己刚才被监视了，也就无须再辩解了。）老妇人静静地坐了一会儿，反复把玩着那副银质阅读放大镜，眉头紧蹙，面露怒色，似乎对身体状况的日益恶化感到极度不满，因为这使得任何人都能对她指手画脚。（朱莉娅·谢恩竟然要遵从医生的指示，还要忍受自己女儿的责备！）她脸上的每一道皱纹、那瘦

① 一种旧时的建筑附属物。在古代，上马石是为了方便人们骑马而设置的石头。它一般是一块有一定高度和形状规则的石头，通常有两级台阶。人们可以先踏上较低的一级，然后再踏上较高的一级，从而更容易跨上马匹。

弱身躯所展现的倔强反抗，都明显地表达了这种愤怒。最终，她紧锁的眉头慢慢舒展开来。

“他是个什么样的人，艾琳？”她凝视着女儿那双疲惫的眼睛，询问道。艾琳不安地挪动了一下。

“哪个人？”她反问道，“我不知道您指的是谁。”

“那个外国人…… 我不记得他的名字了。你从来没告诉过我…… 你本该告诉你母亲的。”她的语气中透露出一丝恼怒，听起来既陌生又带着不祥的预感。

“哦，是克林科。”艾琳说着，用她纤细的双手摆弄着那顶黑帽子，“克林科。”然后她停顿了一下。“他是个好人…… 非常出色的人。他为了他的同胞放弃了一切。”

“但他们又不是你的同胞。”她母亲目光锐利地看着她说道。

“他们就是我的同胞。”艾琳轻声回答道，“他们所有人，包括最小的婴儿。如果他们不是我的同胞，那谁是呢？”

老妇人再次被艾琳那坚定不移的信念所阻，眉头紧锁。“你很富有。”她说，“你生来就拥有一定的地位。”

艾琳的笑容里带着一丝苦涩。“在这个小镇上？”她轻蔑地反问，“哦！不！在这个小镇上的地位！这可真有点好笑！”她微微向前倾，手按在额头上。“我的同胞？”她低声说，“我的同胞…… 哎，我甚至都不知道我父亲来自哪里。”

半埋在厚厚枕头里的母亲，慢慢地坐起身来，仿佛一股新的活力浪潮涌遍了她那疲惫不堪的身躯。“给我拿支烟来，艾琳。”

女孩刚要开口反对，母亲便打断了她：“求你了，艾琳，照我说的做。我做任何事情都感觉无所谓了。”

“求你了，妈妈。”艾琳再次尝试劝说，“医生禁止你抽烟的。”这时，朱莉娅·谢恩狠狠地瞪了女儿一眼，那目光中透露出往昔的傲慢与威严。

“你到底听不听我的话，艾琳，还是我得叫萨拉来？至少她还听我的话。”

一时之间，权威的天平摇摆不定。这是一种基于坚定意志力、依靠一贯的绝对服从先例来维系的终身权威。最终，这场较量的胜利者是老妇人。这是她生涯中的最后一次胜利。女儿站起身，顺从地取来香烟，并且拿着蜡烛为她点烟。她伸直手臂举着蜡烛，脸上满是极度厌恶的神情，仿佛被迫参与了一项难以启齿的罪恶行为。将蜡烛放回原位后，她母亲若有所思地抽了一会儿烟。

“你父亲，”她稍作停顿后继续说道，“出生在马赛。他母亲是西班牙人，父亲是爱尔兰人。他来到这个国家是因为他不得不逃亡。我所知道的就这些。若不是他突然离世,或许会告诉我更多。不管我们怎么努力,恐怕都无法完全了解他的全部故事。要知道,生活可不是故事书。在现实生活中,有些事情我们永远都不会知道,哪怕是关于我们的朋友、我们的孩子。在每个人的灵魂深处,都隐藏着不为人知的秘密,即便是他们自己,也难以完全揭开那层面纱。

在那一刹那,胜利的光辉映照在艾琳苍白的面庞上。"看!"她说道,"我和其他人没什么两样…… 就像斯特潘·克林科和所有人一样,我的父亲是个外国人。"

母亲的嘴角突然勾起,露出一丝轻蔑的微笑。"但他是个绅士,艾琳…… 这一点还是有所不同的。而且你的母亲是美国人。她的祖父是这片荒野的首批开拓者之一…… 这个镇子就是以他的名字命名的。难道你没有一丝自豪感吗?"

"没有,"艾琳回答道,"骄傲是一种恶习…… 我已经将它抛弃。我不感到骄傲。我和其他人没什么不同。"然而,她的声音中分明透着一股傲气,一种因克制而愈发浓烈、带着火药味的自得。

"你真是固执,"她母亲说,"我真搞不懂你。你说话像个傻瓜……"艾琳抬起头想要反驳,但老妇人再次打断了她。"我知道,"她继续说道,"你认为这很崇高。你有没有考虑过,这或许只是一种自满呢?"

老妇人的双眸中闪烁着愤怒与怨恨的火花,然而这些情绪在艾琳那带着微笑、充满狂热正义感的盾牌面前,只能徒劳无功。她脸上显露出坚定的神情。(她竟然自认为比朱莉娅·谢恩更胜一筹! 真是令人难以置信!)

"你真的让我感到惊讶,艾琳。你的冷酷无情简直令人难以置信。如果你能偶尔展现出温柔,变得和善、慷慨一些……就像莉莉那样。"

女儿的双手紧紧地攥着那顶破旧的帽子。

"莉莉,"她痛苦地低语,"又是莉莉…… 莉莉这个,莉莉那个。她无处不在。每个人都对她赞不绝口…… 甚至哈蒂表姐也不例外。"那副自满而固执的神情再次浮现在她的脸上。"好吧,让他们去赞美她吧…… 我知道,在上帝眼中,我才是正确的,我才是善良的。"然而,在朱莉娅·谢恩的记忆里,这还是头一遭,她女儿的眼中闪过一丝愤怒,冷酷而无情。"莉莉! 莉莉!"她轻蔑地喊道,"我恨莉莉…… 愿上帝宽恕我!"

36

随后,房间里陷入了一段长时间的沉默。朱莉娅·谢恩熄灭了香烟的余烬,又开始不停地转动那副镶银的阅读放大镜。她眼神空洞,仿佛着了魔一般盯着它看。最终,她又转向女儿。

“你打算嫁给他吗?”她询问道。

“不,当然不。”

“如果他真像你说的那么好,我也就放心了。我真心希望在我离世之前能看到你嫁人,艾琳。”

女儿坚定地摇了摇头。“我永远都不会嫁给任何人。”

老妇人狡黠地笑了笑。“你错了,我的姑娘。你错了。我这辈子过得不算太幸福,但我从未想过要放弃婚姻生活。恋爱、生子,这些都是生活的一部分……爱情可以有多种形式,但至少它是生活不可或缺的一部分…… 而且,或许是最重要的一部分。没有爱情,生活便失去了色彩。”

艾琳沉默了许久,一直低垂着眼帘。即使她再次开口,目光也未抬起。“但是莉莉……”她狡黠地说道,“她就从没结过婚。”还是那句老掉牙的反驳,总是拿莉莉说事儿。她母亲觉得还是不理会这话为好,或许是因为,根据她所了解的情况,确实无法回答。

“你经常和这个克林科见面啊。”她说道,“这都持续好几年了吧…… 从莉莉上次来访之前就开始了。那都是好几年前的事儿了。”

艾琳突然抬起头,眼中闪过的一丝怒火,点亮了她苍白的面庞。“是谁在谈论我的私事?…… 我明白了,是哈蒂表姐,她今天来过这里。哦,为什么大家就不能让我一个人待着? 我又没有伤害到任何人。我只想静静地生活。”

朱莉娅·谢恩或许深知自己那冷漠、洁身自好的女儿与将孩子视为生活全部的外甥女之间的嫌隙,所以故意撒了个谎。

“哈蒂表姐根本没有提及这件事。”她将视线从灯光处移开。“我希望看到你结婚,艾琳。”她再次强调。显然,自州长那次喧闹的访问之后便被搁置的旧日愿望,如今又被重新点燃了。它占据了老妇人的心思,其他所有事情都被暂时抛在脑后。

“妈妈,我们之间真的没什么,”艾琳说道,“真的,什么都没有。您难道看不出来吗? 我们一直都是朋友。我教他读英文,帮他找书看。”她的声音微微颤抖,双手也在发抖,仿佛她又变回了那个小女孩,就是那个穿着带蓝色腰带的白色薄纱裙,在挂着约翰·谢恩画像的书房沙发上独自啜泣的小女孩。“是我造就了现在的他,”她继续说道,“您不明白吗? 我为他感到骄傲。我刚认识他的时候,他什么也不是…… 只是个又笨又叛逆、对我还很无礼的乌克兰小伙子。而现在他和我一起工作。他甘愿为那些人牺牲自己。我们彼此理解。我们只希望能不被打扰,您难道不明白吗? 我为他感到骄傲,是因为是我让他有了今天的成就。我对他来说…… 在那种方面,根本什么都不是。那样的话会把一切都搞砸的…… 就像某种邪恶的东西,会侵扰到我们。”

那张苍白而疲惫的面孔,因一种近乎宗教般的狂热而焕发出光彩。刹那间,她的神情中透露出一种母性的、崇高的气质。所有平凡的痕迹都消散了,取而代之的是一种狂热之美。那位相貌平平、疲惫至极的老姑娘仿佛已经不复存在。

“你之前怎么没跟我讲过这些?”老妇人问道。

“您从来没问过我…… 您从来都不想知道我在做什么。您一直都对莉莉感兴趣。您怎么会以为我会嫁给他呢? 我比他大好多岁呢。”突然,她像莉莉有时展现自己最美的一面时那样,以一种奇异的展示性动作张开了双臂。“看看我。我又老又憔悴还很丑。他怎么可能爱上我这样的人? 他还年轻呢。”

她那纤细的双手无力地垂落在腿上,搁在那件破旧的黑色哔叽衣服上。她沉默了,先前的情绪波动让她感到极度疲惫。她母亲凝视着她,那目光仿佛洞穿了一个陌生人的灵魂深处。对她而言,艾琳似乎突然变得清晰可见了。

“哎,您知道吗? 他从来都没正眼瞧过一个女人。”艾琳轻声继续说道,“这些年来他一直住在平民区,从来都没正眼瞧过一个女人。您知道在平民区这意味着什么吗?”她的声音变得更低了。“当然,您不会知道,因为您对平民区一无所知。”她又带着一丝苦涩补充道。

听到这儿,她母亲笑了。“这世上其他地方也没太大差别,艾琳。”

然而艾琳并未理会她的话。“这些年来他一直努力工作,去帮助他的同胞,使自己变得有价值。他从来都没时间去学坏。”她母亲再次轻轻地笑了,或许是在笑艾琳用来形容不端行为的那种传统保守的措辞。

“他很纯洁,”艾琳继续说道,“他高尚、优秀且纯洁。我希望他能一直保持这样。”

“你这是要把他塑造成圣人啊。”老妇人冷淡地评论道。

“他就是圣人! 他就是这样的人!”艾琳激动地喊道,“而你和莉莉却嘲笑他…… 哦,我了解你们俩。就因为他为平民区的人们所做的那些事,他被工厂解雇了。他还被列入了黑名单,以后在其他任何工厂都找不到工作了。他今晚刚跟我这么说的。你站在那儿看着我们的时候,他正在跟我讲这件事。”她的脸上又一次浮现出极度得意的神情。“但现在已经太晚了!”她大声喊道,“太晚了……他们已经投票决定罢工了。明天就开始。斯特潘就是幕后主使。”

仿佛一场旷日持久、悬而未决的可怕战争突然间成为现实。朱莉娅·谢恩倚靠在枕头上,不安地翻了个身,叹了口气。

“男人们真是愚蠢至极！”她几乎是喃喃自语，“真是愚蠢啊！”接着对艾琳说：“这可没那么容易，艾琳。这将会非常残酷。亲爱的，你现在最好去休息。你看起来非常疲惫。接下来你有很多事情要做。”

艾琳在母亲那苍白如象牙的脸颊上轻轻一吻，然后转身准备离开。

“需要我熄灯吗？”

“好的，麻烦你了。”

房间陷入一片黑暗，艾琳正要开门时，突然听到母亲的声音。

“哦，艾琳。”那声音显得疲惫而无力，“我已经写信让莉莉回家了。今天医生告诉我，我活不过圣诞节了。是我坚持要他说出实情。没有必要再隐瞒了。我想知道实情。”

艾琳没有回自己的房间，而是转身回来，跪在了母亲床边。她那冷漠的神情消失了，开始抽泣起来，或许是因为这位面对死亡时如此骄傲、如此淡然的老妇人，不需要任何祈祷和安慰。

然而，当烟雾缭绕的黎明终于到来时，人们发现艾琳仍跪在她那个朴素的房间里，在那尊粉蓝相间的锡耶纳圣母像前虔诚地祈祷着。

“噢，圣母玛利亚，”她虔诚地祈祷着，“请宽恕我母亲因骄傲而缺乏的仁爱之心。请宽恕我姐姐在肉体上的软弱。请进入她们的内心，让她们成为善良的女子。让她们有资格进入天堂之国。请深入我姐姐的心灵，净化她。让她成为一个善良的女性……一个纯洁的女人，只对那些神圣的事物怀有热爱。净化她，让她远离肉体的欲望！”

她苍白的双眼噙满了泪水。尽管她是在向一尊粉金色的石膏圣母像祈祷，但她不自觉地用上了儿时在长老会教堂所学到的那些抑扬顿挫的祷词。而她所祈祷的莉莉…… 那个被召唤回来的莉莉…… 此刻就在那所老宅里，仿佛她一直都在小镇上，也一直活在那些记得她的美丽、宽容和魅力的人们的记忆里。的确，有时候克林科或许会想起某个夜晚，他站在融化的雪地里，透过谢恩城堡的窗户向内窥视，然后便会提起莉莉；而每当这时，艾琳就会转过身去，被他眼中流露出的某种阴影所惊吓。

37

这场罢工后来被铭记为“大罢工”，它成为历史上的一个标志性事件。多年以后，当镇上居民再次提及“大罢工那年”时，就像他们提及“美西战争那年”或“布莱恩首次竞选总统那年”一样，充满了历史的回响。威廉·哈里森动用了他那些用带刺铁丝网围起的场地和重重设防的大门。随着罢工的持续,暴力冲突愈演愈烈,其他战争装备也被部署…… 例如机枪和探照灯。到了夜晚,探照灯那如钢铁般笔直、强硬的白色光束会扫过平民区以及其上空。

从某种意义上讲,这次罢工无疑是一个难得的机遇。随着工厂的停工,熔炉中不再有火焰燃烧,也不再有烟灰如地狱之雪般覆盖在柏树山的低矮山丘和平民区那片杂乱的区域上空。二十年来,太阳首次清晰可见。它不再像一个沉浸在烟雾中的炽热铜球那样升起和降落,而是清晰、明亮地出现和消失,仿佛回到了上帝最初创造它时的纯净状态。更引人注目的是,整个地区被一种罕见的寂静所包围。炉火熄灭后,再也听不到锤击声,那原本震耳欲聋的喧嚣声消失了,取而代之的是一种异常深沉、不同寻常的宁静。人们开始注意到这种寂静,就像注意到突如其来的雷鸣一样,他们开始相互议论。这种寂静反而显得异常喧闹。

在柏树山的那所房子里,朱莉娅·谢恩的世界逐渐从整座宅邸缩小至一个房间,最终仅剩下那张巨大的意大利式床。偶尔,她能积聚起足够的力量,挣扎着起身,依靠那根镶银的乌木拐杖,蹒跚走到窗前。从那里,她能俯瞰工厂的院子和平民区。在生命的最后几个月,她再次感受到了年轻时柏树山所特有的那份寂静。然而,有所不同的是,那片绿色的沼泽地已永远消失,被煤渣、黏土和垃圾的堆积物所掩埋。工厂在这片土地上建起了厂房和塔楼,而平民区则搭建起了摇摇欲坠、污秽破旧的简易木屋。所有房屋都被烟熏得发黑,屋檐也已腐朽。那潮湿植被所散发的清新气息,已被汗流浃背的拥挤人群所发出的微弱气味所取代。在这片工业荒漠中,连一根纤细的香蒲、一棵婀娜的柳树都已不复存在。然而,差不多一百年前,曾有一种声音在这片沼泽地上空回荡过。自从朱莉娅·谢恩的祖父在如今城镇的公共广场那一带建起了栅栏,以保护最初的定居者免受印第安人侵扰以来,就再也没有听到过那种声音了。那就是枪声。有时,当她坐在窗前,会传来一阵遥远的哒哒声,类似打字机的声音,但更加断断续续、野蛮粗暴,随后还会伴随着一两声清脆的枪响。最终,她发现了这声音的来源。在她窗下的工厂院子里,有人竖起了一个靶子。不远处,男人们趴在地上,端着架在三脚架上的步枪,练习射击。有时他们也会朝生锈的水桶和旧锡罐射击,因为这些目标不像靶子那样呆板、毫无生气。当子弹击中它们时,它们会以扭曲的方式跳动、旋转,仿佛它们也有生命,可能会被摧毁。这使得射击游戏变得更加有趣、刺激。她从亨尼瑞那里得知,沉迷于这种练习的人是哈里森一家和魏斯曼法官雇来保护工厂的保安,他们都是从纽约、芝加哥、匹兹堡和克利夫兰的贫民窟里招募来的地痞流氓和社会渣滓。

对于这位老妇人而言，工厂院子里的喧嚣和景象已经变得无关紧要。然而，在某一天，医生严肃地警告她，如果她希望活到莉莉到来的那一天，就必须坚持卧床休息。那是十月份，公园的景色并未有太大改变，只是天气不再那么炙热，阳光也更加灿烂。但是，由于那座小山上乔木和灌木早已枯萎，它们错过了在冬季来临前再次萌发新叶的机会。现在，那里光秃秃的，显得异常荒凉。那座砖砌的房屋高高地矗立在地平线上，日复一日地被煤烟熏染，变得越来越黑，越来越瘦弱。在灿烂的十月天空的映衬下，它显得格外突兀。

莉莉的行程被耽搁了。在离开巴黎之前，她给母亲和艾琳寄去了一封信，说她得先送一个朋友的小男孩去英国。她在信中提到，一旦将孩子安置在英国的学校，她将立即乘船前往美国，直奔柏树山。此外，一些生意上的事情也可能使她的行程进一步推迟；但她保证最迟会在十一月中旬抵达。因此，朱莉娅·谢恩开始了一场与死神的较量，她誓死也要等到再次见到莉莉的那一刻。

第七章　遗产与纷争(38~44)

38

在那段日子里,前往柏树山的路途对任何人而言都充满了艰难与危险,而且实际上,几乎没有人有充分的理由前往那里。因此,在那座古老的宅邸里,除了医生之外,仅有一位常客。这位常客便是哈蒂·托利弗,尽管她的身体因日渐肥胖而略显笨重,但她那股傲气和活力却丝毫未减。对于工厂的警察和雇佣的保安来说,她就像医生一样,是个熟悉的存在。她总是步行前往,因为哈尔斯特德街上的有轨电车早已停止运营。她那健硕的身躯穿着精致的黑色服装,一只手臂挎着篮子,另一只手臂则摇晃着那把不可或缺的雨伞。她行走时流露出一种强烈的轻蔑态度,这种轻蔑是有意展现的,既针对工厂的保安和警察,也针对那些以阴沉敌意注视着她中产阶级举止的平民区居民。篮子里装着她亲手精心制作的美食……金黄色的蛋奶冻,口感细腻的凝乳,无糖烘焙的薄脆饼干——总之,都是些能让习惯了精致食物的病人感到满意的各类美食。

实际上,柏树山逐渐陷入了一种被围困的境地。它被三面带刺的铁丝网所环绕,唯一的出路是那条通往哈尔斯特德街的漫长车道。这里充满了危险,特别是在那扇如今已锈迹斑斑、破损的锻铁大门处，骚乱频发。罢工者们会投掷石块，而警察则会开枪还击。镇上的运货马车不再冒险进入这个偏远且危险的地区，因此供应食物的责任逐渐落在了艾琳和哈蒂·托利弗的肩上。她们之间因为缺乏友善和理解，关系几乎到了公开敌对的地步。在这支微小的“守军”中，只有她们俩会穿越那扇锻铁大门；因为亨尼瑞和那个混血女仆被外界的骚乱吓得不轻，根本不敢冒险进入城市。

在收到莉莉的来信那天，哈蒂·托利弗携带着装满食物的篮子来访，一到达便直接前往朱莉娅姨妈的房间，未给混血女仆任何插手的机会。

她指示萨拉将篮中的物品放置在阴凉处后，便昂首阔步地从女仆身旁走过，黑色的裙摆随着她的步伐发出轻微的沙沙声。

楼上，暮色之中，朱莉娅·谢恩平躺在那张硕大的床上，双眼凝视着天花板。当她听到外甥女走近的脚步声时，她轻轻抬起身体，用微弱的声音请求帮助，以便坐得更舒服一些。仿佛是她那充满活力、面色红润的外甥女的到来，突然间给她注入了一股新的活力。

哈蒂·托利弗熟练地整理好枕头，确保老妇人比多日以来都感到更加舒适，随后关切地询问：“您感觉怎么样？”

“还是老样子…… 一点儿没变。”回答显得单调而乏味，“莉莉怎么还不来啊。”

哈蒂走到窗前，猛地拉开窗帘。“阳光和空气对您有益，”她说，“没有什么比阳光和空气更好的了。”然后她转过身来继续说：“您为什么不让萨拉把窗户一直开着呢？”

朱莉娅·谢恩坐得更直了些，呼吸着清新的空气。“我跟她说过…… 可她不喜欢通风。”她无力地回答。

“您就让她欺负您呀！得有人来管管她才行。我真奇怪艾琳怎么不教训教训她，让她知道自己的本分。”

老妇人笑了。“艾琳，”她说，“艾琳…… 唉，她太温顺了，根本管不了仆人。她说什么都没用……”

“我给您带了一份蛋奶冻和一些蛋糕。”她的外甥女接着说，同时用手帕拂去梳妆台上的灰尘，又利落地拍了几下躺椅上的枕头，把它们整理好，“很快就会有麻烦了…… 大麻烦。罢工者们越来越大胆了。”

“艾琳说他们也越来越饿了。”老妇人回应道，“也许这就是原因吧。”

这时哈蒂走到床边坐下，同时拿出一个枕套，开始缝边。“您知道镇上的人在说什么吗?”她说道,“他们说艾琳在给罢工工人钱,帮着他们罢工。”

对此,老妇人没有回应,哈蒂便继续说下去:“我真不明白这有什么意义。大家越早回去工作越好。哈尔斯特德街现在已经不安全了。我很惊讶艾琳会帮那些外国人对抗哈里森一家。我没想到她有胆子在这种事情上站队。”

朱莉娅·谢恩挪动着疲惫的身躯,换了个更舒服的姿势。“她没有站队。她只是想帮帮那些妇女和孩子…… 我想她终究是对的…… 他们和我们没什么不同。”

听到这话,哈蒂愤愤地哼了一声。“他们又不是非得来这个国家不可。我敢肯定没人想要他们来。”

“工厂需要他们,”她姨妈说,“工厂一直都需要越来越多的工人。”

“但我不明白为什么因为工厂要外国人,我们就得遭罪。应该有相关法律禁止这种事才对。”

似乎对此也没什么可回应的,朱莉娅·谢恩侧过身来说道:“我今天收到莉莉的信了。”

她的外甥女放下枕套,两眼放光地看着她。她那壮实的身体一下子变得鲜活而有活力。“她说什么了? 有艾伦的消息吗? 我能看看信吗?”

“不用,你接着干你的活儿吧。要是你把我再垫高一点儿,把我的眼镜递给我,我就读给你听。”

这些准备工作做好后,朱莉娅·谢恩把信通读了一遍。直到提到艾伦的名字时,哈蒂才真正表现出兴趣。一听到女儿的名字,这个女人就放下手中的针线活,摆出一副全神贯注倾听的姿态。

“艾伦,”信中这样写道,“表现得非常出色。她在这里过得非常愉快,在菲利普的指导下学习非常努力。她的琴艺比以往任何时候都要精湛……如果还能更好的话,她计划明年在伦敦首次公开演出。她完全有理由期待巨大的成功。我回美国的时候会把她留在我的家中。她和吉贡夫人相处得非常和谐。这曾是我最担心的事情,因为随着年龄的增长,吉贡夫人的脾气越来越暴躁。但她却非常喜欢艾伦……幸好如此,所以一切都很完美。请告诉哈蒂表姐,总有一天她会为自己的女儿感到骄傲的。”

朱莉娅·谢恩读完信后,轻轻放下,目光转向她的外甥女。“哈蒂,你看,”她平静地说,“没必要担心。一切都在顺利进行。艾伦得到了妥善的照料。莉莉对世界的理解远超常人。终有一天,你的女儿会名声大噪。”

外甥女哈蒂沉默不语。她坐得笔直,似乎陷入了深思。片刻之后,她重新拾起枕套,继续她的针线活。

“首次公开演出，”她轻声问道，“肯定需要一大笔开销，对吧？”

“没错。”姨妈回答。

“那艾伦的钱从何而来？克拉伦斯的人寿保险金应该已经用完了。”

“我相信莉莉会有办法的。莉莉很机智。而且艾伦也不是毫无能力。”

经过一番沉思，老妇人缓缓说道：“我感觉，如果艾伦真的取得了巨大成功，你可能也不会太开心。”

“我不确定。如果她能离我近一些，我会更高兴。我不喜欢她在巴黎的安排。那里不是个健康的地方。那是世界上最堕落的城市。”

“得了吧，哈蒂。别忘了，艾伦生来就是要在这个世界上闯荡的。是你把她培养成了一个渴望脱颖而出、名扬四海的人。如果你有理由为她感到骄傲，那也是你自己的成就。”

朱莉娅·谢恩仅用寥寥数语便勾勒出了一部史诗般的故事。这是一部描绘母亲无私奉献的史诗：一个家庭选择不雇佣仆人，以便将节省下来的资金用于孩子们的教育；各种计划甚至在孩子们出生之前就已经开始筹划了；一位如今孤独无依的女性巧妙地激发了孩子们的希望与志向，而她此刻正坐在那里，缝制枕套以排解孤独。实际上，她自己也成为这份悲伤的一部分。现在，孩子们都已经远行，艾伦去了巴黎，弗格斯和罗伯特则去了纽约。仿佛这是他们命中注定的旅程。毕竟，这一切都写在了那张俯在枕套上、坚毅而自豪的脸上……这是一部充满深情母爱的史诗。

“对于孩子们的这些情况，我们早该有所准备。”朱莉娅姨妈继续说道，“我这把年纪了，深知这并非什么新奇之事。我活了这么久，明白我们无权要求孩子们只做我们认为有意义的事。我们每个人都是独一无二的。没有两个人是完全相同的，也没有人能真正了解另一个人。在灵魂的最深处，总有一些秘密和隐藏的真相。没有丈夫能真正了解他的妻子，也没有妻子能真正了解她的丈夫。总有些东西看似触手可及，实则遥不可及。它们冷漠、疏远、未被触及，神秘而难以捉摸，因为我们自己都不清楚那究竟是什么。有时，它们是可耻的；有时，它们因为过于美好和珍贵而永远被埋藏。即使我们选择去揭示它们，它们也远远超出了我们揭示的范围……”

39

老妇人话音刚落，突然剧烈咳嗽起来，她的外甥女迅速起身去取药和水。即便哈蒂·托利弗在那一刹那捕捉到了这些深奥理论的精髓，在这突如其来的咳嗽干扰下,也早已抛诸脑后了。很可能她根本就没有理解这番话,而且极有可能她的思绪已完全被艾伦占据,根本没有真正听进去。不管怎样,她和许多贤妻良母一样,是个彻头彻尾的现实主义者,只关心具体而实际的事物。待咳嗽平息,她立刻重新回到了谈话的正轨上。

“这些事业上的追求,”她表示,“或许无可厚非,但我认为如果艾伦能够拥有一些更实际的东西…… 比如一个伴侣、几个孩子和一个家庭,她可能会更加幸福。”

与她争论是毫无意义的。像所有生活在幸福和谐家庭中的女性一样,她深信世上没有什么比得到一个好丈夫的爱和拥有围绕膝下的子女更令人向往的了。对她来说,这甚至是一种更深层次的情感——一种与生命根基紧密相连的部落本能。她是一个极其传统的人,与之相比,艾琳、莉莉,甚至她自己的女儿艾伦,在生物学意义上,都可以被视为异类。她们至少与土地失去了两代人的联系。在她们身上,对生活的奋斗已经演变为对艺术、宗教甚至对享乐本身的追求。

暮色渐浓,哈蒂·托利弗点燃一盏灯,借助微弱的光线继续干活。朱莉娅·谢恩默默地观察了她一阵,打量着外甥女那粗壮的脖子、无瑕的丰腴身段、因辛勤劳作而变得粗糙的指尖,以及在处理细致活计时所展现出的坚定。

“你还记得吗?”她开口道,“莉莉在信里提到的那个男孩…… 一个小男孩。”

“记得,”哈蒂·托利弗头也没抬,边干活边回答,“是她一个朋友的孩子。我还在寻思,她本可以把那孩子的事儿先放一放,回家来陪陪她母亲…… 真是奇怪,孩子们怎么就这么容易把您给忘了。”

朱莉娅·谢恩在床上轻轻挪动了一下。“我早就预料到你可能会这么想,”她说道,“因此我认为最好还是把真相告诉你。无论如何,我都希望你能了解真相。哈蒂,真相是,那个孩子是她亲生的。她对那个孩子的关爱甚至超过了对我,这是很自然的事情,完全合情合理。”

那几根粗壮的手指突然停止了动作,一动不动地搭在洁白的亚麻布上。哈蒂·托利弗的脸上流露出惊讶,但显然她也觉得有些滑稽。

“查尔斯过去总是说莉莉有些神秘之处,”她说道,“但我从未料到她竟然悄无声息地结了婚。”

老妇人迟疑了片刻,回答之前先咳嗽了几声,似乎外甥女那过分正直和纯真的外表让她一时难以找到合适的言辞。最终,她鼓起勇气。

“但是,哈蒂,她从未结过婚,从未举行过任何仪式。”

“那怎么可能……”托利弗夫人脸上的惊讶之情愈发浓烈,整个脸庞仿佛变成了一个巨大的问号。

“孩子，”姨妈用一种轻微颤抖却试图保持镇定的声音打断她，“即便没有结婚证书，孩子也是可以出生的。这与法律程序无关。”

经过一段长时间的沉默，外甥女只是抚摸着那个未完成的枕套，仿佛在枕套上发现了某种新奇而奇妙的特质，又好像在柜台前挑选商品一般。最终，她抬起了头。

“那么，那个…… 那个老传闻是真的？”她询问道。

“什么传闻？”

“就是镇上流传的那个…… 关于莉莉不得不远赴巴黎的传闻。”

“是的……但从来没有人真正了解真相。他们只是在猜测。实际上，他们一无所知。直到今天，他们仍旧什么都不知道。”老妇人稍作停顿，似乎是为了强调她的话。“哈蒂，我相信你绝不会泄露出去的。我之所以想让你知道这件事，是因为如果将来莉莉需要帮助，我希望她能来找你。不过，这种情况应该不太可能发生。可能性不大。”

哈蒂·托利弗突然挺直了腰板，脸涨得通红。“泄露出去？！”她惊呼道，“泄露出去？！我在镇上能跟谁说这个？我为什么要向他们中的任何一个人透露这件事？”家族荣誉感在她心中油然而生。这关乎她的家族与工厂、小镇乃至整个世界对抗的事件。如果需要，即使面对严酷的拷问，她也决不会透露一丝一毫。

然而，哈蒂·托利弗听到这番坦白并非无动于衷。甚至有可能她自己很久以前就对真相有所怀疑，只是由于疑虑重重，那点怀疑后来便渐渐消散。对于像她这样性格的女人来说，一千次罢工、谋杀以及战争的消息，与朱莉娅·谢恩所透露的这件事相比，都显得微不足道。好长一段时间，她一句话也没说，但她那粗壮有力的手指却透露了她的心境。它们比以往任何时候都动得更快、更娴熟，仿佛她所有的激动情绪都通过指尖宣泄了出来。那手指和飞速穿梭的针仿佛在说：“这种事居然会发生在我们家！我简直不敢相信。说不定朱莉娅姨妈病得太重，脑子都糊涂了。她肯定是在胡思乱想编出了这么个故事。这种事只会发生在女仆身上。这一切都不真实。不可能是真的。要是这是真的，莉莉不可能还那么开心、那么无忧无虑。做了错事的人只能受苦，只能凄惨度日。”

在这期间，她一直沉默不语，呼吸沉重。当她终于打破沉默，用一种令人毛骨悚然的声音提问“那个男人是谁？”时，躺在床上的老妇人感到一阵惊愕，随后转过头去，生怕外甥女察觉到自己不经意间流露出的一丝笑意。

“是州长。”姨妈终于答道。

接着,哈蒂又问道:“他为什么不肯娶她?”那声音里满是对那些轻薄女子之人的仇恨与鄙夷。

这一次,朱莉娅·谢恩没有笑。她的自尊心——那种古老而强烈、傲慢的自尊心——受到了触动。

“哦,”她回答道,“不是你想的那样。是莉莉不肯嫁给他。他求过她……跪在地上求她。我都看见了。如果能娶到她,他会感到无比高兴。”

然而,这仅换得一句“为什么?”。对此,老妇人回答说她也不清楚,只知道莉莉曾经说她渴望做真实的自己,走自己的道路,她对此现状感到满足。即便他成为总统,她也不会嫁给他。“除此之外,我就不知道了。”她说道,“在这一点上,即便是作为母亲的我,也可能不了解自己的女儿。我感觉莉莉自己也未必清楚其中的原因。你能解释为什么艾伦必须不断学习、学习,为什么她无法停下脚步吗?我又怎能明白为什么艾琳只愿静静地走自己的路呢?不,我们从未真正理解过任何人。”

哈蒂·托利弗对这些话并未真正上心。她反复提及一个观点:“那原本会是一桩美满的婚姻。他现在已经是参议员了。”

随着夜幕的降临,工厂防护区内的探照灯开始启动。起初,它们闪烁着,断断续续地照亮夜空,但很快便稳定下来,从容地在天空和周围脏乱的平民区划出巨大的弧线。一道道强烈的白光反复掠过那座荒废的老宅,甚至穿透墙壁,照进了濒临死亡的朱莉娅·谢恩的房间。灯光忽明忽暗,将墙壁和家具笼罩在一种奇异的光芒之中,使得它们显得格外清晰而刺眼。最终,当光束掠过那座镀金座钟的表盘时,哈蒂·托利弗站起身,叠好她的枕套,将其塞进她随身携带的黑色包中。

“我得走了,”她说,“查理该等我回去做晚饭了。”

老妇人示意她弯下身来,以便亲吻她。这是她头一次提出这样的请求,忽然她意识到不妥,便匆忙让外甥女去拉窗帘,以此来避开这个尴尬的举动。

“这些灯光让我感到不安,”她说道,“我也不知道为什么,但它们似乎比工厂过去的噪声更令人不适。”

窗帘拉上之后,她又召唤外甥女到自己身边。“你想看看莉莉儿子的照片吗?”

哈蒂·托利弗点了点头。

“照片在五斗橱最上层的抽屉里。你能帮我取一下吗?”

外甥女取来照片,两个女人静静地凝视了片刻。照片中是一个英俊的小男孩,长得特别像莉莉,同时也继承了州长那种引人注目的帅气,尤其是那高耸宽阔的额头。

“这孩子真俊，是吧？”老妇人说道，“我从没想到会有个姓谢恩的外孙。”

托利弗夫人仍着迷地看着照片，回答说：“他可真招人喜欢，不是吗？莉莉就这么叫他吗？”

“那当然。不然还能叫他啥？”

“是啊，这小伙子真不错。他长得像咱们家的人。”过了好一会儿，她又继续说，“我很高兴您把整件事都告诉了我。我也很高兴莉莉是出于自己的意愿这么做的。我无法接受我们家族中有人会因为软弱而被男人利用。这两者之间有着巨大的差别。”

她戴上那顶饰有破旧短鸵鸟毛的黑色小帽子后，最后一次转过身来。“朱莉娅姨妈，如果您还有这样的照片，我想要一张。我想拿给查尔斯看看。他一直都很欣赏莉莉。她确实有一种独特的魅力，能够轻松地吸引男性，这真是非常有趣。”

这话并没有什么恶意，只是简单陈述了一个事实，说得好像她是刚刚才意识到这一点似的。她性格直率、充满活力，从不玩弄心机。

她关上门的时候，姨妈那微弱的声音从身后传来：“哈蒂，你不用担心艾伦。她所展现出的坚韧与个性，都源自你的影响。她能够很好地照顾自己。”

外甥女在门口转过身，她那健硕的身影遮挡了门厅透进的微弱光线。“不，”她断言，“莉莉也不是那种坏女人。她心地不坏。我始终相信她清楚自己在做什么。我猜她对生活有着自己的见解。或许她一直在依循自己的理念生活。我无法说我赞同她的理念。”她倚靠在门框上，短暂地停顿，努力搜寻恰当的言辞来阐述自己的观点。“不，她不坏，”她继续说，“了解她的人绝不会认为她是个恶人。我也难以明确表达我的感受，但我想她坚信自己所做的一切。”

在一番充满智慧与神秘的感悟之后，托利弗夫人回到了现实——她自己的世界。她迅速走下长长的楼梯，进入厨房取回自己的篮子，没有等待那个态度不善的混血女仆开门，便离开了这所房子。

40

可能是因为朱莉娅·谢恩讲述的令人震惊的故事让哈蒂感到极度震惊和着迷，她像梦游者一样走到长长的车道尽头，突然发现自己陷入了一场活生生的噩梦。在她周围，到处都是飞舞的石头和此起彼伏的呼喊声。男人们互相扭打，警察骑在狂野且惊恐的马上，挥舞着沉重的棍棒，四处击打。

哈蒂·托利弗以一种极度冷漠且轻蔑的态度穿越了这一切,仿佛一艘庞大的远洋货轮在一场微不足道的风暴中破浪前行。她高昂着头,对爱尔兰警察极为蔑视,就如同她蔑视那些吵吵嚷嚷的外来乌合之众一样。显然,这一切对她来说无关紧要。这群陷入混乱的乌合之众与她无关,与她的家族无关,与她的世界无关。这场骚乱与始终在她脑海中回响的故事相比,根本微不足道。那故事让她对周围发生的所有争斗都视若无睹。

紧接着,毫无征兆地,一声枪响突然撕裂了宁静的空气;紧接着又是一声,再一声。一个长着浓密黑胡子、皮肤黝黑的男子倒在了哈蒂·托利弗的脚边,彻底阻断了她那威风凛凛的步伐。她还未来得及做出反应,一名警察便冲上前去,踢了地上那呻吟着的男子一脚。

然而,他未能再次出脚,因为紧接着,托利弗夫人便用雨伞猛力戳向他的腹部,迫使他后退。托利弗夫人冲上前去攻击,大声喊道:"滚开,你这卑鄙的畜生!……你这肮脏的胆小鬼!"

那位警官显然意识到她并非那群外国人之一。面对愤怒人群的威胁,他胆怯地退后,与他的同伴们会合。

托利弗夫人随手将篮子和雨伞扔到一边,俯身查看那个痛苦挣扎的男人,寻找可能的伤口。当她再次抬头时,注意到艾琳的朋友——那位身材魁梧的钢铁工人正站在她身边。她不知道他叫什么名字。

"来,"她以一种指挥官般的语气命令道,"帮我把这个人抬到那边的房子里去。"

克林科默不作声,弯下腰,抱起受伤的工人,扛在他那强壮的肩膀上,随后走进了街角的酒馆。哈蒂·托利弗则拾起篮子和雨伞,在一群激动喧闹的罢工者形成的保护队伍的护送下,紧随其后进入了酒馆。

酒馆内空荡荡的,所有的常客早已涌向街头,站在安全距离外围观那场骚动。然而,那台自动钢琴却不知疲倦地发出刺耳的噪声,一遍又一遍地演奏着《糖果伙伴》、《巧克力滴》以及《我害怕在黑暗中回家》。

克林科将失去意识的罢工者安置在吧台上的空酒杯之间。哈蒂·托利弗则拿出她用来缝制枕套的剪刀,剪开沾满血迹的衬衫,处理了伤口。她完成这些急救措施后,指示克林科拆下了一扇旋转门,罢工者们便用这扇门将伤者抬回了他的住所。

当这支小小的护送队伍消失在街角之后,托利弗夫人轻轻拍去她黑色衣服上的尘土,提起篮子和雨伞,开始向山上小镇的方向前进。这是她生平第一次踏入一家酒馆。

在柏树山那间昏暗的屋子里，朱莉娅·谢恩身后远远地传来枪声和呼喊声，仿佛是从一堵高不可攀、无法穿透的墙壁另一侧的另一个世界传过来的。此刻，她沉浸在回忆的世界里。这个世界与工厂和居民区的世界一样真实可感，因为过去可能和现在一样真实。那是一个广阔的国度，有树木、房屋、动物和朋友，在那里人们可以一生都经历冒险。她在自己世界里听到的声音与肮脏的哈尔斯特德街上的声音毫不相关。那是马蹄重重踏在坚硬的绿色草皮上的声响，以及一小群农民和城镇居民的赞叹声，他们倚在约翰·谢恩牧场的围栏上，看着他的妻子熟练地骑着他那光滑的猎马多娜·丽塔越过横杆 —— 先是五道，然后六道，最后，令人惊叹的是，她竟干净利落地跨过了七道！

一张沾满污渍、布满灰尘的照片从她纤细的指尖滑落，消失在她怎么也整理不齐的如山的床褥之中。那是一张年轻男子的肖像，他留着浓密的黑胡子，眼神中透露出狂野、热情和对冒险的渴望…… 那是约翰·谢恩的肖像，当时的他还是她的爱人，正返回他在巴黎郊外圣克卢的维奥莱特·德沃小姐学校的妻子身边。

41

随着朱莉娅·谢恩的健康状况逐渐恶化，哈蒂·托利弗表姐开始“接管”谢恩城堡的日常事务。每当家族面临危机，这位能干且善于持家的托利弗夫人总是能够“挺身而出”：无论是葬礼、婚礼还是洗礼仪式，都由她一手操办；临终的表亲们都会来到她在城中的那所破旧房屋；她用那双宽大而有力的手，将那些遍布从巴黎到澳大利亚各地家族成员间错综复杂的生死线一一理顺。她的亲戚们或卷入纷争，或身患疾病，或失去财富，或发家致富，他们屈服于人性中常见的各种弱点；而每当关键时刻来临，他们就会像寻求一座坚固如磐石的避风港一样，向哈蒂·托利弗求助。

尽管艾琳在援助平民区那些不幸的居民时表现得极为能干，但当死神在谢恩城堡宏伟的窗户外窥探时，她却显得束手无策。此外，她自己也肩负着工作职责。随着罢工的持续，她日夜穿梭于哈尔斯特德街那些肮脏破旧的房屋之间，直到午夜时分才回家探望母亲。她对家务管理一无所知，而哈蒂·托利弗在这方面却驾轻就熟。不仅如此，托利弗夫人还热衷于“掌控一切”；显然，在接管那些本应由艾琳负责的事务时，她内心深处还有一种难以掩饰的满足感，因为艾琳将她的精力乃至生命都倾注在帮助那些与她既非亲朋也非同胞，甚至不是美国人的陌生人身上。

因此,当亨尼瑞孤身一人勇敢地驾车踏上冒险之旅,从那座脏乱的红砖火车站接回莉莉时,迎接他的是哈蒂·托利弗。她系着一尘不染的围裙,手里拿着一块抹布。这一次,莉莉没有携带那些贴满佛罗伦萨和索伦托等五彩斑斓标签的大行李箱,只带了一对黑色手提包和一只捆扎得井井有条的小行李箱。或许正如艾琳尖刻地暗示的,亨尼瑞之所以敢于在哈尔斯特德街的混乱中踏上那趟充满危险的旅程,仅仅是因为回来的是莉莉小姐。除此之外,似乎再无其他理由能驱使他冒险离开那座荒凉的花园。

对哈蒂·托利弗而言,这次会面意义非凡。从她的行为举止中可以清晰地感受到,她正在为一位女士打开门…… 那位女士是她的亲表妹…… 这位女士曾深陷罪恶的泥潭,未婚先孕。或许她至今仍过着道德上备受争议的生活。在巴黎,这座被称作"巴比伦"[①]的城市,人们很难了解他人的生活真相。像其他人一样,托利弗夫人一生都坚信自己对莉莉了如指掌。她记得莉莉出生的那一天…… 那是一个风雪交加的日子。她了解莉莉的童年,也了解成年后的莉莉。她无疑会自忖:"莉莉就是这样的人。要说了解莉莉,那肯定非我莫属。"然而,莉莉母亲的一席话,突然颠覆了她所有的认知。她必须重新构建一个全新的形象。站在门另一边的这位女士,根本不是她所认识的莉莉——至少不再是过去的莉莉——而是一个全新的个体,一个陌生人,她对其一无所知。毕竟,正如朱莉娅姨妈所言,你永远无法真正了解任何一个人。

在门口与表妹面对面站立的紧张瞬间,她的态度将一切显露无遗。一刹那间,这两位女性,一位阅历丰富,一位来自乡村,四目相对,家族历史的轨迹在这一刻悬而未决。最终,是托利弗夫人决定了事态的进展。突然,她张开双臂,热情地将她那美丽的表妹拥入怀中,这拥抱充满了对全世界公然的蔑视,以至于莉莉那顶饰有山茶花的黑帽子都被碰歪了。

"你可怜的母亲!"哈蒂表姐开口说的第一句话便是,"她的情况真的很糟。她一直在念叨着你。"

就这样,莉莉在她一连串的胜利中又赢得了一场胜利,她肯定知道这是一场真正值得深深引以为傲的胜利。

随后,莉莉摘下帽子,整理了一下她那头漂亮的头发,与此同时,她的表姐开始滔滔不绝地讲述这几天发生的事情。这些故事让托利弗夫人感到内心温暖……她首先严肃地讲述了朱莉娅·谢恩的病情,还绘声绘色地补充了许多细节;

① 在《圣经》中,巴比伦(Babylon)常被用于象征邪恶、堕落和混乱的意象。《启示录》中提到的"巴比伦大淫妇",代表着世俗的罪恶与诱惑,是与上帝的正义和纯洁相对立的存在。这种象征意义在西方文化中有着深远的影响,使得"巴比伦"一词带有了贬义色彩,常被用来形容道德败坏、纸醉金迷的地方或社会现象。

接着,她详细地描述了那位混血女仆的无礼和失职,指出随着老夫人身体状况的日益衰弱,女仆的问题也变得愈加严重;最后,她义正词严地批评了艾琳的行为。

"她的行为举止,"托利弗夫人评论道,"仿佛女儿对母亲没有任何责任和义务。"一提及这种对家庭关系的漠视,她便怒气冲冲,面红耳赤。"她把全部时间都消磨在'平民区'的外国人堆里,每天探望自己母亲的时间不超过一两分钟。她的母亲正躺在那里,病入膏肓,生命垂危,却因女儿的忽视而心碎。你会觉得艾琳似乎对那些罢工工人——特别是那位年轻的领导者——怀有更深的感情……"她语气沉重地补充道。

莉莉了解自己的母亲,她能想象到哈蒂表姐的描述中带有夸张的情感。因女儿的疏远而感到悲伤的情景,似乎并不真实。这位老妇人过于独立,不太可能有那样的反应。她对这个世界本就没有太多期待。

然而,莉莉并未发表任何意见。她解开包上的系带,取出一块崭新的手帕和一瓶香水。接着,她抬起头,目光坚定地望向她的表姐。"我猜还是那个克林科,"她开口问道,"你认为她对他动情了吗?"

"不,"托利弗夫人机智地回应,"我认为她对谁都没有感情,对任何事物都不爱,只爱她自己的灵魂。她就像一台机器。她自以为对罢工工人怀有爱意,但实际上那只是因为她认为行善能救赎自己的灵魂。我猜这能让她感到快乐。就在昨天,我还向她暗示,真正的慈善应该从身边的人开始。"托利弗夫人沉思片刻后继续说:"你知道吗,有时艾琳看着她母亲,仿佛在期待她早日离世。我注意到了那种眼神——不止一次。"

于是,她们就这样聊了一会儿,就像人们一贯谈论艾琳那样,仿佛她是一个遥远的陌生人,一件令人好奇的异物,超越了常人的理解。与此同时,哈蒂·托利弗从艾琳破碎的名誉中脱颖而出,宛如凤凰涅槃,她得意地成为那个洞察艾琳问题并勇敢承担起责任的女英雄。

"你知道,我一直在照顾你母亲,"她继续说道,"她不肯请护士,因为她受不了家里有陌生人。她现在就认准一个理儿…… 除了医生和自家人,她谁都不见。现在你来了,我猜她连医生都不想见了。她现在睡着了,所以我才有机会下楼来把家里稍微收拾收拾。天晓得,如果连客厅都不打理,这个家会乱成什么样子。那个混血女仆,"她不满地补充道,"已经好几个星期没碰过家里的任何东西了。"

莉莉默默沉思着,推开了通往客厅的两扇门。

"自从你离开后,这客厅的门就再也没有打开过,"托利弗夫人继续说道,"即便是圣诞派对也未曾在这里举行。但那也无关紧要,因为现在我们的人已经所剩无几。即便是把我们所有人安置在书房也绰绰有余。现在只剩下伊娃·巴尔、查尔斯和我。老一辈的都已经离世,年轻一代也都散去了。”她稍作停顿,因为莉莉似乎没在听。随后她轻声补充道:“不过我猜这些你都知道。我都忘了你和艾伦住一起。”

此刻,两人的对话暂时停了下来。莉莉身着从巴黎和平街购得的时尚套装,而哈蒂·托利弗则穿着闪亮的黑色羊驼毛服装,系着围裙,手持抹布,两人站在门口,满心敬畏地凝视着这间宽敞的老屋。如今这里死气沉沉,却又满是回忆。红木椅子像幽灵般蒙着布,在透过窗帘的昏暗光线中若隐若现。在远端,那架钢琴摆在长镜子前,上面盖着不成形的罩子,活像一只蜷缩着的史前动物。壁炉上方,特纳先生那幅色彩绚烂的《威尼斯》画作在层层灰尘下隐隐发光。蜘蛛网从水晶吊灯上垂下来,挂满了壁灯的灯座;钢琴下面,奥布松地毯卷成一长条,像条蟒蛇似的趴在那儿等着。这个房间成了这座城里某种消逝之物的无声象征。

两个女人默默注视着这一幕,莉莉转身离开时,她深邃的眼眸中闪烁着泪光。她的美丽难以用言语形容,而此刻这忧郁的场景使她显得更加柔和。

“我猜这客厅以后再也不会打开了。”托利弗夫人以庄严的语调说道,“但一旦有机会,我打算彻底清扫一番。看看这些灰尘。”她边说边用灵巧的手指在一张漆桌上勾勒出自己名字的首字母。

莉莉沉默了片刻,最终回应道:“是的,我想它将永远关闭。”

“你不会考虑回来居住吗?”她的表姐带着一丝希望试探性地问道。

“不。我为什么要回来?”过了一会儿,莉莉又补充道,“不过这里确实很安静。你几乎都能听见这寂静的声音。”

托利弗夫人关上房门,同时顺手擦拭起门厅这边的门把手。“的确,听不到工厂的轰鸣声让人感到一丝宁静。但如今,新的噪声又开始困扰我们…… 骚乱声、机枪声,到了夜晚还有探照灯的闪烁。就在昨晚,警察在车道尽头无情地枪杀了位老妇人。她来自波兰……从未伤害过任何人。我惊讶你竟然没注意到血迹。连大门上都溅满了呢。艾琳可以详细地告诉你整个事件的经过。”她沉思着擦拭了一阵,然后挺直她那结实的身躯说道:“但我让他们付出了代价。我给了一个雇佣的警察一记重击,短时间内他肯定忘不了。他们的所作所为简直是犯罪……简直就是谋杀。任何有尊严的社区都不会容忍这种事发生。”随后,她向莉莉讲述了在街角酒馆救助他人的故事。

莉莉踏上长长的阶梯时,托利弗夫人停下手中的活儿,目光紧紧跟随着她逐级而上的身影,直至她抵达楼梯的顶端。她那张纯朴的圆脸上洋溢着浓厚的兴趣，眼中闪烁着光芒，仿佛此刻才真正地认识了莉莉，仿佛之前所认识的莉莉不过是一场幻觉。这位迷人的陌生人，带着一种慵散的优雅，缓缓地拾级而上，她那修长而优雅的身姿在笔挺的黑色套装下若隐若现。她的红发在门厅昏黄的灯光下熠熠生辉。她看起来快乐至极，年轻得令人难以置信，清新动人得让人难以置信。当莉莉在楼梯的转角处消失不见时，托利弗夫人摇了摇头，缓缓走开，口中发出那种原始女性用来表达心中疑惑的啧啧声。

当她返回书房，站在约翰·谢恩那张既英俊又透露着狡猾的肖像画下继续打扫时，她沉默不语，一改往常哼唱老歌的习惯。《舞会之后》和《行李车在前》的旋律已被她抛诸脑后。不久，在擦拭完那些精致的玉石和水晶饰品后，她开始饶有兴趣地审视起那幅画像。她叉着腰站立了好几分钟，凝视着画中的男子，仿佛他变成了一个陌生人。显然，她发现画中人不仅仅是个情绪多变、聪明狡猾、对她颇为宽容的老顽童。她的神情就像是站在一扇突然开启的门前，面对着宏伟却难以理解的奇观。

莉莉下楼时，发现她正站在那里。

“你知道吗？”托利弗夫人说，“我肯定是老了。我最近总是有些古怪的念头…… 那些正常健康的女人不会有的念头。”

42

一间房接一间房，一个壁橱接一个壁橱，托利弗夫人与莉莉一丝不苟地整理着这所宽敞的房子。她们甚至安排了亨尼瑞去清扫地窖，而她们自己则爬上了阁楼，在那堆满了衣物、照片以及那些从未真正使用过的泛黄蕾丝碎片和锦缎的旧箱子和盒子里翻找起来。那里有莉莉和艾琳小时候穿着塔勒坦布[①]裙的照片，裙子上装饰着许多人造的三色堇和雏菊；有约翰·谢恩站在铸铁门廊上的照片，周围是州政界的一些领袖人物；有朱莉娅·谢恩穿着极其紧身、带裙撑的骑装的模糊照片，她的帽子往前戴得很低，几乎遮住了眼睛；还有每年圣诞节家族聚会的照片，所有身强体壮的家族成员都站在柏树山那所房子外的雪地里。甚至还有托利弗夫人的父亲雅各布·巴尔的照片，包括一张他骑在那匹他有时会骑的重型出租马上的照片，以及一张他被八个活力四射的孩子簇拥着的照片。

面对这些收藏品，多愁善感的托利弗夫人不禁感慨万千，叹息不已。她对莉莉说道：“这简直就像让逝去的时光重获新生。我简直不敢相信，变化竟如此之大。”

① 一种质地很薄的平纹织物，比较轻、薄、透明。

莉莉的到来为这个家庭带来了安宁。那位在强势的托利弗夫人与软弱的艾琳交替管理下，始终郁郁寡欢的混血女仆，逐渐恢复了她昔日的恭敬举止。她似乎对莉莉小姐怀有深深的敬意，就像仆人们通常对那些能够理解他们的人所持有的敬意一样。艾琳的牢骚和托利弗夫人的严厉命令似乎都未能产生预期的效果，而莉莉温和的微笑和体贴的问候却似乎创造了奇迹。一时间，这个家仿佛回到了朱莉娅·谢恩掌管家务时的井然有序和庄严体面。莉莉自己也难以解释她为何能取得这样的成功。毕竟，她所采取的方法并没有什么特别之处。仆人们总是以同样的方式服从她的指令，无论是不是她自己的仆人，她总能让他们心悦诚服。

尽管莉莉的到来为这所房子带来了诸多令人愉悦的改变，并且似乎暂时抑制了那如潮水般涌来的忧郁情绪，但有一件事，无论是有意还是无意，她都无法以任何方式改变。那就是艾琳的处境。这位妹妹依旧保持着局外人的身份。仿佛这所老宅已化身为一座公寓，而她只是其中的一位房客，保持着超然独立、冷漠疏离的态度……一个似乎无人特别关心的房客。实际上，她让人完全无法理解。莉莉确实竭尽全力地试图改变这种状况，但她的努力似乎只是让妹妹更加深陷于沉默寡言和冷漠无情的外壳之中。姐妹俩的初次会面，尽管莉莉表现得热情洋溢，又是亲吻又是问候，但整个过程却尴尬且缺乏真诚，因为艾琳只是无精打采地应付着。这次会面的尴尬气氛如此明显，以至于托利弗夫人在上午的工作中，还特别提及了这件事。

“你可别介意艾琳的表现，”她解释道，“她似乎越来越古怪了。”她意味深长地挑了挑眉毛，继续说道：“你可能已经注意到了，有时候她显得有些精神恍惚。宗教信仰有时会让人产生这样的变化，特别是艾琳所追随的那种天主教。”

接着，她讲起有一次偶然看到艾琳的情景，头发凌乱的她正跪在那尊镀金的圣母像前，泪流满面。

一旦托利弗夫人让自己接受了莉莉的秘密，她对这位表妹的态度便彻底转变。先前她行为中所流露出的敬畏之情荡然无存。她不再是那个对外界生活一无所知的乡下女子，也不再是面对一个阅历丰富的世故女子时显得局促不安的人。她变成了一位富有同理心的母亲，与另一位母亲心心相印。不久，这两位女性便肩并肩地工作，闲聊起来，就像是一对年龄相仿、兴趣完全相同的挚友。在她的举止中，除了偶尔会突然停下手中的活计，带着一脸困惑的神情凝视她那迷人的表妹外，几乎看不出任何异常。直到莉莉被她表姐那凝视的目光吸引，抬起头来，这才让托利弗夫人脸红起来，仿佛自己才是犯错的人。

43

最终是莉莉率先提及了这件事，当时她们正坐在装饰有镶板的餐厅里吃午饭。

“妈妈，”她突然说道，“告诉我你已经知道了关于吉恩的事情。”

“是的，”托利弗夫人以一种奇异而超然的语气回应，“她跟我说了。”

“我很高兴，因为我之前就想告诉你，只是她不让我讲。她说你可能不会理解的。”

两人沉默了片刻，气氛略显沉重。托利弗夫人手里举着叉子，缓缓开口：“莉莉，我真的不太理解。我必须承认，这件事确实让人困惑。但我相信你清楚自己在做什么。你绝不是那种轻率行事的女性。”她肯定注意到了莉莉脸上掠过的一抹红晕，但她依然以一位正直女性的身份，从适当的角度审视这件事，并以履行责任的口吻继续说道：“我猜你一定有你的理由。当然，我绝不愿意看到我的女儿做出这样的事。我宁愿她安息在坟墓之中。”

她的态度坚定且严肃。显然，无论她在公众面前可能表现出多少宽容，她内心的想法只有她自己和莉莉知道。

莉莉的脸颊泛起了红晕，那抹红晕从她迷人的面庞蔓延至柔软的发丝。“放心吧，哈蒂表姐，”她说道，“艾伦绝不会做出那种事。你看，艾伦是那么完美。她自给自足，什么都不缺。她和我完全不同。她不脆弱。她绝不会因一时冲动而做出任何举动。”

艾伦的母亲停下了手中的餐具，惊讶地望着她。“但你妈妈说你当时并未失去理智。她说是你拒绝嫁给州长。”

莉莉依旧保持着微笑。她向前倾身，轻柔地触碰了表姐的手，似乎在请求她展现出更多的宽容。

“确实如此，”她开口道，“母亲告诉你的有些事情是事实。我确实拒绝了他的求婚，这是真的。但问题在于，在应该感到恐惧的时候，我却感觉不到恐惧。对于那些本应让我感到害怕的事物，我毫无畏惧。在遇到危险时，我无法选择逃避。如果我能够逃避，或许就能保护自己，但我做不到。有种力量驱使我坚持到底。是这种比我自身更强大的东西出卖了我…… 在与州长的事情上也是如此。我比他的过错更大。是我自己在玩火。如果我不是心甘情愿，他一个男人又怎样呢？男人欣赏女人的坚强，并将其视为逃避自身弱点的避风港。”她稍作停顿，面色变得严肃。“事情发生后，我感到了恐惧…… 不是因为生孩子，甚至也不是因为担心别人会怎么说我。我害怕的是迷失自我，因为我明白我无法永远爱他…… 我知道。我知道。我知道是有种东西出卖了我。我不能因为给了他一个小时，就要把我的一生都交给他。我害怕他会变成什么样子。你能理解吗？这就是我唯一害怕的事情…… 除此之外，再无其他。从一开始，就是我错了。”

托利弗夫人的脸上依旧挂着困惑，显然，她并未从这一连串逻辑不够连贯的解释中获得解答。“不，”她坚持道，“我还是不明白…… 我原以为你渴望拥有一个家，有孩子，以及一个事业有成的丈夫。毕竟，他已经被选为参议员，而且人们已经开始讨论他成为总统的可能性。”

莉莉那红润的嘴唇轻轻上扬，勾勒出一丝神秘的微笑。“那和我又有什么关系？”她反问，“他们愿意把他塑造成什么形象都可以。一个成功的丈夫并不总是最佳选择。我能预见他们将如何改变他。这正是我无法接受成为他妻子的原因。那件事发生时，我已经不是小女孩了。当时我二十四岁，对许多事情都有所了解。我绝非那种容易受骗上当的无知之人。然而，这并不意味着我做出的每一个决定都是经过深思熟虑的。我就是控制不住自己。我没法嫁给他。我的内心深处有一个声音在阻止我这么做。我内心的一部分是理智的。你看，我对他只有一半的爱。可以说，我的身体对他充满了渴望。但这对于一辈子来说是不够的。身体是会变化的。”她低下了头，似乎带着一丝羞愧，而从未听过这番话的托利弗夫人则将目光转向窗外，凝视着那被白雪覆盖的公园。

“此外，”莉莉在短暂的沉默后继续说道，“我有一个家，还有一个孩子。这两者都是完美的。我是一个极其幸福的女人，哈蒂表姐……比起嫁给他，我感到更加幸福。我从他那里学到的东西……在那短短的一个小时里，我就领悟到了这一点。”

托利弗夫人此刻投以好奇且审视的目光，似乎在她眼中，一个犯错后仍能保持幸福的女人简直是不可思议的奇迹。“但你并没有丈夫。”她稍作停顿后说道，仿佛提出了一个决定性的论点。

“是的，”莉莉回答，“我没有丈夫。”

“但这肯定意味着些什么。”

“的确，我想确实是意味着些什么。”

这时，那个混血女仆走了过来，暂时打断了她们的谈话。待她离开后，托利弗夫人继续说道：“你知道吗？”她表示，“我有时认为，如果艾琳经历过类似的事情，她的情况可能会有所改善。她目前的状态实在有些异常，甚至可以说是病态的。我已经多次向她提出这个问题了。”

“然而，这样的事情绝不会发生在艾琳身上。她注定不会步入婚姻的殿堂。你看，艾琳害怕男人……就是在那方面的害怕。我敢断言，如果类似的事情发生在她身上，她肯定会失去理智。”莉莉垂下头，沉默片刻后继续说道，“你们得对艾琳好一点。她变成这样也不是她能控制的。你看，她认为任何形式的爱情都是一种罪孽。我的意思是，像你我所体验的那种爱情。”

听到这番话，托利弗夫人突然紧张起来。她那张质朴的大圆脸上泛起了愤怒的红晕。“但这完全不一样，”她反驳道，“我所经历的和你所经历的，那是完全不同的两码事。我的爱情是神圣的。”

莉莉深邃的眼眸中流露出沉思的神色。“即便我嫁给了州长，情况也不会有所不同。人们会认为我们彼此倾心，正如你和查尔斯表哥之间的感情一样。他们永远不会了解真相。家丑是不宜外扬的。”

她的表姐突然打断了她：“这不一样。在与查理结婚之前，我是不可能和他有孩子的。我的意思是，在结婚之前我们不可能有那样的事。”

“那仅仅是因为你比我更坚定，”莉莉说道，“你看，我生来就是这样。对此我也无能为力。有时候，我就是无法自救。你则比较幸运。艾琳和我非常相似。这正是她会那样行事的原因。毕竟，在这个方面，我们俩是一样的。”

很明显，托利弗夫人根本就不理解这些。这些内容完全超出了她那简单的行为准则。她的生活经历充分证明了她对那种认为打破规则必将导致灾难的信念的坚定。

“我明白，”莉莉继续说道，“我庆幸自己拥有财富。如果我那时贫穷，情况就会截然不同。我可能就会选择嫁给他。但因为我富有，我拥有了自由。我可以随心所欲地追求自己的梦想，独立自主……就像男人一样，你懂的。能够自由地追求自己的爱好。”突然，她激动地向前倾身。“告诉我，哈蒂表姐……这有没有让我变得冷漠无情？有没有让我变得老气横秋、心怀不轨？会不会让人们因此而厌恶我？”

托利弗夫人凝视了莉莉片刻，似乎在权衡着各种可能的解释，试图理解为何莉莉尽管经历了如此多的波折，却依旧显得如此满足和快乐。最终，她找不到更有力的反驳，只能无力地回应：“他们怎么可能讨厌你呢？毕竟，从来没有人知道这件事。”

莉莉深邃的眼眸中闪过一抹得意之色。“啊，正是如此！”她高声说道，“正是如此！他们对我一无所知，所以不会对我产生厌恶。一旦他们知道了，就会在我身上挑出无数令人反感的毛病。他们会说：‘我们不能与莉莉·谢恩交说话。她是个不道德的女人。'他们会将我塑造成一个冷漠无情、郁郁寡欢的形象。他们会认为我应该拥有某些特质,并将这些特质强加于我。关键在于别人是否知情,而非行为本身。这便是古老的智慧。被人发现犯下小错,远比暗中犯下大错更为糟糕。只有一件事让他们感到迷惑,"她轻盈地举起那双纤细柔软的手,做出一个戏谑的小动作,"你知道是什么吗?就是他们无法理解我为何迟迟未婚,为何没有像老处女那样变得又老又憔悴。他们对我依然年轻、充满活力感到困惑不已。"

托利弗夫人沉思片刻,揣摩着这番话背后的深层含义。然而,她并不打算轻易被说服。"不管怎样,莉莉,我不赞同你的行为,"她坚定地说,"我不希望你误以为我对此有任何的认同。如果我的女儿做出这样的事,那将是我无法承受的。这是不对的。总有一天,你会为此付出代价的,无论是今生还是来世。"

听到这个威胁,莉莉的表情再次变得严肃,眼中闪烁着反抗的火花。她又像往常那样慵懒地靠在椅背上。她身上散发出一种难以形容的性感与魅力,这使得她的表姐感到不安。在身为长老会信徒的托利弗夫人看来,这种魅力既危险又放纵,显然是邪恶的。更何况,莉莉还如此年轻。在那一瞬间,她看起来就像一个二十出头的年轻女子。

片刻之后,莉莉抬起头,语气中带着挑衅:"但我感到非常幸福。"

托利弗夫人眉头紧锁,语气中透露出不悦:"我希望你不要再这么说了,我真的不想听到这些。"

话题再次转向了艾琳。"她对那个叫克林科的年轻人似乎很感兴趣,"托利弗夫人继续说道,"你的母亲似乎也赞成他们的婚事,尽管我不理解原因。我宁愿她终身不嫁,也不愿意看到她嫁给一个外国人。"

"他很聪明,不是吗?"莉莉询问道。

"我不确定。是他挑起了这次罢工的所有麻烦。如果不是他,一切本可以保持平静。或许这也算是一种聪明。我不知道。"

"他要是能做出这些事,那他一定非常聪明。他显然具备领导那些工人的能力。我自己倒很高兴他这么做了。哈里森那帮人已经占据主导地位太久了,让他们经历一些冲击对他们有益…… 尤其是当这关系到他们的钱袋子时。我见过他一次。他看起来是个非常有能力的人。我有种感觉,将来你会听到很多关于他的杰出事迹。"

托利弗夫人轻蔑地发出一声冷笑。"或许吧……或许如此。如果他真的那么杰出,那也是艾琳让他变得如此。不管怎样,我实在难以想象她会嫁给一个普通的移民……一个俄罗斯人！”

“你不用担心。她不会的。她永远都不可能嫁给他。对她来说，他根本算不上一个真正的男人。他不过是一个抽象的概念……一尊石膏雕像！”在她提及艾琳的所有话语中，这是首次流露出一丝严厉的轻蔑语气。

44

她们坐在那儿就着咖啡又聊了一个小时。在这期间，尽管表姐投来不赞同的目光，莉莉还是懒洋洋地一支接一支地抽着烟。她们谈论着家里的琐事，关于朱利斯·哈里森夫人第二次中风的消息，以及艾伦的近况，还有吉恩——莉莉今早刚收到的他的来信。

“州长有没有问起过他？”托利弗夫人问道，眼中闪烁着女性对细节的天生好奇。

“没有，”莉莉回答，“我已经好几年没有他的任何消息了。他从未见过这个孩子。你看，吉恩完全是我的，因为即便州长想要他，也不敢冒险引发丑闻。他完全属于我，仿佛我独自一人将他带到这个世界上。他只属于我，你明白吗？我可以按照我希望的方式培养他。我要把他塑造成一个博学多才、无所不能的人。他将比我更加强壮、更加聪明。他的外表也足够英俊。对我来说，他就是一切。即便是女王，也会因为拥有这样的儿子而感到自豪。”

说话时，她眼中闪烁着光芒，脸上流露出得意的神态，那是一种洋溢着激情的胜利表情。

“你看，”她继续说道，“拥有一个完全属于你、只爱你一人的伴侣，这是多么美妙的事情。他属于我，我也属于他。其他人都变得无关紧要。即使我们俩被遗弃在一个荒岛上，我们也会感到满足。”那种得意的神情逐渐消散，取而代之的是一抹带着讽刺的微笑。“如果我嫁给了州长，这孩子可能会变成任何模样……我可能会眼睁睁地看着他在我面前变得粗俗平庸。我可能会对他的父亲心生怨恨，却又无能为力。而现在，他父亲只是一个回忆……一个还算愉快的回忆，一个曾经爱过我但从未真正拥有过我的英俊男人……哪怕只是一瞬间……甚至在我怀上孩子的那一刻！”

在莉莉讲这番话的过程中，托利弗夫人的情绪变得越来越激动。莉莉每说一句大胆的话，她那圆润的脸庞就会泛起一阵新的红晕，等莉莉坦白到高潮时，她更惊得说不出话来，脑子一片空白，动弹不得。过了好长时间，她终于恢复了少许往日的平静。最终，她总算能开口说道：“莉莉，我真的无法理解你怎么能说出这样的话。我真的无法理解。如果这些话从我口中说出,我的喉咙都会感到灼热!”

她的表妹带着挑衅的笑容,几乎可以说是厚颜无耻。“瞧,哈蒂表姐,我在法国人中间生活过。对他们而言,这种事情就像吃饭喝水一样稀松平常……或许唯一的不同是,他们将爱情看得比任何事情都要重要。”她补充道,深邃的眼眸中闪烁着淘气的光芒。

“此外,”托利弗夫人继续说,“我不明白你的意思。我确信查尔斯从未‘拥有’过我。”

“的确如此,亲爱的,”莉莉回应道,“他从未真正拥有过你。实际上,一直以来,是你掌控着他。事情往往就是这样,非黑即白。但问题在于,起初,许多女性似乎都享受被男性所拥有。”她轻轻扬起手。“哦,我明白。州长最终也会‘拥有’我。有些男性就是这样的,一眼就能识别出来。我了解我父亲是如何‘拥有’我母亲的,你也同样明白,她绝非一个柔弱、依赖性强的女性。如果她像我一样富有,她早就离开了他……很久以前就会。她之所以无法离开,是因为他‘拥有’了她。”

“但那不一样,”托利弗夫人反驳道,“他是个外国人。”

她们现在触及了家族中长久以来被视为禁忌的话题。无人敢于向约翰·谢恩的妻子或孩子提及他,因为三十多年来,他们始终维护着一个谎言,一种表象。约翰·谢恩一直被默默地、毫无争议地视为完美丈夫的典范。现在,托利弗夫人的面容明显焕发了光彩,因为她期待已久的开口时机终于到来。

“但他是个男人,她是个女人,”莉莉坚定地表示,“我知道大多数美国女人都能‘拥有’自己的丈夫,但奇怪的是,我永远都无法嫁给一个我能‘拥有’的男人。你看,这就是婚姻的难题所在。要摆脱一个丈夫可不容易。”

托利弗夫人紧张地调整了一下坐姿,放下了手中的咖啡杯。“坦白讲,莉莉,”她开口道,“我实在无法理解你的想法。你似乎暗示结婚是一件错误的事情。”她的语气首次变得彻底冷淡,带着不认同,仿佛下一刻就会起身,与莉莉永远断绝往来。

“哦,哈蒂表姐,别以为,”莉莉解释道,“人们结婚是因为他们喜欢法律上的束缚。大多数人选择婚姻是因为这是他们能够共同生活并获得社会认可的唯一途径。许多人偶尔都会想要改变现状。这是事实。在他们内心深处……在无人目睹的时刻,他们确实这样想过。”

她的话语充满了激情,以至于托利弗夫人一时语塞。这位善良的女士从未有过闲暇时间去读书;即便现在孩子们都已长大离家,她仍旧不读书,因为她认为在这个年纪再去培养阅读的习惯为时已晚。她一直沉醉于她那体面的生活之中,从未有过这样的念头;当然,也从来没人在她面前这样说过话。

“我不明白,”经过一段长时间的沉默后,她无力地吐露出这句话,“我不明白。”随后,仿佛意识到机会正悄然流逝,可能再也不会回来,她便问道:“告诉我,莉莉你有没有想过你父亲的来历?”

她表妹眼中那一抹淡淡的笑意消散了,取而代之的是沉思的神情。“没有,我知道的并不多。只知道他的母亲来自西班牙,父亲是爱尔兰人。他出生在马赛。”

“马赛在哪儿?”托利弗夫人兴致盎然地追问。

“在法国南部。那是一个大城市,同样也是一个充满罪恶的地方……可以说是世界上最糟糕的城市之一。妈妈曾说我们永远无法得知全部真相。我觉得她或许是对的。”

随后,谈话的焦点又回到了家庭的日常琐事上。最后,在那座青铜钟敲响第三下时,两位女士起身,离开房间,步履匆匆地走上楼梯,前往那位生命垂危的老妇人的房间。在走廊上,莉莉转过身来,轻声说道:“我从未与任何人有过如此深入的交谈。我以前从未真正深入思考过这些事情。我告诉你的,比告诉任何人的都要多,哈蒂表姐……甚至比告诉我的母亲还要多。”

上楼后,托利弗夫人推开了那个昏暗房间的门,莉莉轻手轻脚地跟在她后面。在冬日的阴沉光线中,老朱莉娅·谢恩倚靠在枕头上,睡得很安详。

“需要叫醒她服药吗?”莉莉轻声询问。

“当然,”她表姐应道,一边走向床边,轻柔地摇晃着老妇人,轻声呼唤着她的名字。

“朱莉娅姨妈!朱莉娅姨妈!”她一遍又一遍地呼唤着。然而,回应她的只有沉默。托利弗夫人那健硕的身躯俯在床边,她轻触老妇人微弱的脉搏,随后用她那有力的手轻抚那张如今苍白而透明的面庞。随后,她后退一步,凝视着那张消瘦且神情严肃的面孔。而莉莉则靠得更近了,直到她温暖丰满的胸部轻轻蹭到了表姐的肩膀。两位女士的手默默地握在一起,带着一种敬畏和恐惧。

“她已经离世了,”托利弗夫人说道,“在安详的睡梦中离世。这或许是最好的告别。”

随后,两位女士开始为朱莉娅·谢恩料理后事,将一小时前那些充满激情的对话暂时搁置一边。面对死亡,那些话语显得微不足道。

第八章　克林科的命运(45~53)

45

不久之后，莉莉独自一人沿着被雪覆盖的车道前行，拦下了一位路过的男孩，请求他前往平民区寻找艾琳，因为她自己不敢冒险踏入那些情绪低落的罢工工人聚集的区域。两个小时后，男孩返回并告知她，没有找到她妹妹。因此，直到午夜艾琳归来，她才得知母亲已经离世的消息。听到这个消息时，她的反应异常冷漠，或许是因为在那段日子里，死亡和苦难对她而言已变得无足轻重；但即便如此，莉莉肯定也注意到了，当妹妹得知自己终于获得自由时，那双苍白、布满血丝的眼睛里掠过的一丝难以察觉的得意。

黎明前夕，探照灯的宽阔光弧划过平民区，打破了莉莉房间的宁静，将她从睡梦中惊醒。她迷蒙地睁开眼睛，听到艾琳在隔壁房间为母亲的灵魂祈祷，恳求宽恕。在那一刹那，她似乎在聆听，随后又躺下，再次迅速沉入梦乡。她那红润的脸庞枕在裸露的白皙手臂上，金黄的头发散开，在突如其来的灯光反射下熠熠生辉。

镇上的报纸以显著篇幅刊登了朱莉娅·谢恩的详尽讣告，占据了数栏版面，详述了她的家族史、已知的约翰·谢恩的生平以及柏树山的历史。朱莉娅·谢恩似乎在身后为小镇增添了一抹荣耀。她为小镇带来了独特的声誉,就像独眼巨人工厂或其他著名机构为小镇带来的声誉一样。报纸将她作为极佳的宣传素材进行报道。讣告中还罗列了曾在柏树山做客的名人名单,包括几位总统、一位大使,以及那位已晋升为参议员的前州长。报道中提到朱莉娅·谢恩是为小镇命名的那位先驱者的孙女。就在这一天,柏树山仿佛重拾了它昔日的辉煌声誉。小镇的新居民,那些停工工厂的主管和职员们,第一次了解到了谢恩城堡的历史。只是关于约翰·谢恩的丑闻故事被省略了,因为它们并不适合出现在讣告中。而且,那些故事的真实性也无从考证。

尽管充斥着陈词滥调的夸赞,但显而易见,一位杰出的女性已经离我们而去。她生前曾是时代的领军人物,然而随着工业的兴起和那些粗鲁、喧嚣、追求进步与繁荣的新兴富裕阶层的涌现,她的时代已然成为过去。

讣告的结尾这样写道:"谢恩夫人辞世后,留下了两位未婚的女儿,艾琳居住在柏树山,而莉莉则在巴黎生活了大约十年。母亲离世时,两位女儿都在她身旁。"

正是这最后一句话激起了老居民们的好奇心。"……而莉莉则在巴黎生活了大约十年。母亲去世时,两位女儿都在她身边。"这简短的描述背后,似乎隐藏着无数引人入胜的故事。在讣告发布之前,小镇上的人们对莉莉的归来毫无所知。

在葬礼当天的下午五时,威廉·哈里森坐在砂岩砌成的家中,他母亲的卧室里,向她详尽地描述了葬礼的每一个细节。窗外,雪花在风中翩翩起舞,狂风在那座外观不甚悦目的房子的装饰性穹顶和凸出部分之间肆虐呼啸。屋内,空气温暖而凝重,弥漫着医院病房特有的苍白气息。这是一个宽敞的方形房间,给人一种坚固的质感,其中摆放着沉重且昂贵的家具,它们都覆盖着深红色的长毛绒。墙壁刷成了棕褐色,桦木镶板被染成了深红褐色。在华丽的壁炉上方,悬挂着一幅描绘工厂和哈里森家族财富创始者朱利斯·哈里森的雕刻肖像。朱利斯·哈里森的面容粗犷,身材魁梧,眉头紧锁,他那厚实的脸庞被浓密的胡须半遮住。这幅雕刻作品被一个宽大的、闪亮的德国镀金边框所环绕,它俯瞰着房间,眼神仿佛在诉说着一个人如何凭借自己的汗水和强健的肌肉,白手起家取得了巨大成功。曾经,就在如今最古老的那座熔炉所在的地方,有一间铁匠铺,他在那里把粗糙的金属锤打成一个个链环,又把链环连成锁链。这个房间既大又笨重,与其说是闺房或卧室,不如说更像一个仓库。它与肖像上的那张脸,以及躺在红木床上、因第二次中风而瘫痪、无助且脾气暴躁的老妇人那臃肿的身体,显得异常协调。

儿子笨拙地坐在靠近母亲的红色长毛绒沙发边缘。随着年龄的增长,在老妇人面前,他的举止变得越来越拘谨。他的头发变得更加稀疏,太阳穴处也悄然爬上几缕银丝。他身上散发出一种凋零的气息,显得不完整、未完成,就像一个未及成熟便开始枯蔫的苹果。在这个宽敞的房间里,在那幅威严的肖像的凝视下,在他出生和成长的那张巨大床边,威廉·哈里森显得格格不入,仿佛一只从深山中走出的小老鼠。他的父母都是极具阳刚之气的人。

不知怎么搞的,他一时大意,穿着笨重的套鞋踏入了母亲卧室这一神圣的领地。现在,套鞋静静地放在他旁边的地板上,是母亲让他脱下时,他小心翼翼地放在那里的。母亲担心他的脚因过热而变得敏感,这样容易突然感冒。实际上,自从罢工开始,威廉的身体状况就一直不佳,这场斗争似乎让他难以承受。他的脸色一天比一天苍白,情绪也越来越紧张。他很少展露笑容,那张原本就显得憔悴的脸上又添了许多新的细纹。尽管如此,他还是冒着纷飞的大雪和刺骨的寒风前往公墓,一方面是因为母亲无法前往而下达了命令,另一方面是因为他渴望再看莉莉一眼,哪怕只是在敞开的墓穴旁看上一眼也好。

朱利斯·哈里森夫人无助地仰面躺在床上,等待着关于葬礼的细节。她躺着时,头部不自然地歪向一侧,以便能看见她的儿子。由于瘫痪,她的言语变得含糊不清,断断续续。

“参加的人多吗?”她询问道。

“不多,”儿子用他那微弱的声音回答,“老威廉·贝恩斯…… 您记得的,就是那个老头,谢恩家的家族律师……”

“对,”母亲打断他,“一个老顽固…… 他十年前就该走了。”

威廉·哈里森似乎已经习惯了母亲的突然打断。他继续说:“还有几个教会的人,以及那两个女孩。在那光秃秃的山顶上,冷得刺骨。棺材刚下葬,就被雪覆盖了。”

“可怜的朱莉娅,”床上的女人轻声说道,“她活得太久了。她对生活已经失去了兴趣。”她说这话时,语调中充满了哀伤。尽管自己已濒临生命的尽头,但她对死亡和葬礼仍保持着浓厚的兴趣。

“我很高兴你去了,”她过了一会儿又说,“这表明无论朱莉娅过去如何对待我,我们之间已经没有怨恨了。这说明我已经原谅她了。大家都知道我无法出席。”

一段漫长的沉默之后,唯有黄铜钟单调而响亮的滴答声打破了这份静谧。屋外,风在檐口呼啸。

“她肯定留下了一大笔钱,”哈里森夫人断言,“我猜至少有两百万。他们过去十年几乎没怎么花钱。”

威廉·哈里森点上一支香烟。“除了艾琳，”他指出，“她一直在资助罢工工人。这是大家都知道的。”

“但那是她个人的钱，”母亲反驳道，“与朱莉娅留下的遗产无关。”她不自在地挪动了一下。“威廉，请你别在这里抽烟。我受不了烟味。”

威廉熄灭了香烟，在整个房间里都找不到丢弃烟蒂的地方，于是他默默地将烟蒂塞进了口袋。

“在葬礼上我曾问过她这件事，”他继续说，“她告诉我这不关我的事……如果她觉得合适，她会把所有财产都捐出去。”

哈里森夫人轻蔑地哼了一声。“就是那个克林科，”她断言，“就是他。别告诉我她是因为关心那些罢工工人而捐钱。谢恩家族的人绝不会把财富施舍给穷人。”

钟声再次响起，持续不断地敲打着，没有片刻的停歇。

“莉莉怎么样？”哈里森夫人过了一会儿问道。

威廉又开始摆弄他表链上的红宝石搭扣，紧张地把它来回滑动。

“她还是老样子，”他说道，“一点没变…… 要说有什么变化的话，就是她似乎更年轻了。真是不可思议，她如何能保持这般青春。我向她发出邀请，希望她能来看望你，她想知道是不是您让我发出邀请的。我肯定地回答了，接着她轻轻一笑，询问道：‘是出于好奇吗？你可以告诉她我的样子。你可以告诉她我很快乐。’仅此而已。我想，经过这次之后，她可能不会再回到小镇了。”

哈里森夫人沉思了片刻。最终，她表示：“我认为她没成为你的妻子或许是件好事。她似乎有些问题。如果她只是个单身的老姑娘，不可能还这么年轻就感到快乐。我想，从某种意义上说，你还是幸运的。他们家族的血统有问题。这种缺陷是从老约翰·谢恩那里遗传下来的。”

威廉听到母亲如此坦率的言论，不禁微微蹙眉，试图转移话题。“今天平民区并没出什么乱子。没有一个罢工工人出现在哈尔斯特德街。整个白天都异常平静。据厂长说，这是因为那位老妇人的葬礼。”

“你瞧，”哈里森夫人接着说，“就是那个克林科。我实在无法理解……像艾琳这样一个朴实无华的老姑娘，怎么能够对他施加如此大的影响。”

威廉停止了摆弄表链的动作。“她把他当作武器，用来对抗我们。”

哈里森夫人摇了摇头，表示不赞同。

“哦，不，”她缓缓地、吃力地开口，“这可能看起来是事实，但她并没有认真地考虑这件事。她没那么聪明。艾琳和莉莉都不聪明。她们还是小女孩的时候我就认识她们了。她们总是被冲动驱使，做出无法自控的行为。朱莉娅或许会做出这种事，但我确定她从来没这么想过。此外，"她稍作停顿，继续说道，"她现在已经离世，长眠于地下了。"

"她在临终前便开始对我们怀恨在心。"威廉坚定地表示。

"的确……这是事实。我感觉她确实对我们怀有恨意……自从那场税务争端之后便开始了。"

威廉仍旧坚持己见："但您难道没看出来吗？结果都是一样的，仿佛她们是有意为之。这已经是她们第二次让工厂损失数千美元了。"

不知为何，哈里森夫人发现自己无法反驳这一点。

"告诉我，"她稍作停顿后问道，"她们对母亲的去世有何反应？……莉莉和艾琳。"

威廉再次摆弄起那枚红宝石搭扣。"我不确定。艾琳甚至没有穿上丧服，她依旧穿着那套旧的灰色套装，戴着黑色帽子。她看起来就像一只乌鸦。至于莉莉，她在跟我说话时还能露出笑容。但你完全无法从她脸上看出她对任何事情的真实感受。她总是挂着微笑。"

说完这番话，威廉站起身来，开始在房间里走来走去，紧张地触摸着那些稀疏摆放的装饰品——一张他小时候体弱多病、留着长长的黄色卷发的照片，一个沉重的黄铜墨水瓶，以及一个西庇阿·阿非利加努斯[①]墓的小型大理石仿制品，这是他去罗马旅行的唯一纪念。他慢慢走到窗户边，拉开窗帘，凝视着窗外肆虐的暴风雪。

46

与此同时，他母亲那庞大的身躯静卧于堆积如小山的被褥之下，纹丝不动，目光却始终紧锁着他。她必定是察觉到了某些迹象，因为不久后，她便打破了沉默。

"你是不是有什么话想说？"她问道。

威廉回到床边，沉默地站了一会儿，手指轻轻抚弄着床尾板上雕刻的花纹。他清了清嗓子，像是要开口说话，但很快又沉默下来。终于，当他鼓起勇气表达心里的想法时，他的目光始终未从床尾板上雕刻的花纹上移开，仿佛那精美的雕刻对他有着难以抗拒的吸引力。

"是的，"他轻声承认，"我打算离开工厂。我讨厌那里。一直都讨厌。我根

① 古罗马历史上一位极为重要且著名的军事将领。

本就不擅长管理工厂!”为了不让母亲打断自己,他打算一口气把话说完。看到母亲无助地躺在床上,这似乎给了他一种突如其来的、不顾一切的勇气。她已经没办法阻止他了。他甚至抬起头,坚定地直视着她。“我不喜欢这次罢工。我不喜欢这种争斗。我渴望成为一个平凡而简单的人,可以平平安安地走在哈尔斯特德街上。我想要过自己的生活,不受外界干扰。”

哈里森夫人并未抬头,然而她内心深处被无助所压抑的强烈情感却如潮水般涌现,在她的眼中闪烁着。她的轻蔑如同雷鸣般强烈,但不知为何,却未能彻底击垮站在那张大床床尾、已显沧桑的中年男子。

“谢天谢地,幸好你父亲听不到你这些话!否则他肯定会狠狠地教训你一顿!”威廉却并未因此退缩。“我父亲已经不在了。”他平静地回应。然而,他的笑容中似乎隐藏着深意,带着一丝不易察觉的恶意。“我父亲已经去世了,”那笑容仿佛在暗示,“我母亲也无能为力了。用不了多久,我就会迎来真正的自由……这是生平第一次……自由……可以随心所欲……不再受任何人的束缚。”

他的笑容在脸上忽隐忽现。显然,这些话语他并没有说出口。他实际上说的是:“这是一桩肮脏的勾当。我不想和它有任何瓜葛……即便是工厂的股票我也不想要。如果不是因为那家工厂,莉莉或许已经成为我的妻子。”

床上传来一阵轻蔑而沙哑的笑声:“哦,别做梦了,她绝不会嫁给你的。你根本不了解她!她不嫁给你是因为你太没用了。”

听到这番话,威廉的身体开始不由自主地颤抖,他的脸色变得如同床单般苍白。他紧紧地握住床栏杆,手上的力道之大,使得他那细长的指关节在皮肤映衬下显露出一抹蓝意。这是一种母亲对孩子的典型讥讽,对她而言,孩子的温顺和犹豫不决难以理解,只配得到她的轻蔑。这个孩子与她对权力和财富的宏伟蓝图显得格格不入。

“那你倒是说说,你到底打算做什么?”她以极度讽刺的语气问道。

威廉回答时,声音微微发颤:“我想有一个农场,在那里我可以养鸡、养鸭、养兔子。”

“天哪!”他母亲用低沉的声音回应,仅此一句。她费力地转动着头,把脸转向墙壁,背对着儿子。尽管在这位老妇人和头顶上那幅怒目而视的肖像画的注视下,威廉仍微微颤抖着,可他那双苍白的眼睛里却透露出一丝得意。那眼神仿佛在说:“我赢了!我赢了!我取得了一场胜利。我终于摆脱了我一直厌恶的那个怪物…… 我和工厂再无瓜葛。我和魏斯曼法官也再无牵连…… 再也没人能欺负我了!”

外面,风声呼啸,猛烈地撕扯着屋檐。不一会儿,一阵轻柔的敲门声响起……是那位圆滑世故、满头白发的管家。“阿伯克龙比小姐来探望哈里森夫人了。”一个柔和的声音传来,威廉还没来得及回应,他母亲那位鼻子冻得通红的密友,就像一只扭动的雪貂,硬是挤过人群,进入了房间。

当她见到威廉时,她不由自主地停顿了一下,下意识地向他眨了眨眼。

“你母亲的情况似乎有所好转。”她带着一丝傲慢的语气说道,“难道你不感到高兴吗?”

威廉含糊其词地发出一声低吟作为回答。

“我来是想听听关于葬礼的细节。”她依旧以她那急切的方式继续说,“如果不是因为这糟糕的天气,我自己就去了。现在,像一个听话的孩子那样坐下,把一切都告诉我。”她似乎还把他看作那个留着卷发、身体虚弱的小男孩。

威廉礼貌地与她握了握手。“我母亲会告诉你所有情况的。”他回答,“我已经把所有细节都告诉她了。”

随后,他便悄然离开了房间,留下这两位女士——那位“雪貂”和那位“大山”,去为朱莉娅·谢恩的葬礼事宜画上最后的句点。

47

在柏树山的房子里,两姐妹静待着遗嘱宣读的仪式。

围困的状况依然未见好转。随着冬季的推进,大自然似乎也与罢工者为敌,因为那年的一月压根儿就没有解冻的时候。更多的降雪和持续的严寒并未让艾琳因母亲的离世而获得自由,反而使她在哈尔斯特德街的贫困居民中肩负起更重的责任。哈里森家族和魏斯曼法官迫使大约二十户家庭从工厂所有的房屋中搬出。携带着大包小包的妇女和孩子们被迫走上冰冷的街头,只能在其他已经拥挤不堪的破败房屋中寻找栖身之地。

魏斯曼法官还设法让罢工者找不到可以集会的地点。每当工人们试图在街头聚集时,他们就会遭到警察的驱赶和殴打。当他们试图在空地上集会时,魏斯曼法官同样会促使场地所有者将他们驱逐。每当发生火灾,镇上的报纸便会指控是罢工者放的火。而一旦出现骚乱,责任也总是被归咎于罢工者。然而,在镇上居民眼中,有一项指控尤其难以宽恕。编辑们指责工人们阻碍了进步与发展。他们声称罢工者威胁到了繁荣,破坏了“繁荣发展的精神”。扶轮社[1]、慈善互助会、

---

① 早期的聚会模式。成员们轮流在彼此的办公室或工作场所举办聚会,就像车轮滚动、轮流一样,所以称为“扶轮社”。这种轮流举办聚会的方式也有助于成员们更好地了解彼此的职业环境。

商会，乃至圣公会（以其高高在上的姿态，热衷于焚香和屈膝礼拜）都站在了维护繁荣的行列中。

罢工者既缺乏媒体的发声渠道，也缺少资金支持，更没有话语权。他们可能正逐渐陷入饥饿的困境。即便是克林科本人，也感到无能为力。

姐妹俩对镇上发生的事情全然不知。白天，艾琳不在家时，莉莉身着一件黑色丝绸晨衣，在屋内漫无目的地徘徊，试图寻找消遣以打发无聊的时光。她感到极度的乏味。直到有天清晨，在她闲逛时，偶然发现了一个大木箱，里面装满了母亲阅读后随手丢弃的黄色封底法国小说。这些小说帮她打发了不少时光，但当阅读变得乏味时，她又尝试通过写信来消磨时间——收信人总是吉恩、吉贡夫人或吉贡夫人的男爵表亲。她裹着母亲那件过时的海豹皮披风，走到车道尽头，付钱给一个路过的男孩，让他帮忙寄出她的信件。她总是小心翼翼，确保艾琳不会发现这些信件。

她命那位混血女仆在客厅点燃了炉火，随后打开那架已经严重走音的大钢琴。她投入数小时，弹奏肖邦、巴赫的作品，以及一位新兴作曲家德彪西的曲目片段。在她的演奏中，还不时穿插着音乐厅圆舞曲的零星旋律和胸甲骑兵的民谣小调。有一次，在艾琳的建议下，她尝试为罢工者的家属编织袜子和围巾，但因进展缓慢，最终她无奈地放弃了。随后，她独自前往镇上，购买了一大堆袜子和毛衣，交由妹妹分发给那些处于困境中的工人及其家庭。

她也很能睡，随着时间的流逝，她那丰腴的美貌开始显露出些许发福的迹象。为了保持体型，她养成了一个习惯：每天清晨，她都会绕着那片荒凉而空旷的公园边缘走上十几圈。在这片雪地上，她踏出了一条深深的足迹。工厂的守卫们逐渐习惯了她每天的出现，他们会在栅栏内找到合适的位置，静静地观察这位神秘的美人经过。她身着一件带有羊腿袖的老式海豹皮大衣，总是谦逊地低垂着眼睛。随着时间的推移，守卫们变得更加大胆，开始公然地盯着她看。甚至有几个人敢于对她吹口哨，但这些行为并未得到她的任何回应，也未能干扰她规律的锻炼时间。他们就像在枯枝上鸣叫的猫头鹰，对她而言，毫无影响。

唯一的访客是哈蒂·托利弗和威廉·贝恩斯，后者是那位被昵称为“老顽固”的律师。他拜访了大约六次，每次都会携带一个装满文件的小黑包。他与托利弗夫人一样，对罢工者和守卫都表现出一种极端的冷漠，仿佛他仍生活在没有工厂、没有罢工者的往昔。他是一位身材高挑、面容憔悴的长者，白色的八字胡耷拉着，一头白发浓密而有活力。他办事干脆利落，不会在琐碎细节上浪费时间，也不会在情感上耗费精力。他对待两姐妹总是以一种冷漠、公事公办的法律口吻。

遗嘱内容简洁明了,由朱莉娅·谢恩与老贝恩斯先生共同仔细起草,其中的条款并不繁复。房产以及老妇人所有的珠宝均遗赠给了女儿莉莉。哈蒂·托利弗也收到了一笔相当可观的遗产,而另一项出人意料的遗赠则引起了除老贝恩斯先生之外所有人的惊讶。他解释说,这是在她临终前不久,通过一份遗嘱附录所添加的。这份附录要求成立一个信托基金,旨在资助"欢迎之家"并提供巡回护士服务,直至贝恩斯先生及她的两位女儿认为不再需要为止。

"那个,"愤世嫉俗的贝恩斯先生在宣读遗嘱时,面无表情地评论道,"似乎只有等到人类灭绝了才会停止。我曾试图劝阻她,但她并未采纳我的建议。她清楚自己在做什么,也知道自己想要什么,直至生命的最后一刻也是如此。"

就这样,朱莉娅·谢恩坚定不移地站在了工厂的对立面。

除此之外,财产被平均分配,柏树山房产的价值也得到了估算,并给了艾琳相应的份额。

随后,贝恩斯先生郑重其事地递交了两封信件,并附带了一些建议。一封是给莉莉的,另一封则是给艾琳的,这两封信件一直由他保管着。

给莉莉的信上写道:"我把房子留给你,因为艾琳讨厌它。我知道一旦艾琳继承了房子,她只会立刻把它卖掉,然后把所得款项捐赠给教会。同样,我把我的珠宝也留给你,除了两枚戒指 —— 一枚是镶有钻石的祖母绿戒指,另一枚是硕大的祖母绿戒指,这两件我早已在多年前赠予了哈蒂·托利弗。你肯定还记得它们。将这些珍宝留给艾琳似乎并无意义。她会毫不犹豫地将它们变卖,并用这笔钱为圣人购买蜡烛。然而,上帝创造珠宝的初衷并非如此。他希望这些美丽的装饰品能够点缀在女性身上。因此,我选择将它们留给你。"

就这样,那些镶嵌在西班牙银饰上的紫水晶,两枚祖母绿戒指,七枚镶钻戒指,一条红宝石项链,一串珍珠,大量的缟玛瑙、钻石、祖母绿和红宝石耳环,以及一条长长的钻石项链,都归大女儿所有。

"在物质财富方面,"信中继续写道,"我已经让你们俩都变得富有了。还有一些其他的财富,我无法掌控。它们是你们的父亲和我留给你们的——那些无法出售也无法丢弃的财富,那些已经成为你们一部分的财富,有好有坏,有善有恶,最终构成你们自身的财富。"

"有些话题难以启齿,即便是母女之间。现在我已经不在了。我不用再看着你们,也不用因为你们所知道的事情而感到羞愧了。然而,我一直都想告诉你们,向你们解释,毕竟,我从未像我看上去那般强硬、那般无坚不摧,也未曾脆弱得无可救药。你看,亲爱的,有些事情是我们无法控制的,其中之一就是那种无意识地

对自我控制的控制 —— 那种让你无法开口说话的东西。另一个就是骄傲。

“你看，你们父亲和我之间从未有过太多共同点，除了我们都热爱马匹，而那毕竟也算不上什么。在他遇见我之前，他对生活的理解显然比我深刻得多。然而，这些事情都隐藏在秘密之中，或许正是这种神秘感，让我以一种特殊的方式爱上了他。我之所以说‘以一种特殊的方式’，是因为这确实是我的真实感受。那时，我还是一个来自乡村的女孩，一个农民的女儿…… 就是这样，你明白的。在那个小镇还只是个村落，村里的居民很少有人离开过本州，甚至很少离开本县的时代，你可能难以想象那意味着什么。他很有魅力…… 比你所能想象的还要有魅力。我就是因为这个才嫁给他的。这是一门很好的亲事。他是个很棒的情人…… 不像县里那些可能成为好丈夫的男人，他更像是来自另一个世界的情人。但是亲爱的，这并没有使他成为一个好丈夫。不久之后它就变得显而易见，对他而言，我不过是一个方便的存在。即便是将我送往法国，也无法改变这一事实。

“那是一段糟糕的婚姻，但在我们那个年代，一旦结婚，人们就不会去想别的，只会想着如何维系这段关系。因此，事情已经到了无法改变的地步。错误一旦铸成，就无法挽回，尤其是在你和艾琳出生之后。我和他来自不同的种族。在我们共同生活的日子里，我们的情感从未真正交融。简而言之，那是一场仅仅建立在激情之上的婚姻 —— 一种可悲的状况，往往比基于利益的婚姻更糟糕，因为在基于利益的婚姻中，激情不会轻易消逝…… 你看，我比你想象的更能理解你和州长之间的事情。

“因此，有些特质遗传给了你们俩，对此我无能为力。我只能恳求上帝的仁慈。对待艾琳要温柔，感谢上帝赋予你如此的坚强，使生活无法对你造成伤害。她变成这样，并非她所能控制。你看，我所知道的和理解的，比任何人想象的都要多。”

这就是信的所有内容。其结尾和朱莉娅·谢恩生前的行事风格一样，出人意料地戛然而止。的确，对莉莉来说，读这封信的时候，仿佛母亲还活着。她沉思着坐了很久，最后慢慢地把信撕成碎片，扔进了客厅的炉火里。关于信的内容，她对艾琳只字未提。

给艾琳的信很简短。信中写道：“我将我的财产毫无保留地遗赠给你，因为逝者无法要求生者必须遵循其意愿。你可以自由地决定如何使用这笔钱……你可以选择将它全部捐赠给你钟爱的教会，尽管我本人并不支持这一做法。你可以用它做任何能让你快乐的事情。我已经向上帝祈祷，希望能让你开心。如果你认为通过隐居能找到幸福，那么趁现在还来得及，尽快去实现吧，因为生命太过短暂,哪怕失去一个小时的幸福也是令人惋惜的。但请不要误以为寻找幸福是一件简单的事。”

“艾琳,我一直都爱你,尽管我从来都没能理解你。我独自默默为你承受了很多痛苦。我,一个已经离世的人,可以告诉你那些在生前无法告诉你的事情。你只需明白,我始终珍视着你,即使我不知道该如何走进你的内心。有些情感是难以用言语表达的。即便如此,即便我是你的母亲,我也未能让你感受到我的理解,因为我似乎从未真正理解过你。但要永远记住,无论我们之间存在多少令人遗憾的隔阂,我的爱始终不变。愿上帝与你同在,引领你前行。”

在她那空旷且极为简朴的房间里,艾琳默默地哭泣,泪水沿着她那饱经风霜、逐渐老去的面庞缓缓滑落。读完后,她将信塞进衣服里,紧贴着她那瘦弱的胸膛。过了一会儿,当她下楼发现客厅没人时,便将信件撕成细小的碎片,扔进了炉火中将其烧掉。这是不久前,悄悄烧掉给莉莉的信件的同一团火。

48

艾琳也没向莉莉提及这封信的内容,但在那天傍晚离开房子之前,她破天荒地走进了莉莉的房间。在昏暗的房间里,她发现姐姐正躺在床上。

“有什么事吗,艾琳?”

站在门口的艾琳迟疑了一下。

“没什么特别的,”她过了一会儿回答,“我只是想来看看你是否安好。”她又停顿了一下。“你晚上一个人在这儿,不会害怕吧?”

在黑暗中,传来了莉莉的笑声。

“害怕?天哪,怎么可能!有什么值得我害怕的呢?我感觉很好。”听完这些,艾琳便迈步离开,沿着那条漫长的车道步入了哈尔斯特德街。由于罢工者切断了路灯的电源,街道陷入了一片漆黑。

那天晚上,莉莉坐在客厅壁炉前的漆木桌旁吃晚餐。她懒洋洋地倚靠在红木扶手椅上,一边吃饭,一边翻阅着亨利·波尔多的著作,她的注意力在食物与书页之间不断切换。除了几把椅子和那架宏伟的钢琴,房间内的其他家具都覆盖着亚麻布套,用樟脑丸来防虫,奥布松地毯也被卷起来放在角落里。她悠然自得地边吃边看着,然后她开始喝咖啡、抽烟,消磨了整整一个半小时。尽管客厅的布置看起来有些简陋,但依然有一种令人愉悦的氛围,一种难以言表的温馨和宽敞感,这是书房所无法提供的。

遗嘱事宜已经得到妥善处理。莉莉明确表示她计划在一两天内离开。她的两件行李已经打包完毕。其中一件她甚至懒得打开,因为除非她打算每晚为自己准备一顿精致的晚餐,就像要招待很多宾客一样,否则她根本不需要换衣服。由于天性懒散,她更偏爱穿着那件用银线绣着紫藤花图案的黑色和服,悠然自得地闲逛。然而,她的闲逛并不意味着邋遢。她是一位品味高雅的女性,即便追求舒适,也保持着整洁利落的形象,从她精心打理的铜色头发,到她整洁的银色拖鞋的脚尖,无不体现这一点。

抽完烟后,她起身走到钢琴边,开始弹奏。与往日那充满激情的演奏风格截然不同,此刻她的琴声充满了忧郁。她弹了很久,好像被一种由渴望引发的悲伤所笼罩。可能是因为她想到要离开这座已走到尽头的老宅子了吧。一周之后,这里将只剩下萨拉和亨尼瑞。其余的人,包括艾琳、莉莉,甚至是那些黑人仆人,都将离去。这里不再有年龄和传统的界限。小镇的节奏不允许停下脚步去顾及这些。柏树山已经失去了它的立足之地,成了发展的障碍。镇议会迫切希望购入并拆除它,以便在原址上建造一座宏伟的新火车站,其规模将超越全州任何现有的车站。

可能就是这件事让她难过吧。

她的情绪显然很低落,这从她弹奏《爱之梦》和几首忧伤的德国圆舞曲可见一斑。随着旋律的流淌,她的弹奏变得越发柔和,直至最后,她的双手从琴键上滑落,落到腿上。她低垂着头,目光凝视着自己那擦得光亮的粉红色指甲尖。

紧闭的窗帘隔绝了外界的喧嚣。炉栅里,烛煤烧得噼啪作响,新的火苗蹿了起来。

过了一会儿,她重新坐回椅子,拿起了一本小说,却并未真正投入阅读。她仍旧心不在焉,目光迷离地凝视着跳动的炉火。

49

她就这样坐着,忽然听到了拖沓的脚步声,转身便看见萨拉轻手轻脚地朝她走来。这个混血女仆脸上流露出一种难以名状的恐惧,脸色也因惊恐而变得苍白。

“发生了什么,萨拉?”莉莉急切地询问,“看在上帝的分上,告诉我出了什么事?”

那女仆颤抖着回答:“莉莉小姐,不好了。”她继续说:“公园里挤满了人。他们从大门涌入,到处都是。”女仆犹豫了一下。“亨尼瑞正盯着,他让我来问问,要不要报警?”

莉莉站起身，将那件绣有紫藤花图案的黑色和服在颈间系得更紧。

“他们是谁？”她追问。

“我不清楚，莉莉小姐。亨尼瑞觉得他们可能是罢工的工人。他已经熄灭了后面的灯光，这样就能在不被发现的情况下观察他们。”

莉莉沉默了片刻，陷入深思。不久，她开口道：“萨拉，把这里的灯也熄灭。我要亲自去看看。”

说完，她便走了出去，留下极度惊恐的仆人去熄灯。

片刻之后，莉莉在漆黑的走廊中摸索前行，前往仆人房。突然，她撞到了正跪在窗边守望的亨尼瑞，吓得他不轻。

“是我，莉莉小姐，”她安抚道，“别害怕。”

在走廊的墙壁上，窗户的影子框出了一个蓝色矩形。这是一个晴朗的夜晚，尽管清冷而明亮的天空中布满了闪烁的繁星，但却不见月亮的踪影。在窗外的公园里，枯树的树干间，几十个黑色的人影在泛着蓝灰色的雪地上移动。他们中的一些人手持各种灯笼。人群中甚至包括妇女，她们头上裹着披肩，穿着厚重的短裙，裙摆恰好掠过积雪的表面。在他们身后，工厂院子里的探照灯紧张地在蓝色的穹顶天空中扫过，时而上下移动，时而横扫，照亮了那些黑色的烟囱和熔炉塔。那冰冷的光线犹如一把把锋利的刀刃，将烟囱和熔炉塔整齐地一分为二。

在走廊里，亨尼瑞紧张的呼吸声清晰可闻。很明显，眼前的这一幕——那些沉寂而冰冷的熔炉、枯萎的树木，以及那些游移的黑影，勾起了这位黑人内心深处所有的迷信和恐惧。

外面的人越来越多。他们似乎正朝着那座废弃的狗舍附近的某个地点会聚。灯笼在树林间穿梭，宛如在沼泽上空舞动的幽光。

“别担心，亨尼瑞，”莉莉过了一会儿安慰道，“不会有事的。警察的介入只会让情况变得更糟。我猜是艾琳小姐让他们在公园里集合的。警察不允许他们在别的地方集会。这是他们最后的去处了。”

“也许吧，”亨尼瑞将信将疑地低语，“也许吧。”

接着，那个混血女仆的身影出现了，她沿着走廊的墙壁缓缓拖着脚步走来。

“最好的做法，”莉莉轻声建议，“就是你们去睡觉，不要插手这件事。不会出什么问题的。只要别去干涉就行。别管它了。我现在要回自己的房间…… 你们去检查一下是不是所有的门都锁好了。”

说完，她便离开了那两位蹲在走廊地上的黑人。他们正以一种入迷的眼神凝视着那荒凉公园里的景象。

在楼上自己的房间里，她拖过一张躺椅，并拉开了窗帘。窗户的玻璃从天花板延伸至地面，让她躺下时能一览无余地观察到公园里的一切动态。房间内漆黑一片。当她躺下来，用一条丝绸被子盖住自己修长的四肢以抵御四处袭来的寒意时，那座法式旅行钟仿佛是为了安慰她，正好敲响了十下。

在外面，那场不同寻常的集会的规模和活力持续增长。有时，探照灯在摆动中扫射得极低，迅速横扫过公园，刹那间照亮了数百张黝黑的面孔，以及许多身披厚重外套、旧毛毯碎片、破布等抵御严寒之物的人们——任何能抵御严寒的东西都被利用了起来。每个人影上方都悬着一小团呼出的热气，宛如灵魂在躯体上方盘旋。人群中包括黑人——无疑正是她之前在刺鼻的酸缸烟雾中见过的那些工人。

然而，这些人当中没有一个具有鲜明的个性。他们仿佛自动人偶一般，缺乏独特的人格魅力。他们会集成一个模糊的群体，散发着愤怒与暴力的气息。亨尼瑞的恐惧并非毫无根据。他们仍在那片树木枯萎、草地荒芜的边缘地带，不安地、犹豫地徘徊。在那枯死树篱间的壁龛里，基德诺斯的维纳斯和望景楼的阿波罗雕像，在黑暗中若隐若现地闪烁着光芒。

莉莉注视着眼前的一切，她乌黑眼眸中的光芒缓缓而持续地变得明亮起来。她仿佛被一种魔力所吸引，呼吸变得急促，仿佛那股无法抗拒的往昔激动之情已经渗透进她的血脉。她那只轻搭在躺椅扶手上的纤细白皙的手，微微地颤抖着。

慢慢地，那些移动的身影在狗舍旁会聚成了一片黑压压的人群。在人群的中心，一点光亮开始闪烁，并逐渐增强，直至红色的火舌在这一群杂乱无章的人群头顶上方显现。他们点燃了一堆大火以取暖，在火堆旁边，有人放了一个木桶，供演讲者站立其上。借着火焰的光亮，她看清了第一个演讲者，一个身材矮小但结实精干的男人，他的外貌让人联想到一个长着胡须的小精灵，不断地挥动着四肢。他的举止很有爆发力。隔着窗户厚厚的玻璃，根本听不清他在火焰的轰鸣声中说了些什么，但显然他的演讲激起了听众的共鸣。那群人开始躁动起来，挥舞着手中的灯笼。有时，可以在这间漆黑的屋子里隐隐约约地听到他们的呼喊声。

最终，那位身材矮小的男人结束了讲话，被众多双手从桶上缓缓放下。随后，更多的木柴被投入火中，红色的火焰如饥似渴地追逐着一串串火星，高高地蹿到枯树的枝头。不久，第二个男人登上了桶顶。他身材魁梧，宛若巨人，远远超出周围的人群。看到他，罢工者们爆发出狂热的欢呼声。莉莉从她那有利的观察点望去，肯定在这个男人身上感受到了一种模糊的熟悉感……他突然做出的那些充满表现力的手势，以及在讲话时轻松自如、保持平衡的优雅姿态，无不让她觉得似曾相识。更多的木柴被投入火中，火焰升得更高了。在这狂野火光的映照下，莉莉确信无疑，正在激情澎湃、狂热而绝望地向这群情绪低落的人群发表演讲的，正是克林科。

50

在温暖的房间里，莉莉缓缓起身，摸索着走到壁橱前，取下那件带有羊腿袖的老式海豹皮大衣。她将大衣披在肩上，随后回到窗边，小心翼翼地打开窗扣，然后跨到盖着厚厚积雪的铁艺门廊顶上。积雪很深，莉莉穿着银色拖鞋，脚一踩下去就没至脚踝。但她似乎对此毫不在意。仿佛着了魔一般，她紧贴着砖墙，避开寒风，站在那里听着。

克林科用一种外语向罢工者们发表了鼓舞人心的讲话，那可能是俄语，也可能是波兰语。他的声音洪亮而清晰，随着他真挚情感的澎湃起伏而抑扬顿挫。虽然听不懂他在说什么，但效果却极为震撼。他显然具有领导者的天赋。在那一刻，他似乎能够引领这群人前往任何他想去的地方。

不久之后，他开始用意大利语发言……言语间磕磕绊绊，还流露出一种深深的沮丧。这部分内容莉莉能听懂一些。他激励他们不要屈服，恳请他们坚持战斗到底。他声称，胜利就在眼前……

在火焰的噼啪声和演讲者的声音之上，突然响起一声孤零零的步枪射击声。紧接着，又是一声枪响，随后枪声连绵不绝，直至空气中充斥着令人心悸的枪鸣。人群中传出一声孤零零的尖叫，继而是一两声呻吟，以及一群人突然陷入恐慌时发出的混乱、类似野兽般的呼救声。木桶上的身影消失了，被恐慌的人群所吞没。灯笼被丢弃在地上，遭人踩踏，其中一两个灯笼还爆裂了，喷射出红色的火光。公园内，四处可见奔跑的人影，有的妇女裹着披肩，有的男子衣衫褴褛。在废弃的狗舍旁，蓝灰色的雪地上，一个黑影静静地躺着。而在昔日紫藤花盛开的门廊旁，还有一个身影在轻微地动弹着。

莉莉倚靠着那栋房子旁枯萎的藤蔓，对事态的严重性了然于胸。工厂的守卫们蜷缩在栅栏后自以为安全的地带，朝这群绝望的人群无情地开火。毕竟，艾琳那看似天真的计划，最终不过是一场精心设计的陷阱。

有什么东西猛地击中了她头顶上方的砖墙，发出一阵尖锐的溅落声，一些灰泥碎末掉进了她的头发里。她迅速通过那扇高大的窗户钻回房间，等待着。

小公园此刻显得异常空旷，空旷到让人几乎怀疑，如果不是雪地上残留的余烬和旁边那静止不动、黑漆漆的身影，人们或许会认为未曾有过那群人，未曾有过篝火，也未曾响起过那些惊恐的尖叫。莉莉僵立在窗边，似乎被某种力量束缚。那逐渐消逝的余烬，以及雪地里那一动不动的黑影，似乎有着一种难以抗拒的魔力……

片刻之后，一个人影从狗舍的掩蔽处缓缓爬出，他动作谨慎，身体紧贴地面。他悄无声息地向雪地中的身影靠近，在那里稍作停留，仔细检查那件破旧衣物下是否还有生命的迹象，完全不顾自己正处在守卫的监视之下。枪声再次响起，一声接着一声，那个依旧匍匐前进的人影，向大房子的隐蔽处快速跑去。随着距离的拉近，当他穿越车道时，他已不再是那群人中的一员，而是化身为一个独立的存在。那是克林科。

一秒钟后，他消失在门廊屋顶边缘的下方。莉莉重新躺回到躺椅上，她的身体仍在颤抖，或许是由于寒冷。

外面，黑夜再次笼罩下来，四周再次陷入了一片可怕的寂静之中。探照灯在夜空中不安地来回扫射。屋内也静得出奇，仿佛一切生命都已停滞。唯一能捕捉到的声响，是那种细微、不规律且难以辨识其来源的嘎吱声，这种声音经常在深夜侵扰着这座古老的房子。法国旅行钟敲响了十一下，就在这时，一个全新的声响从莉莉敞开的房门外传来。这个声音与远处那令人毛骨悚然的嘎吱声截然不同，它是一种模糊的刮擦声，宛如有人正试图用钥匙开启锁孔。

51

莉莉坐直了身子，侧耳细听。那声音再次响起，不久后，她听到了一扇门被缓慢且谨慎地开启的声音。莉莉站起身，走向梳妆台，连续拉动了三次铃铛。然而，没有任何回应。她猜想，要么是仆人们都已经睡了，要么是他们因恐惧而不敢应答。最终，她再次拉动了铃铛，但回应她的只有一片寂静。于是，她从梳妆台上拿起了一只手电筒，并从她那装饰精美的书桌抽屉中取出了一把精致的小手枪。这把手枪曾属于她的母亲，其枪柄镶嵌着珍珠母[①]。随后，她轻手轻脚地步入走廊，一直走到楼梯的顶端，俯身趴在栏杆上，用手电筒向下照射。

手电筒的强光穿透了楼下大厅的每一个角落，将那熟悉的雕花柜子、直背椅、水晶吊灯和镜子都映照得熠熠生辉。一切似乎都保持着往日的常态，然而，当目光落在柜子上时，便见到了一个意外的景象：克林科坐在那里，没有戴帽子，身上

① 软体动物贝壳内层的一种有光泽的材料。

披着一件破旧不堪的外套，脸颊一侧缓缓流淌着鲜血。他双手紧抱头部，显露出一种深深的绝望。

他看起来非常虚弱，神志似乎有些恍惚，长时间维持着同一个姿势，甚至都没有注意到大厅突然间被明亮的光线所照亮。终于，他动了动，疲惫地倚靠在墙上，低声说道："我使用了钥匙，艾琳小姐。"

听到这话，莉莉比以往任何时候都更快地冲下楼梯，她那轻盈的步伐在光洁的木地板上飞速掠过，直至她突然停在了他的身边。她弯下腰，轻触他的肩膀。

"我不是艾琳小姐…… 我是莉莉，" 她说，"莉莉…… 艾琳小姐的姐姐。"

克林科用一只手臂擦拭着脸上的血迹。

"那么你不认识我，"他虚弱地说道，"我不是小偷……不是闯进来的。"

莉莉将那把小手枪放在他旁边的柜子上，说道："我认识你，我见过你……你是克林科。"她伸出一只手臂，环绕在他的腋下，"走，这儿不适合你待。客厅里有长沙发，去那儿躺下吧。我去拿些威士忌来。"

那人带着极度疲惫的神情，挣扎着站起身来，靠在她身上。在莉莉手电筒那一小圈白色光亮的引导下，他们穿过光亮的地板，走进了客厅。尽管莉莉个子挺高，克林科却像巨人一样，比她高出许多。

她细心地把他安顿下来，随意地将锦缎靠垫堆放在他沾满血迹的头下，然后走了出去。在她离开时，身后传来一声令人心碎的叹息，宛如一个战败的孩童，抽泣着发出的悲鸣。

过了一会儿，她带着一个盛满清水的白色盆子、一对亚麻枕套和一个小银酒壶返回。不久，他便坐起身来。

自那个下午在工厂大棚中，威廉·哈里森笨拙地摆弄着手表上的红宝石搭扣，最后一次向她求婚以来，这还是她第一次再见到克林科。他变了，看起来更加苍老。岁月在他眼角和唇边留下了细微的痕迹。他那原本粗犷的头颅轮廓也变得更为清晰，增添了几分新的威严。过去那些略显模糊的五官，现在都变得线条刚毅。那英俊的嘴巴、挺拔的鼻子和宽阔高耸的额头，无不流露出坚定。

莉莉一边将亚麻枕套撕成条状，一边仔细地观察着他。

他那卷曲的金发，未被血迹沾污的部分，紧贴在他潮湿的额头上。外套已经撕裂，深色的法兰绒衬衫从领口处裂开，露出他胳膊和肩膀上强健的肌肉。他的皮肤白皙，与莉莉那柔软的肌肤一样苍白。这个男人浑身散发着自由的气息，一种迫切想要摆脱那破旧、污渍斑斑衣物的强烈愿望。

突然，他抬起头，环视四周。他的脸上开始恢复了些许血色。

“百叶窗，”他询问，“都关上了吗？”

“都关上了，”莉莉回答，“你在这里是安全的。”

她已脱掉了那件陈旧的海豹皮大衣，换上了那件绣着紫藤花图案的黑色和服。她坐在他身旁，显得妩媚动人、美丽绝伦。唯一的瑕疵是银色拖鞋的尖端，被融化的雪水浸湿了。和服的领口微微敞开，露出她白皙而柔软的喉咙。克林科此刻正困惑地看着她，仿佛她以一种新奇且难以言表的方式让他感到畏惧。

“我是用艾琳小姐给我的钥匙开门进来的，”他向她解释道，“她告诉我，如果我需要一个藏身之处，就用这把钥匙。”他稍作停顿，又从酒壶中抿了一口。“你看，我在这里很安全，因为这是他们最不可能想到要搜寻我的地方。他们绝不会想到会在一个富人的居所中寻找我。他们不会料到能在一位美国富婆的家中发现我。”

他异常坦诚地抬头望向她，问道：“我想，你也是支持我们的，对吧？”

莉莉将亚麻布浸入盆中，片刻后才回应说：“在此之前，我从未思考过这个问题。我想这并不重要。不过，你不用担心我会怎么做。我宁愿是你而不是警察在这里。”

“如果他们现在抓住我，”他虚弱地继续说，“他们会立即处以绞刑。在魏斯曼法官和其他人面前，我没有一点儿机会。镇上的任何陪审团都会判我死刑。你明白的，公园里发生了谋杀案……双方都有受害者。在篝火旁的那个人……他已经死了。我停下来确认过。我自己没有杀害任何人，但这并不重要。他们要抓的就是我。他们一直在等待这样一个机会。”

他讲英语几乎听不出口音，这要归功于艾琳严格的教学。他说话时字斟句酌，十分谨慎，当然，也没有犯下任何严重的错误。他的举止既不羞涩也不笨拙。那是一种不习惯与女性相处、此前从未与贵妇人交谈过的男人的举止；因为艾琳既不能简单地被称作女性，也不能被称作贵妇。她更像是某种理念的化身。

“你很安全，”莉莉安抚道，“请放宽心。我会亲自确保你的安全。我并不信任警察，也不喜欢哈里森一家，或者魏斯曼法官……他们中的任何一个我都不信任。”她将椅子拉得更近。“现在，请躺下，让我来帮你清理伤口。”

他依言躺下，但很快又坐起身来。“我的头！”他抱怨道，“全是血……会把一切都弄脏的。”他抓起一个枕头。“看，我已经把它弄脏了。上面都是血迹。”

莉莉对他露出一个迷人的微笑，那是一种几乎难以察觉的、神秘的微笑。她的举止仿佛是在招待一位尊贵的客人，一位大使或者一位富有的银行家，似乎她一心只希望他感到舒适、自在。

“没关系，”她轻描淡写地说，“再过几天这些枕头就不会有人用了。你要明白，有时候，这些事情并不重要。现在，请躺下，”她坚定地命令道，“人必须知道何时可以忽略这些小事。这也是懂得生活的一部分。”

克林科低声嘟囔着，尽管如此，他还是轻柔地让自己的庞大身躯重新躺回了沙发上。莉莉弯下腰，首先摘下手指上的戒指，小心翼翼地将它们放在漆桌上，堆成一堆闪烁着光芒的珍宝。随后，他深深地叹了口气，闭上了眼睛，而她则极其轻柔地清洗掉他头发上和脸颊一侧的血迹。她那细腻的白皙手指轻抚过他古铜色的脸庞，接着向下，掠过他喉头由深变浅的肤色分界，再轻轻滑过他肩膀上光滑而强健的肌肉。到最后，她的抚摸中更多地带有女性的温柔关爱，而非护士护理病人时的那种例行照料了。

“伤得不重，”她轻声说道，“子弹只是擦破了点皮。”

她拿起亚麻布条，用同样温柔、爱抚般的手指一圈圈地缠绕在他的头上。不一会儿，她注意到他仍然用一种好奇而尴尬的眼神凝视着她。包扎完头部后，她又清洗并仔细地包扎了他肩膀上那道深深的伤口。

最后，他又坐了起来。他的样子突然发生了变化，蓝色的眼睛变得暗淡，几乎被一层阴霾所覆盖。

“你是个出色的护士。”他说道，随后又从银酒壶中喝了一口酒。

莉莉在房间里走来走去，拾起那些沾染鲜血的布料和那碗鲜红的血水。柔和的灯光在她和服上的银线间跳跃。随着她的步伐，银线闪烁着微光。克林科则一直用一种奇异而敬畏的目光注视着她，仿佛他此前从未见过女性一般。

“真是不可思议，”她过了一会儿开口说道，“我们竟然会以这种方式相遇。你以前都没见过我吧。”

克林科微微动了动，一只强健的手不自然地在另一只手背上摩擦。“我见过你……两次……不，三次。一次是你来工厂的那天，一次是你坐在马车上经过街道的时候，还有一次”——他抬起头——“就在这间屋子里，就在这里。那时你和老板在一起……你们在跳舞。”

莉莉轻声笑了起来，显然她回想起了那件大胆的黄绿色礼服。“我再也不会和他跳舞了。我都怀疑我是否还能再次遇见他。”

克林科满是疑惑地望着她。“但他很富有……难道不是所有富有的女性都会选择嫁给有钱的男性吗？”他带着不解的语气质疑道。

“并非如此，”莉莉回答，“正因为我富有，我才不会选择嫁给他。”此刻，她必定意识到了自己与克林科的世界之间存在着多么巨大的差异。但他仍旧无法理解。

“这并不是嫁给他的理由……嫁给那样的一个可怜的人。”

她坐了下来，将椅子拉得靠近红木沙发，同时露出了笑容。显然，在她眼中，这场冒险既奇异又令人发笑……甚至带有些许的虚幻感。然而她却在颤抖，仿佛被严寒侵袭般，她的笑声中隐约透露出一丝歇斯底里。她向前探身，开始轻柔地抚摸他疼痛的头部。

经过一段长时间的尴尬沉默，她终于开口：“艾琳小姐随时可能回来。”

“是的。”克林科哼了一声。他身上无疑流露出一种粗犷的气质。他的举止笨拙而不灵活；但同时，他的行为中也透露出一种力量感和支配欲，这种特质似乎源自遥远的古代，那时还没有客厅，也没有礼仪手册。他显然具备极强的自制力。面对这位贵妇，他并不像魏斯曼法官和其他地位较低的男性那样阿谀奉承。毕竟，他将她视为与自己平等的存在。他甚至带有一丝傲慢，对她的财富表现出些许轻蔑。

“艾琳小姐，”他稍作停顿后说道，“是一位高尚的女性。您要知道，她将自己的一生都献给了我的同胞。您知道她现在身在何处吗？”他的声音提高了，情绪变得激动。“她在照料那些受伤的人。还有另一位女士，我亲眼见到……她的胳膊中弹了……啊，艾琳小姐，她真是位圣人。您明白的，她可以在平民区的任何地方自由行走，无人敢触碰她分毫。”

他的话语中充满了纯朴的敬仰之情。克林科本质上是伟大的，他的质朴无华令人钦佩。

“她工作很努力，”莉莉回应道，“她工作很努力，除了工作其他什么都不管。所以她这么晚还未归来。”她补充道，她那白皙手腕上的手表显示时间已至午夜。

“今晚她确实有很多工作要做。”克林科附和道。他依旧偷偷地观察着莉莉，目光不时掠过她那裸露的、白皙而优美的颈部曲线。

又是一段令人尴尬的沉默。“您无法想象她做了多少事情，”他过了一会儿继续说，“您不知道平民区的生活是何等模样。您坐在这温暖的屋子里……周围是丝绸、靠垫和美食。您根本无法理解，”他痛苦地说道，“您根本无法理解！”

到目前为止，他们的对话一直断断续续、支离破碎，显得颇为尴尬，仿佛是环境迫使他们不得不说点什么。现在，这位俄国人的声音中首次流露出热情。莉莉静静地坐着，用她那双炽热的大眼睛凝视着他。她仍旧在颤抖。

“或许你会认为我喜欢像你所见的那样，在那个闷热的大棚里日复一日地工作十二个小时。或许你会认为我不想拥有读书、思考的时间。” 这个男人逐渐变得激动。“你不知道…… 你根本不知道…… 然后他们就像对待牲畜一样无情地射杀了我们。”他身体前倾,向莉莉伸出一根坚定的手指。“我从俄国来到这里。我来这里是因为在俄国我无法生存…… 我的父亲…… 我的父亲…… 他被哥萨克人杀害了。我来这里是因为他们告诉我,在美国你可以自由地生活,过上好日子。但他们给了我什么?他们让我在闷热的大棚里日复一日地工作十二个小时。他们让我住在肮脏的房子里。他们说,你不许抱怨。你必须遵从我们的指示。我们不会给你更多的报酬。我们不会让你像人一样生活。你们这些匈牙利人!…… 你们就是垃圾!你们本不必来这里。但不管怎样,他们需要我们。他们派人去俄国,对我们说尽美国的好话,这样我们就会来到这里,因为他们需要工人去工厂…… 需要有人把煤炭等物资送进熔炉…… 好让少数人变得富有。”他双手掩面,痛苦地叹息。“现在他们就像哥萨克人在俄国射杀我父亲一样射杀我们…… 我带着希望和对和平的渴望来到这里…… 结果却像我父亲在俄国那样被射杀!”

在激动的情绪驱使下,他完全忘记了艾琳教他的标准英语。他的蓝色眼睛闪烁着光芒,脸色再次变得苍白。

“不……他们可以逮捕我……他们可以绞死我……随他们去吧!我不会离开……重要的不是美国或者俄国……而是全人类!……基督徒……哼!”他突然向光亮的地板上吐了一口唾沫。突然间,他向后倒去,倚靠在枕头上,虚弱得晕了过去。头上的绷带从受伤的地方滑落,遮住了一只眼睛。

莉莉迅速弯下腰,向他的口中再次倒了一些威士忌,并重新绑紧了绷带。然后她坐下来,用那只颤抖得无法控制的纤细而白皙的手,像往常那样轻柔地揉搓着他强壮的手腕,抚摸着他的额头。她深邃的眼眸中掠过一丝奇异的光芒。

过了一会儿,他叹了口气,抬头望向她。“请原谅我,”他说道,“打扰了您这样尊贵的女士。如果艾琳小姐在就好了。”他忽然闭上双眼。“我曾经历过饥饿,您明白的。在平民区,我们连足够的食物都难以获得。”接着他紧握她的手,带着一种纯真而感激的神情。“请原谅我,您知道的……”他轻声低语。

她静坐不动。她就那样坐在那里,轻柔地抚摸着他的头。“我明白……我理解……你得躺着,别动,保持安静。”她轻声细语。他们就这样静默地待了许久,直到克林科终于睁开眼睛,仰头望向她,脸上带着困惑的神情。“您和艾琳小姐不一样,”他低声说道,“你们真的很不一样……非常不一样。”

对此,她没有回应。她手中的动作悄然停止。一片沉寂包围了他们。“您和艾琳小姐不一样……”

52

时间一分一秒地过去。忽然,一阵喧嚣声刺破了宁静,那是愤怒的敲门声,伴随着一只手摇晃大门的声响。克林科猛然坐起,脸色瞬间变得苍白。两人僵立不动。敲门声持续不断,还夹杂着叫嚣声。

"是警察!"莉莉一边说着一边站起身,"跟我来。带上盆子……还有绷带!"

克林科无助地站在一旁。而莉莉却仿佛突然间洞察先机,迅速而有序地安排着一切,仿佛在敲门声响起的那一刻,她被某种直觉所启发。她迅速将锦缎靠垫翻转,隐藏了沾血的一面,收拾起绷带,然后在前面引路,穿过大厅,步入走廊。一个小时前,亨尼瑞和那个混血女仆还曾在这儿惊恐地蜷缩着。最后,她拐入一间堆满箱子的储藏室。她将他带到角落里一个大箱子前,停了下来。

"你就躲在这里,"她低语道,"他们绝对找不到你的。这个箱子里装满了书。"于是,两人迅速而慌乱地将箱子腾空。克林科爬了进去,蜷缩起来。莉莉开始将书本三四本一叠,一抱一抱地扔进箱子里,直至克林科被埋在了一堆黄色封面的小说之下……有保罗·玛格丽特、马塞尔·普雷沃斯特、保罗·布尔热以及科莱特·威利的小说……这些都是朱莉娅·谢恩"略读"后便弃之不顾的小说。对于坚持严格自律的朱莉娅·谢恩来说,爱情故事实在是太过平淡无奇。

莉莉在走廊上奔跑时,敲门声变得愈发急促,伴随着"喂,里面的人!"和"开门!"的叫喊声,这些声音是粗哑的男低音。奔跑中,她将和服高高系在脖子上。在经过雕花柜子时,她迅速抓起了那把珍珠柄的小手枪。随后,她迅速转动钥匙,打开了门,一手持枪,一手拿着那本黄色封面的《守护天使》,站在门口。

门外,覆盖着积雪的门廊下站着六位身着警察制服的男子。见到门口这位美丽的女子,他们一时愣住了,一声不吭。

"你们有何贵干?"她询问道。

其中一人,一个下巴粗壮的壮汉,向前迈出一步。"我们需要搜查这所房子。我们在找一个人。"

"什么人?"莉莉追问。

"你别管,"那个粗犷的声音回答,"你不认识他,他跟你没关系。他叫克林科。"

"这房子里除了我和仆人,别无他人。"面对门廊下这群咄咄逼人的警察,她的声音略带颤抖。

"那没关系,"那人说,"我们得亲自查看。我们看到他进来了。"

他开始缓缓地向敞开的门靠近。随着他的移动，那把珍珠柄手枪也缓缓地、威胁性地举起，与他那缓慢而傲慢的逼近步伐保持同步。

“你们不能进来。”她以缓慢且坚定的语调说道。她手中的手枪已瞄准了闯入者的胸口。“我已经告诉过你们了，这儿没人。在我看来，你们应该相信一位女士的话。我整个晚上都在这儿，我肯定知道……”她轻轻扬起那本黄色封面的小说。“我一直在看书。这儿除了我自己，没有别人。”

那男子怒吼道：“那并不重要，但我们必须亲自查看。”一阵令人不适的沉默后，他语气坚定地补充道：“我们一定要查看。”

莉莉再次开口时，她的声音中透露出一种新的语调，一种突如其来的坚定，一种不讲理、愤怒且女性特有的固执，这似乎让闯入者感到震惊。

“哦，不，你们不能查看，”她断言，“这是我的家。你们没有权利进入。你们没有搜查令。这是我的家。你们不能进来。”随后，像是突然想到了什么，她又补充说，“连我妹妹都不在这里。我不认识那个克林科。我从未见过他。”

这个男人似乎被难住了。如果站在门口的是一个工人的妻子，一个普通的意大利人或者斯洛伐克人，他无疑会毫不犹豫地将她推开，必要时甚至会开枪射杀她，正如他的同伴们在车道尽头的哈尔斯特德街上对那位波兰老妇人所做的那样。然而，门口的这位女士却不一样。她并非贫穷的外国人。她比他更像美国人。在她身后的阴影中，一面镶银的镜子和一盏水晶吊灯散发着柔和的光芒。她那优雅的身姿裹着一件带银丝的黑白相间的衣服。她的手指上闪耀着戒指的光芒。这一切都象征着财富，而财富即意味着权力。毕竟，这个男人只有一颗警察的心，一颗既粗暴又顺从的心。对他来说，这些象征可能意味着灾祸。此外，这位女士歇斯底里地坚持己见，出奇地无所畏惧……她的勇敢让人感到有些可疑。他既没有将她推开，也没有对她开枪。

“没用的，”她说，“如果你们带着搜查令回来，那么另当别论。但现在，这是我的房子。”

那男人转过身去，开始和他的同伴们低声交谈起来。他显得有些尴尬，就在他说话的时候，门突然被关上并上了锁，将他困在了黑暗之中，使他在这件事上别无选择。那群人愤怒地交谈了一阵，最终垂头丧气地沿着长长的车道离开了。

就这样，莉莉站在了罢工者这一边…… 与小镇为敌，与工厂为敌。此刻，她和她所有的家人站在了一起，和艾琳、已故的朱莉娅·谢恩、哈蒂·托利弗以及她那把厉害的雨伞站在了一起。

53

她静静地站在屋内，侧耳细听，直到靴子踏雪发出的吱嘎声逐渐远去，最终消逝在寂静之中。随后，她沿着幽深的走廊，向大厅走去。她的步伐略显蹒跚，不时需要倚靠墙壁，以获得些许支撑。手电筒的光束在她拖鞋前方投下了一个明亮的移动光圈。在通往储藏室的路上，这光圈似乎拥有魔力，吞噬并遮蔽了沿途的地板纹理。

她推开储藏室的门，走了进去。“现在，一切都安全了，”她轻声自语，“我已经成功地将他们支走了。”

在大箱子内，书籍因剧烈摇晃而颤动。片刻之后，克林科面色苍白、身体颤抖地从书堆中艰难地爬了出来。当他摇摇晃晃地站立，双脚刚刚接触冰冷的地板时，莉莉突然发出一声尖叫，身体不由自主地向前倾倒。克林科迅速反应，稳稳地接住了她。手电筒随之滑落，重重地砸在地板上，玻璃镜片瞬间碎裂，发出清脆而刺耳的噼啪声。整个房间似乎被浓重而柔软的黑暗所吞噬，一切都在这无边的黑暗中缓缓游移。

她没有晕倒。片刻之后，她恢复了意识，努力挺直身体，但她并未离开克林科。她坚定地站在那里，静静地等待着。渐渐地，他有力的双臂以一种仿佛刚从沉睡中缓缓苏醒的男人的朦胧姿态，紧紧地将她拥入怀中。

“没事了，”她声音微弱却坚定地说道，“我救了你。”

他没有回应，只是发出了微弱的呜咽声。他用他那强壮、布满老茧的手轻抚她的头发，试图平息再次控制她的剧烈颤抖。房屋再度沉寂，唯有远处传来幽灵般的吱嘎声，回荡在静谧之中。

也许，他被一种前所未有的、令人窒息的敬畏感所彻底征服……这种敬畏源自某种未知且令人心生畏惧的力量。面对此情此景，他如同一个无助的孩子，显得那么渺小与无力。或许正如艾琳所坚信的那样，他从未真正了解过任何女性，他的心灵纯洁得宛如圣人。若非如此，很难说会发生什么。他站在那儿，把莉莉紧紧搂在怀里，以一种奇特而近乎敬畏的温柔，亲吻着她裸露的白皙脖颈。

他突然察觉到她在低声抽泣……莉莉，这位向来不轻易落泪的女子。那是一种骇人听闻、令人心碎欲绝的声音，仿佛她瞬间领悟到了人生的无尽哀伤。此刻的她好像是孤独地站在一片辽阔而荒芜的平原之上，四周唯有孤寂相伴。

克林科的手与臂膀竟变得异乎寻常地温柔。他轻轻地让自己的脸颊贴上了她洁白的额头，每一个动作都充满了安慰与宠溺。片刻之后，他仿佛被托利弗夫人的指令所驱使，以一种轻松且温柔得不可思议的方式将她抱起，缓缓步出房间，沿着昏暗的走廊前行。她静静地躺在他的臂弯中，抽泣声依旧，那心碎的模样让人无法释怀。

就这样，他抱着她走进宽敞的客厅，将她安置在长沙发的锦缎靠垫中。她的琥珀色发丝略显凌乱，眼眸中闪烁着晶莹的泪光。他则尴尬地伫立在她身旁，言语间显得有些语无伦次，仿佛被一股新的、深邃的情感所淹没。无烟煤的火已经熄灭了，壁炉内只余下一片沉寂的灰烬。他默默地跪在沙发旁，把他那金色的头靠在她的胸前。他们俩都没有说话，莉莉再次轻柔地触摸着他那疲惫的双眼。

时间一分一秒地迅速溜走，仿佛它们不过是清澈的泉水在潺潺流淌，全然没有干涸之虞，又仿佛时间本身微不足道，永恒更是无足轻重。

他们被情感的洪流所淹没，即便是远处钥匙在锁孔中笨拙转动的声响，以及走廊里回荡着的轻盈脚步声，都未能打破这份沉浸。他们似乎对周遭的一切浑然不觉，直到那穿着磨损的灰色西装、头戴破旧的黑色帽子的艾琳，以她瘦削的身影，悄然出现在门口。她的出现，让莉莉和克林科从恍惚中猛然惊醒。艾琳停下脚步，脸色疲惫而苍白，身躯紧绷而颤抖，宛如一位幽灵般存在。直到她发出低沉而痉挛的哭泣声，莉莉和克林科才意识到，她正目不转睛地望着他们。克林科依旧跪在那里，只是挺直了身躯，凝视着艾琳。而莉莉，则是轻轻地、无力地，几乎带着一丝漠然，缓缓转过头去。

艾琳变得狰狞不堪，她的眼中闪烁着愤怒的火焰。当她开口时，那冰冷的声音中透露出一种近乎疯狂、超乎自然的仇恨。

“所以，”她痛苦地低语，“还是发生了！”那顶旧帽子从她手中无力地滑落。她的手指紧紧交缠，仿佛在进行一场无声的扼杀。“我本应预见到的……我应该有所察觉……”随后，她的声音骤然升高，化为一声压抑的尖叫，“你和那些街头的风尘女子有何区别！你注定被诅咒！我曾祈求……我无数次地祈求，但即便是上帝也无法拯救你……他怎会接纳你……你这卑微的存在……你这堕落的风尘女子！……你竟敢破坏我毕生的心血。”她开始歇斯底里地抽泣，“你只用了一夜，就摧毁了我多年的努力。”

克林科缓缓地站起身。他带着困惑的眼神看着艾琳，仿佛自己正置身于一场狂野而诡异的梦境之中。莉莉则静静转过身去，将脸庞深埋于枕头之下，仿佛想要逃避这一切。在他们未曾察觉之际，一位复仇女神悄然降临。

艾琳的哭泣愈发激烈。“我始终明了……从最初那一刻起就心知肚明……关于州长的事……我亲眼目睹他踏入你的房间……唯有上帝知晓，你曾与多少男子纠缠……你已然迷失，深受诅咒，永世沉沦！”她凄厉的哭声，在这沉寂的老宅中，不断回响，久久不散。

莉莉自坐垫上缓缓起身，端坐其间，银色的拖鞋轻轻触地。“艾琳，你在胡言乱语些什么？”她质问道，“你一定是疯了。这一切都是空穴来风……皆是虚无……根本不存在！你一定是疯了！”

确实，在那一刻，艾琳陷入了彻底的疯狂，然而正是这份疯狂赋予了她超乎寻常的洞察力。她猛然冲向莉莉，心中涌动着掐死对方的冲动，但克林科迅速介入，以温柔却坚定的力量将她环抱，仿佛是在拥抱一个愤怒而失控的孩童。

“啊，别对我撒谎，”她哭了，“我不是傻瓜。我看得见。它写在你的眼睛里。你们俩……我知道。我知道！……它在那里！我看到了！”

她在克林科坚实的钳制下奋力抗争，口中喃喃自语：“松开我……你……你和别人无异……不过是一头寻常的野兽，一头肮脏的猪，与其他人如出一辙……一头和所有男人一样的猪，这些年始终对我撒谎。在这个阴暗的夜晚，愿上帝永无止境地诅咒你们，将你们打入地狱的深渊！”

她奋力挣脱束缚，跪倒在克林科的脚边，泪水如疯狂的洪流般汹涌而出，淹没了之前的所有言语。她那张苍白而憔悴的脸庞扭曲变形，稀疏的头发在绝望中散乱无章。她仿佛在一瞬间崩溃，化身为一个被命运遗弃、贫瘠破碎的老妇人。在这场与比自己更为强大的力量——甚至比莉莉和克林科还要强大的力量——的较量中，她终究还是失败了。此刻的她，显得如此无助与可怜。

莉莉无助地坐着，她的眼泪已然干涸。她无意识地转动着手中的戒指，每一个细微的动作都透露出她内心深处的极度痛苦与挣扎。

“你不要介意，”她不久之后说道，“她身体不好。”随后，她缓缓起身，朝妹妹的方向走去。“艾琳，”她轻声呼唤道，“艾琳。”

艾琳颤抖着从她身旁退缩。“别碰我……你这个邪恶的人！别碰我！”她声音单调地哭喊着。

“或许，如果她能够得到休息，”克林科说道，“或许，如果她能够睡一觉。”

艾琳不停地呻吟和摇晃。“他们正在平民区上死去……他们正在平民区上死去……而你们俩在上面，像野兽一样，那么长时间……像野兽！”

莉莉在狭长且昏暗的房间里，开始焦躁不安地来回踱步，仿佛她妹妹的歇斯底里情绪也悄然感染了她。“我无能为力，”她不断低语，“真的没有任何办法……或许，如果我们离开她……”

克林科成功解决了这个难题。他俯身将艾琳抱起，全然不顾她的挣扎和抗议。她尖叫着，泪水夺眶而出。如果不是克林科的臂力足够强大，他的抓握足够牢固，她可能会激烈反抗，甚至抓伤或咬伤他。他随即转向莉莉，询问道："她的床在哪儿?"

他说话时带着一种奇特而贴心的理解。仅仅一个小时，他跟莉莉建立的关系就比他和贞洁又狂热的艾琳在过去十年里所建立的关系更加亲近。

莉莉默默地领路，她走上长长的楼梯，他跟在后面，抱着像受伤动物一样呻吟的艾琳。在放有粉红色镀金圣母像的房间门口，他停下来，好像害怕亵渎它的纯洁。但莉莉大胆地领路，他们一起把妹妹放在狭窄的白色床上。当他们走出去，关上门后，她微弱的呻吟声仍在黑暗的走廊里回荡。

在莉莉自己房间的门口，她停了下来。"等一下。"她说，然后离开他，不一会儿便抱着一条毯子返回。

"拿着这个，"她说，"客厅会冷的。"在所有的混乱中，她没有忘记他的伤口，他的舒适。

克林科微微一笑。"今晚在任何地方都很难入睡。"他轻声说。

"但现在一切都被破坏了……"莉莉回答。

克林科转身默默地走下楼梯。

确实，直至黎明都无人入眠。艾琳与莉莉，二人皆未合眼：一个躺着祈祷与哀泣；另一个则将头深埋于枕头之下，身体紧绷，竭力平息内心狂野的战栗。唯有克林科，沉浸于红木沙发上那污渍斑驳的锦缎靠垫中，享受着一种令人麻痹的深沉睡眠。

由于窗帘被紧紧拉上，没有丝毫光线渗透进来唤醒他，克林科一直沉睡到中午。当他终于从沉睡中苏醒时，他注意到身旁的漆木桌上摆放着一张便条，上面写着：

"在这个世界上，有些事注定是不可能的，命运也不会轻易让步。我相信你能领悟其中的含义。我已经离开了。艾琳也走了。她去了哪里我不知道。或许，这并不关键。重逢之日，或许遥遥无期。这所房子就留给你了，只要你需要，或者你想要，它就是你的避风港。两位黑人仆人已经得到指示。这是属于我的房子，但想到你在这里，我便心生欢喜。我的母亲要是知道你在里面安全地继续领导罢工，也会感到欣慰。这里，是你既能隐匿又能战斗的绝佳地方。愿我的祝福伴你，与你的事业同行。"

便条签署的是莉莉的名字，下面用同样潦草的字迹写着："哦，上帝！我爱你。再见。"

在黎明与白昼交汇的微妙时刻，她悄然进入，轻轻地将一张便条放在他的身边。她无声地穿越他的世界，然后走向了一个他无法知晓的远方，离开时也没有留下只言片语。留下的，只有对她那模糊的记忆和这张简短却充满谜团的便条。这便条虽然沉默不语，却仿佛又道尽了千言万语。

克林科长时间地用他那有力而沉重的手指紧握着那张纸，目光呆滞地凝视着上面闪闪发光的字迹。最终，他从口袋里掏出一支略显破旧的香烟，点燃它，并随手将那张纸片扔进了冰冷的灰烬中，让火焰吞噬了它……“在这个世界上，有些事注定是不可能的……”

他突然站起身，开始在地板上愤怒地踱步，每一步都在那光洁的地板上留下明显的痕迹。如今，已经没有人会在这地板上走过。片刻之后，他陷入了自言自语的状态。“他们与那些人是一样的。一旦疲惫袭来，他们便选择逃避，只因他们拥有金钱这一逃避的筹码。该死的，他们和那些金钱！”

紧接着，他忽然跪倒在沙发前，紧紧攥住一个血迹斑斑的枕头，一遍遍地亲吻着它，仿佛那并不是一块由羽毛填充的锦缎，而是依偎在他怀中他深爱的莉莉。

第九章　莉莉的抉择(54~60)

54

他并未离开这座老房子,而是潜伏下来,暗中策划着罢工的每一步。即便是在亨尼瑞打包特纳先生那幅如火焰般绚烂的《威尼斯》画作与约翰·谢恩那幅俊美却透着邪气的肖像,打算寄往巴黎交给莉莉的时候,他依旧坚守在这座老房子里。自那老宅的幽深处,他不断向罢工者传递着鼓舞与劝勉的信息。最终,罢工以失败告终,他在工厂乃至整个镇上都已失去了立足之地。他在无人知晓的时间悄然离去。

而谢恩城堡所有故事中最了不起的那个,依旧是个秘密。镇上的人对发生在城堡城墙之内的那场最伟大的牺牲一无所知。

55

雷努瓦街的居所,客厅的天花板高挑而狭长,宽敞的窗户直通露台,俯瞰着倾斜的草坪。草坪延伸至高耸的围墙,宛如一道天然屏障,将帕西街的喧闹与尘嚣隔绝。这间客厅与柏树山老宅中封闭的客厅竟有着惊人的相似之处,但这种相似并非因家具雷同,而是两者各有其独特之处。莉莉仅从谢恩城堡带来了两件珍贵的物品——那幅如火焰般绚烂的《威尼斯》画作和她父亲的肖像。特纳先生的杰作,一幅华丽非凡的画作,被精心悬挂在雷努瓦街寓所的黑色大理石壁炉架之上,而约翰·谢恩的肖像,则静静挂于对面的椴木镶板墙上,与一排高大的窗户相映成趣。这种微妙的相似性,难以用言语轻易描述,其根源远非老朱莉娅·谢恩与女儿莉莉之间深厚的情感纽带所能概括,而是源自一种更为深邃、更为微妙的价值观共鸣。

这两个房间的设计全然没有冷漠刻板的痕迹,也不刻意追求博物馆式的年代精确,而是透出几分暖意,更添了些许人情味道。这种独特的韵味,是通过细心挑选与累积每一件蕴含独特美感与个人情怀的物品而逐渐形成的——无论是那细腻的地毯、乌木架上熠熠生辉的水晶与精雕细琢的翡翠、满载智慧的书籍、柔软的靠垫、优雅的椅子、引人入胜的图片、柔和的壁灯、精致的烛台,还是那古老的意大利绸缎,抑或是那些冷冷地映照出美丽女性温暖身姿的镜子,无一不彰显着主人的独特品味与精心布置。即便在这座将品味与美丽视为至高法则的城市中,雷努瓦街的客厅也堪称这些品质的奇迹所在。它的美丽超越了吉贡夫人那些社会地位显赫的朋友们的居所;因为那些女性,作为法国资产阶级的代表,无论拥有多少财富或是聘请多么顶尖的室内设计师,都无法赋予自己那种上天眷顾之人独有的气韵。正因如此,吉贡夫人的客厅成为这些女性竞相羡慕的对象——从西昂夫人到图尔巴伯爵夫人,从马尔尚夫人到神秘莫测的老布莱兹夫人(传说中她年轻时曾是倾国倾城的美人),再到文风古板却同样引人注目的热妮薇芙·马尔布尔,以及那位经常穿梭于保皇派晚宴与时尚犹太人聚会之间,却仍不时造访吉贡夫人府邸以寻求心灵慰藉的富有的甘德公爵夫人。她们纷纷尝试模仿第十号住宅所独有的迷人且宁静的美,却总是难以成功。或许是因为她们在不经意间引入了一个与整体氛围格格不入的鲜艳枕头,两株突兀的橡胶树,或是一件来自第二帝国时期的古怪家具,破坏了那份精心营造的和谐与美感。

这位"美国人"无须付出任何努力或辛劳就轻易超越了她们。实际上,如果莉莉客厅的雅致仅仅依赖于这两点,那它将永远保持着她搬入时的简陋模样。她并不具备努力的能力,若她陷入贫困,或被迫劳作,她的生活便会变得杂乱无章;即便是她的美貌,也会因疏忽打理而显得慵懒与邋遢。是金钱为她筑起了抵御这些不幸的屏障……金钱让她能够步入商店,自信地说:"我要这个、这个,还有这个,全送到我的会客厅去。"金钱让她能够踏入和平街的任何一家沙龙,从容不迫地挑选:"我要这件礼服,这件,还有这件——我全要了。"金钱还让她能够前往理发师奥古斯丁那里,优雅地吩咐:“我要烫发,再做个护肤。”凭借她与生俱来的品味,她从未在选择上犯过错误。

尽管吉贡夫人的朋友们常称呼她为“美国人”,但在他们的心目中,她早已不是外国人。唯有她的懒散与奢华,隐约透露出她并非纯正法国女子的秘密。在她母亲离世后的漫长七年里,莉莉彻底摒弃了任何回归美国的念头。她操着一口流利的法语,发音平滑而优雅,透着一种难以言喻的慵懒韵味。至于她的儿子,尽管身上流淌着美国血液,在英国接受教育,但他的心却更倾向于法国;或者说,他至少不属于美国。他对音乐、绘画乃至诗歌,都展现出非凡的鉴赏力。

“想象一下,”她对艾伦轻声道,“想象一下,他父亲现在变成了什么样子?”

她高高举起一张报纸,上面印有州长的照片——这位州长如今已荣升为参议员。这张报纸是艾伦从美国的报刊中精心挑选出来的。照片中,这位参议员正在底特律向骆驼慈善组织发表演讲。他那优雅的姿态,每一个动作都自然流畅,显得格外引人注目。他佩戴的宽松黑色领巾在微风中轻轻飘动,略显冗长的头发在身后飘扬。他身着的羊驼毛西装微微膨胀,使他看起来更加魁梧。他的肚子轻轻倚靠在装饰着鲜艳旗帜的栏杆上,脸上洋溢着一种熟悉而又古老的微笑,那是一种对观众充满赞赏与鼓励的微笑。在背景中,一个身着华丽服饰、佩戴夹鼻眼镜、面纱随风飘动的方正身影若隐若现,显然是这位参议员的夫人。

尽管莉莉有时会以戏谑的口吻提及州长,但她从未否认过他是吉恩那不安分却充满活力的智慧之源。然而,在她的世界里,特别是在艾伦看来,这些似乎并不那么重要。因为在她们眼中,没有人对这位州长怀有浓厚的兴趣,也没有人急于为他辩护。

踏入她客厅的女性,首先被冠以“吉贡夫人的朋友们”之名。对莉莉而言,尽管她本性纯良,努力地融入她们的世界,但她与她们的关系却始终停留在泛泛之交的层面。尽管她每月与她们频繁相见,但中间似乎总隔着一道难以逾越的鸿沟。这或许是因为性格中那份慵懒,使她不愿刻意展现友谊所需的种种姿态;又或许是在她们资产阶级的矜持与体面之下,隐约察觉到了这位美国人身上流露出的不羁与自由。她们频繁光顾吉贡夫人的“沙龙”,而莉莉也偶尔在她们的沙龙中现身。与喧嚣的舞会相比,她更倾向于参加四至六人的小型晚宴。她对欢乐的渴望,在人群之中,在歌剧院、音乐厅、赛马场得以满足。她总是有吉恩、艾伦或吉贡夫人的陪伴,因此,关于她的任何轻浮之辞都无从谈起。若说莉莉常与男爵同行,那也不过是因为他是吉贡夫人的表亲与守护者。男爵之所以频繁造访她的家,是为了探望吉贡夫人。吉贡夫人因为男爵的关注和慷慨赠予感到荣幸。

然而,若说她待男子比待女子更为热络,却也未必。男人们固然倾慕她——那些来自贵妇沙龙圈的时髦绅士们,时而也会混杂在吉贡夫人客厅里那群衣着过时的波拿巴派老古董中间,他们都是由与“那位美国夫人”过从甚密的友人引荐而来的。他们受到礼数周全的款待,却又无功而返。倘若他们表现出些许过度的热情,莉莉会适时地召唤吉贡夫人或男爵至其身边,从而轻而易举地破解这一局面。这些造访往往无果而终,原因在于莉莉似乎缺乏任何野心。她以一种令人费解的方式感到满足。她本可在诸多领域取得辉煌的成就,毕竟无论她身处何地,她那在法国女性中罕见的华丽美貌,都能轻易地吸引众人的目光。然而,她并无此心;她既已富足,便心满意足。在歌剧院,她虽引人注目,但鲜有人能认出她来,因为几乎无人知晓她的身份。她在其小而朴素的社交圈子非常受到尊敬。她与几乎失明的老吉贡夫人以及可爱的儿子过着平静的生活。甚至有人认为,即便是要放弃第二次婚姻,她也感到满足。因为她性格和善、容貌可爱,所以很多人欣赏她。其中包括男爵的妻子,一个出身于里昂制造商家庭的美丽金发女人,既富有又略显愚钝。

吉贡夫人以两种迥然不同的理由爱着她:既爱她的可亲、善良和慷慨,也因她为自己穷苦一生带来优渥的晚年而爱她——后者虽不够体面,却也同样真挚。吉贡夫人永远不会忘记,是莉莉让她重获尊严,成为一位有价值的女性,尽管她的家族因对拿破仑一世的忠诚而陷入破产的境地。克吕尼博物馆馆长的遗孀——吉贡夫人,日渐消瘦,面容干瘪,其面容在色泽与质感上皆宛如一颗枯萎的石榴。她的爱犬菲菲,早已长眠于塞纳河畔小岛上的狗公墓中,而谢恩夫人则慷慨地为其竖立了一块大理石墓碑,端坐于铜垫之上的菲菲栩栩如生,“宛若生前”。菲菲去世之后,谢恩夫人送给吉贡夫人两只狗,以安慰她可怜的老路易丝:一只是黑棕色的小狗,在形貌上与菲菲酷似,名为克里凯特;另一只则为来自英国的惊喜,一只活泼的黑色苏格兰小猎犬,名曰米修。它们睡在吉贡夫人的房间里,那个房间俯瞰着花园。在路易十六餐厅里,它们也有自己的位置。当家中众人围坐于高烛映照下的长桌旁时,它们亦在此享用美食。这两只小狗,像菲菲一样,由于经常吃到蛋糕,身体逐渐变得丰满,呼吸也变得沉重。

56

这四位——莉莉、吉贡夫人、克里凯特和米修——是十号住宅的常住居民。此外,还有两位不定期的访客,他们时而逗留一周享受假期,时而居住一个月乃至更久。这两位访客也常常去男爵位于热尔米尼公园内的小屋。莉莉每年春秋两季都会在那里度过,而到了夏季,她则会在霍格特①租下一处住所,宛如一位地道的法国女子,悠然自得地生活在小美国侨民区的核心地带。在谢恩夫人的居所中,还住着两位临时住客:她的儿子吉恩以及表亲艾伦·托利弗。他们像候鸟一样来来去去,虽然到达和离开的时间不那么规律,但同样充满活力和喧闹。

艾伦·托利弗,那个曾经留着蓬蓬头、穿着浆硬衬衫②的艾伦·托利弗,如今已蜕变为莉莉·巴尔。人们挤满了音乐厅,只为目睹她的风采,聆听她的琴音;音乐评论家们不禁纷纷对她赞不绝口。她的照片甚至能与伟大作曲家的肖像并列,醒目地刊登在美国报纸的周日特刊上。然而,这一切背后的真相,公众或许永远无从知晓。人们只知道,她是一位才华横溢的钢琴家,以独特的魅力与活力,通过音乐的洪流,触动着每一个听众的心灵。她的过往,对他们而言,是一片未知的迷雾。实际上,少有人知道她是一个美国人。她的名字,或许让人误以为她来自俄罗斯、奥地利、匈牙利或是德国。正是这个名字赋予了她一种难以抗拒的吸引力。倘若她的名字是玛丽·史密斯,出生地在印第安纳州的埃文斯顿小镇,即便她拥有再高的艺术造诣,恐怕也难以赢得公众如此热烈的关注与追捧。莉莉·巴尔深知这一点,所以她巧妙地利用了名字的魔力,为自己的艺术生涯铺就了一条璀璨的道路。她巧妙地向莉莉解释了这一名字转变背后的深意与考量。

"巴尔,"她说,"是我祖父的名字,我完全可以使用。然而,单凭'巴尔'一词不足以引发人们的强烈反响,因此我又增添了'莉莉'。'莉莉',亲爱的,是为了向你表达深深的敬意。如果不是因为你,我可能已经成为一个老处女,以每小时五十美分的价格给工厂职员的女儿们上音乐课。"她不禁放声大笑。"莉莉·巴尔……真是个美妙的名字,你不觉得吗?它适合每一个人。这个名字既适合那些支持美国音乐家的人,也适合那些在品尝家禽肉时,总喜欢搭配一些具有异国风味的欧洲酱料的人。莉莉·巴尔……这个名字,可以象征着无限可能。"

"莉莉·巴尔"这个名字,丝毫未揭示她曾与名叫克拉伦斯·默多克的旅行推销员有过一段颇为世俗的私奔经历。同样,它也未透露克拉伦斯因无法承受与一位充满活力、野心勃勃的妻子共同生活所带来的压力,最终心脏衰竭悄然离世的悲剧。这个名字与她那位因诚实而自毁前程的父亲无关——他在一家工业银行默默度过了中年。同样,这个名字也与她那位母亲无关——为了追随她那些野心勃勃、四处迁徙的子女们,过去五年来她一直在曼哈顿经营房屋出租生意。显然,这是一个充满异国情调的名字。甚至有人推测,她曾受到一位名叫昂沙夫的德国

① 位于卡尔瓦多斯省的海岸线上,是一个受欢迎的海滨度假胜地。

② 指的是经过淀粉处理的衬衫。淀粉处理是一种传统的衣物整理方法,用于使衣物,尤其是衬衫的布料变得硬挺和平滑。这种处理方式可以使衬衫看起来更加整洁、有型,并且保持形状,尤其是在领子和袖口等部位。

男爵的庇护——他们知晓这位男爵的名字及其风流韵事——而她则以惯常的方式回报了他。艾伦并未否认这一传言,因为她深知其背后的价值所在。她深知,那些为音乐会付费的观众,所追求的不仅仅是音乐本身。她以一种莉莉从未想象过的视角,对金钱的力量与意义有着深刻的理解。评论家或许会认为她的演奏只会带来一时的轰动,它甚至接近于某种江湖把戏,对此她从不否认。公众热爱那些懂得利用肢体语言魅力的艺术家,那些以女王般的气质登上音乐会舞台,以满腔热情和如飓风般的扫荡力演绎作品的艺术家。她深谙此道,但这并不意味着她缺乏真诚。在某些场合,她为观众演奏得极为精致,带着敏感艺术家所独有的那份纯粹与美感和同样难以捉摸的激情。这种激情在柏树山客厅的最后一晚,几乎要淹没她的音乐。她是一位聪明的女性,远比莉莉更为聪慧。她在贫穷与失败的泥沼中不断成长,心中唯一的信仰便是成功——一种因世界的愚蠢与矫情而显得愈发艰难的成功。

当然,她坚守了对莉莉的承诺。她不契合任何既定的框架,特别是与镇上的传统模式格格不入。她遵循着自己那无情的法则,这法则完全是基于她对朋友的深切关怀。她拥有独立的思想和坚定的信仰。实际上,她对小镇深恶痛绝,以至于她立下誓言,无论给予多少报酬,她都不会在小镇的舞台上演奏。在外貌上,她与莉莉的母亲,即她的姨婆,有着一种难以言喻的相似之处。她们的面部特征都呈现出一种大胆而深刻的雕刻感。她的脸庞略显狭长,眼睛则闪烁着异样的翠绿光芒。与莉莉表姐那柔和的曲线身材相比,她的身形更显苗条和强健。她行走时带着一种自由流畅的优雅,隐约透露出一种男性的阳刚之气。站在莉莉身旁,她或许显得并不出众;但一旦踏上音乐会的舞台,在璀璨灯光的照耀下,她的美丽便以一种更加鲜明而有力的方式展现出来……她所继承的,正是来自哈蒂·托利弗的那份蓬勃能量。这股能量在她体内肆意流淌,仿佛随时都会迸发而出。她与莉莉属于两个截然不同的世界。她有一种直率和天真的特质,一种源自她的出身背景和家族血统的洒脱,就算是全欧洲所有的宫廷礼仪也可能永远无法将其磨灭。最重要的是,她始终坚持做自己,从不矫揉造作或伪装自己。她深知这一点对于艺术家而言是何等宝贵,因为艺术家从不妥协于世俗的眼光和期待。

57

一九一三年四月的一个傍晚,花园里的树木刚刚萌发新绿,枝叶轻柔如羽。在这法兰西春日气息中,吉贡夫人坐在长客厅门口的椅子上,正逐一与离开她每周四例行沙龙的宾客们道别。由于房子建在倾斜的地势上,客厅位于花园一侧,比雷努瓦街的路面还要低，因此宾客们离开时必须攀登一段长长的楼梯，才能抵达临街的大门。楼梯直通客厅，形成了一道长长的、高耸的景观，一直延伸至一扇门前。这扇门因朴素无华而显得格外引人注目。这座房子的魅力在于，临街的一面仅有一层楼高，只有一扇门和一排高窗，从外面看不出墙内的宽敞与美丽。然而，在面向花园的这一侧，房子展现出壮观的立面，大约三层楼高，由卡昂石[①]建造，并采用了十八世纪的经典设计风格。据说，勒诺特尔本人还参与了房子露台和亭子的规划与设计。那亭子位于不远处，完全被灌木丛遮掩，上方是一顶由悬铃木宽大的绿叶构成的天然华盖。在某种程度上，这座房子背对着外界，将它的美丽隐藏起来，不为偶然路过的行人所见，而是保留给那些通过那扇开向雷努瓦街鹅卵石路面的、朴素无华的门进入的少数人。对外人而言，它呈现的是一副小资产阶级的外观。而对朋友们来说，它展现的是一位十八世纪侯爵夫人的风范。在超过一个半世纪的时间里，这一直影响着其住户的品性。那位富有的巧克力制造商放弃它并搬进耶拿大道上的德国式宫殿的原因，与莉莉·谢恩租下它的原因是一样的。对于一个渴望获得世人对其成功和生活品质认可的人来说，这并非合适的居所，但它却是一个能让人享受宁静甚至隐秘生活的理想之地。它孤零零地矗立在巴黎的中心。

吉贡夫人坐在一把高背椅上，她那瘦小干瘪的身躯深陷于层层软垫之间，双脚搁在一张矮凳上。由于视力逐渐模糊，她开始依赖听觉来感知客人们的到来；而她的耳朵，正如许多视力减退者所经历的那样，变得更加敏锐。

一个体态臃肿、衣着邋遢的女人朝她走了过来。这个女人裹着一身白色装束，头戴一条异常夸张的白色面纱。

“再见，吉贡夫人，”她说，“记得周五来我家，别忘了。亲王也会出席。”

吉贡夫人并未仔细观察这位白衣女士，而是向后退了退。“哦，是你啊，埃洛伊丝…… 好的，周五我会去的。不过你离开得挺早的。”

“不早，”这位白衣女士（她是一位伯爵夫人，收藏了一批精美的铠甲）回答道，“不早，之前已经有人先离开了。我要去圣日耳曼大道那边赴宴。”

吉贡夫人轻轻一笑。“是和你的犹太朋友们一起吗？”

“没错，路程有些远。”

“听说她的大女儿要嫁给一个富有的美国人…… 家财万贯。一个叫布卢门撒尔的美国人。”

“对…… 是个非常不错的绅士，而且只有上帝才知道他有多有钱。”

---

① 一种浅黄灰色的石灰岩，因产于法国诺曼底的卡昂城（Caen）而得名。

“嗯，钱可是个好东西…… 是一切的基础，埃洛伊丝。”

“是的…… 再见…… 那就周五见吧。要是谢恩夫人愿意来的话，也请她一同前往。”

然后这位体态丰满的白衣女士费力地沿着那长长的、擦得锃亮的楼梯向那扇朴素的大门走去。

吉贡夫人将米修拥入怀中，开始轻抚它的耳朵。她向后倚靠，侧耳倾听。大多数宾客已经散去。她用灵敏的耳朵在脑海中描绘出当前的场景。在远处的角落，一个尖锐而暴躁的声音响起，那是西翁夫人的声音。老妇人仿佛看到了她，她身材肥胖，染着一头黑发，圆润的面庞上精心涂抹着化妆品，试图掩盖岁月的痕迹。她是一位俄国女性，嫁给了一位法国外交官…… 无疑她也是一位波拿巴主义者。她以翻译美国小说为乐，同时也补贴一下在讷伊[①]的家用。然而，她并不缺钱，因为她那如猪蹄般肥厚的手指上戴满了戒指，身上披着的貂皮大衣也是上等货色。

在昏暗的房间里，一个男人的声音愤怒而粗鲁地响起。那是马尔尚上尉，他与妻子的关系并不融洽。西翁夫人似乎没有意识到这一点，竟然安排他们俩一同坐在桥牌桌前。西翁夫人对桥牌的热爱无人能及……她对桥牌的痴迷到了极致，每当输牌时，她的反应就像恶魔一般狂躁。对她而言，输掉五法郎就如同失去一条腿那样痛苦。桥牌，真是个奇特的游戏……它似乎能让每个人的脾气都变得暴躁。它与皮克牌[②]截然不同，后者总能带来愉悦的体验。

“两张黑桃！”西翁夫人宣布道。

“过！”……“过！”……“过！”

餐厅里传来两个人的争执声，一个声音尖锐而高亢，带有老年人特有的刺耳感，而另一个则低沉温和，似乎在试图安抚对方。这声音穿透客厅中持续的嘈杂，飘进了吉贡夫人的耳中。那是布莱兹夫人和“艾伦小姐”的朋友施奈德曼。布莱兹夫人，一位上了年纪的加斯科涅人，声音尖锐且爱斥责，但不知为何，她的这种特质却别有一番趣味，能给人带来活力……或许她的思维有些异于常人，但她精力依旧充沛，周身带着几分神秘——那种处于荒诞半癫的幻想世界之人特有的诡谲气质。布莱兹夫人身材高挑而消瘦，一头曾经染过的红发（实际上十年前已经变白）上，戴着一顶老式的紫色帽子，帽子上装饰着紫色的羽毛。她将帽子高高地戴在头上，那是八十年代流行的戴法。吉贡夫人知道这位夫人此刻正在享用点

---

① 法国最富裕的市镇之一，以其高档的住宅区、豪华的别墅和现代化的公寓而闻名。这里居住着许多法国的上流社会人士、政要、富商以及外国使领馆人员等，是法国社会精英阶层的聚居地之一。

② 一种两人玩的纸牌游戏，起源于十六世纪的法国。

心……吃啊……吃啊……吃啊……仿佛她在家中经常饿着自己似的。可她偏偏很富有。

“哦，你显然不如我这般了解德国人！”那个尖锐的声音反驳道，“我年轻有为的朋友啊！我告诉你，我曾与他们共同生活过。我甚至还为政府效力过。他们无所不能。你等着瞧吧……”

紧接着，施奈德曼那温和而略带笑意的声音响起。“啊……”他轻声说道，“或许……或许如此。但我认为战争已不再可能发生。”

“然而，”布莱兹夫人依旧坚持己见，“终有一日，你也会像其他人一样被征召入伍的。”

58

施奈德曼，阿尔萨斯本地人，拥有犹太血统，出身于一个富裕家庭。他的家族在图勒[①]、南锡[②]，甚至巴黎周边地区都拥有钢铁厂，同时在圣康坦[③]和拉巴塞[④]附近经营煤矿。施奈德曼身材魁梧，外貌英俊，皮肤黝黑……他散发出一种冷酷而性感的魅力，这是典型的犹太人之美。他偶尔会与“艾伦小姐”一同演奏大提琴，他们偏爱被称作“现代”的音乐风格，与奥芬巴赫和古诺作品的优美旋律和美感截然不同。

“艾伦小姐”的声音在餐厅里加入了那两人的谈话。“战争！…… 战争！……胡说！不可能有什么战争的。下个演出季我还得在柏林和慕尼黑演出呢。”她的声音里透着十足的自信，仿佛她真的相信战争根本不敢来干扰她即将取得的更加惊人的成功。布莱兹夫人用嘲讽的笑声回应了她。

“哎，你们这些年轻人…… 你们这些年轻人。你们对战争和政治了解多少？我可是经历过战争，经历过革命的，你们明白吗？我对这些事情了如指掌。我可是老古董了。”

这位老妇人正以她那极其荒诞的口吻说着话。她习惯这样说话，仿佛她比所有人都更聪明。就像吉贡夫人说的，她在这方面有点自以为是。

“我知道…… 我知道，”她继续以一种极为不祥的口吻喃喃自语，直到一块格外大的玛德琳蛋糕让她闭了嘴。

“你说多少来着…… 八法郎？”这是西翁夫人在结算她打桥牌输掉的钱时那

① 位于法国东北部的一座城市，是洛林大区默尔特 - 摩泽尔省的一个副省会。
② 位于法国东北部的一座城市，是洛林大区默尔特 - 摩泽尔省的省会。
③ 位于法国北部的一座城市，属于皮卡第大区埃纳省。
④ 位于法国北部诺尔省的一个市镇，属于里尔欧洲都会区。

烦躁的声音。

“八法郎，”马尔尚上尉粗鲁地回答，“我已经告诉你了，八法郎。”紧接着是那位俄国女人手上众多金手镯的叮当声，她将那只丰腴的、满是珠宝的手伸进一个小钱包，艰难地取出那珍贵的八法郎。“我今天运气糟透了……真是背到家了，”她仍旧用那烦躁的语调说道，“一张好牌都没摸到。没有好牌怎么赢呢？上周我可是赢了……”她开始絮絮叨叨地讲述过去的辉煌战绩，而马尔尚上尉则把椅子在地板上拖得嘎吱作响，显得十分不耐烦。

随后，布莱兹夫人的声音响起，她在向吉贡夫人告别。

“那就周二见，路易丝。我等你来。”

“周二见。”吉贡夫人应声道。

“如果谢恩夫人有意前来，那就请她一同前来。但请勿邀请‘托利弗小姐’。我实在无法忍受她那美国式的举止。”这位老妇人弯下腰，她那细小的手提包随着她那瘦弱身躯的颤抖而摇晃。“那个施奈德曼！”她轻蔑地评论，“他真是个傻瓜！我年轻时所认识的那些男士，他们对革命和政治充满热情……而非音乐。音乐！哼！”为了表达她的不屑，她向光滑的地板啐了一口……随后她发出嘶嘶声，大步走上那漫长的、光线昏暗的楼梯，每走一步，她的靴子都吱吱作响。

紧接着是最后几位宾客离开时的混乱告别。西翁夫人从一旁走过时，她的心情因输牌而显得不悦。

“周五见，吉贡夫人。”她说道，“我丈夫从巴尔干半岛归来，带回了满腹的新闻。”

“我猜是关于战争的吧…… 周五见，夫人。”

“还有，告诉谢恩夫人，我们也盼着她能来呢。”

接下来是马尔尚上尉及其夫人，他们的心情同样不佳，原因在于两人关系紧张。马尔尚夫人负责组织周一的活动，并邀请了这位老妇人，同时建议她带上谢恩夫人。她的邀请方式与其他人的含蓄方式如出一辙：“如果谢恩夫人愿意参加，就请她一同前来。”

最后，除了莉莉以她特有的模糊和懒散方式所称的“自家人”，便再无他人。这群人包括了老吉贡夫人、艾伦·托利弗、吉恩、莉莉本人以及男爵。

当金发的小个子马尔尚上尉带着趾高气扬的步伐离开时，他鞋上的马刺发出清脆的响声。随着那声音在逐渐昏暗的长楼梯尽头消逝，吉恩像一只幼小的动物般敏捷地跳起，奔向艾伦和施奈德曼。此前，他一直蜷缩在自己的小角落里埋头阅读。

“嗨！快来呀……是时候演奏音乐了！”他一边喊着一边紧紧抓住艾伦的手。艾伦则努力地抵抗着他的年轻活力，而施奈德曼看到他如此热情，不禁露出了微笑。艾伦挣扎着，挺直了她那结实而苗条的身躯，假装用力地抵抗。

“我一个音都不会弹，”她回答道，“除非我们说英语。我不想再费力说那种侍者腔的法语了。”

这是她常提的要求，因为她法语说得并不好，虽说她非常努力，但口音实在难听，似乎根本没希望改进了。她的英语带着美国中西部那种拖长的腔调。她把“dog”说成“dawg”，把“water”说成“watter”。

吉恩的外貌酷似他的母亲。他的发色与母亲相同，都是红色，但质地较为粗糙，偏向橘红色。他的鼻子短而挺直，给人一种积极向上、充满活力的感觉。以他的年龄来看，他算是个高挑的少年，身材结实而修长，预示着他将来可能会拥有州长那样的魁梧体魄。他身上散发出一种难以抑制的、喧闹的活力，这让莉莉感到难以捉摸。今天，他身着圣西尔骑兵学校学员的制服。男爵——吉恩的监护人，曾是一名胸甲骑兵——建议他接受骑兵训练。他告诉莉莉：“如果他不喜欢，随时可以放弃。”但就目前来看，吉恩似乎对此颇有兴趣。他对战争的向往，与布莱兹夫人对战争的信念同样坚定。

“来吧，内尔[①]，”他呼唤道，“我的好表姐，和我一起演奏那首四重奏的曲子吧。”

吉贡夫人带着米修和克里凯特(这两只小狗摇摆着尾巴，友好地跟随在她身后)，悄悄地溜回自己的房间并锁上了门，以避开艾伦、施奈德曼和吉恩演奏他们所谓的“现代音乐”时发出的那些令人不悦的声音。

莉莉和男爵藏身于两扇宏伟窗户之间的一张长沙发后，窥视着那三位喧闹的乐手。接近中年的莉莉，她的美丽似乎达到了顶峰。一些人可能更偏爱她年轻时的容颜，那时的她更加清新、柔和、纯真。然而，也有人认为提香画作[②]中那些丰满的女性才是美的典范，而莉莉如今正拥有这样的美。她身着一件宽松且风格独特的黑色茶会礼服，高领环绕着她的脖颈，衬托出她象牙般略带绿意的肤色和铜红色的秀发。她斜倚在坐垫上，带着一种胜利者般的、充满占有欲的神态凝视着吉恩。每当儿子在她身边时，这种神态便悄然潜入她那双深邃的眼眸，情感之强烈，几乎令人感到悲怆。

男爵露出了微笑，只是那笑容被他脸上两撇刚劲的黑髭掩去了几分。那是法

① 对艾伦的昵称。

② 指的是由意大利文艺复兴后期威尼斯画派代表画家提香·韦切利奥创作的一系列绘画作品。

国军人特有的髭须——修长浓密却不修边幅，毫无柔顺可言，反倒硬挺粗粝，充满活力。他是一位肤色黝黑、身材精瘦的法国人，双手强健而略显神经质，一双乌黑发亮的眼睛很容易因愤怒而变得阴沉。他比莉莉年长四到五岁，但看起来却显得年轻。实际上，他年轻而肌肉发达的体态，散发着拉丁血统男性特有的刚毅与勇猛。

每当他看向艾伦时，目光总是严厉得几乎带有敌意。他们之间的相处并不融洽。即便是向来冷漠且不太关注细节的莉莉，也必定注意到了他们两种强势性格之间潜伏的冲突。他似乎对艾伦的任性以及她那男性化的简约着装感到不悦。然而这天晚上，艾伦的状态极佳。她不再像莉莉那样精心打理自己的深色头发。她将头发从高高的额头直直地往后梳，梳理得非常整洁，并在后颈那线条优美、结实有力的部位挽成一个低低的发髻。吉恩用尽全力将她拉到钢琴旁，两人吵闹着坐了下来。男孩在乐谱中翻找着，而艾伦则在那光可鉴人的象牙色琴键上弹奏出一连串令人惊叹、细腻而灵动的华彩乐段和如瀑布般倾泻而下的音符。施奈德曼被这两位的狂热劲儿稍微挤到了后面，他拉过一把椅子，静静地等待，直到轮到他翻乐谱的时刻。

在这些准备工作进行期间，莉莉和男爵轻手轻脚地站起，穿过一扇宏伟的窗户，登上露台，随后步入花园。莉莉坦率地表示，她实在无法忍受这种新潮的音乐。

“我听不懂，”她向表弟坦白，“也不觉得它悦耳。我必须承认，我无法欣赏它。我不明白你和吉恩能从中感受到什么。可能是因为我老了。你和吉恩是同龄人。我太老了，无法接受新事物。”这是她首次笑得不那么友好、热情。笑声中透露出一丝难以察觉但确实存在的苦涩。

此刻，在花园柔和的春日暮色中，她与男爵沿着整洁的砾石小径漫步，直至走到将花园与帕西街隔开的围墙边。他们在一张石凳上坐下，沉默不语，享受着这份宁静。随着夜色渐浓，他们起身，继续无目的地缓缓踱步，直至在金链花树的阴影下，男爵突然将她拥入怀中，长时间、热烈地吻了她。夜幕完全降临后，他们走向被灌木丛遮掩的亭子，那里是吉恩放假回家时的住所。

花园内静谧无声，仿佛连时间都停滞了。即便是墙外街道上的喧嚣声，也随着夜幕的降临而消散。远处塞纳河上，隐约传来圣克卢汽船的汽笛声，而透过那扇高大的窗户，斯特拉文斯基那狂野、野蛮的音乐和弦的零星片段飘了进来。

59

日复一日,莉莉依旧享受着轻松愉快的生活。她的日子总是充满了各种各样的消遣活动,总是洋溢着欢乐,总是人来人往。然而,在某些时刻——确切地说,似乎是从她母亲去世后,她从美国回来的那刻起——她会突然感到悲伤,然后回到自己的房间。仿佛某个微不足道的细节,一个词、一个手势或是一种语调,就触发了她一连串隐秘的回忆。她常常整日闭门不出,拒绝与任何人相见,独自在窗边躺椅前那张镀金桌子上吃午餐和晚餐。

这些突如其来的忧郁情绪让艾伦感到不安,她以严肃的态度向吉贡夫人提及这些状况:"她过去从不这样。我真的无法理解是什么让她如此烦心。"

吉贡夫人认为无须过度担忧。"的确,"她表示,"她过去从未有过这样的表现。但或许她只是感到疲倦了。你看,她年纪越来越大,亲爱的艾伦小姐。随着年龄的增长,我们都会开始珍惜独处和宁静的时光。这有助于我们反思人生。你可能还不太理解这一点,因为你还年轻。但终有一天,你会有所领悟。当你年纪更大一些,你会开始思考这一切的意义所在……(人生这场战斗究竟是为了什么)。"

"或许如此,"艾伦坚定地耸了耸肩回应道,"我确信这与她母亲无关。当然,也有可能是艾琳的缘故。"

于是,她们又开始讨论起艾琳的事情来。自艾琳还是个小女孩时起,吉贡夫人就再也没有见过她了。当话题转向她那些古怪的行为时,吉贡夫人摇着她那颗苍老的头颅,目光迷茫地凝视着前方。

"那样的人生真是令人惋惜……"她总是这样评论,"一生就这样白白浪费了。你明白的,她曾经是个漂亮的小女孩…… 她本可以拥有婚姻的。"

当她们提及艾琳时,就好像她已经不在人世了。的确,对她们来说……对艾伦、对吉贡夫人而言,她仿佛永远地消失了。或许她们的直觉是对的,这种直觉源自女性聚在一起时,对人类行为怪异之处的本能感知。也许艾琳真的已经离世……也许从某个夜晚起,她对人性的最后一点信念被彻底摧毁。确实,她已经与这个世界渐行渐远,将她的信念完全托付给了上帝,仿佛她已经死去,正徘徊在炼狱之中。

"她向来有些与众不同。"艾伦总是这样评论。

接着,吉贡夫人似乎意识到自己在沉溺于亵渎神明的想法,便虔诚地补充:

"但她是个善良的女人,她的一生都致力于行善和祈祷。"

她的语气似乎在努力说服自己，好像她并不完全相信自己所说的每一个字。

而莉莉始终坚守着自己的秘密。显然，她已不再年轻。这可能让她感到些许沮丧，因为在她看来，美丽与青春是所有事情的起点和终点。然而，她的忧郁情绪实际上与一件更为具体、更易察觉的事物相关。这些情绪在一定程度上与一个珐琅小盒有关。在那个盒子里，她珍藏着一叠越来越厚的剪报，这些剪报均来自艾伦带到第十号房子的美国报纸。

当她独自一人在房间时，便会打开那个盒子，反复阅读那些剪报。一遍又一遍，直到剪报的边缘磨损，字迹因频繁触摸而变得模糊。这些剪报与一位名叫克林科的劳工领袖的职业生涯紧密相关。令人好奇的是，这样一位人物竟能吸引谢恩夫人的极大兴趣。这些剪报详细记录了克林科的职业轨迹。每当罢工浪潮席卷而来，克林科似乎总是身处其中。通过这些剪报，我们可以看到他参与的斗争正逐步走向胜利。工会的影响力在各个钢铁城镇逐渐扩大，从一个城镇蔓延至另一个城镇。在他的领导下，尽管斗争中伴随着暴力、死亡、火灾等悲剧，但他的道路始终坚定地朝着一个目标前进。他正逐渐赢得胜利。毫无疑问，他的影响力是巨大的。他的影响力之大，以至于主流报纸都开始发表社论，猛烈抨击他及其倡导的事业。他们给他贴上了“无政府主义者”“外来破坏者”“伟大美利坚民族的祸害”等标签，而最常用的称呼则是“繁荣与不可剥夺财产权的威胁”。

莉莉把那个珐琅盒子锁在她写字台的一个抽屉里。从来没有人见过它。在她去世之前，也不会有人见到。它已经在那儿放了七年了。

在一次情绪低落之后的清晨，恰逢吉恩来访后不久，雷努瓦街这所房子的宁静被外界的喧嚣所打破。

莉莉坐在花园里阳光灿烂的露台上，享受着一份姗姗来迟的早餐，包括巧克力和涂有黄油的面包卷。艾伦坐在她对面，习惯于早起的她，在表姐还在梦乡时便开始进行一些剧烈的锻炼。这天清晨，她前往布洛涅森林骑马。艾伦自幼在祖父老雅各布·巴尔的指导下学会了骑术。她骑马技艺娴熟，展现出与马匹共同成长的人所特有的风度和技巧。而她的朋友施奈德曼则喜欢在这些宁静的早晨陪伴她一同出行。艾伦自己养了一匹马，因为从长远来看，这样做更加经济实惠。正如她所言：“我绝不会让一分钱轻易溜走。”

她身着一套贴身的黑色骑马装，搭配着白色领巾和一顶低顶圆礼帽。骑马鞭横置于她那结实且修长的膝盖上。她一边抽着烟，一边注视着莉莉贪婪地享用着众多的面包卷，以及一大碗浓稠的巧克力。

她们之间的桌上摆放着早晨收到的信件。在艾伦那一小摞信件中，有三四封来自努力奋斗的音乐系学生,他们向她寻求帮助或建议;还有一封是来自一位经理的信,邀请她就一次美国巡演进行面谈;此外,还有一张来自出版商迪朗的账单。而莉莉的那摞信件则截然不同,清一色全是账单:来自科蒂香水店、沃斯服装店、花店老板亨利、理发师奥古斯丁、浪凡女装……没完没了,不计其数。在这堆信件的最底部,有一封律师的信,通知莉莉"老古板"威廉·贝恩斯已经去世,现在由他们接手莉莉在城里资产的管理事宜。

她将那封信从头至尾细读了两遍,如此专注以至于巧克力都冷却了,她不得不让人再送一杯热的来,并且又要了一些热面包卷。读完信后,她倚靠在柳条椅上,整个人被睡袍上的丝绸、蕾丝褶边以及淡色的小蝴蝶结所包裹。

"你知道吗,艾伦?"她说道,"我现在太有钱了,以至于不知道该如何处理这些钱财。"

艾伦突然放下手中的信,轻轻弹去香烟上的烟灰。

"有很多途径可以使用这些钱。"她用信封轻拍着自己修长的大腿,"今天早上我就收到了两封求助信……是两个音乐系的学生写来的。天晓得我自己都没什么闲钱。剩下的钱我都寄给妈妈了。这次又是为了什么?他们希望你投资金矿还是油井?"

"都不是,"莉莉回答,"是城里的产业让我越来越有钱了。信是福尔松和吉恩斯寄来的……我猜是在你离开之后他们才开始接手的。他们是律师,负责管理我和艾琳的房产。他们希望我出售我们所剩的房产。"

艾伦沉思地撅起嘴唇。"他们开价多少?"

"五十多万。他们说最多能出到六十万。"

她轻轻地吹了声口哨。"那就卖了吧…… 卖了吧。那些老房子根本不值那么多钱。"

"问题不在房子上,"莉莉解释道,"他们想要的是那块地。那些房子已经不值得修缮了。哎,大多数房子还是父亲在世时建造的。律师暗示说小镇认为那些房子有损形象,称它们是小镇的污点。"

"看来小镇确实变了。"艾伦说。

"人口数量翻了一番,"莉莉说道,"导致住房紧张。去年夏天,为了容纳来工厂工作的人员,不得不搭起了帐篷。连帕克大街的居民都开始出租房间。商会呼吁他们这样做,激发了他们的自豪感,让他们意识到不应阻碍城市的快速发展。城市的发展速度之快……"

艾伦打断了她:"我明白……我明白……十年间,我们已经跻身州内最大城市之列。嗯，但这些钱都进了你的口袋。你没什么可抱怨的。”

巧克力和面包卷被端了上来，莉莉又开始享用起来。

“真不明白你怎么能吃这么多还能保持身材。”艾伦说。

“按摩，”莉莉回答，“按摩……还有，幸运的是，不久之后我就可以随心所欲地吃东西，想胖成什么样就胖成什么样了。再过十五年，我就成了老太婆，那时我做什么都不重要了。”她的话语中再次流露出淡淡的苦涩，难以捉摸却又真实存在。

“真搞不懂你怎么吃这么多还能保持身材。”艾伦说。

“你打算出售房产，艾琳是什么态度？”艾伦询问道。

“律师表示她也有出售的意向。你清楚的，我已经有好几年没收到她的消息了。她目前在法国，正如你所知。”

“在法国！”艾伦惊讶地挑起了眉毛。

“没错，在利雪[①]。”

“我认为你应该去看看她。”

“即便我去了，她也不会见我。我又何必自找没趣呢？”

60

艾伦轻轻用马鞭敲打着自己的腿，一时间两人都陷入了沉默。“我必须承认，她总是让人捉摸不透。我从未真正理解过她。你记得小时候吗？她那双淡色的眼睛凝视着你时，总是让人感到不安……”

“我明白。”莉莉回应道。她稍作停顿，然后继续说：“你知道吗，他们一直想要买下柏树山。天晓得他们尝试了多少次。甚至在妈妈去世前，他们就已经对那里虎视眈眈了。但那块地是属于我的，艾琳没有份儿。”

“我猜是因为那些工厂吧。”

“不，这次不是。是小镇想要那块地。”她边说边给另一个面包卷抹上黄油，“他们计划在那里建一个新火车站……一个联合车站，你知道的，三条铁路线共用的那种。那里建车站再合适不过了。而且每次他们提出的价钱都在上涨。现在他们来信说这是最后一次出价了。如果我不卖，他们就要采取法律手段强制征收了。”

在莉莉讲这番话的时候，艾伦·托利弗的面部表情经历了显著的转变。她那原本漠不关心的神态逐渐褪去，取而代之的是一种严峻的神情。她那精致的下巴

① 法国诺曼底大区卡尔瓦多斯省的一座市镇，位于该省东部。

紧绷,原本坚定的嘴唇也微微地紧闭。或许是在莉莉的话语中,她表妹的思绪被带回到了一连串的往事——那些因自尊心受损而带来的痛苦,因无助而遭受的贫穷与屈辱,那些高高在上地谈论"可怜的艾伦·托利弗"的女性和年轻女孩们,她父亲的挫败与失望,魏斯曼法官的不公与腐败,以及她母亲为了保持尊严所进行的无尽而痛苦的斗争。正如那些性格坚强的人偶尔会表现出的那样,她那机智的面容瞬间透露出了她整个人生的缩影,她的人生观。她曾与克拉伦斯·默多克私奔,"就是为了向小镇上的人证明"。她之所以能够成名并取得成功,是因为在她内心深处,她始终坚定地想要向小镇的人展示,他们在她的生活中是多么微不足道,她对他们又是多么不屑一顾。一直以来,这个念头——比其他任何念头都要强烈——推动着她不断前行。而现在,出现了一个新的机遇,可能是最好的机遇,可以给小镇上的人制造障碍,挫败他们最珍视的愿望。这是一个阻止他们为了炫耀财富、繁荣和规模而进行新的浮夸行为的机会。

"似乎,"她高声宣称,"'规模庞大'成了某种值得夸耀的事情。让他们尽管去尝试强制征收吧,莉莉。我怀疑他们能否成功。无论如何,为了给他们点颜色看看,你也得保留那片土地。这可是展示你力量的绝佳机会。"她急切地探身越过桌子,用马鞭敲击桌面以强调自己的话。"你和我一样厌恶那个地方。哎,现在的那个小镇早已不是我们童年记忆中的模样。如今的它,不过是堆砌在污秽与煤灰之上的另一处废墟罢了。莉莉,你母亲和我祖父所热爱的那个小镇,已不复存在。那时的小镇是一个宜人的地方,人们生活宁静祥和,养着马和狗,彼此和睦相处。但现在,一切都被那些可恶的污染工厂所掩埋,被一堆烂泥和腐败所吞噬,魏斯曼法官那帮人却高高在上,作威作福。"她站起身来,蓝色的眼睛里闪烁着怒火。"连这里的人也变了。他们变得喧闹、粗鲁、低俗。该死的！我讨厌他们所有人!"她用马鞭狠狠地抽打了一下桌子。"别卖。你并不缺钱。那片土地对你来说不算什么……即使他们出价一百万也别卖!"随后,她恶狠狠地笑了起来。"这才是最精彩的部分。你持有那片土地的时间越长,他们就得付给你更多的钱。他们越繁荣,建立一个新火车站的成本就越高。现在,权力在你手中。难道你没意识到金钱所蕴含的力量吗?……仅仅是拥有一样东西就能衍生出的那种力量?"

莉莉似乎对这突如其来的激情爆发感到意外。她在柳条椅上倚靠了片刻,沉思地凝视着她的表妹。最终,她开口说道:"我真没料到你会对这件事有如此强烈的感受。妈妈以前也是这般感受。我想我待在那个地方的时间还不够长,因此尚未达到真正厌恶它的地步。"

艾伦再次激动地打断了她的话:"如果你在那儿的时间和我一样长,你肯定也会对它深恶痛绝。"

"我是一有机会就逃离了那个地方。"莉莉继续说道,稍作停顿后又补充,"而且,妈妈留下了一封信,嘱咐我要守护柏树山。她对那个小镇始终抱有同样的感受。"

艾伦依旧坚持己见,她俯身在桌子上向表姐靠近,马鞭从她的手中滑落,掉在了砾石铺成的露台上。"答应我,莉莉…… 请答应我你不会卖掉它。这是个反击的机会…… 答应我!"

莉莉对生意上的事情并不太关心,因此她答应了表妹的请求。或许是表妹那番激烈的言辞让她感到震惊,以至于她一时找不到反驳的理由。当然,她自己也有她的理由……一些与那个珐琅盒子里已经磨损的剪报有关的隐秘缘由。

"我会留着它的,"她回答道,"让他们等着吧,等到地狱都结冰了再说。而且,你说的这个主意确实挺有意思的。我会卖掉其他的房产,然后把钱拿去投资。"

艾伦苦笑着打断了她的话:"你知道吗? 有趣的是,一直以来都是他们在往你口袋里塞钱。这就是其中的讽刺之处。在某种程度上,这种蓬勃发展和繁荣也帮到了我。如果你没有那么富有,我想我也不会取得现在的成功。"

莉莉懒洋洋地喝完了最后一口巧克力。"我从来没有从这个角度想过。这个想法确实挺有趣的。"

艾伦满意了。她将信件收好,走进屋子换衣服。不一会儿,她便坐在特纳先生那幅如火焰般绚烂的《威尼斯》画作之下,满怀激情地投入音乐创作之中。悦耳的旋律充满了整个房间,甚至溢出室外,流淌至花园。此刻,花园中首批娇艳的鸢尾花正绽放着它们的美丽。

第十章　布莱兹夫人的秘密（61~68）

61

楼上，莉莉经过两个小时的精心梳妆打扮，终于踏入了吉贡夫人的房间。在这座充满优雅氛围的宅邸中，这间屋子显得格外突兀。房间的四壁被书架所覆盖，角落里则堆满了哥特式圣徒和圣女的残破雕像碎片，这些是已故且鲜为人知的吉贡先生——曾是克吕尼博物馆馆长——留下的唯一遗产。房间中央摆放着一张铺着深红色粗绒布的桌子，桌面上绣满了精致的花纹，上面杂乱无章地摆放着墨水瓶、钢笔以及各种书写工具。褪色的锦缎碎片装饰着其他墙壁，唯有门对面的那面墙例外，那里挂着一幅巨大的拿破仑一世的版画，其下方是一幅小拿破仑的肖像，画中的小拿破仑蓄着威风的髭须，身着皇袍，尽显荣耀。温特哈尔特所作的欧仁妮皇后的版画则挂在洗脸池上方，尽管莉莉已经安装了最精致的美式卫浴设备，吉贡夫人仍旧偏爱使用这个洗脸池。

吉贡夫人宛如一位慈祥的老巫婆，蜷缩在她那张狭窄的床铺中，被窝里温暖而舒适。床脚边，在一片灿烂的阳光下，克里凯特和米修亲密无间地依偎在一起，肚子里都装满了烤面包卷和热腾腾的巧克力。

莉莉走进了房间。她穿着一身简约的套装，头戴一顶时尚的帽子，整个人看起来清新脱俗、光彩照人。她们开始互相问候。

“您今天早上感觉如何，路易丝姨妈？”她向老妇人询问。

“感觉不太好……真的不太好。我昨晚睡得不好。我的髋部疼痛得厉害。”

莉莉缓步走向床边，轻柔地握住老妇人的手，一边仔细地为她把脉，一边轻抚着她的手背。

“您所需要的一切都准备好了吗？”她关切地询问。

“嗯…… 都准备好了。”吉贡夫人稍作停顿，用一种带着忧郁的眼神凝望着莉莉，“我一直在思考，我是多么幸运。”

莉莉的脸上绽放出微笑。

“我的意思是，我没有沦落到贫困潦倒、孤苦无依的境地。你一直对我关怀备至。”

莉莉的笑容变得更加灿烂，她开心地笑了起来。“别这么说…… 这也给我带来了许多快乐……”

“一切仿佛都天意。”老妇人满怀虔诚地说道。

“或许吧。”莉莉回应道，“艾伦小姐却总是跟我说事在人为。”

由于吉贡夫人刚才并未听到露台上的对话，因此她感到有些困惑。她内心对艾伦小姐表现出的不敬态度感到不悦。

“艾伦小姐今天早上的演奏真是美妙动听……简直是天籁之音。”吉贡夫人赞叹道，“她是一位艺术家……一位真正的艺术家。你能帮我个忙吗？”

莉莉点了点头。

“能否请她弹奏一些奥芬巴赫的曲子？我一直想听。”她显得虚弱且令人同情，自从艾伦小姐和成年后的吉恩到来后，她发现自己所处的生活过于喧嚣，这让她感到有些茫然失措。

“当然可以。”莉莉回应道。

“还有一件事。”吉贡夫人开口道，“这件事我必须拜托你……我病得太重，今天下午无法前往布莱兹夫人那里。我希望你能替我向她解释我为什么没去。告诉她，我病得非常严重。”莉莉的眉头轻轻一蹙，但吉贡夫人视力不佳，未能察觉莉莉的微表情。她继续说道：“布莱兹夫人非常钦佩你……她认为你就是女性应有的典范……一个完美的女性。”

如果莉莉之前还存在一丝丝的犹豫，那么这番轻描淡写的奉承话便彻底让她打消了疑虑。她回应道：“我肯定会去的。我打算外出吃午饭，稍后会去拜访她，向她解释一切。”

“别耽搁太久……她很容易发脾气。”吉贡夫人提醒道，“你清楚的，她有些……”她做了一个滑稽的手势，暗示布莱兹夫人有些不同寻常。

接着，莉莉为吉贡夫人朗读了福雷的《艺术史》。尽管莉莉感到些许乏味，但吉贡夫人却从中获得了极大的愉悦。随后，莉莉便起身去赴她那神秘的午餐约会。莉莉离开后不久，楼下响起了《地狱中的奥菲欧》序曲那清亮悦耳的旋律。艾伦在客厅壁橱的一堆旧乐谱中翻出了整首曲子的乐谱，此刻她正满怀喜悦地弹奏着。有时，那音乐在欢快激昂的节奏中甚至显得有些喧闹。这是一位胜利者的演奏。

62

尽管布莱兹夫人可能确实如吉贡夫人所言对莉莉怀有钦佩之情，但她的性格古怪，以至于这一点难以确认。她从未通过任何公开的举动，甚至未曾通过一句简单的赞美来表达过这种情感。有些女性表达爱意的方式颇为独特，她们可能通过尖锐的批评来表达对所爱或所钦佩对象的深情。她们可能会对所爱之人喋喋不休，贬低自己孩子的魅力，或是严厉指责最亲近朋友的行为。如果这种反向表达情感的理论站得住脚，那么我们或许可以说布莱兹夫人确实钦佩莉莉。实际上，从她的行为来看，似乎她对这位年轻女子抱有深厚的情感。

这位老妇人通常不会主动与莉莉交谈，但每当莉莉出于礼貌询问她的健康状况或夏日计划时，这位老妇人便会感到受宠若惊，脸上绽放出如八月骄阳般温暖的笑容。然而，在面对吉贡夫人时，她却会毫不留情地批评莉莉。她指责莉莉懒惰，缺乏抱负，并认为莉莉浪费了生命，任由自己的美貌消逝而未曾加以利用。实际上，莉莉的容颜依旧年轻，但布莱兹夫人对此坚信不疑。听她如此描述，旁人可能会误以为莉莉是个毫无魅力的老妇人。

“我对这些事情了如指掌，”她凑近吉贡夫人，推心置腹地说道，“我当年也是一个美人儿……声名远扬的美人儿。”她回忆起昔日的辉煌，不自觉地挺直了腰板，还偷偷地朝最近的镜子瞥了一眼。尽管如此，她从未向莉莉提起过这些往事。莉莉虽然已步入中年，但依旧保持着相对年轻的姿态，这似乎让这位老妇人既感到敬畏，又怀有一种近乎崇拜的情感。

“她何苦要流连于这些老妇人之间？”她会质疑，“莫非她连半点生气都没有……半点生活的兴致都提不起？但凡她能学得托利弗小姐三分神采也好。那位即便是匀些精气神给她，自己也照样光彩照人。”

对于这一切,吉贡夫人只有一个答案,而且她习惯反复念叨这个答案:“谢恩夫人很满足。这难道还不够吗?在这世上,我们还能奢求什么呢?”

布莱兹夫人这种没完没了、吹毛求疵的关注就这么持续着。尽管她会避开莉莉,但却忍不住要谈论她。而吉贡夫人坚信布莱兹夫人有点精神错乱,所以从不会把这些事告诉莉莉。

布莱兹夫人身上散发着一种神秘的气息,与那些患有妄想症的人相似。她的言行难以捉摸,让人难以分辨她何时在吐露真言,何时在编织谎言…… 甚至无法对她做出明确的评价:“布莱兹夫人就是这样的一个人。她既吝啬又慷慨,既怀有敌意又友善。”她的个性让人难以捉摸。她时常突发奇想,行为难以预测。此外,她还沉浸在自己的世界中,这个世界与她朋友们所处的现实世界——充斥着店主、食物、洗衣、家务等日常琐事——截然不同。她的世界里住着各种古怪生灵。她坚信自己依旧保持着迷人的风姿,即便面对镜子,也无法改变她的信念。她带着挑衅的语气宣称自己曾在欧洲政治舞台上扮演过关键角色,暗示自己是那些能名留青史、影响国王命运的女性之一;但她究竟做过什么,或是在何时所为,无人能够明确。可悲的是,她的言论并未得到人们的认真对待。当人们提及她时,言语间总透着几分戏谑,不自觉地使用吉贡夫人惯常比画的那个滑稽手势,暗示她这位朋友脑子不太灵光。尽管如此,大家对她依旧友好。没有人会让她感受到,大家普遍将她的言论视为生动的幻想。实际上,正是她的这种脆弱,让她在朋友中占据了优势。人们都对她宽容以待。面对她的侮辱,大家都能保持冷静,和颜悦色地接受。

当她开始叙述那些冗长的故事时,听众们总是面带微笑,装作饶有兴趣,纷纷赞叹:“真是太精彩了!谁能料到呢?”或者带着虚假的异议说:“但是,亲爱的布莱兹夫人,您现在依旧风韵犹存。”她听后总是兴高采烈地回家,为自己的身材保持得当和肤色依旧年轻而自豪,尽管偶尔需要借助一些胭脂来掩饰岁月的痕迹。她的快乐总是那么明显,从她那布满岁月痕迹的脸上每一道皱纹中都能读出。

关于布莱兹夫人,流传着各种各样的奇谈怪论,都是些极其荒谬、难以置信的故事。比如,有人说她在她那个时代就已经名声大噪,甚至有传言称她曾是这个或那个政客的情妇。实际上,一些最离奇的故事正是布莱兹夫人自己悄悄散播的。但没有人真正了解她的年轻时代;尽管人们津津乐道地传播这些故事,但其实没有人真正相信它们。

吉贡夫人沙龙的常客们,那些资深的贵妇们,都清楚地记得大约二十年前,一位来自马赛的商人遗孀——布莱兹夫人,带着她的财富和尊严来到了巴黎。她那时心智健全，只是过分偏爱神秘感。一位备受尊敬的波拿巴主义者，马尔尚上尉的叔叔，为她提供了担保。很快，她便融入了这个尊贵的社交圈。她开设了自己的沙龙，一切运作得井井有条。时至今日，她已被这个圈子接纳如此之久，以至于她仿佛自始至终都是这个紧凑有序、谨言慎行的小圈子的一部分。她是一位显赫的人物。布莱兹夫人？哦，当然，每个人都认识布莱兹夫人……一直如此。她的过去很快便被遗忘在历史的迷雾中，而布莱兹夫人，这位可能拥有最浪漫和刺激经历的女性，发现自己竟然成为这个异常单调、乏味的社会群体中的一员。

关于这位老妇人，莉莉所了解的仅限于此。实际上，她可能了解得更少，因为她善良的本性和宽容的淡漠早已消磨了她对他人的好奇心。那个周二的下午，莉莉拜访布莱兹夫人，主要是为了让吉贡夫人高兴，因为她没有其他的约会安排，而且她已经习惯了帮助朋友们。她甚至可能预感到这次拜访会让布莱兹夫人感到愉快。她一如既往地迟到了（莉莉从来都不可能准时），午饭拖延了很长时间，还在和平街的商店里尽情地逛了一大圈，花费了不少工夫。

布莱兹夫人的居所位于帕西，被古树和未经修剪的高高的灌木丛所掩映，形成一个隐蔽的小院落。从特罗卡德罗出发，步行仅需五分钟即可抵达。这个小院与相邻的两栋房屋共用一堵围墙，但那两栋房屋显得较为简朴，它们保持着一定的距离，恭敬地与布莱兹夫人的豪宅相隔。布莱兹夫人的住宅是一栋木结构建筑，风格仿照瑞士小木屋，装饰有精致的雕花阳台和奇特的装饰品，夸张地模仿了卢塞恩[①]山区某个牧童小屋的风格。小院的围墙设有一个入口，夜晚时分，会用一扇沉重的铁门锁闭。莉莉在此下了出租马车，在穿过大门时，偶遇了正准备离开的西翁夫人和马尔尚夫妇。

“你迟到了。”西翁夫人一边说，一边用她那双绿色的小眼睛审视着莉莉的装扮。

“我一直在赶路。”莉莉解释道，“被工作上的事情耽搁了。”

马尔尚上尉和他的妻子严肃地鞠了一躬。

“所有人都已经离开了。”西翁夫人说道，并停顿了一下，似乎对莉莉接下来的行动感到好奇。

“嗯，我必须进去了…… 吉贡夫人病得很重，无法前来。她让我代她向大家致意。”

西翁夫人面露喜色。“希望她早日康复。”

① 瑞士中部的一座重要城市，位于卢塞恩湖的北岸，是瑞士著名的旅游胜地，拥有众多历史文化遗迹、美丽的自然风光以及特色建筑等，比如卡佩尔廊桥、狮子纪念碑等。

“会的。”莉莉说，“只是夫人年事已高……”然后她礼貌地补充道：“她告诉我西翁先生从巴尔干半岛回来了。”

“没错。他满脑子都是战争和阴谋诡计。你周四一定要来我家。他还提起过你。”

莉莉微笑着。“请代我向他问好。我觉得他非常有趣。”她突然转身。“但我现在必须赶紧进去了。迟到这么久真是太失礼了。周四见。”

西翁夫人伸手轻触她的胳膊。“布莱兹夫人一直期待着你的到来。她一直在询问你的消息。”

“她真体贴。”莉莉礼貌地回应，同时继续向前走去。

“周四见。”西翁夫人说道，当莉莉匆匆走进小院时，这位俄国女人转过身，望着她的背影，那双绿色的小眼睛里闪烁着饶有兴趣的光芒，其中夹杂着一丝恶意和嫉妒。众所周知，西翁先生对谢恩夫人颇为欣赏。

当莉莉消失在环绕房屋的茂密灌木丛后，西翁夫人咂了咂嘴，穿过大门来到街上，准备去乘坐电车。她又输给了马尔尚夫妇，所以正打算要节约开支。

63

在入口处，一个肥胖的布列塔尼[①]女仆迎接了莉莉，并引领她穿过一条昏暗的走廊，接着走上了一段光线微弱的楼梯。灯光如此微弱，以至于莉莉几乎无法辨认周围的任何装饰。对于访客而言，这里宛如一条幽暗的地道。在楼梯的转角处，她不得不紧贴墙壁，以便让两位她未曾于吉贡夫人沙龙中遇见的陌生人通过。抵达楼上后，她又被带领着穿过另一条走廊。这条走廊里悬挂着一盏造型如圣杯的灯，煤气火焰在一只红色玻璃球内燃烧，而玻璃球则通过摩尔风格的链条从低矮的天花板上垂吊下来。走廊内陈列着琳琅满目的家具和装饰品，包括青铜饰品、中式风格的小摆件、各种尺寸且镶有巨大镀金边框的画作、雨伞、披风、椅子、枕头等，应有尽有。走廊尽头，女仆推开了一个宽敞的四方形房间的门，并默默地示意莉莉看向坐在温暖炭火前的布莱兹夫人。莉莉步入房间，而身后的女仆则轻轻关上了门。

布莱兹夫人坐在椅子边缘，身着一件由某种厚重的黑色面料制成的传统长袍，宛如一只栖息在墙上的乌鸦。在炉火的红光映照下，她那涂了胭脂的脸颊和唇部，以及那头浓密且染成红色的秀发，显得格外怪异，几乎不似凡间之人。她似乎并未察觉到莉莉的到来，直到莉莉走近并呼唤：“布莱兹夫人！”她这才抬起

① 法国的一个大区，位于法国西北部的布列塔尼半岛，在英吉利海峡和比斯开湾之间。

头来。

“啊！”老妇人突然惊叫一声，仿佛从梦中惊醒。“原来是你。”

莉莉面带微笑，一脸歉意地解释道，自己因为生意上的事情耽搁了。她解释了吉贡夫人身体不适的情况。总之，她表现得既迷人又亲切，但话语中似乎缺少了些真诚。

“的确，”布莱兹夫人说道，“吉贡夫人确实上了年纪。”语气中似乎隐含着“比我老多了”的意味。

“我不会逗留太久的。”莉莉说着，在炉火对面的一把椅子上坐了下来。

“嗯，我也是这么想的。”

接着，一阵静默降临，布莱兹夫人似乎再次沉入了她的梦境。莉莉摘下手套，整理好帽子，开始仔细观察这个房间。这是一间令人叹为观止的居室，阴影重重，摆放着一些难以形容、形状各异的物品，它们仿佛在昏暗的煤气灯光下无声地舞动。慢慢地，这些物品的轮廓逐渐变得清晰。屋内摆满了各式各样的桌椅和靠垫，它们风格迥异，跨越了不同的时代。家具填满了整个房间，几乎无处落脚。靠近壁炉的地方，一张红漆桌子格外引人注目，它的工艺精细，上面摆放着茶歇后留下的物品——一个巧克力壶、一个茶炊，以及装着三明治和蛋糕的盘子。灯光已经熄灭，茶水也已冷却。厚重的锦缎窗帘已拉上，将黄昏的光线挡在窗外。然而，这个房间最引人注目的特色还是那些画作。它们挂满了每一个可以想象的角落，有的嵌在镀金青铜、玳瑁或乌木制成的小相框中，有的倚靠在墙上，还有的倚靠在壁炉上方的镜子上。从那些夸张的姿态和豪放的神态来看，一些画作描绘的是女演员和歌剧演唱家。从题材的浮夸程度来看，其他一些显然是政客的肖像。有穿着撑裙的女士和留着胡须或飘逸髭须的男士的画像。有些是已经褪色磨损的照片，还有些是从杂志上剪下的素描或版画。还有至少半打油画肖像，水平高低不一。

莉莉细致地观察了这个房间好一会儿。终于，布莱兹夫人打破了沉默：“我很高兴其他人已经离开了。他们让我感到极度厌烦——那种难以用言语表达的厌烦。”她在椅子上轻轻前倾。“你得明白，我这一生过得相当精彩。而那些其他人……”她生硬地做了一个轻蔑的手势。“他们对生活又知道多少呢？他们就像笼中松鼠，不停地转啊转……永远困在那个小圈子里。周围总是那些单调乏味的人。”

莉莉温和地笑了笑。在这柔和的灯光映照下，她显得格外迷人。“我理解。”她回应道，语气中透露出对老妇人的宽容。

布莱兹夫人突然起身。“哎呀，我竟然忘记了……请原谅我这么久才想起来问你。你想要喝点茶还是来点巧克力？”

“不用了，谢谢。”莉莉回答，“我得注意保持身材。”

布莱兹夫人重新坐下。“我很高兴你能来……”她稍作停顿，然后补充道，“特别是独自一人来。”她那修剪得整整齐齐的刘海下，眉头轻轻皱起。“你得知道…… 我认为我们俩之间有些相似之处…… 你和我。”

莉莉依旧舒适地坐着。“我确信我们有！”她说，这仅仅是为了附和她的同伴。

“并非你所想象的那种相似。”布莱兹夫人目光如炬地凝视着她，语气坚定地说道，“完全不是你所想象的那样。我所指的，并非我们共同拥有的青春。我要谈论的是与青春无关的某些特质。我指的是爱的能力。”她在说这些话时，脸上流露出一种难以捉摸的神情。尽管她的行为举止显得有些古怪，但在那神秘的外表之下，不时显露出一种高贵的风范，一种难以言表的独特气质。这在她转头的瞬间、一个手势、一种语调中得以体现…… 实际上，这些都不是非常具体的事物，而是一种转瞬即逝的错觉。

莉莉的目光在房间里游移不定，从这幅画瞥向那幅画，偶尔在那些引起她好奇的奇异藏品上稍作逗留。布莱兹夫人再次陷入长时间的沉默时，莉莉打破了寂静：

“可是，在这些画作中，怎么唯独缺少了您的肖像呢？”

“没有。”老妇人简洁地回答，“我稍后会向你解释这一点。”她没有停顿，紧接着继续说：“你肯定有过情人吧。”莉莉被这突如其来的提问弄得有些惊愕，在椅子上不安地挪动了一下。这时，布莱兹夫人举手示意她安静。“哦，我知道。我并不是要责怪你。实际上，我对此是持赞同态度的，你得明白。美丽的女性生来就是为了这个。”她的眼中闪烁着一种狡黠的智慧。

“别以为我什么都不知道。确实，有人认为我疯了。但我并未失去理智。是他们疯了，因此他们才会认为我疯癫。我心里有数。你目前正与某人交往……他是吉贡夫人的表亲。”她目光锐利地盯着莉莉，而莉莉因老妇人这番出人意料的话语而脸色苍白。她显得十分惊恐，甚至没有出声否认。

“我全都看在眼里。”布莱兹夫人继续说道，语气再亲昵不过了。“我了解这些事情。我知道一个眼神所代表的含义…… 一个手势，一句无意间说出的话。亲爱的，你并不像你本应表现的那样谨慎、那样小心。别害怕。我不会透露任何事。我不会背叛你的。”她伸出手，自信满满地轻拍莉莉的手。“你看，我们是同一类人。我们是同盟。我们必须与其他那些女人抗争…… 比如西翁夫人。你要明白，她是个狡猾的女人。”

此刻，莉莉的舒适感荡然无存，她扫了一眼手腕上的手表，起身走向壁炉，试图寻找逃脱的机会。显然，面对布莱兹夫人的问题，她已经乱了方寸，不知如何回答是好。

“你还不能走。”老妇人继续说道，“我还有许多事情要告诉你。”她沉思地抿了抿干瘪的嘴唇，头微微倾斜。“我年轻时，和你很像。你看，我的头发依旧保持着当年的色泽。人们都注意到了，还称赞这颜色保持得多么好。哦，是的，许多人对我这么说。没有什么比保持美丽更为重要的了。”说到这儿，她带着一种原始的得意劲儿，近乎狂野地轻声笑了起来。

64

她持续不断地向莉莉倾诉了数小时。每当莉莉表现出想要离开的迹象时，布莱兹夫人就会用她那高挑瘦削的身躯挡在莉莉与门之间。即便莉莉试图插话，也难以找到机会，因为布莱兹夫人的话语从未停歇，仿佛多年来的沉默和内心深处的言辞，此刻如洪水般滔滔不绝地涌出。燃烧的煤炭使得房间闷热难耐。莉莉感到头痛欲裂，脸色也越来越苍白。若非她天性温和，她可能早已用力推开老妇人，冲到外面呼吸新鲜空气去了。然而，她实际上一直在期待布莱兹夫人能结束谈话，期待有人能进来打断她……或许是女仆……任何人都可以。她已经无法集中注意力听布莱兹夫人在说些什么了。那些断断续续传入她耳中的言语，无非是这位精神失常的老妇人那冗长乏味、令人厌烦的唠叨。为了打破这单调的氛围，莉莉拿起壁炉架上的画作，开始仔细观赏。在一次短暂的停顿中，她评论道：“您的画作非常有趣，布莱兹夫人。等我有空闲时，真希望能再次来访，好好欣赏每一幅。”

“哦，确实如此，”老妇人回应道，“的确如此。那些男士们…… 你得明白，他们并非全都是我的情人。但你知道，只要我轻轻一招手，他们中的任何一个都可能成为我的情人。”

“这位，”莉莉拿起一幅画像，画中是一位体格健硕的男士，蓄着龙骑兵式的胡须。“他确实很有趣。”

“对，对。他来自西班牙…… 是一位贵族，非常有贵族气质。可惜他已经去世了…… 真是令人感慨，他们中许多人都已经离世了！”

突然，布莱兹夫人的目光被她同伴身上一种极为显著的变化所吸引。这种变化太过明显，以至于老妇人真的停下了脚步，开始仔细端详起谢恩夫人的面容。

莉莉手中紧握着一张泛黄且污迹斑斑的小照片，照片中是一位身着黑色外套的男士，他的目光如刀锋般锐利，额头宽阔，浓密的黑胡子覆盖着脸庞。照片一角印有七十年代著名摄影师的戳记，这位摄影师在全景画廊拥有一家照相馆。那是一张英俊且充满魅力的脸庞，带着一种狂热的气质，能瞬间吸引旁人的目光。毫无疑问，莉莉手中的这张照片与朱莉娅·谢恩临终时留给女儿的那张是成对的。照片上写着："致夜之女王，来自她的爱尔兰骑士。"字迹已经褪色，几乎难以辨认。

"你认为这位先生特别有趣吗？"布莱兹夫人带着难以掩饰的好奇问道。

莉莉沉默了片刻，没有立即回答。她聚精会神地审视着照片，在煤气灯的微光下反复翻看。

"是的，"她最终轻声回答，声音低沉，"他是谁？"

布莱兹夫人挺直了背脊。"他是一位绅士…… 极具魅力，"她说道，"他对我非常倾慕…… 真的非常倾慕。那题词？那是我们之间的一个小玩笑。他满脑子的奇思妙想和幽默感（真是个淘气包…… 像个孩子）。我已经记不清那个玩笑的具体内容了…… 他因为一些不愉快的事情被迫离开了这个国家…… 我也离开了一段时间。"话音刚落，她的眼睛又微微眯起，目光中流露出一丝神秘，仿佛在唤起那些浪漫而迷人的往昔。莉莉仍旧紧握着那张照片，无力地坐了下来。

至关重要的是，老照片具有唤醒尘封记忆的魔力。这种力量可能源自它们的逼真性，甚至可以说是一种残酷的写实。那些我们试图遗忘并且在时间的阴影中成功隐匿的记忆，只要照片依旧存在，它们就会永远被封存于其中……头部微倾的姿态，手势中不经意流露的矫饰，举手投足的风度，眉宇间的倨傲，穿衣的癖好……所有这些细节都被定格在一张可能还不到手掌大小的纸片上。

那张题为"致夜之女王"的照片无疑勾起了许多被遗忘的往事……关于约翰·谢恩暴戾的脾气与古怪的温柔，关于他与高傲的妻子之间激烈的争执，关于他对体弱多病的艾琳的轻蔑与对光彩照人的莉莉的赞赏，关于千百件虽已远去却仍记忆犹新的旧事。

莉莉沉思着，静静地坐着，而布莱兹夫人则不停地、激动地谈论着，话题跳跃性极强，从人物闲聊到轶事分享，再到建议和警告的交替。莉莉几乎没怎么听进去。当她稍微回过神来，便开口道："这位绅士引起了我的兴趣。我真心希望您能多告诉我一些关于他的事情。"

然而，布莱兹夫人失望地摇了摇头。"很多事情我已经想不起了。"她说道，

“人的记性会衰退，真是可怕。你明白吗？”她的脸上再次浮现出那种几乎疯狂的自信表情。“我甚至忘记了他叫什么名字。他在题词中是如何称呼自己的？”

她从莉莉手中接过照片，举至灯光下，手臂伸直，眯起眼睛以便更清晰地观察。“啊，对了，”她说道，“爱尔兰骑士……那是他的绰号。我记不起他的真名了，尽管我相信他肯定有一个名字。”她稍作停顿，似乎在沉思，努力回忆那些已经从记忆中消逝的细节。“他的父亲是爱尔兰人，你知道的……真是奇怪，我就是想不起他的名字。”她就这样絮絮叨叨，随意回答着莉莉的问题，将答案混杂在一堆混乱的哲学思考和扭曲的叙述中。尽管如此，她那神秘的气质和略带高贵的举止依旧存在。莉莉带着浓厚的好奇心注视着她，似乎仍旧相信这个古怪的老妇人也曾有过年轻、神秘且美丽的时光。然而，关于照片中的那位绅士，她所了解的信息寥寥无几。布莱兹夫人无法集中精神清晰地讲述这件事。莉莉只得知那位绅士因一场决斗出了问题，误杀了一位亲戚……可能是表亲，之后被迫离开了这个国家。她记不清了。他亦涉足政治。这也是他流亡的一个原因。布莱兹夫人认为他曾经回来过一次，但她不记得他回来的目的了。

总之，情况毫无转机。莉莉将照片重新摆放在高高的壁炉架上，轻轻拍了拍鼻子上的粉，戴上了手套。就在布莱兹夫人的话语连绵不绝之际，莉莉找到了一个开口的机会。

“我真要告辞了，布莱兹夫人。已经叨扰了这么久。这次的拜访非常有趣。”

她站起身，开始向门口缓缓后退，仿佛担心再次引发老妇人的长篇大论。她小心翼翼地准备告辞，悄无声息地向门口移动；然而，她还没到达那个装饰精美的音乐盒旁，布莱兹夫人便察觉到了她的意图，迅速起身，用她那瘦削的手紧紧握住了莉莉的胳膊。

“等等！”她急切地喊道，“还有一件东西我必须拿给你看……就这一件。很快的。”

尽管莉莉耐心地轻声抗议，但她还是默许了。布莱兹夫人像螃蟹一样横着匆匆忙忙地走向房间的一个阴暗角落，穿过一扇门后，消失了一小会儿。她回来时，手中握着两幅覆盖着灰尘的油画。每幅画都镶嵌在厚重的镀金边框中，这两幅画对于这位老妇人来说显然相当沉重。她的举止中透露出一种神秘的气息。她带着一种自得的微笑，从她刚才坐的椅子上拿起一条红色丝绸手帕，轻柔地拂去了两幅画表面的灰尘。在这个过程中，她始终将画背对着莉莉。最后，她突然挺直了她那瘦弱的身躯，厉声说道：“现在，看吧！”

莉莉弯下腰，借助炉火的光芒仔细观察了这两幅画作的细节。两幅画均描绘了一位女性，画风尽管略显生硬，还是秉承了安格尔流畅笔触和精湛技艺的传统。不过，作为一位资深鉴赏家，莉莉无疑能够辨识出两者间的微妙差异。这些画作的技巧精湛到几乎令人难以置信，若非如此，它们几乎可以被称作天才之作。显而易见，两幅画中的模特是同一人。在一幅画中，她头戴一顶巨大的下垂式帽子，微微倾斜至一只眼睛上方；而在另一幅画里，她则佩戴着一顶带有野蛮风格的王冠，身着拜占庭式的华丽长袍。

布莱兹夫人站在一旁，摆出一副伟大艺术品收藏家展示珍宝的架势。"它们真是美极了，不是吗？"她说道，"太令人赞叹了！你明白的，我对这些艺术品颇有研究。多年来，我未曾向任何人展示过这两幅画作。我拿给你看是因为我知道你对这些有所了解。我曾拜访过你的家，见过你那些精美的收藏品。你看，这两幅画中摆姿势的都是同一位女性……一幅名为《戴帽子的女孩》…… 另一幅名为《拜占庭女皇》。正是狄奥多拉[①]，你可能知道，她生来就是一名女奴。"

65

莉莉似乎完全没有留意到她的言语。她将一幅画置于膝上，正专注地端详着。她时而将画作贴近，时而又将其推远。布莱兹夫人站在一旁，带着自豪的目光审视着自己的杰作。看到莉莉对这两幅画作展现出浓厚的兴趣，她脸上洋溢着满足的微笑。

"我在想，"过了一会儿，老妇人开口道，"你是否察觉到了我所注意到的细节。"

莉莉一时沉醉于对这两幅画作的欣赏之中，未能立即回应。最终，她抬起头来。"您是指画中的女性与我相像吗？您也注意到了这一点？"

布莱兹夫人展现出一种神秘莫测的神情。"没错，"她说道，"从我第一次见到你那一刻起，我就一直知道。但我从未向他人透露过半点。这个秘密，我始终为你守口如瓶。"说着，她摊开那双瘦骨嶙峋的手，脸上洋溢着满足、自豪，甚至带有一丝得意的微笑。

相似之处显而易见。实际上，仔细观察后，简直令人震惊。画中的人物可能就是十年前的莉莉，那时她尚未变得那么丰满。这位拜占庭女皇拥有一头柔软的古铜色头发，白皙中透着绿意的肌肤，以及那娇艳欲滴的红唇，与莉莉如出一辙。

"这就像年轻时候的我。"

---

① 拜占庭帝国皇帝查士丁尼一世的妻子，早年生活坎坷，曾做过演员和妓女，还在舞台上进行过色情表演，后来她成为叙利亚官员赫克博卢斯的情妇。

“简直一模一样，”布莱兹夫人评论道，随即摆出一副皇室般的慷慨姿态，补充说，“我决定把它们送给你。”

“但它们价值不菲啊，”莉莉婉拒道，“我能看出来。这可不是一般的画作。”说话时，她目光始终没有离开这两幅画作。她仔细地审视着，就像她在雷努瓦街的家中经常对着镜子，无比细致地观察自己的身影一般。

“我知道你无法独自将它们带回家，”布莱兹夫人无视她的拒绝，继续说道，“那样做可能会让你显得很尴尬。甚至可能因涉嫌盗窃而遭到逮捕。我将安排人将它们送至你的住所。我必须将它们赠予你。你让我如何是好呢？等我离世后，它们将被出售。我没有亲戚……一个也没有。我妹妹已离世十年，我没有子女……什么都没有。我孑然一身，你懂的，彻底的孤独。你希望我的画作流入某个艺术品商人的手中吗？”

她坚决地摇了摇头。“不，你必须接受它们。你不能拒绝。这是命中注定的。我对此深信不疑，因为我身上承载着超越时代的灵魂。这两幅画作是为你准备的。没有什么能够改变我的决定。”

善良的莉莉再次屈服于这位老妇人那不可抗拒的意志。她无疑已经意识到了整个事件的怪异与荒谬，因为她不安地挪动了一下，将《拜占庭女皇》的画面朝下放置在了地面。而原本放在她膝盖上的《戴帽子的女孩》暂时被她忽略了。

布莱兹夫人开始在房间内疯狂地来回踱步，口中念念有词。突然，她又在莉莉面前停了下来。

“这两幅画的模特是一位著名的女性，”她说，“你绝对猜不到她的真实身份。”

莉莉感到有些迷离，仿佛已经许久未踏入这个房间，她回答道：“是的，我确实不知道。我怎么可能知道呢？但显然她是个绝世佳人。”

老妇人的脸上立刻绽放出喜悦的光芒。“等等！”她叫道，“等等！我会让你轻松猜到的。你马上就会明白的！”她一边说着，一边急忙跑回刚才拿出那两幅画的布满灰尘的壁橱。在她离开的间隙，莉莉靠在椅子上，闭上双眼，一只手轻抚着额头。她就这样静坐了片刻。布莱兹夫人一声尖锐的呼唤后，莉莉睁开了眼睛，只见老妇人站在她面前，头上戴着那幅画中女孩所戴的那顶大帽子，帽子微微倾斜，遮住了一只眼睛上方。

那效果十分怪异，甚至可以说是恐怖。布莱兹夫人整理了一下身上那件黑色布料裙子，让胸部和肩膀露了出来，就像《戴帽子的女孩》那幅画里的样子；但画中少女那圆润饱满的胸部在老妇人身上却是干瘪萎缩的，颜色如同蒙了尘的纸张；那柔和优美的颈部曲线变得松弛下垂，而画中脸庞的柔和光泽以及那诱人的红唇的鲜嫩绯红色泽，都被老妇人用生硬的胭脂和在皱纹脸上结成小块的粉饼怪异地模仿着。就连大帽子下露出的那一小缕头发，也被染过的颜色弄得十分滑稽可怕。布莱兹夫人还娇弱地假笑着，模仿画中少女那神秘而年轻的微笑，嘴角的弧度显得很是怪异。

绝无可能搞错。那些五官特征如此明显，相同的轮廓，同样难以言表的气质。布莱兹夫人正是《拜占庭女皇》和《戴帽子的女孩》中模特的原型。这种模仿简直是无情至极，尖锐到令人难以置信，苦涩得超乎想象。莉莉瞪大了眼睛，仿佛目睹了无法描述的幽灵般，心中充满了恐惧。她颤抖着，腿上的《戴帽子的女孩》啪的一声滑落，画框朝下落在了《拜占庭女皇》之上。

布莱兹夫人开始在房间内来回踱步，摆出一副模特般的慵懒姿态。她走动时，那顶大帽子也随之轻轻摇摆。她娇羞地转过头，轻声说道："我几乎没什么变化。你看，我还是老样子。"

随后，她开始迅速地自言自语，仿佛在与房间阴暗角落里那些被画作和破旧小装饰品包围的男女进行着怪异的交流。穿过房间时，她从莉莉的椅子旁经过，在那里稍作停留，弯下腰，直至她那涂满脂粉的脸颊轻触到莉莉柔软的发丝。"看那儿，"她指着布满灰尘的壁橱喊道，"那边那个人……他愿意为我放弃生命。"她发出一阵狂乱的笑声。"但是不行……我不能轻易屈服。只有为了爱情，我才会屈服。只为爱而活。"接着，她又开始了她那疯狂的踱步，对着布满灰尘的角落胡言乱语、点头哈腰、强颜欢笑。

正当老妇人与她口中的"殿下"进行着私密的低语交流时，莉莉突然站起身，向门口疾步走去。她迅速打开门，穿过楼上的走廊，急速下楼，直奔向下方那昏暗的通道。随着身后大门砰然关闭，布莱兹夫人的沙哑歌声和其中夹杂的狂笑声也被隔绝在了门内。

莉莉不停地奔跑，直到她冲出了那个小围栏的大门，才终于停了下来。她站在阿索姆普松街的路灯下，惊恐地喘息着，几乎要昏厥过去。

66

他们在热尔米尼莱韦克的马恩河畔一处露台上的小屋中度过了夏季。那座位于乌尔加特的小房子，在整个炎热的季节里都紧闭着百叶窗。的确，吉贡夫人的身体状况不太好。而且，她原本可以从海边的空气里受益的。随着夏天一天天过去，莉莉曾提过一两次搬家去海边的事儿，但她并没有坚持这么做。看来，吉贡夫人更偏爱她一直以来的避暑之所。随着六月的流逝,以及七月的炎热和窒息感的到来,莉莉也乐意留在这里。她似乎第一次感到了疲惫。莉莉天性懒散,但她也拥有在关键时刻被唤醒的能量。但目前,似乎没有事情重要到需要她动用那股能量;因此,她选择安静地留在这里,阅读书籍,在马恩河边散步;偶尔在清晨天气尚凉爽时,她甚至会骑上男爵的马,沿着特里波尔附近的河对岸树林中的小径驰骋。

为了消遣解闷,吉恩不时会从圣西尔跑来度过一个短暂的假期。他总是风度翩翩,举止间流露出新晋骑兵的英勇气质。艾伦也会来访,但她的到来常常让表姐莉莉感到疲惫,尤其是在炎热的月份。每当艾伦在的时候,莉莉就选择不骑马,因为艾伦的骑马方式让她无法同行。艾伦总是坚持全速前进,她偏爱挑战石墙跳跃。在一个炎热的七月早晨,她甚至骑马渡过了马恩河。与莉莉不同,艾伦从不刻意保养皮肤。她晒得黝黑,身体强健如运动员。吉恩对艾伦的勇气深感钦佩,两人经常在乡间尽情驰骋;艾伦骑马时轻盈优雅,骑术不逊于任何男子。事实上,作为伙伴,她与男孩子同样出色。她甚至喜欢听吉恩讲述那些略带粗俗的军营笑话。她会聆听吉恩唱的民谣,那些骑兵们传唱的粗犷民谣,充满了拿破仑军队的传统……那些民谣也正是莉莉在柏树山举办的最后一次舞会上梳妆时哼唱的。

艾伦依然会用英语或略显生硬的法语斥责他人。他们之间建立了深厚的友谊。每天清晨,莉莉都会从窗口凝视着他们启程,她那双深蓝色的眼睛中透露出既羡慕又遗憾的情感。她无疑是羡慕他们的青春活力。她对艾伦的嫉妒,就像她总是会嫉妒任何能赢得吉恩好感的人一样。

然而,随着八月的到来,艾伦计划乘船前往纽约,与她的父母共度一个月的时光,这也就意味着清晨的出游活动将告一段落。艾伦的父母居住在长岛的一座小屋中;自从孩子们都有了出息,哈蒂·托利弗便不再在曼哈顿经营旅店了。

“父亲现在相当满足,”艾伦说道,“他拥有一匹马、一个菜园,还有一群鸡。这正是他一直向往的生活。母亲亦是如此,但她的状况略有不同。她似乎更适合抚养一大群孩子。她总是难以割舍作为母亲的角色。她希望我们能永远留在她身边。她难以接受我们已经长大成人的现实。”

确实如此。孩子们越是事业有成,哈蒂·托利弗见到他们的次数就越少。

“这无疑是一个提醒,”艾伦评论道,“绝不能过分溺爱自己的孩子。”她带着一丝讽刺的微笑补充说:“然而,说实话,没有母亲的教育和培养,我想我也不会走到今天这一步……弗格斯和罗伯特亦是如此。她把我们教育得很好,赋予了我们远大的志向。”在发表这番言论后,她又附加了一句:“不管怎样,这个世界确实充满了趣味。”她表示，自己还从未遇到过真正满足的人。

曾经有一段时间，甚至就在不久前，艾伦或许还会认为莉莉乐天知命，但那样的日子似乎已成为过去。那个夏天，莉莉显然并不快乐。她变得更加严肃、沉默了。只有当男爵来小住的那几周，陪伴她一起在初夏清晨的薄雾中骑马漫步时，她才会感到满足。而一旦男爵再次离去，那种难以名状的焦虑不安便又重新涌现。

吉贡夫人变得越来越让人操心；更糟糕的是，克里凯特意外产下了一群小狗崽，看起来农场里那只黑褐色的狗是它们的父亲。不知何故，吉贡夫人将此事视为克里凯特对她的一种背叛，尽管克里凯特一直保持着纯洁。她不断地抱怨，仿佛克里凯特是她的亲生女儿一般。实际上，鉴于这位失明老妇人对克里凯特所倾注的关爱，将她视如己出也不为过。她的关节炎全面发作，大部分时间都躺在修剪过的椴树下的椅子上，如果莉莉不在她身边陪伴聊天或朗读，她就会显得一脸委屈、焦躁不安。事实上，除去吉恩和艾伦造访时带来的一些欢声笑语，其余时间小屋似乎被一层忧郁的阴影所笼罩。

67

莉莉感到情绪低落，布莱兹夫人的影响或许在其中占了一席之地。自从那晚从她家匆忙逃离后，莉莉便再也没有见到这位古怪的老妇人。几天后，布莱兹夫人头戴一顶紫色帽子，身披一条醒目的威尼斯披肩，被一个承诺了奇妙冒险的邀请带到了凡尔赛的一所房子里。这所房子专门收容那些家境富裕的精神异常者，并允许他们放纵自己的特殊爱好。她的监护人是风度翩翩、气质非凡的德·西翁先生，他与从事律师行业的兄长共同管理着老妇人的财产。据德·西翁先生透露，她在新环境中似乎非常快乐，因为她结识了一位年长的葡萄酒商人。这位商人深信自己是亨利四世和黛安娜·德·普瓦捷的后裔，自认为是法国王位的合法继承人。他们整天密谋策划阴谋和革命，企图让商人登上王位，而布莱兹夫人则梦想成为他的王后。因此，莉莉再也没有机会从这位老妇人那里获取关于那位留着黑胡子的英俊绅士照片的更多信息了。特罗卡德罗附近围场里小木屋的家具被清空后，那张照片与其他数百张照片一同被打包存进了蒙帕纳斯的一个大型仓库，而小木屋则租给了一个对艺术充满兴趣的英国女士。正如老朱莉娅·谢恩所言，生活毕竟不是一本所有秘密都会揭晓的故事书。每个人都有自己的秘密，直至生命的终结。

在被带走之前，布莱兹夫人履行了她的威胁，派人将《拜占庭女皇》和《戴帽子的女孩》这两幅画作送至雷努瓦街的宅邸。送画的是一位驾驶着破旧出租马车的车夫,他放下画作后便迅速离去。对莉莉而言,这些画作已成为恐怖的象征。她不愿再看到它们。她指示管家将画作收藏起来,安置于宅邸顶层的房间内,确保它们被放置在一个她绝不会发现的角落。画作送达时,莉莉正卧床休息,与布莱兹夫人的那次遭遇让她头疼欲裂,数日来一直未能恢复。

“太恐怖了,”莉莉对艾伦说,“比你能想象的还要恐怖,看到那个老巫婆在我面前跳舞,就像一个预兆……一个关于衰老的警示。要是你当时在场就好了……她在画中与我如此相似……甚至在现实中也与我极为相像,仿佛我将来某天可能会变成的样子。太恐怖了……恐怖至极!”她边说边用双手遮住脸庞。

艾伦一如既往地去咨询了吉贡夫人。

“她这次是真的生病了,”吉贡夫人表示,“不仅仅是因为劳累。她被某种东西吓到了。她的状况比以往任何时候都要糟糕。”

于是她们请来了一位医生,一位留着浓密胡须的男士,由德·西翁夫人推荐。医生诊断她为神经紧张发作,并建议她立即前往乡下的小屋休养。仆人们都说,夫人这辈子第一次看上去既病态又疲惫。

随着时间的流逝,莉莉似乎淡忘了那张神秘照片的存在。显然,她的父亲依旧保持着一贯的孤独、魅力与恶意交织的形象。他因一系列偶然事件,从旧世界的阴谋中脱身,转而投身于新世界的边疆生活。过去的一切——谋杀、耻辱、阴谋——都必须被深埋,成为死者和一个疯狂老妇人的秘密。她在年轻貌美时,曾是他的情妇,而他的新娘那时正在圣克卢的学校里勤奋学习,以掌握成为贵妇人的艺术。在这重重谜团之中,唯一清晰的是莉莉是他最宠爱的孩子;现在,原因似乎也变得显而易见。命运以一种奇异的方式,让莉莉酷似《戴帽子的女孩》中的那位迷人女子,也就是现在的布莱兹夫人。

因此,整个夏季神经紧绷的状态一直持续。实际上,在某些时刻,莉莉似乎濒临长期忧郁的边缘,她会独自一人在悬铃木斑驳的枝干下漫步数小时。尽管如此,她的美丽依旧。当她沿着那条绿色小径前行时,看上去宛如一位女神……就像刻瑞斯[①]……小径的一侧是马恩河,另一侧是随风摇曳的金黄麦浪。

随着时间一周周过去,莉莉对小镇坚持收购柏树山房产的意图感到越来越不安。福尔松和吉恩斯每月都会寄来十几封信件,信中措辞严厉,隐含着威胁。这两位精明的律师在信中巧妙地传达了威胁,同时试图在双方之间保持中立。从信

① 罗马神话中的谷物女神,相当于希腊神话中的得墨忒耳。古希腊神话中,得墨忒耳是农业、谷物和丰收女神,在奥林匹斯十二主神中占有重要地位。

件的语气来看，尽管他们是莉莉的代表，领取着她的报酬，但他们似乎更倾向于小镇的利益而非客户的利益。信中提到，小镇的发展势头强劲，正迅速崛起为世界上最大的钢铁中心之一。他们认为莉莉如果能回小镇参观，就能理解镇议会为何急于收购柏树山的房产。莉莉理解怀旧之情值得尊重，但也认为应该适度。在某些情况下，人不能过于情绪化。他们提出的收购价格相当诱人。（“但五年后，价格肯定还会更高。”莉莉心中暗想。）那所房子并未给她带来任何收益，她还需为其支付税费。一封封信件，洋洋洒洒，写了一页又一页。

毫无疑问，这一切听起来似乎都很有道理，但当莉莉把这些信件大声朗读给吉贡夫人听时（不论内容如何，吉贡夫人总是渴望有人为她朗读），她会不耐烦地嘟囔：“他们究竟为何不能让我安静一会儿？回去参观那个地方？我的天啊！究竟为了什么？”接着又讽刺地说：“我猜是去看伊娃·巴尔吧。我对于他们的繁荣昌盛丝毫不感兴趣。”

随后，她会再次回信明确表示无意出售房产，对方越是试图施压，她就愈发坚定自己的立场。

或许，柏树山的所有权赋予了她一种权力感，她乐此不疲……直到艾伦点明，她才恍然大悟。或许，这也只是因为她感到疲惫和有些任性。事实上，她对那笔钱毫无兴趣。她根本不知道自己究竟有多富有。她每年随意花费，但收入总是绰绰有余。她还有什么不满足的呢？更多的财富对她来说又有何用呢？

更可能的是，在她潜意识的某个阴暗角落，潜藏着一些记忆。随着岁月的流逝，这些记忆被唤醒，激起了她对米尔斯家族、小镇以及它们所象征的一切的复杂情感……包括她母亲对哈里森家族和魏斯曼法官的公开敌意，那个恐怖夜晚的回忆（当时男男女女在公园的枯树下遭到枪击），以及一个英勇但遥不可及的身影（那人在重伤、血流不止的情况下依然坚韧不拔）……随着时间的推移，这个身影愈发引人入胜。的确，有时候，放弃带来的平静甚至幸福，可能比实现愿望更令人满足。那些从未实现的事物，或许能永远保持为一个美好的梦想。对克林科而言，她始终只是一个这样的美好梦想。

因此，这件事便被搁置了，直到九月的一个黄昏，农场的年轻工人尤斯塔什从莫城带回了一个小信封，信封上盖着小镇的邮戳，寄信人的笔迹难以辨认，那是老亨尼瑞那缺乏教育的笔迹。信中简明扼要地描述了柏树山那座房子的最终命运。一夜之间，房子无缘无故地起火，到了黎明时分，已经什么都不复存在，只留下地上一个大坑，坑里满是烧焦变黑的精美旧地毯碎片、镜子、玉器、水晶、雕花箱子和旧椅子的残骸，所有这些曾经美丽的物品原本都堆放在计划建设火车站上的那片土地上。

那个混血女人，亨尼瑞费力地书写着，拼写错误层出不穷，她声称自己目睹了起火后有两名男子从房子里逃出。他还补充道，警方未能找到那两名男子的任何线索。

次日，莉莉收到了来自福尔松和吉恩斯的一封措辞客气的信函，信中简洁明了地描述了这场灾难的概况。他们还提及了那位混血女人所叙述的事件经过。然而，他们认为这不过是出自一位精神失常老妇人的荒诞幻想。

“或许现在，”信的末尾这样写道，“谢恩小姐可能会考虑放弃这块即便在情感上也已无法维系的房产。”

68

莉莉并未出售其房产，一段时间以来，福尔松和吉恩斯的信件不再定期抵达。由于她在小镇上除了柏树山那处房产外的所有物业均已售出，因此通信变得不再必要。她选择通过巴黎的美国银行进行资金投资。直到十一月她返回巴黎市区，才重新得知小镇的最新消息。在巴黎度过冬天的前景似乎令她精神焕发，她一如既往地去欣赏艾伦本季的首场音乐会。那一年，莉莉·巴尔与科隆纳管弦乐团合作，在加布里埃尔·皮尔内优雅的指挥下演奏了一首新的《诗篇》。不幸的是，演出并未取得预期的成功。指挥家的学者气质与钢琴家充满活力、野性的性情之间缺乏必要的和谐。尽管如此，最终表现最为出色、赢得所有赞誉的却是艾伦，那些谄媚的评论家们纷纷围绕在她身边。“巴尔小姐，”他们说，“拥有诠释这首曲子的绝佳气质……在演绎这种激昂音乐时，灵魂与才智的完美协调至关重要。弹奏这种音乐需要保持冷静的头脑，具备敏锐而深刻的洞察力……这是对神经的一种考验。”他们如此滔滔不绝，沉醉于找到恰当措辞的喜悦之中，赞扬过于夸张，既不真诚也缺乏品味。在这些赞美声中，有几个人巧妙地对指挥及其乐团进行了间接的批评。

《现代艺术杂志》的评论家加利万先生想出了“激昂的音乐”和“敏锐的洞察力”等表述。音乐会刚刚结束，在沙龙中，他向莉莉·巴尔展示了那篇文章，而她那双火热的手指刚刚在大钢琴上弹奏过，琴键还留有余温。

“哼！荒谬！”艾伦在更衣室里对等候的莉莉说，“你看到加利万写的东西了吗？对我来说太矫情了。听他们那样说，好像我每次都要隐居数月，专门为了思考我的音乐究竟是什么。我知道我的音乐是什么，我不需要他们在未听我演奏之前就写好赞美之词，就因为我推动了他们现代音乐的发展。荒唐！荒唐！我绝不是那种人!”

然而,如同每次音乐会落幕之后,艾伦总是显得紧张不安,体内充斥着一种令人畏惧的活力,这让她直至黎明都无法入眠。今晚,她身着一件紧身的长款银色布料礼服,无袖设计,仅以一条莱茵石链子束腰。她乌黑的秀发紧贴头皮向后梳理,宛如一只优雅的灵缇犬——精瘦、肌肉线条分明、微微颤动。

“至少从掌声来看,他们似乎还是喜欢的。”莉莉评论道,她身披一件黑色天鹅绒长披风,用银色扣子固定,坐在那里耐心等待。

突然,一阵敲门声响起,莉莉轻声回应:“请进。”进来的是一个小个子男人,他身形瘦削,面色蜡黄,略显驼背,留着浓密的黑色八字胡。

“有位先生想要见艺术家夫人。”他说道。

艾伦转过身来。“他是谁?”

那人做了个怪相。“我怎么会知道?他说他认识您。”

一丝不悦掠过艾伦光滑的额头。“如果他想见我,让他自报家门。”等小个子男人退下后,她又对莉莉说:“你看看,这就是成名的代价。连看门人都不清楚我的名字。他居然叫我艺术家夫人…… 还‘夫人’!他甚至都懒得去查看一下演出海报。”

那人再次出现,这次连门都没敲就直接推门而入。

“夫人,他说他叫哈里森。”

艾伦若有所思地撅起嘴唇,在拖鞋底上划亮一根火柴,用她那修长而有力的手指夹着香烟,将火苗凑近点燃。

“哈里森?…… 哈里森?”她重复着,嘴里叼着烟,手中举着点燃的火柴。“我不记得认识什么哈里森…… 让他进来吧。”

那位陌生人无疑就站在门外,因为一听到声音,他便带着几分胆怯步入屋内。他身着一袭黑衣,头戴一顶圆顶硬礼帽,帽子后倾,露出前额。一只手臂上挂着一把雨伞。尽管身形略显臃肿,但苍白的脸色给人一种不寒而栗的感觉。他隐约散发着殡仪员的气息,让人难以从外表判断出他的确切年龄。

他迈步向前,面带微笑。当他看到莉莉时,脸上流露出惊讶的表情。而艾伦却没有任何认出他的迹象。反倒是莉莉突然激动地站起身,脸上洋溢着真诚的喜悦之情。

“威廉·哈里森!”她兴奋地喊道,“你是从哪里来的?”

听到这个名字,艾伦光滑的额头上微微掠过一丝皱痕。“威廉·哈里森。”她自言自语,随后也加入了莉莉,向他致以欢迎。

哈里森局促不安地站立片刻,审视着两位女士。随后他开口道:“我来参加你的音乐会,艾伦……我在《先驱报》上看到了广告。我立刻意识到你就是莉莉·巴尔。”他紧张地轻声笑了。“真是有趣,你现在名声大噪!谁能预料到呢!”

见到威廉,艾伦紧绷的神经似乎瞬间放松。她坐了下来,倚靠在椅子上,露出了笑容。“没错,我确实把他们都蒙在鼓里了,不是吗?”她说,“我把他们都蒙在鼓里了。”她的声音中透露出一种冷酷的满足。

莉莉此刻也面带微笑。见到威廉,她感到无比喜悦。对她而言,眼前发生的一切或许比其他任何事情都要有趣。

“那你究竟在巴黎做什么呢?”

从她的语气中可以听出,她认为哈里森出现在这里简直是个奇迹……威廉·哈里森竟然有精力横渡大西洋,独自在巴黎四处探索。

威廉坐了下来,姿势略显僵硬,随后开始叙述自己的经历。他加入了库克旅行社组织的旅游团,旅程涵盖了伦敦、巴黎、法国的城堡区以及瑞士。他即将踏上旅程。

“这趟旅行真是令人难以置信!”他兴奋地说,圆润的脸颊泛起了红晕,“我之前完全没意识到这里竟然有如此多值得一游的地方。”

“的确如此。”艾伦回应道,语气中透露出一丝高傲。她现在显得颇为得意,似乎占据了某种优势。她不再是那个穿着手工制作的舞会礼服、朴素得几乎让人忽视的女孩,连威廉·哈里森这样的男士都未曾多看一眼。

然而,威廉似乎并未察觉到艾伦态度的变化。提及巴黎,他激动得像个孩子。“这是一座了不起的城市!”他边说边紧张地摆弄着表链上的红宝石搭扣,“一座了不起的城市!”

莉莉突然站起身来。

“威廉,”她开口邀请,“跟我们一起回家吃晚饭吧。”随后她转向艾伦,补充说:“保罗应该已经在等我们了。他肯定已经到了。”接着又向威廉介绍:“保罗是施奈德曼先生,我和艾伦的一位朋友。”

威廉站起身来。“我不太确定,”他犹豫地回答,“或许你们并没有准备欢迎我。我可能是个不速之客。我来拜访时并未打算闯入任何场合。只是出于对往昔的怀念。”

莉莉拖着那件华丽的黑银相间的披风朝门口走去。她挽起威廉的胳膊。“走吧,威廉,”她轻声说,“别胡思乱想了。毕竟,我们是一起长大的。”

于是他们一同走出,艾伦裹着她那件紫红色的披肩紧随其后,来到了一辆汽车旁，车门擦得锃亮，上面印有男爵的纹章。

威廉一路上不断地将头伸出那辆紧闭车门的汽车外，全神贯注地欣赏着沿途的风光……庄严而神秘的玛德莲教堂，马克西姆餐厅前温馨的灯光，协和广场那如同幽灵般空旷的场地，以及香榭丽舍大街上的白色宫殿。艾伦坐在角落里，粗鲁地吸着烟，情绪低落，沉默寡言。而莉莉则兴致勃勃地谈论着，不时地指出她认为威廉应该欣赏的景点。然而，威廉似乎并未真正在听。

“这个地方真是太棒了！”威廉一遍又一遍地重复着，声音中透露出一种既可怜又美妙的敬畏之情。除了“太棒了”，他似乎找不到其他词来表达自己的感受。他就像一个醉酒之人，不断地自言自语，反复说着这句话。

在雷努瓦街十号，威廉感受到了每个新来者都会有的初始体验。他穿过那扇朴素无华的门扉，突然发现自己站在一段长长的、令人惊叹的楼梯顶端，楼梯向下延伸至一间客厅，客厅内温暖的灯光营造出一片温馨的红光氛围。楼梯的中段，壁灯中的蜡烛在昏暗的镶板壁上摇曳生辉。从楼下隐约传来音乐声……那是德彪西的一首夜曲，在客厅那光线柔和、影影绰绰的空间里，有人正用柔和的指法演奏着这首曲子。

“保罗在这里。”艾伦说着，便领头走下了那段长长的楼梯。

莉莉在前方领路，威廉·哈里森紧随其后，他的圆顶硬礼帽已经摘下，雨伞也放到了一边。当他们下到楼梯的一半时，威廉突然停了下来，莉莉察觉到他不再跟随，也停下了脚步。她转过身，注意到他正专注地倾听着什么。他的眼神中透露出一种奇异的迷离，仿佛是刚从沉睡中苏醒的人。

“多么美丽啊，”他带着虔诚的语气说道，“我的天啊，这真是太美了！”一种庄严的气氛笼罩了他。他不再显得笨拙和羞涩。他的目光紧紧锁定在莉莉身上，莉莉背靠着镜子站立，黑银相间的披风随意地搭在她那白皙而丰腴的肩上。她那美丽的头颅上，金褐色的头发闪耀着光芒。突然间，威廉倚靠在镶板墙上，眼中闪烁着泪光。

“我现在明白了，”他轻声说道，“我明白了……一切。我现在意识到，我过去是多么微不足道……我以及整个米尔斯家族，加起来都不值一提。”

在莉莉的视线中，映射出的却是一幅迥异的景象…… 那是一个开阔的、回荡着巨大声响的工厂内部，火光熠熠生辉，空气中弥漫着煤烟的气味，还有众多半裸的身躯…… 威廉总是不断地抚摸着他表链上的红宝石搭扣，而莉莉则将戒指在她那纤细的手指上一圈圈地转动。远处，一位年轻的乌克兰钢铁工人展现着他那白皙而健硕的身躯…… 他还只是个小伙子…… 然而却英俊非凡。他的名字是克林科…… 克林科…… 克林科…… 这已是多年以前的往事，十四年多过去了。时间飞逝，真是令人感叹！

莉莉那深邃的蓝灰色眼眸突然失去了光彩，泪水不由自主地涌出。或许直到这一刻，她才真正深刻地体会到……这是一种对生活的深刻感悟，一种美好与悲惨交织的完整体验，一种他们俩都无力抗拒的洪流。

她突然毫无保留地用手帕遮住了双眼。“我们正在老去，威廉，”她轻声问道，“你也有这种感觉吗？”

话音刚落，她便转身继续前行。音乐已经悄然止息，艾伦和保罗·施奈德曼的声音因辩论而变得高亢。他们正怀揣着年轻人的激情，热烈地讨论着那首新协奏曲的优劣。

“看这里，”艾伦的声音响起，“这一部分。真是绝妙！”随即是一段充满激情、令人振奋的旋律，既震撼人心又美得无与伦比。“你得明白，弦乐的辅助作用至关重要。那些精彩之处很大程度上归功于伴奏。”说着，她边弹奏边哼唱起伴奏部分。

莉莉和她的同伴并未打断他们的讨论，继续前行。他们步入了一片宁静的餐厅，晚餐已经准备就绪——一个银色的餐盘中盛放着热气腾腾的食物，下方燃烧着酒精火焰，还有一个冒着热气的巧克力壶，一碗鲜奶油，以及几份典型的法式三明治。三明治薄而无硬皮，透明的白面包片之间隐约可见淡黄色肉酱的边缘。一切都显得精致、完美、无可挑剔。

“请坐，”莉莉一边说，一边轻巧地脱下她那件黑银相间的披风，“坐下跟我说说你最近怎么样。”

威廉拉过一把椅子。“我不能逗留太久，”他解释道，“你知道的，我明天一大早就要出发。”他注视着莉莉有些笨拙地调整着巧克力壶下的灯。莉莉比他想象中要丰满一些，实际上，她几乎可以称得上是肥胖了。她的身上隐约散发出一种中年女性的气息，虽然不甚明显，但确实存在。

“你呢？”他礼貌地问道，“你这些年过得怎么样？”

莉莉继续旋转并推动那个银色的加热装置。“我的生活？”她反问，“威廉，你只需环顾四周便能了解。”她轻盈地挥动手臂，将那些宽敞、柔和且光芒四射的房间，艾伦，钢琴，以及保罗·施奈德曼都包含在内。“这就是全部，”她说，“既不多，也不少。没有发生什么重大事件。”她暂停了手中的动作，沉思地坐着。“没有发生什么重大事件，”她稍作停顿后继续说，“是的，几乎什么都没有。”

突然间，四周陷入一片寂静，唯有艾伦弹奏的音乐声在空中回荡。她完全沉浸在音乐之中,似乎并未察觉到晚餐时间的到来。

此时,威廉为了展现自己的风度,礼貌地称赞道:“莉莉,你看起来丝毫未变,依旧年轻…… 真是令人惊叹。”

莉莉揭开了热菜的盖子。“要不要来点热鸡肉,威廉?”她询问道,见他点头同意,便继续说:“我必须说,你看起来比上次见面时年轻了许多…… 简直年轻了十岁。看起来,你已经完全将米尔斯家族的事务…… 抛诸脑后了。”

威廉听后笑了起来,那是一种独特的、充满喜悦的笑声,虽然声音柔和,却也透露出一丝不羁。

“我确实已经将那些事抛诸脑后了,”他说道,“你看,我已经彻底脱离米尔斯家族了。自从我离开那里,已经快七年了。”

莉莉凝视着他。“七年,”她重复道,“七年!那就是从罢工之后开始算起的。你肯定是在那时离开的。”

“没错,”他回应道,“我仍然持有部分股份。仅此而已。你知道吗,魏斯曼法官已经去世了。我母亲去世后,那些老一辈也都退出了。现在所有的米尔斯工厂都已经并入联合企业了。”

第十一章　岁月的流转(69~70)

69

寥寥数语间,他描绘出了一个时代的终结和新时代的崛起。小镇上曾经繁荣的小本经营时代已成过去,现在是大型企业时代。一切资产都落入了资本家和那些未曾踏足工厂的股东手中。对他们而言,平民区的工人们不过是些虚幻的生物,是装着发条的活引擎——没有思想,没有灵魂,其存在的意义似乎仅限于每年两次的股息分配。他们仿佛成了机器……机器……模糊不清的机器……毫无真实感,缺乏人性。

威廉省略了诸多细节。他未提及那位猴脸小个子男人代表联合企业抵达小镇的情形。他亦未详述猴脸男人在商会所作的演讲,演讲中他大谈特谈耶稣,宣称宗教是这个世界最迫切的需求,是维系人际关系的纽带。威廉没有透露联合企业是如何通过收购所有破旧房屋并驱逐罢工者——包括男人、女人和孩童,从而瓦解罢工的。他隐瞒了将罢工者列入黑名单,让他们无处谋生的阴鸷手段。他亦未指出,与联合企业所拥有的权力相比——那是一种基于金钱和财产占有而形成的庞大且难以衡量的权力,金钱赋予魏斯曼法官、他自己以及他母亲的权力显得微不足道。他更未提及米尔斯工厂的易主导致了朱利斯·哈里森夫人的逝世……这却是不争的事实。但这些对他而言似乎并不重要。他现在只是一个“普通公民”，只关心自己的事务。

威廉所说的全部内容是：“我母亲去世后，那帮老家伙们就彻底淡出了我的生活。”

在客厅内，艾伦完全沉浸在了那首协奏曲之中。她激情澎湃、充满热情地将曲子完整地再次弹奏了一遍。施奈德曼躺在长沙发的靠垫之间，双目紧闭，那瘦弱的身躯懒洋洋地伸展开来。

“那你现在从事什么工作呢？”莉莉询问道，“你总得找点事情来消磨时间吧。”

威廉圆润的脸庞上露出了光彩。“我经营着一个农场，”他回答，“我养殖鸭子和鸡。”莉莉的脸上逐渐浮现出一丝微笑。“农场的经营也很成功，”他继续说，“你不必嘲笑我。我能够依靠它来赢利。实际上，我就是用去年的盈利来支付这次旅行的费用的。而且我从中获得了许多乐趣。”他再次笑了起来，脸上洋溢着极度满足的神情。“这是我第一次做自己真正想做的事情。”、

莉莉带着一丝惊讶望着他。或许就在那一刻，她第一次意识到，他并非完全缺乏智慧。他与艾伦、她自己，甚至艾琳一样，都曾不遗余力地寻找自己的道路。

他们交谈了半个小时，这时艾伦和保罗·施奈德曼走了过来。威廉紧张地站起身。

“保罗，”莉莉介绍道，“这位是哈里森先生——哈里森先生，这位是施奈德曼先生。”他们相互鞠躬致意。“你们俩都是钢铁制造商，”她带着轻微的讽刺补充道，“应该有很多共同话题。”

威廉急忙澄清。“不再是了，”他说道，“我现在是个农民。”

“至于我，”施奈德曼说，“我从来就不是。我是个音乐家……”艾伦轻蔑地笑了，施奈德曼便带着一种独特的、略带羞涩的谦逊转向她，继续说：“或许，用‘业余爱好者’这个词来形容我会更合适。”

他们聊了一会儿——那是陌生人之间常有的、略显生硬且彬彬有礼的对话；随后，在遵循了适当的礼节之后，艾伦和保罗很快又沉醉于音乐之中。与此同时，莉莉则全神贯注地与威廉·哈里森交谈。

“柏树山房子的事，真是令人遗憾。”他说道。

莉莉身体前倾，趴在桌上，抬起一只白皙的手腕遮挡烛光，以免光线刺眼。“确实如此，”她回应道，“我感到非常难过…… 大概是因为情感上的牵绊吧。我

本不应该再回去看它的。它对我来说已经没有意义了。但它消失，我还是感到遗憾。我想它也已经变了样。”

“你肯定认不出它了，”威廉说，“整座房子都变得黑乎乎的…… 连白色的装饰部分也不例外。”他凑近了些，压低声音说：“你知道镇上的人怎么说吗？他们说有人被雇来放火烧那房子，这样你就会愿意卖掉它了。”

莉莉沉默了片刻。她的手轻微地颤抖着。她瞥了一眼艾伦，想知道她是否在听。她的表妹显然正全神贯注地与人争论着什么。

“他们现在可以得到它了，”莉莉语气中透露出强烈的怨恨，“就连我为它交的税我都觉得不甘心。不过他们得给出个好价钱，”她又平静地补充道，“我要从他们身上榨出最后一分钱。”

这段对话就此结束，因为威廉看了看手表，说他得离开了。莉莉陪他走上那段长长的楼梯，来到那扇朴素的门前。在道晚安时，他迟疑了一下。

“你变了，”他说，“我现在能看出来。”

莉莉含糊地笑了笑。“哪里变了？”

他再次摸索着表链上的红宝石搭扣。“我说不清楚。我觉得你变得更加沉稳了…… 不那么急躁了。而且你现在像个法国女人…… 为什么呢？你说英语都带口音了。”

“哦，不，威廉…… 我还是美国人。我身上有很多我母亲的特质。我最近才意识到这一点。就是那种想要掌控一切的欲望。你明白我的意思…… 或许是因为我已经到了不能再依赖青春活力的年纪了。”她突然笑了起来，“我们美国人是不会变的。我的意思是说，我正在变老。”

威廉礼貌地握了握手，然后走了出去，莉莉站在门口，看着他那整洁的身影在图雷勒咖啡馆透出的灯光下渐行渐远，直到他走到街角消失不见。

那是莉莉最后一次见到威廉，所以她不可能知道威廉离开雷努瓦街十号后所遭遇的种种奇异经历。尽管如此，这些经历本身颇具趣味。在富兰克林街的拐角，威廉用雨伞拦下一辆路过的出租车，指示司机带他前往巴克街的一个特定地址。那地址并非美国酒店，而是一座三层楼的建筑，底层是一家咖啡馆，楼上则是提供给旅客的客房。其中一间客房内住着一位行事谨慎的女士，她白天常去卢浮宫，利用艺术作为媒介，与那些跟随旅行团、举止文雅的男士们结识。实际上，她几乎能够就艺术和巴黎对那些穿着朴素、看似不起眼的男士们行为的影响撰写一本引人入胜的概述。

随着母亲的去世和米尔斯家族的衰落，威廉开始了他自己的生活旅程……

当然,是以他那笨拙而羞涩的方式…… 但无论如何,他终究是迈出了生活的第一步。

当他在颠簸的出租车上疾驰而去时,与莉莉的这次偶遇显然已经深刻地影响了他的心境。他静静地倚靠在车后座,沉溺于自己的思绪。那些昏暗的白色方块建筑,此刻空荡荡的,显得格外冷清;星形广场附近那些色彩斑斓的房屋,被灯光勾勒出轮廓的塞纳河,以及埃菲尔铁塔那高耸漆黑的轮廓……不知为何,这些景象都没能触动他的心弦。它们从出租车的窗外飞速掠过,他却似乎毫无察觉。威廉的心思飘向了别处。

当出租车驶入空旷得如同幽灵般存在的协和广场时,威廉突然动了动,探头看向窗外。

“车夫! 车夫! 司机!”他用不太流利的法语大声喊道,“去美国酒店。”

那位留着小胡子的司机嘟囔着应了一声,随即掉转车头,又像被恶魔追赶一样飞速驶去;不久后,司机在美国酒店前停了下来,这是一家颇受学校教师和戒酒工作者青睐的体面旅店。

一个小时后,威廉规规矩矩地躺在自己的床上。黑暗中他辗转反侧,但仍旧保持着那份天真无邪。而在巴克街,那位世故的女士一直等到深夜。最终,在对所有美国人发泄了一番不满之后,她从窗口取下灯,气愤地去睡觉了。

70

凌晨两点,雷努瓦街的房子里,艾伦轻手轻脚地走进表姐的房间,坐在她的床边,开始谈论当天发生的事情。

“我猜,”她说道,“威廉回到镇上后,准能讲出一个精彩的故事。他在这里的时候,总是滔滔不绝。”

莉莉微笑着。“我不确定,”她边回答,边梳理着自己那头浓密的金褐色头发,“据他所说,他现在已远离了喧嚣。镇上许多人甚至没听说过我们。我觉得,在小镇上,威廉、你和我,我们已经成为过去式。”

艾伦回到自己的房间后,莉莉在躺椅上安顿下来。她身披一件淡蓝色雪纺绸的睡袍,上面装饰着象牙色的旧蕾丝,显得既蓬松又华丽。她从书桌中取出那个珐琅盒子,打开后翻阅着那些已经泛黄的剪报。在那堆已经很厚的剪报中,又新增了大约二十张。标题的字体变得更大,社论也增长了一两英寸。那个人正在崭露头角。公众对他的批评越来越激烈,憎恨和怨气也日益加剧。显然,他已经成为一个全国性的知名人物,是抵抗那些熊熊燃烧的熔炉斗争中的一位领袖。

她闭上双眼，静卧良久……沉浸在深思之中。终于，在屋内其他人都已沉沉入睡，四周陷入一片漆黑与寂静数小时之后，她轻叹一声，将剪报重新放回盒中，小心翼翼地锁进了书桌抽屉。随后，她坐定开始撰写信件，笔耕不辍，不时用她那洁白而整齐的牙齿轻咬银色笔杆的末端。当她终于对自己的作品感到满意时，便将信件装入信封，并在上面工整地写下了收件人的地址：利斯厄的加尔默罗会女修道院，莫妮卡修女收。这已是她所写的第一百封信，信中她谦卑地自责，恳求宽恕，然而除了冷漠而无情的沉默，她从未得到过任何回应。这感觉就如同将那些淡灰色的信件投入了一个无尽的深渊。

次年五月，艾伦踏上了前往慕尼黑的旅程。这标志着她宏伟的德国城市之旅的第一步。她计划游历萨尔茨堡、科隆、维也纳和莱比锡。她渴望拜访音乐界的巨匠，如勋伯格、布索尼、理查德·施特劳斯、普菲茨纳、冯·席林……如果灵感驱使，她甚至可能继续前往俄罗斯。当然，她计划中的重头戏是前往魏玛参加音乐节。她向莉莉描述了这一系列的计划，没有设定固定的行程。她将随心所欲地从一个地方漫游至另一个地方。尽管她不懂德语，但她打算像学习法语那样，通过与当地人共同生活来掌握这门语言。因为她将独自一人旅行，学会德语对她来说是必需的。

这次旅程与她一生的风格如出一辙。一旦她感到小镇的生活变得难以忍受，她便打破了先辈们向西拓荒的传统，转而向东行进，去追寻一个对她而言比曾祖父眼中的辽阔西部草原更加陌生的新世界。当那个作为她旅途跳板的旅行推销员不幸去世后，她便可以毫无羁绊地继续自己的流浪生涯。多年的婚姻生活让她积累了丰富的经验，也使她变得更加坚韧。她没有固定的居所，而是不断地迁徙……探索、征服，耗尽一个又一个城市的资源。似乎她被一种真正的不安分、充沛的精力和敏锐的好奇心所驱使。正是这种特质，在强烈好奇心的不断推动下，激励她去开拓莉莉极其厌恶的新音乐领域。她探索那些更为深沉、不那么喧嚣的音乐家们未曾触及的领域。仿佛她被一种巨大的欲望所驱使，渴望在有生之年探索整个世界。

有一次，她在巴黎向莉莉坦露：“你明白吗，我被一种生命转瞬即逝的恐惧所折磨。我渴望了解和体验所有我感兴趣的事物，但这显然是不可能的。”

然而，这几乎就是她所能达到的最深刻的哲学反思了。她没有多余的时间去深入思考。与慵散的莉莉共度的时光总是不自觉地激起她内心一股强烈而愤懑的不安。每当这种情绪涌现，她就会变得焦躁、易怒，令人难以忍受。正是这样一次阴郁的情绪爆发，促使她离开了热尔米尼那座宁静的居所，开始了新的探索旅程。

于是，在那个宁静的夏日傍晚，当脸颊泛红的农场青年尤斯塔什冒着雨从莫城骑自行车赶回，带来了一份最新版的《费加罗报》，上面刊登了一则对全世界都至关重要的简短新闻时，只有莉莉和吉贡夫人在家。

几天前，吉贡夫人被安置在小屋的一楼，因为她已经无法下床，坚持要待在一个能让她耳朵发挥最大作用的地方。她的房间门朝外开，正对着马恩河上方的露台。尤斯塔什到来时，莉莉正坐在门内不远处。

她展开《费加罗报》，将报纸平铺在膝盖上。

吉贡夫人听到报纸的沙沙声，动了动身子，不耐烦地问道："今天有什么新鲜事？"

"没什么特别重要的，"莉莉回答，稍作停顿后继续说，"奥地利大公遭暗杀。需要我为您读一下吗？"

"当然，"老妇人急切地回应，"快读给我听！"

这只是日常惯例的一部分……询问吉贡夫人想听什么内容，然后读给她听；因为最终，莉莉会把整份报纸的内容都大声朗读出来——从卡约夫人那桩著名案件的每日进展，到这个或那个政客的署名文章，再到疗养胜地（无论是多维尔、维希、艾克斯还是比亚里茨）的最新消息，夏季慈善活动的报道，歌剧院的年度舞会，还是军事新闻……所有这些都会读给老妇人听。因为吉贡夫人特别喜欢在那些参加过某个活动或正在某个疗养胜地停留的人中辨认出某个名字，从中获得极大的乐趣。以她自己的方式，这位失明的老妇人把整个法国缩小成了一个村庄的规模。对她来说，卡约夫人的审判不过是一个陈旧的故事，是村里的一桩丑闻。

于是莉莉开始朗读奥地利大公遇刺的报道，吉贡夫人聚精会神地听着，偶尔会发出啧啧声打断她，以表达这件事的可怕程度。莉莉能够理解这些事，毕竟她是一个波拿巴主义者。这感觉就好像王子本人被枪杀了一样。这是共和运动、社会主义的必然结果，说到底，它们是一丘之貉。这不过是这些疯狂想法可能导致的又一个例子。

"这是一个令人悲哀的时代，"莉莉读完后，吉贡夫人评论道，"现在，法律和秩序几乎荡然无存…… 对地位的尊重也已不复存在。这是一片混乱，人们只关心谁能积累最多的财富，谁能成为焦点。金钱！"老妇人嘟囔着，"一切都是为了金钱！如果你靠巧克力或肥皂发财，那就足以让你进入政府。天哪！未来将会变成什么样子啊！"

莉莉心不在焉地听着这番激昂的言论。对她而言，这些话既单调又熟悉。吉贡夫人已经重复过无数次了。她总是将所有的弊端归咎于“这个糟糕的时代”。最终,她总会说:“疯婆子布莱兹夫人终究是对的。将会爆发一场战争…… 她是对的……肯定会的。”

在她说话的同时,莉莉撕开了那十几封信中唯一一封有趣的信。她静静地默读着。读完后,她打断了吉贡夫人。

“我收到了西翁先生的一封信,”她说道,“是关于我要出售的一些家具的事宜。他在信中提到夫人又患上了消化不良……这次病情相当严重。”

吉贡夫人轻轻哼了一声。“纳丁吃得太多了……我已多次提醒过她,但她就是不听。一个那么胖的女人……”

凭借岁月赋予的智慧,吉贡夫人渐渐引出对西翁夫人荒谬行为的种种难以言喻的见解。在那个漫长而宁静的夏日傍晚,两人都沉浸在沉默中,直到最后,吉贡夫人突然提高声音说:“她总有一天会突然就这么离去…… 就那样。”说着,她无力地弹了一下手指。

听到响声,克里凯特和米修懒洋洋地站起来,伸了伸懒腰,摇摇摆摆地走到她的椅子跟前。她用手指摸索着轻抚它们的脑袋,过了一会儿,她转向莉莉说:“该给它们喂牛奶了…… 孩子,记得在牛奶里加点奶油。”

莉莉站起来,把狗唤进了小屋。河对岸的小教堂里,老本堂神父杜邦先生敲响了晚祷的钟声。沿着马恩河边修剪过的柳树后面,起伏的麦田上方最后的一抹余晖也渐渐消失了。房子里,莉莉轻声唱着:“哦,我爱人的心儿很小,很小,很小。”四周再没有别的声响。

过了一会儿,吉贡夫人靠在床上,然后唤莉莉过来。“明天,”她说,“你可以请杜邦先生来看看我。他已经两天没来了。”

第十二章　战争的阴影（71~78）

71

战争终究还是降临到了这个偏远的热尔米尼莱韦克，一个远离公路和铁路的宁静之地。起初，战争的进展缓慢而梦幻，仿佛不真实；但很快，它就变成了一场可怕的噩梦，势头凶猛，愈演愈烈。即便是对军队和兵役了如指掌的农场主及其雇工们，起初也难以置信这竟是现实。悲观主义者们指出，毕竟人们还清晰记得一八七〇年的那场战争，因此战争的再次降临并非不可能之事。

"啊，但战争是难以置信的，"莉莉对吉贡夫人说，"战争的时代已经过去了。现在不可能发生战争的。他们不敢让战争发生的。"

然而，吉贡夫人以她年长的优势回应道："孩子，你从未经历过战争。你对战争一无所知。战争并非完全不可能发生。你知道的，我对一八七〇年的那场战争记忆犹新。"

仿佛所有的对话都突然回到了一八七〇年。每个人迟早都会提及——无论是与麦克马洪共事过的本堂神父杜邦先生、农场主及其妻子，还是尤斯塔什。一八七〇年似乎不再是半个世纪前的往事，那场战争仿佛就在昨日，宛如日落时分才刚刚落幕。人们逐渐意识到，战争并非遥不可及。一旦动员令下达，战争便成为一个既恐怖又奇异的现实，让人感到难以置信。在城堡和农场中，社会等级的界限变得模糊。厨师和农场主的妻子红着眼眶、泪眼婆娑地坐在露台上。在宁静的夜晚，麦田上空回荡着火车不规则的、预示不祥的汽笛声，远处公路上连续不断的出租车和公共汽车的微弱声音，它们正向东边和北边疾驰，穿越潘坦，经过莫城，驶向拉费尔泰苏茹阿尔。

三封来自巴黎的信件抵达，其中两封由男爵的勤务兵亲手递交，第三封则通过邮政系统寄达。一封信件出自男爵之手，另一封则来自西翁先生。

“形势远比我们任何人所预期的更为严峻，”男爵在信中写道，“我深感遗憾，亲爱的莉莉，我无法与你相见。我无法离开我的部队。同样，你也不能前来万森。我们必须尝试像哲学家那样承受这一切。你必须明白，这并非突如其来的变故。它的发展比任何人所期望的都要缓慢。”

“至于这一切将对我或吉恩带来何种影响，我们无能为力。我们都如同困于蛛网之中，无力自拔。愿上帝与我们同在！吉恩将会与我同在。请放心，我会尽我所能去照顾他。其他的，我们只能听天由命。我愿意付出……我愿意付出什么呢？我愿意用十年甚至更长的岁月去换取在离开前与你相见一面。但似乎这是不可能实现的。因此，我们只能耐心等待，直到有一天我们能够再次相见。”

“我们今晚即将启程。我已经安排老皮埃尔去确保你和吉贡夫人能够安全返回巴黎。尽管热尔米尼目前不会受到德军的威胁，但风险总是存在的。谁能预测未来会发生什么呢？天哪！这一切发生得如此突然！”

“再见了，亲爱的莉莉，匆忙之中草草写下。西斯尔献上万千亲吻。”

在他们所有的通信中，这还是首次出现哪怕是最微妙的、超越适当友谊界限的暧昧迹象。毕竟，男爵与这位让他的老表姐吉贡夫人安度晚年的女士之间，始终维持着得体的友谊。不知为何，正是这一点让这封信显得异常沉重，比那洁白信纸所承载的任何不祥预感都要令人焦虑。仿佛常规的界限突然崩溃，仿佛它们已经彻底毁灭，将未经约束的自然状态下那原始而直接的生活暴露无遗。这封信似乎在宣告：“除了生死和爱情，其他一切都变得无关紧要。”

西翁先生的信函显得更为沉着、庄严，体现了外交官应有的风范。这是一位备受尊敬、满头银发的绅士所撰写的信件。

“您必须立即离开热尔米尼。我私下寄出这封信，恳请您不要在莫城的农民和市民中引起不必要的恐慌。当前是战争时期，夫人，无人能够预知将会发生什么。我非常挂念您的安全。请您不要有任何耽搁。无论是步行、乘坐牛车还是火车——无论采取何种方式，总之请您务必离开。战场并非您这样优雅的女士应当停留之地。”

信件到此结束，但字里行间却隐含着一些令人恐惧、难以想象的暗示和暗指。显然，西翁先生所知远超过他在措辞谨慎的信中所透露的。可以确定的是，他与陆军部有着紧密的联系。

此外，还有一封来自吉恩的信件，笔触急促却洋溢着生机，这是一位怀揣战斗激情的年轻战士所书，他全然忘却了周遭一切，包括上帝、母亲，以及所有事物，心中只装着即将踏上战场的壮志。

“亲爱的妈妈，”他这样写道，“我们今晚即将开赴前线。待我归来，或许已是上尉军衔。想象一下吧！您的吉恩成了一名上尉！请不必担忧。我们的部队士气高昂。我预感这场战争将在两周内结束。我和西斯尔同在一支队伍。当然，我也会思念您的。”

“您的吉恩”

莉莉紧握着那三封信，离开了吉贡夫人，独自一人前往河边的白色纤道①上散步。河对岸的农场似乎被遗弃，空旷得仿佛里面的居民都中了魔法，沉入了深深的睡眠。不见牛的踪迹，家禽也消失无踪。房屋门窗紧闭，空荡荡的，宛如一座幽灵般的空屋。纤道上方的城堡也是一片死寂，不见人影。在这片景色中，生命的迹象荡然无存，没有狗吠，没有鸡鸣，也没有孩童的喧闹。她继续前行，不久后回头一望，只见一辆笨重的两轮马车从农场的另一侧驶出，车上高高地堆满了家具——床垫、一台缝纫机、几把椅子，车下还挂着几个柳条编成的小笼子，里面挤满了农家的家禽。三只山羊被绑在车轮旁，随着马车缓缓前进。肥胖的农场主妻子博尔格夫人步履沉重地走在马车旁边，用一根长棍驱赶着行动迟缓的牛，而在高高的一捆稻草上，坐着她的母亲，一位满脸皱纹的老妇人，怀中抱着博尔格夫人的孩子。他们正在撤离，显然是被清晨时分突然出现在从拉费尔泰到莫城的公路上零星散落的难民队伍所迫。毫无疑问，农场和城堡都已人去楼空。在热尔米尼，只剩下莉莉和吉贡夫人。

72

这一发现似乎并未对莉莉造成任何影响，她依旧沿着那条空旷的河边小径前行，步伐未停，甚至没有减缓她那近乎狂热的行进速度。她的举止宛如在逃避一

① 在过去，当运河是重要的货物运输通道时，船只（尤其是驳船）需要一种动力来前行。有时候是靠人力或者畜力在河边的道路上牵拉船只，这条沿着运河边专门用于拉船的路就被称为“纤道”。

种无法摆脱的恐惧。当她抵达河中小岛对面的一处地点时，她突然在一片榛树旁停下脚步，扑倒在悬铃木树荫下茂盛的草丛中。她开始哭泣，无声地抽泣，那漫长而令人心碎的、无声的啜泣让她全身颤抖，仿佛经历了一场剧烈的痛苦。

远处，一列火车的汽笛声悠扬传来。士兵们鲜红的军帽在车厢窗户中一排排地显现，宛如一片片罂粟花。在特里波尔那座白色而坚固的大桥上，出现了两列队伍：一列队伍中，人们汗流浃背、衣衫褴褛，满是哭泣不止、疲惫不堪的妇女和儿童，正朝着巴黎方向前进；另一列队伍则显得欢快而充满活力，男人们身着鲜红的裤子，头戴鲜红的帽子，步伐轻快地向前行进。那些大炮仿佛突然间获得了生命，像一片麦田般英勇地向前推进，准备迎接即将到来的战斗。

片刻之后，莉莉坐起身来，她的头发被风吹得凌乱不堪，乌黑的双眸因泪水而闪烁着光芒。她一遍又一遍地阅读着那些信件，反复地思考着相同的句子……“愿上帝与我们同在！”……“形势远比我们任何人所预期的更为严峻”……“西尔斯献上万千亲吻”……“当前是战争日期，夫人，无人能够预知将会发生什么”……“战场并非您这样优雅的女士应当停留之地”……“或许我会归来”……“待我归来，或许已是上尉军衔”……“想象一下！您的吉恩成了一名上尉！”……“您的吉恩”……“您的吉恩”……“你的西尔斯！”……“您的吉恩！”……“您珍贵的吉恩！”

她缓缓地将信重新折叠，小心翼翼地放回衣服的内兜里。接着，仿佛再也无法抑制内心澎湃的情感，她大声地自问：“我……我自己……他们为何要为我担忧呢？……他们认为我会感到恐惧吗？”她突然间笑了起来。“恐惧什么呢？”

更何况，携带着一位病弱的老妇人，又缺乏交通工具，逃离几乎是不可能的。她再次苦涩地笑了，话语中带着讽刺：“他们真的以为……我拥有魔法吗？”

她躺在那片深邃的草丛中，突然间深刻地意识到，仅仅因为一位奥地利大公在名为萨拉热窝的小镇遭到枪击，她的整个生活便被无情地掠夺、彻底地摧毁。吉贡夫人命悬一线。西尔斯和吉恩正走向毁灭的深渊。还有谁能够幸存？还有何物能够留存？或许西翁尚在。但除此之外，再无他人。这世上，似乎已无其他生灵。她的人生旅程，就这样走到了终点……她所钟爱的一切，她所珍视的一切，都可能在一夜之间被席卷一空，如同垃圾被扫进垃圾桶一般。她仿佛成了一个可怜的、被世界遗弃的卖花女或打杂女工！现在，金钱又有何意义？那些美好的事物又算得了什么？她的一生又价值几何？

于是，她再次扑倒在地，就像在柏树山那座老房子里时一样，放声痛哭。那时，她突然感受到了一生的悲剧，仿佛置身于一片无垠的平原，四周唯有孤寂相伴。

黄昏时分，她缓缓起身，出于长久以来的习惯，她整理了头发，抚平了裙子，随后踏上了回家的路。莉莉的步伐迟缓，青春的活力似乎已从她的步伐中消逝。当她回到小屋时，哭泣的痕迹已不复存在，她带着骄傲与沉默步入屋内。在那一刹那，她苍白而美丽的脸上掠过一丝与母亲相似的神情，那是一种坚毅，与饱经风霜的朱莉娅·谢恩脸上所展现的坚毅如出一辙。

屋内静谧无声，因为老吉贡夫人从床上滑落，躺在地板上睡着了。当莉莉试图唤醒这位老妇人时，她意识到老妇人并非睡着，而是失去了意识。突然间，莉莉也滑倒在地板上，双手掩面，无法抑制地放声大哭。她的抽泣声在宁静的花园中回荡，传入了远处空旷城堡的房间，却无人回应。唯一能听到的声音是钢铁机车那胜利而讽刺的汽笛声，它的腹部被红色的火焰炙烤得滚烫，鼻孔里喷吐着烟火。

最终，她将吉贡夫人抱到靠窗的床上，然后躺在失去意识的老妇人身边，沉沉地睡去。

73

当莉莉醒来时，夜幕已经降临，她带着疲惫起身点亮了灯。火柴擦亮的瞬间，火光映照出房间的每一个角落，熟悉的家具一一展现在眼前——那些罩着印花棉布的椅子，还有那色彩鲜艳的朱伊印花布[①]窗帘，以及窗边那宛如幽灵般洁白的福禄考花[②]。一切似乎都未改变，只是吉贡夫人——老路易丝姨妈——静静地躺在床上，失去了意识，整个房子沉寂得令人感到窒息。

她走进厨房，调制了一杯由鸡蛋、牛奶和白兰地混合而成的饮品，随后用吸管喂给老妇人。她知道该如何照料吉贡夫人，因为老妇人之前也曾出现过这种情况。莉莉自己什么都没吃，只是从窗边的碗橱中取出一瓶波特酒，喝了满满的一杯。片刻之后，她步出室外，去感受那份宁静的沉默。

她身披黑色披风，在外面静坐了许久。周围的农场、小客栈以及村里的房屋都沉浸在一片漆黑与寂静之中。空气中弥漫着一种不祥的气息，仿佛这些居所突然被居民所抛弃，孤零零地矗立在那儿。这种悲伤的氛围令人感到窒息。片刻之后，她点燃了一支香烟，开始抽了起来。她将那点燃的烟头远远地拿开，隔着一段距离凝视着它，似乎那微弱的火光能在某种程度上驱散这份孤独。

莉莉凝望着远方的地平线，目睹着偶尔出现的、犹如热闪电般神秘的彩色闪

① 一种起源于法国茹伊昂若萨（Jouy-en-Josas）、具有浓郁乡村浪漫风格的棉质印花织物。

② 又名洋梅花、小天蓝绣球、金山海棠等，为花荵科福禄考属一年生草本植物，原产于墨西哥。

光。有时，夜风渐起，她能听到一阵细微的声响，仿佛来自远方的雷鸣。突然间，村庄教堂旁的那栋房子亮起了明亮的灯光。那盏灯位于敞开的窗边，光芒穿透夜幕，越过河流，穿过悬铃木下垂的枝条，将莉莉包围在一片柔和的光晕之中。

她屏住呼吸，好奇地凝视着那灯光。那支未曾抽过的香烟在她指间逐渐燃烧变短，最终从她手中滑落。随后，灯光背后显现出教区牧师的身影，他身着一件略显陈旧的黑色长袍。他选择留下，守护着他的教堂。他就这样，在自己的小屋内走来走去，仿佛什么都没发生过一样。不久后，他从书架上取下一本厚重的书籍，置于面前，戴上那副钢边眼镜，开始读了起来。

在寂静中静卧了一个小时后，莉莉起身进入屋内探望吉贡夫人。老妇人仰面安详地躺着，沉睡中发出轻微的鼾声。莉莉轻触老妇人的脉搏，发现它微弱且不规则。随后，她取来一些白兰地和牛奶，小心地喂给吉贡夫人。之后，她裹紧黑色披风，迈步沿着露台向那座横跨马恩河、通往教区牧师家的铁桥走去。

在北方的天空下，闪电的光芒变得越来越频繁，远处的雷声不再断断续续，而是变得越来越清晰。在前往铁桥的路上，微风中轻轻摇曳的赤杨树枝，发出一种模糊而神秘的沙沙声，仿佛在窃窃私语。尽管疲惫，她依旧缓缓前行，直至抵达教堂旁那座小白屋前。

74

听到敲门声，屋内的老牧师从书本上抬起头，摘下了眼镜。

“请进。”他说道。莉莉略带犹豫地跨入门槛，眼睛被汽油灯的明亮火焰暂时晃得什么也看不清。杜邦先生面露惊讶之色，从椅子上站了起来。

“是我，谢恩夫人。”莉莉自我介绍道，“我是吉贡夫人的朋友。”

“啊，是的，我记得您。”

在今晚之前，他们之间的交集仅限于偶尔的问候。例如，他去小屋与吉贡夫人玩皮克牌时，或是清晨他碰见莉莉骑马穿越树林时。

“请坐。”他随即补充道，“您怎么会在这里？您知道的，德国人随时都可能发动攻击。他们肯定会在天亮前到达。”

“这么快？”莉莉满不在乎地反问。对她而言，德国人的到来似乎并不那么重要。或许他们会来，但她并不觉得这有什么大不了的。

老人把头俯在桌子上，开始翻阅书页。“我们的士兵非常勇敢，夫人。”他说道，“但他们面临的挑战太多了。他们还没有完全准备好。不过，最终我们会胜利的……就目前来看……”他边说边做了一个手势，暗示这一切都取决于上帝的旨意。他是个质朴的农民,由虔诚且疼爱他的父母抚养长大,立志成为神职人员。

“如果您能离开就好了。”他突然停顿了一下后说,“我担心情况不会太好。”

莉莉轻声笑了,那一刻,往昔那股无忧无虑的快乐似乎又回到了她的身上,甚至带上了些许多年前在柏树山公园经历另一场冒险时的那股劲头。

“还有吉贡夫人呢。”她补充道。杜邦先生默默低下头,凝视着桌面,这是一种无声的同意,无奈的接受。

“而且,”莉莉继续说,“我不感到害怕。我甚至觉得我可能会享受这段经历…… 我真的很想知道战争究竟是什么样子。”似乎担心他没完全理解自己的意思,她又补充道:“当然,我并不是喜欢战争。哦!绝对不是!但您能理解这对男人们意味着什么…… 我有亲人正在战场上。”她微微颤抖了一下,将黑色披风裹得更紧。“我觉得如果女人们也能参与战斗的话,对她们来说可能会更容易一些。总比在家里…… 独自等待要好。”

牧师合上了手中的书本。“夫人确实是一位美丽的女性。”他低声评论道。

莉莉再次微微一笑。“哦,我完全理解您的意思……”她深邃的眼眸中掠过一丝沉思的光芒。她似乎突然间在聆听那遥远的、隐约可闻的雷声。“确实如此,”她轻叹一声说,“我明白。幸运的是,我从未考虑过逃离。即便我想离开,也无法做到。您知道的,吉贡夫人将她的一生都托付给了我……现在,我不能弃她而去。”

此刻,她背靠着小房间刷白的墙壁,坐了下来;她的黑色披风与火红的头发形成了一幅如画般的美丽景象。她的脸色苍白,眼圈发黑,但不知为何,这反而使她的眼睛显得更加明亮,皮肤也显得更加白皙。她看起来有些憔悴,但那是一种美丽的疲惫,透露出一种独特的高雅与柔弱。

“吉贡夫人确实是个好人……”牧师说道。

杜邦先生的嗓音低沉而恭敬,几乎难以听清,然而他的话语却在访客心中激起了不同寻常的波澜。她突然身体前倾,双肘撑在桌上,披风从肩头滑落至地面。她开始情绪激动地倾诉,声音里充满了深沉的忧伤。

“哦,她真的是个好人,”她继续说,“她把整个生命都奉献给了我。我们共同生活了二十年。对我来说,她就是我的全部。您能理解……她是朋友……是伴侣……甚至是像母亲一样的存在。”

随后,她出人意料地敞开了心扉,将自己一生的故事,一件件、一桩桩,毫无保留、毫无遮掩地全盘托出。在那位惊愕的老牧师面前,她生动地重现了柏树山的那座房子、米尔斯工厂、那个小镇,以及她那古怪的父亲、玩世不恭的母亲、歇斯底里的艾琳等人物的形象,勾勒出一幅动荡不定、目标模糊的生活万花筒。她向他讲述了吉恩的故事。她甚至一点一滴地透露了自己对男爵那份持久的爱恋。她向他坦白,在内心深处,她甚至为了一位普通工人…… 克林科犯下了错误。

“然而,”她继续说道,“他并非一个简单的普通工人。他的重要性远超一般工人。您明白的,他几乎可以被视为一个殉道者。为了他的人民,他舍弃了一切。在必要时,他甚至愿意牺牲自己的生命……即便现在,一想到他,我的心中仍会感到痛苦。他是一个有影响力的人……一个善良的人……一个高尚的人。”

她长时间充满激情地谈论着他。在老牧师惊异的目光下,莉莉满怀热情地表达了对克林科的深切怀念。在那间空旷、刷成白色的房间里,他似乎就那样长久地站立着,强大、严峻、历尽沧桑,就像在柏树山公园那场血腥之夜时的他一样。

“他是个好人…… 至今仍是。”她气喘吁吁地说道,眼中闪烁着明亮而炽热的光芒,“我从未向任何人透露过这些…… 我们之间没有过错…… 除非深爱也算是一种过错。”

杜邦先生仿佛化作了一尊石像,静默地坐着聆听。他仅打断了一次,那是在她提及男爵之时。那一刻,他不安地挪动了一下,目光紧锁着她,似乎在怀疑她话语的真实性。

“难以置信!”他喃喃自语,“难以置信!”稍作停顿后,他又说:“只有上帝才明了人心深处潜藏的秘密。只有上帝才明了…… 我们无法洞悉…… 根本无法洞悉!”

莉莉并未理会打断,继续她的倾诉,话语如泉涌。她带着一种狂热的喜悦,急切地表达着;然而,她的话语里并没有忏悔的意味。她似乎并未对所犯下的罪行有深刻的理解,甚至没有丝毫的悔意。她气喘吁吁地叙述着这个故事,对自己、对自己灵魂的悲剧感到一种莫名的惊异,惊异于自己竟如此轻易地陷入了爱河。与其说她是在忏悔,不如说她是在向这位颤抖的老人倾诉那些长久压抑、如今不得不吐露的秘密。

最后,她做出了总结。“您现在应该理解了,”她说道,“为什么这场战争对我来说,承载着无法用言语表达的悲剧。您也应该理解吉贡夫人对我而言意味着什么。”

她拾起地上掉落的披风,颤抖着披在身上,然后带着一种疲惫而听天由命的神情,靠在那把坚硬的小椅子上。“您看,不仅仅是因为战争…… 吉贡夫人即将离世。战争夺走了所有。您能理解,我将会孤身一人…… 完全孤独。”

杜邦先生没有回应。他低着头,像艾琳过去常做的那样,在默默祈祷。他们在为莉莉祈祷,而她已经有七年多未曾踏入教堂一步。

“我来是想带您去看看她,”莉莉继续说,“她现在已经生命垂危…… 我确信她的时间不多了。”

牧师终于抬起头来,轻声回应:“走吧。如果她真的快不行了,我们不能浪费任何时间。”那温柔的声音让莉莉的眼眶湿润。她拿出那块已经湿透的手帕。

“我还以为,”她说,“我已经流够了眼泪。看来我还有许多泪水要流。”(莉莉在此之前从来没有落过泪。)

75

杜邦先生整理好葬礼所需的所有物品后,戴上他的铲形帽,提起一盏灯笼。

“我们走吧,”他说道,“时间紧迫。”于是,他们一同走过了那条白色的道路(路旁是沙沙作响的赤杨林),穿过了铁桥。灯笼在杜邦先生手中无力地摇曳。一路上,两人都沉默不语,直到他们到达一处台地。这时,莉莉抬头望去,只见小屋后的天空一片白茫茫,仿佛灰色的烟雾在空中飘荡。

“那边一定起火了。”她边说边把手搭在同伴的胳膊上。

杜邦先生停下脚步,举起灯笼,高高照耀,以便光线能穿透爬满藤蔓的小屋后的黑暗,他凝视着天空片刻。

“那不是烟,”他突然开口,“是尘土。骑兵部队正在沿路行进。”

这时,莉莉首次听到了那些暴露行踪的细微声响…… 马刺的叮当声,马肚带的吱嘎声,马蹄踏在白色路面上的沉闷声响,随后,又传来了一匹马孤独的嘶鸣声。

76

在小屋内,莉莉将吉贡夫人托付给了牧师。牧师对莉莉的判断表示了肯定。这位老妇人生命已近尾声,即便能找到医生,现在召唤也于事无补。

“她病得非常严重,已经很久了,”老人说道,“我感觉她可能并不希望在临终的路上受到干扰。”

莉莉轻手轻脚地关上房门,将这两位老朋友留在屋内。这时,她注意到杜邦先生在灯光下跪下,开始祈祷。

她疲惫地攀上通往二楼的狭窄而曲折的楼梯,发觉自己难以入眠,便走到大门上方的窗边坐下,注视着那队奔赴战场的骑兵队伍。这些骑兵已经骑行了数小时,此刻他们默默地行进,满身尘土,面色苍白。马匹上的黑色鬃毛随着马步的节奏摇曳。他们彼此间的差异难以辨识，仿佛只是一个个模糊的黑影，构成了千篇一律的军阵，机械而毫无生气。连人声也听不见，唯有马刀轻微的撞击声和马匹如同幽灵般的呼吸声。吉恩或许就在这支队伍中……西尔斯本人可能也在。这很难辨认，因为他们实在太相似。他们不再是独立的个体，而是化作一个个单元，成为一部巨大机械上的齿轮。在他们之中，任何个体都不再具有特别的意义。

不一会儿，骑兵队伍消失在视野中，紧随其后的是炮兵部队。弹药车发出嘎嘎的声响，挺立在弹药箱上的士兵们英姿飒爽。最终，炮兵队伍也消失在那片充满未知的黑暗之中。四周变得异常寂静且令人不安。楼下，传来了杜邦先生主持葬礼仪式时所发出的低沉诵经声，这仪式将引导吉贡夫人平静地进入另一个世界…… 那个遥远的彼岸世界。在今夜这孤寂得令人窒息的宁静中，那个彼岸世界似乎触手可及。人们仿佛只需闭上双眼，跨出一步，便能踏入那片黑夜，进入那个世界。

莉莉静坐不动，挺直脊背，目光紧锁着窗外。一队接一队的队伍行进而过；终于，一名男子骑着一匹黑马，转进了大门。那匹马的胸脯上沾满了白沫。他与其他士兵无异……是一个单元，一个毫无个性的存在，只是他稍微落后于其他骑兵，独自骑行。在拱门下，他翻身下马，紧接着，他做了一个动作，立刻彰显了他的独特身份。他径直走向藏匿在常春藤叶间的铁环，将黑马系在了那里。这一举动揭示了他的身份。只有一个人确切地知道铁环藏匿在叶间的那个位置。关于他的身份，再也没有任何疑问了。

他将黑马拴好后，从房子旁走出一小段距离，轻声呼唤："莉莉……莉莉。"

77

没有人回应他。他还没来得及再次呼唤，一个身着黑色披风的高挑身影便从门口疾步而出，急匆匆地向他奔来。

"西尔斯！……西尔斯！"她仅喊出了这个名字。她紧紧依偎着他，他那闪亮的胸甲上的金属片挤压着她那娇嫩柔软的身躯。一刹那间，西尔斯热情地亲吻着她，最终，她默默无言地带着他离开屋子，走向那条从城堡花园通往河边的树篱夹道的小径。他们手挽着手，带着忧伤前行。

"我只有一会儿时间，"男爵说道，"最多十分钟。我甚至都不该有这点时间。"

莉莉告诉男爵吉贡夫人快不行了。她解释说老皮埃尔未能前来协助他们逃离，即便他来了也无济于事，因为吉贡夫人已无法移动。在这番解释上浪费了宝贵的三分钟后，她接着说："你不必为我担心……我会平安无事的……我只希望也能如此确信你的安全。"

听到这话，他轻声笑了起来，让她安心，同时还像个好战的人那样捋了捋他那浓密的髭须。

"你不必为我担心，"他再次说道，"我的运气总是特别好……一直都是这样。"说这话时，他紧紧地注视着她，目光闪烁。

随后，他们静静地依偎在一起坐了一会儿。片刻之后，他摘下头盔，轻轻放在她的腿上，任由她的手指在那长长的黑色羽毛间穿梭，缠绕。

"还有吉恩，"过了一会儿，她开口问道，"他和你在一起吗？"

"他和我在一起。他和其他人一起从你窗下经过了。他让我代他向你问好。他本来也想来的，但他知道擅自离队不符合军人的规矩…… 他是个好兵，"他轻声补充道，"是个勇敢的小伙子。我就不一样了。我是个老兵了。我明白有时候必须得离队。有时候就算离队也没什么大不了的。"

在黑暗中，莉莉闭上了双眼，似乎突然间感受到了剧烈的疼痛。"艾伦曾经提醒过我，"她说道，"绝不能过分溺爱自己的孩子。"

他轻柔地吻了她，安慰道："别这样，你不能这么想。你得明白，他只是个男孩……一个充满热情的男孩。"

随后，他继续谈论她所面临的危险，极力劝说她不要继续留在这里。

"本堂神父杜邦先生在这里陪着我呢……"她回应道。

"让他去照顾吉贡夫人就可以了。"

"不，我不会那样做的……而且，或许德国人根本不会抵达这里。"

"的确，"他面色沉重地回应，"或许他们不会。我们会尽一切努力阻止他们。"

随后，他们一同返回到大门边。此刻，屋内一片寂静，再也听不到杜邦先生的声音。男爵重新戴上头盔，解开马缰，翻身上马。他俯身再次亲吻了她，然后拨转马头，穿过大门，踏上了大路。她聆听着黑马的蹄声在行进的队伍旁疾驰而过。最终，当那马蹄声的回音也消散时，她回到屋内，倒在床上。在这短暂的相聚时光里，她始终压抑着自己的情感。现在，她静静地哭泣，内心几乎达到了一种平静，仿佛被一种深深的顺从所环绕。

78

吉贡夫人挺过了那个夜晚，在她那张靠近通往露台的门旁的高床上安然入睡。但莉莉压根儿没睡着。她一直守着,时而坐在床边,时而裹着披风躺在悬铃木下的长椅上。她注视着树林那头地平线上的道道闪光,直至黎明悄然来临,将那些光芒逐渐吞噬,让它们在微弱的晨光中消失殆尽。那微光越来越亮,直至笼罩了整个苍穹。突然间,毫无预兆地,那片黑乎乎的树林发生了变化,原本它就像一堵横亘在天际的低矮黑墙,此刻却变成了一片在渐亮的晨光映照下露出纤细树干轮廓的树林。

黎明破晓时分,部队的行进声不再从屋前响起。那条被无数脚步和车轮碾压过的白色道路,在两排栗树的夹道下,显得异常冷清。尽管如此,尘土中成千上万的马蹄印和宽轮弹药车的车辙依然清晰可见。特里波尔远处的那座桥上,曾经驻守的小队伍已经不见踪影。不再有士兵向前线进发;取而代之的,是偶尔经过的零星马车,或是某个店主的身影,他推着一辆木制手推车,车上装着他从自己那小店里抢救出来的所有家当。

中午时分,一辆炊事车由几匹疲惫的马匹拖拽着,缓缓驶出树林。驾车的士兵们同样满身尘埃,脸色苍白。车子越驶越近,最终停靠在农场旁。在几座灰色大谷仓的阴影下停了下来,驾车的士兵们开始享用午餐。不久之后,其他士兵们开始在树林间现身,他们是一群穿着红色裤子、头戴红色帽子的小小身影。那红色已不再鲜艳如罂粟花,而是被污渍和尘土所覆盖。在绿树的衬托下,那红色显得格外醒目,仿佛刻意让他们成为显眼的目标。

士兵们或独自一人,或三三两两,零星地穿过田野,朝着搭建在谷仓灰色墙壁旁的炊事车前进。阳光灿烂耀眼,在这明亮的白光映照下,红色的瓦片、白色的墙壁以及翠绿的树木显得格外欢快和鲜明。一些士兵用吊带固定着受伤的胳膊,胳膊上悬挂着武器。有几位剃着短发的士兵头上缠着绷带,血迹斑斑的绷带仿佛是他们那悲伤的小红帽渗出的红色,染在了皮肤上。一位穿着时髦的年轻军官,留着一丝不苟的小胡子,拖着受伤的腿,手上还戴着那副曾经洁白无瑕、现在却破旧不堪的白手套,这手套曾伴随他上战场。

士兵们用餐完毕,便穿过铁桥,沿着花园脚下的纤道转弯,继续他们的征途,如同细流般缓缓向巴黎方向移动。

最终,莉莉振作精神,走向花园的尽头,打开门扉,站在小径上。她手持酒瓶,在士兵们经过时递给他们饮用。

“战事进展如何?”她不时询问。

士兵们总是恭敬地回答:“情况很糟,夫人……非常糟糕。您最好还是离开这里。”

或者他们只是耸耸肩，回答："我们能怎么办呢，夫人？他们拥有更精良的枪炮……更精准的炮弹。我们甚至看不见敌人在哪里。他们的伪装让他们看起来就像树木一样（难以察觉）。而我们……"说着，他们指向那致命的红色裤子和军帽。

莉莉看到特里波尔上方的河面上腾起一片白色尘土和黑色浓烟。她意识到法国人炸毁了那座坚固的白色大桥。是法国人自己炸毁的。这表明德国人一定已经迫近了。

在门内不远处，吉贡夫人平静地沉睡着，爆炸声并未打扰到她的安眠。

对于躺在矮椅上的莉莉，这声爆炸似乎创造了一个奇迹。她那苍白的脸上开始泛起血色，脸颊上出现了一片片红晕，仿佛她突然间发烧了一般。不一会儿，她站起身来，在花园里来回踱步，最终走进了城堡内部。过了一会儿，她带着一副男爵的双筒望远镜返回。手持望远镜，她爬上了那座被藤蔓缠绕的鸽舍上方的小塔楼。在那里，她坐下来开始观察。

不久之后，一队炮兵出现在林间，他们在树林的边缘停了下来，开始向拉费尔泰方向开火。那里，被火焰吞噬的房屋升起的浓烟在地平线上低低地弥漫。这是一幕壮观的景象。士兵们迅速地操作着大炮，炮口喷出一缕缕的白色烟雾，紧接着是突然而愤怒的轰鸣声，不过倒也算不上震耳欲聋。在这清澈的傍晚光线中，这一切宛如梅索尼埃[①]笔下的战争画作，清晰、美丽且色彩斑斓。

但没过多久，炮兵部队的射击声戛然而止，马匹再次向前用力拉紧挽具，大炮沿着小径被拖拽前行，经过那座白色的农场，并越过了铁桥。马蹄在飞奔中踏击桥板，发出雷鸣般的回响。这支微小的马队在纤道转弯后便隐没不见。突然，三名身着灰绿色军装的骑兵从树林中跃出，他们勒紧缰绳，审视着四周的景致。他们正是普鲁士枪骑兵的先锋。

① 法国画家，以描绘战争场景等著称。

第十三章　命运的终章(79~91)

79

随着夜幕的降临,德国军队占领了城堡和花园。他们分成二三十人的小队,穿过田野,越过灌木丛,向莫城方向稳步推进。其中一些士兵留守城堡,使用了男爵夫人最精致的亚麻布料,并从厨房墙上取下厨师那套闪亮的大铜锅,用来烹饪豆子和炖汤。

在昏暗的小屋内,莉莉静静地坐在吉贡夫人身旁,聆听着他们的呼喊声以及马厩中马匹不安的蹄声。在黑暗中,那些模糊的身影在花园的树木间快速移动。那是她的敌人,一旦有机会,这些人会毫不犹豫地对西尔斯和吉恩下杀手。在混乱之中,无人敢于冒险深入到离城堡如此遥远的小屋,因此莉莉暂时得以在此安身。

大炮的轰鸣声已经不再响起。有那么一会儿,远处传来步枪的噼啪声,宛如八月时护林员点燃灌木丛所发出的声响;但不久后,这声音也逐渐消散了。

莉莉洗了把脸,再次给吉贡夫人喂食,然后重新坐下等待。最终,在极度疲惫中,她静静地入睡了。

城堡内疲惫的德国士兵也已沉沉睡去,马厩中的马匹也不再踏动。一种深沉而连绵的寂静再次笼罩了花园以及远处的麦田,如此宁静,以至于刚才的枪炮声和呼喊声仿佛只是一场幻觉,一个与现实毫无瓜葛的噩梦。

时间就这样悄然流逝,三个小时过去了。

一阵急促而专横的敲门声将莉莉从睡梦中惊醒。她迅速站起身,似乎出于本能,用法语轻声请求:“请轻一点……拜托了,没必要把门砸坏。这里有个生病的女人。”

门一打开,她便被一道突如其来的手电筒强光所笼罩。与此同时,一个操着极为流利的法语的声音响起:“非常抱歉,夫人。请您原谅。我不知道这小屋里有人居住。”

这声音并不粗哑,反而异常平滑,带着一丝冷淡和疲惫。“我注意到门是锁着的。我总是会敲锁着的门。”那声音继续说道,“我可以进来吗?”

莉莉被这突如其来的强光晃得几乎睁不开眼。她倚着门站着,逐渐从沉睡中清醒过来。有那么一会儿,她没有说话。

“我还是到外面来吧。”她最终回答道,“这里有个生病的女人……如果你用手电筒照照屋里,就会知道我没有说谎。她就在那儿。”

灯光扫过吉贡夫人的高床。“我相信您,夫人。”

莉莉轻轻关上门,随后倚靠在门边。城堡下方的一扇窗户透出微弱的光线,照亮了露台、小屋的正面以及那位枪骑兵军官。他身材不高,外表并不显得凶猛。相反,他那瘦长的脸刮得干干净净,与其说他是一位军人,不如说他更像一位学者。然而,他站得笔直,身体冰冷而僵硬,显得有些虚弱。

“你找我有什么事?”莉莉用一种毫无情感的、单调的声音问道。

骑兵军官迟疑了片刻,随后关闭了始终照向她的手电筒。“您刚才在睡觉吗?”他询问道。

“是的。”她依旧用那毫无生气的语调回答。

“真是不简单。您一定是个非常勇敢的女性。”

“不……一点也不。我已经三十六小时没合眼了。”

他再次犹豫。“我……我也骑了很长时间的马……但我还是睡不着。我尝试过……我的神经太紧张了。”

她静静地等待着。

片刻之后,他开口询问:“告诉我……您为何选择留下?”

她做了一个手势,指向了躺在窗下的吉贡夫人。“你已经看到了原因。”她回答,“我没办法脱身。”

男子轻声吹了声口哨。“难道您一点儿也不感到恐惧?”

一时间,只听到一声深深的叹息。片刻之后,她以一种毫无生气的声音回答:“无能为力时,烦恼是徒劳的。最好是尝试适应。你希望我怎么做?”在那一刹那,她的声音中透露出一丝活力,几乎是带着幽默地反问:“你希望我躺下尖叫吗?”她再次叹息。“那能有什么用呢?又能带来什么结果呢?我可不喜欢大惊小怪的。”

这位枪骑兵露出了微笑。“您与众不同,不像大多数女性。”他评论道,“不过您说得对。事后看来,大惊小怪确实显得有些可笑。实际上,没有什么事情是真正那么重要的…… 这两天我算是领悟到了。”他带着一种自豪的语气补充道。

对此,她没有回应,但她的沉默似乎默认了他的话,并没有反驳。

“我猜您对我怀有恨意。”他开始说道,“作为一位杰出的法国女性。”

她第一次抬起头,直视这位陌生人。“你想干什么?”她询问道,“你为什么要这样说话?你明知我无能为力。如果你想交谈,我只能奉陪。”在昏暗中,她眉头紧锁。“这大概就是战争的残酷吧。”她继而补充道,“而且,我并非法国女性。我来自美国。”

听到这番话,陌生人突然显得震惊。在黑暗中,能听到他制服上某处金属部件碰撞发出的声响,比他的动作更为明显。

“那么您对我的憎恨或许更深…… 我曾居住在巴黎。那儿的美国人比法国人还要法国。”

这番话显然激怒了她,因为她迅速回应道:“我在巴黎并不认识任何美国人。我对他们一无所知。”

这位骑兵轻声笑道。“夫人,我绝无伤害您的意图。”

对此,她回应道:“我想你不会介意我坐下吧。我感到有些疲惫。”

这位陌生人的态度突然转变。他变得异常礼貌,几乎是谦恭有礼。

“很抱歉。我之前没注意到这里有椅子。您看,我对这个地方不太熟悉。如果您愿意,当然可以坐下来……我绝不会让一位女士受苦的。”她走向菩提树下的长椅,躺了下来,裹紧了披风,闭上了眼睛。

“或许,”这位陌生人提议,“您想再休息一会儿。”

“不,”她平静地回答,“我现在无法入睡。”似乎这个想法让她觉得有趣,她又补充道:“我不妨和你聊聊天……既然你也睡不着。”

“随您便…… 只要您不讨厌我。”

他坐在她旁边的椅子上，从腰间解下挂着黑色鲁格手枪的皮带。他们就这样静静地、平和地待了一会儿，仿佛是无须多言的老朋友。这位德国人两肘支在膝盖上，头埋在双手里。他那穿着沾满战斗污渍的制服的瘦削身影，显得既利落又有棱有角。

最终，他掏出一支香烟，询问道："夫人，我猜您抽烟？"

莉莉闭着眼睛回答："不抽。"

他表现得极为礼貌，礼貌得无以复加。片刻之后，他深深叹息，感慨道："啊，这文明……这猴子的世界。"夜幕再次降临，四周一片寂静，因为莉莉也不再言语。她静静地躺着，静得仿佛失去了生命。她的沉默似乎在无声地责备他，这让他突然转身，带着一丝苦涩问道："您以为我喜欢这样……像个小偷一样住在一座城堡里……您的城堡？"

"这并非我的城堡。"莉莉轻声说道。

"您以为我喜欢这场战争……我并不愿意去杀人。我为什么要愿意呢？我并不憎恨他们。怎么可能去憎恨呢？您又怎能憎恨我呢？"

她不耐烦地挪动了一下。"不。没有充分的理由，确实很难真正地憎恨一个人……必须能说出个所以然来。但不管怎样，你是我的敌人。"她固执地补充道。

这位枪骑兵笑了。"是谁让我成了你的敌人，女士？肯定不是我自己。"随后，他稍作停顿，带着一种绝望的语气补充道："不，我和其他人一样。这与我毫无关系。女士，我们都被困住了……无可救药地困在一个由怪物编织的大网中。啊，那是一个怎样的怪物呀！"

远处的马厩里突然传来两匹马争吵的声音。一阵猛烈的踢踏声……还有一声野蛮而无情的嘶鸣声。

"我们甚至都不像它们那样。"他说道，"我们甚至都不会像它们那样又咬又踢…… 我们只是在远处互相开枪。夫人，或许在我正在交战的那些人当中有您的朋友。我杀了他们，他们也会杀我，只因为先开枪的人最安全。您知道的，炮兵们甚至都看不见他们所杀的人。"他突然啐了一口。"呸！这就是机器…… 全是机器…… 机器，您明白的，都是在那些轰鸣的大工厂里制造出来的。他们在工厂里制造出能杀人的机器，为的是在战场上杀更多的人。这有什么意义呢？"

她依旧没有回应他的问题。那两匹争吵的马已经被分开，它们的嘶鸣声也已平息。又是那股压倒一切的寂静，一种超凡脱俗的寂静，它把所笼罩的一切都提升到了一个由新的价值所决定的新层面。生命、死亡、现实、梦想 —— 所有这些东西都变得模糊不清，但又惊人地清晰，仿佛整个世界都被一道冰冷的白光穿透了。

80

莉莉无疑感到这个男人的言谈举止中透露出一种歇斯底里的气息,带着神经衰弱者特有的那种狂热。“夫人,您真的应该亲眼去看看我们的一些城镇,那里有巨大的熔炉……埃森,夫人,或者萨尔布吕肯……它们是如此黑暗和肮脏,难以置信地污秽,到处是熊熊燃烧的火焰和炽热的钢水……我熟悉那些地方,夫人,我曾在那儿居住过。”

此时,莉莉第一次有了反应。她甚至轻声笑了起来,尽管笑容中带着明显的苦涩。“熟悉?我也很熟悉。美国也有这样的地方。”

陌生人对她的插话完全不予理会。“看,夫人,”他以命令的口吻指向北方,那里的地平线被一座城镇燃烧的火光染得通红。“看,夫人。您看到天空中的那片火光了吗?熔炉满得溢出来了。白热的钢水已经蔓延到了整个欧洲。里面还有金子……炽热的金子……熔化了的神像……我们如今所崇拜的偶像。”

他的声音逐渐提高,最后几乎是在吼叫。演讲结束后,他向后倚靠在椅子上,那身华丽的制服立刻变得皱巴巴、软塌塌的。片刻之后,他开始轻声细语地继续说话,仿佛那股情感的洪流已经耗尽了他的精力。

“我们能去哪里呢?即便我们渴望逃离,又能逃往何方?无处可去。因为那些猴子……那些愚蠢的家伙已经将整个世界变得文明化,以便他们能够推销他们廉价的棉布和锡制托盘。他们孕育了一个怪物,而这个怪物正在摧毁他们。再也没有宁静……没有独处的空间了。他们甚至从犁耙旁拉走了农夫……从山坡上拽下了牧羊人。”他再次指向那片燃烧的地平线。“他们将人们驱赶到平原,而那里的大锅[1]已经在整个欧洲泛滥成灾。这一切的根源,夫人,就是那些怪物。啊,商业、工业、财富、权力。”他扔掉手中的香烟,又点燃了一支。“当这一切结束时,你认为谁会是赢家呢?不会是农夫,夫人。不会是牧羊人,也不会是诗人。啊,不会的!他们会被埋葬…… 整具尸体或者尸块,因为他们已经毫无用处。工人也不会是赢家,夫人,工人会被那个怪物吞噬。啊,不会的。”他的声音突然提高。“赢家将是那个怪物……还有那些被它用金子填满口袋的帮凶……那个由物质、由工业构成的怪物。它会毁灭我们。它会将我们吞噬。我们能做什么呢?您看,我心里有数。我在法国生活过。我在英国也生活过……您知道的,我的祖母是英国人。我本想在英国定居。但是不行!三周前我还在英国。然后突然间我不得

① 指代战争的灾祸。

不回家加入我的部队，踏上了这次将我带到这个被践踏的花园的远征之旅。为了什么？谁能说清楚呢？为什么？谁知道呢？肯定不是因为这能给我带来快乐，也肯定不是因为我关心德意志帝国的存亡。那不过是将我们拖入战争的一个借口罢了。”他又疲惫地垂下了头。“您看，这就是我无法入睡的原因。我一直在思考这些问题。这些问题让人无法安然入睡。我的手上沾满了鲜血。我今天杀了人……用枪射击，用刀刺。我向您保证，这并没有给我带来任何快乐。我本应该喜欢我杀死的那些人的。我无能为力。我无法与之抗争。不，只有一件事可做。我必须尽可能多地杀掉敌人。我必须摧毁一切可以摧毁的东西，因为如果我们摧毁得足够多，那个怪物就没有东西可吃了。它也会死去……连同这种文明一起……这种平庸、丑陋、物质主义、非基督教的文明……这个被贪婪充斥的世界。”

这位枪骑兵向前俯身，将脸埋入臂弯之中。看到此情此景，莉莉轻手轻脚地站起，带着满心的疑惑，默默注视着这位行为古怪的同伴。最终，她轻声发问：“你为何要向我吐露这些？是因为你感到恐惧吗？”

那男人发出一阵模糊、类似轻笑的声音，随后重新坐直了身体。“啊，不！夫人。您认为我失去了理智。嗯，或许吧，我并不否认。您看，对我来说，成为一名战士并非易事。我确实有些疯狂。不，我之所以这么说，是因为……”他停顿了一下，似乎在寻找一个合理的解释，来说明自己这种在军人身上显得完全不合逻辑的情绪波动。“因为…… 有时候，恐惧并不重要，因为恐惧根本不存在。当一个人被巨大的绝望所笼罩时，身体会遭遇什么就变得微不足道了。您理解这一点。就在不久前，您自己也表达过类似的观点，您说过到了某个时刻，害怕已无济于事。”他向后靠去，做了一个否定的小动作。“都无所谓了。”他总结道。在城堡较低的窗户透进来的微弱光线中，可以清楚地看到他正苦笑着，一脸绝望。“不，我会继续战斗，直到自己被击败。这不会是一个漫长的过程。期望自己还能多活些时日，那简直是荒谬的。”他轻轻吹了声口哨。“我今晚甚至可能就会被击败…… 在离开您之后。我要尽可能多地战斗。我只能听天由命。我无能为力。我并非只是个沉迷于战争游戏的无知少年。”

听到这番话，莉莉突然一震，仿佛遭受了重击。随后，她缓缓地站了起来，黑色的披风从她的肩头轻轻滑落。

“在这场战争中，我有一个儿子和一个情人。”她说道，“如果你碰见他们，你会杀了他们，对吗？”

枪骑兵默默垂下头，无声地承认了。

“但你自己都不相信这场战争（的意义）不是吗？”

“的确,夫人。”

“那么,这就是错误的。这是有罪的。”

这位陌生人向她俯身靠近。“杀死他们并非我的本意。我只是一个偶然因素,命运手中一把微不足道的小匕首…… 与他们的死亡相关的十亿分之一的可能性。我本人并不会真的去杀死他们…… 如果我亲手杀死了他们中的任何一个,那将是一件多么奇怪甚至不可能的意外。您能理解,我们现在讨论的是残酷的现实…… 事实。在这种情况下,多愁善感是不合适的……”他讽刺地微笑。“我理解,对于女性来说,面对事实可能有些困难。这仅仅是一个概率问题……就像轮盘赌一样。”

莉莉沉默了片刻,陷入深思。最终,她平静地开口:“他们和你一样,都是骑兵部队的一员。你可能会杀了他们。你就是其中的一个可能性。”她的镇定与士兵的狂乱形成了鲜明而令人不安的对比。

“我看得出来,您是一位哲学家……一位女学者。”陌生人讽刺地说。

“或许你应该选择一个更合适的时机来嘲笑。”

男子咳嗽了一下,显得有些尴尬。“请原谅……我真的很抱歉……我错了。如果知道您是位女学者,我不会这样说话……您是一位女性……一位美丽的女性。我情不自禁地想要和您交谈几句。”

“我只是一个坚持自己信念生活的女人。仅此而已。”

“这需要勇气,夫人……还需要淡然,这两点您都比我做得好。”他再次紧张地咳嗽。“或许我太理性了……或许我认为不值得去抗争……特别是在这个暴民横行、政客们完全掌控的时代。”

81

这个德国人轻声笑了起来。“您真是个质朴的女性,夫人。能遇到一位如此直率迷人、充满女性魅力的女性,对我来说真是耳目一新。这样的女性已经不多见了。这种特质应当永远与美貌并存。如果一个女性不具美貌,那么这种特质也就显得不那么重要了。”他稍作停顿,期待着她的回应,见她沉默不语,便继续说道:“我真心羡慕您的伴侣。他真是个幸运的男人。”

听到这番话,莉莉轻微地动了动。虽然动作不大,却明显流露出一丝愤怒的警告。

“当然,你想说什么、做什么都是你的自由,”她回应道,“我对此完全无能为力。”

在昏暗的光线中，枪骑兵轻轻摆动着马刺。“哎……请别这样。我之前已经告诉过您，我无意伤害您。对我来说，今晚……在这个特别的夜晚……或许我们可以坦率地交谈……就好像这世界上不存在那些荒谬的事情。我们彼此不知姓名，而我确信我们不会再相遇，因为毫无疑问，几天之内我就会死去。您已经承认您有一个情人。”他身体前倾，越过桌子，带着一种奇异的恳求神情。“您看，我感到疲倦。我的意思是，我已经厌倦了持续的伪装。您有没有想过，我们周围有多少障碍……即使是我们最熟悉的朋友之间也是如此。他们背后隐藏着无数的秘密……有些事情我们永远也不会知道，甚至是我们最亲密朋友的秘密。就这一次……就只有这一次，能毫无伪装地交谈该有多好……就好像我们每个人都可以自由自在、随心所欲地做自己想做的事情……无须对任何人负责，也不用害怕任何人。这世上已经没有自由可言了。这世上的人太多了。每个人的生活都不再属于自己了。”他停顿了一下，用一只瘦削的手紧张地抹了抹额头，仿佛要将那些困扰他思绪的纷乱思绪一扫而空。“我都不知道自己想说什么了。和其他人一样，我也隐藏了自己的秘密太久。您看，如果我们能这样自由自在地交谈…… 分手时，您了解我，我也了解您，比这世上任何人都更了解彼此。”他笑了起来，情绪从听天由命的疲惫迅速转变为先前那种讽刺的轻浮。“这个想法很有趣，但当然是不可能的……因为我们甚至都不了解自己了。我们把自己奉献给了那些围绕在我们身边的人，他们不敢分享我们的秘密……因为他们太愚蠢……太胆小……太软弱……太缺乏理解力。这群人就像绵羊，所以需要一些简单的规则来保护他们……以免他们自相残杀。于是，强者反而被弱者吞噬。总有一天，这会让我们所有人都走向毁灭……让这该死的文明彻底崩溃。啊，如果您知道绵羊有多愚蠢就好了。夫人，我在西里西亚有个农场。我可以跟您详细讲述关于绵羊的一切。”他停顿了片刻，沉思着绵羊的愚蠢。“还有社会主义！它也好不到哪里去，夫人。它只会让人更加深陷泥潭。不，这一切从根本上就是错误的。我们必须战斗……战斗……您明白的……直到有呼吸的空间！直到这世上不再有绵羊！然后我们才能自由！然后我们才能找到独处的空间！”

他的声音再次因为压抑的激情而响起。屋内那座华而不实的金色旅行钟敲响了午夜的钟声，而在遥远的特里波尔方向，又传来了那微弱的噼里啪啦声，宛如灌木丛起火的声音。那声音时高时低，随着夜风的变幻莫测而飘忽不定。

“他们又开始了（交火），”这位枪骑兵说，“不久我就得离开了。您看，我们不能停留在此。我们已经深入得太远了。”他向前探身，用点燃的香烟在他们之间的桌面上画了一个 V 字形的线。“您看，”他指着 V 字的尖端说，“我们已经推进到这里…… 我们不可能再停留了。这就是我们能推进到的极限了。我们已经深入得太远了。任何有常识的人都能看出来。除了冯·克卢克[1]之外的任何有常识的人…… 哎呀，我的勤务兵都能明白这一点。”他又笑了起来。“但我的勤务兵不是将军。他还没那么愚蠢。”

他不停地扭动着，无助地扭动着，就像一只被大头针钉住的蝴蝶…… 一个个人主义者，一个孤独的灵魂，被那群人的野蛮冲锋所困。

82

莉莉似乎对他的话语充耳不闻，因为在他讲完后，她又开始继续她的叙述。“我能理解为坚守信念而战的勇气，”她说道，“但我无法理解面对你所蔑视的怪物，不作抵抗便屈服的情形。我曾认识一个人……”她稍作停顿。“他为了自己的信仰而战。为了这场斗争，他舍弃了一切…… 健康、朋友、工作、财产。他被击打得伤痕累累、血流不止。如果需要，他甚至愿意献出生命。他是一个贫穷、缺乏教育的乌克兰农民…… 一个几乎目不识丁的俄罗斯人。然而，他始终在战斗。他边战边学…… 从零开始。”她再次停顿，此时远处噼里啪啦的声音打破了沉默，这次声音更加清晰、尖锐，也更接近了。“我告诉你这件事，是因为他所对抗的正是你所憎恶的那个怪物。他至今仍在战斗。他终将取得胜利…… 如果人没有这样的信念，就无法生存。他会继续战斗，因为内心有一种力量让他无法停止。但像他这样的人寥寥无几，像你这样的人却比比皆是。”

她的声音中流露出深深的轻蔑，蕴含着一种冷酷的特质，尖锐、蔑视且刻薄。

突然，她双手掩面。“在这样的时刻，”她说道，“我就会想起他。这能给人活下去的勇气。”片刻之后，她又带着苦涩补充道：“他绝不会选择去杀人！”

“我能感觉到，夫人，”那个陌生人说，“您对我抱有鄙视。”

“不仅如此，”莉莉回答，双手依旧遮着脸，“我现在确信我恨你。”

枪骑兵眉头紧锁。“很抱歉，”他说道，“我还以为您能理解我。”

回应他的，是从这位美丽女子口中发出的一阵笑声，冷冽而凶狠，令人难以置信。

城堡内的灯火逐渐亮起，院子里马蹄敲击鹅卵石的声音此起彼伏，伴随着用喉音浓重的德语下达的口令声。在遥远的东方，一门大炮孤独地轰鸣，那声音如同撕裂挂毯一般，划破了宁静的夜空。

① 即亚历山大·冯·克卢克（Alexander von Kluck，一八四六年五月二十日至一九三四年十月十九日）是第一次世界大战期间的德国陆军将领。

“你忘了，”莉莉说，“我有一个儿子和一个情人正在战场上。你知道的，他们都在骑兵部队。”

她话音刚落，农场露台下方的建筑物间突然响起了十几杆步枪不知从何处齐发的震耳欲聋的哒哒声，空气似乎都被震得粉碎。铁桥上方闪过一道微弱的光亮，紧接着又是一阵突如其来的排枪射击。在令人胆寒的同时，又有一道短暂的光亮划过。

莉莉突然坐起，但枪骑兵却纹丝不动。他们就这样静止了片刻。女人摆出一副侧耳倾听的姿态，似乎她正全神贯注地调动每一根神经、每一块肌肉，唯恐错过任何细微的声响。当排枪声不再响起，她才缓缓地、轻蔑地将头转向同伴那边。她的眼神中流露出一种可怕的指责，充满了鄙夷与憎恨。这个陌生人仿佛被迷住，目不转睛地注视着她，目光无法从她的脸上移开。最终，她用一种既敬畏又气喘吁吁的轻声，缓慢而清晰地说道：

“那是什么情况？”

枪骑兵的面容依旧平静，毫无表情，宛如一张无瑕的白纸，未显露出任何情绪。在树林间，随着灯笼闪烁的灯光移动，他的脸庞在昏暗中显得模糊不清，没有一丝皱纹，那种漠然的神情几乎让人觉得愚蠢。接着，他的嘴唇缓缓地动了起来。

“是本堂神父，夫人……他们开枪射杀了本堂神父。”他的声音和他的脸一样平静，透露出一种冷漠带来的残酷，夹杂着生硬的嘲讽。“他们发现他在教堂的钟楼上用灯笼传递信号。”

莉莉沉默不语，重新躺了回去，将脸埋入披风之中。她的身体在无声地颤抖。

“我无能为力。”那平静的声音继续说道。声音从他薄薄的嘴唇间传出，宛如一条蛇从岩石的缝隙中悄然滑出。“并非我扣动的扳机。这件事我无法掌控。我只是做了我必须做的事。归根结底，这都是那怪物（战争）造成的！”

从莫城方向的麦田传来越来越密集的噼里啪啦声，仿佛麦子被点燃，火势正向他们狂奔而来。莉莉依旧躺在那儿，双眼被蒙住，仿佛要将自己想象中的画面隔绝在外。杜邦先生……那位照顾垂死的吉贡夫人的朋友，那位聆听她一生故事的神父，竟然死在了农家院子的粪堆旁！

在特里波尔桥的某个地方，那门孤零零的大炮再次轰鸣。仿佛是这炮声唤醒了吉贡夫人，他们突然听到她在小屋里开始说话。她的语速很快，声音低沉。

“你不用担心，亨尼瑞。明天将会有新鲜蔬菜从防线那儿送来。夜幕降临时，圣拉扎尔车站将放飞一个搭载着两位乘客的热气球。加布里埃尔亲口告诉我的。”她接着轻声自语，话语模糊不清，待她再次清晰地开口时，她继续说道：“里沃利街上张贴了一张告示，称植物园正在出售动物。它们是作为食物出售的，你明白我的意思…… 我听说一磅售价十苏[①]。”又是一阵含糊的嘟囔，随后她说道：“啊，刚才那声真近。昨日一颗炮弹在蒙帕纳斯大道上爆炸了。我们必须信仰上帝…… 是的，我们需要祈祷，亨尼瑞。这世上的上帝之光似乎太过微弱。”

接着，她沉默了片刻。枪骑兵打破了沉默：“夫人似乎在说胡话，仿佛回到了一八七〇年的时光……您看，我们并没有进步，只是轮番上阵。先是法国人，现在轮到我们了。”他干涩地笑了笑，没有一丝笑意。“啊，这真是件美妙的事情，夫人……一件美妙的事情。或许我们都早点离世会更好。动物们或许能更好地管理这个世界。”

他的话音未落，东边不远处长草地旁的灌木丛中突然响起了步枪的连发声。与此同时，马厩和小花园里的混乱状况愈演愈烈。一匹马嘶鸣起来，人们呼喊着，水桶被撞翻。在黑暗中，一个穿着粗布灰色制服的人出现了，他用激动且带有浓重喉音的德语对上尉[②]说着什么。枪骑兵们开始撤离马厩，他们穿过漆黑的树林，跨过整齐排列的花丛，朝着花园围墙的大门行进。

这位陌生人与一个士兵交谈了片刻，然后起身告别：“再见了，夫人。我们可能不会再见面了。感谢您的陪伴，让一个失眠之夜变得不再难熬。与一位美丽的女士交谈，远比与普通士兵聊天来得有趣。”

莉莉依旧裹在披风里，甚至没有露出脸来。尽管如此，枪骑兵还是礼貌地、略带讽刺地鞠了一躬，然后像影子一样迅速消失在树林中。城堡花园和马厩里的喧闹声愈发响亮，将那陌生人的身影完全淹没了。

当他的脚步声渐渐远去，她小心翼翼地抬起头，环顾四周。枪声仍在继续，空气中弥漫着一种怪异的红光。她用一只胳膊肘撑起身子，发现那光亮来自河对岸——是撤退的部队点燃了农场。她凝视着那火焰，看着它们慢慢地吞噬着窗户，沿着屋檐蔓延，火势越来越猛烈。铁桥上挤满了撤退的枪骑兵，在红色烟雾中，他们的身影变得一片漆黑。马蹄踏在桥板上的轰鸣声再次充斥在空气中。

83

就这样，她仿佛着了魔一般呆坐着，对周围田野里、城堡花园中以及纤道上响起的喧嚣声充耳不闻。终于，她动了动身子，坐了起来，把脚放到地上时碰到了一个硬邦邦的东西，那东西在与石头摩擦时发出了清脆的金属撞击声。她伸手触

① 苏为原法国辅助货币（二十苏等于一法郎），现已改为欧元。
② 即前文提到的枪骑兵军官。

摸，指尖轻抚过鲁格手枪那冰凉的金属表面。在一片喧嚣与呼救声中，这把枪意外地从枪套中滑落，被那个陌生人遗忘了。她缓缓地将武器举起，在熊熊燃烧的农场火光映照下审视着它。她凝视这把手枪良久，似乎它蕴含着某种不祥的力量。片刻之后，她倚靠在椅背上，缓缓站起，将枪藏于披风的暗袋里。待她站稳后，便从露台出发，穿过漆黑的树林，向着铁桥的方向迈步前行。

枪声越来越密集，伴随着法语和浓重喉音的德语呼喊，以及从花园围墙旁灌木丛中传来的伤兵低沉呻吟。她拖着长长的披风，踏过露水湿润的草地，坚定地朝着花园大门前进。穿过大门的那一刻，一颗流弹击中了她身边的墙壁，溅起的古老灰泥碎片飞溅到她的脸上和蓬乱的头发上。她继续前行，直至抵达纤道外侧的小土丘，才在铁桥上方停下了脚步。

在桥的中央，火光映照下，三个人影显现。其中两人正专注地跪在地上忙碌着。第三人则挺立，用手遮挡着刺眼的火光，一边守望，一边催促他们加快速度。他身材高挑，衣着考究，举止间流露出一种不凡的傲慢。毫无疑问，他正是之前在露台上的那位访客，那位陌生人。在桥的另一端，三匹马被第四匹马的骑手牵制着，它们因火光的跳动而惊慌失措，不停地跳跃和嘶鸣。

莉莉站在低矮的小山丘之巅，将这一切尽收眼底。她观察了一会儿，随后缓缓举起握着鲁格手枪的手臂，聚精会神地瞄准目标。她的披风从肩头滑落，静静地落在了草丛之中。她扣动扳机，一枪接一枪，连续射击。那个身材高挑、衣着考究的男子突然失去平衡，头部猛地撞击到桥上的铁梁，挣扎着坠入河中。只听得轻微的水花声，他便消失在了河面之下。在场的另外两人中，一人面朝下倒地，艰难地爬起，在另一人的搀扶下，痛苦地向受惊的马匹爬去。火焰在肆无忌惮地蔓延。马匹又蹦跳、踢蹬了一阵，最终驮着骑手们远去，紧接着沉入马恩河底的骑手的马，也消失在了视线之外。

在那座低矮的小山丘上，莉莉手中的枪滑落，悄无声息地沉入河底。突然间，三名法国步兵从河边的芦苇丛中现身，发现她躺在湿润而厚重的草丛中。他们弯下腰，交头接耳地讨论了一番，最终决定将她抬起，穿过大门，送回了小屋。莉莉的口中无法吐露任何连贯的话语。她以一种异常古怪的方式说话，反复嘟囔着："这仅仅是个概率问题……就像轮盘赌……但却是百万分之一的概率……然而，只要有一个……只要有一个……即便只有一个机会，也太多了。"

回到小屋内，一名士兵点燃了一根硫黄火柴，借着微弱的光线，发现窗边的床上躺着一具老妇人的遗体。他招呼同伴们过来，他们也俯身仔细查看。毫无疑问，这位老妇人已经离世。

84

自那晚开始，枪炮的轰鸣声逐渐减弱，天际的火光也变得越来越黯淡。莉莉在小屋中多次发高烧，神志不清，行为异常狂乱。农场主的妻子博尔格夫人悉心照料着她。当北风怒吼时，枪炮声穿越森林和麦田，传入热尔米尼公园。此时，那不再是近在咫尺、杂乱无章的枪炮声，而是有节奏的回响声，宛如海浪轻拍砾石海滩的声音。每当这时，莉莉就会坐起身，夹杂着法语和英语，语无伦次地谈论米尔斯、怪物、大锅，以及那能吞噬人体的炽热金属。那远处传来的隆隆声，与莉莉年轻时柏树山的轰鸣声如出一辙。然而，博尔格夫人对此一无所知，因此完全无法理解她病人的胡言乱语。

莉莉长时间饱受病痛折磨。在她因高烧而昏迷不醒时，吉贡夫人被安葬于特里波尔公墓，周围环绕着装饰着珠串的花圈。她长眠于她那默默无闻的丈夫——那位馆长，以及她那因忠诚于小拿破仑而倾尽家财的父亲之间。

就在举行那场简朴葬礼的同一天，德·西翁夫人在巴黎也因过度饮食和偷偷打桥牌输掉二十法郎导致消化不良而不幸离世——要知道，在当时的巴黎，公开打桥牌是不被允许的。因此，先一步离世的吉贡夫人未能有机会说出那句“我早说过吧！”。当然，或许在另一个世界，她已经感受到了这种满足，因为纳丁确实“就这样走了”。

在十月初的一天，莉莉首次鼓起勇气，从小屋走向绿色露台。当她浏览《费加罗报》时，在一堆军事新闻中发现自己被授予法国军功十字勋章的荣誉。

“莉莉·谢恩夫人，寡妇，美国籍，因在马恩河战役期间于热尔米尼莱韦克表现英勇而获此殊荣，当时她成功阻止了一支枪骑兵分队对我军一座至关重要铁桥的破坏。”

她将这段话大声朗读给博尔格夫人听。那不过是一小段内容，用细小的黑体字印刷，这让莉莉笑了，笑得既苦涩又空洞。她随手将《费加罗报》扔到椅子旁边，然后重新躺下。

“仿佛，”她说道，“我曾经想象过那座桥的存在！仿佛我甚至预知了他们将要摧毁它！”

博尔格夫人对莉莉突如其来的感情宣泄感到惊讶，试图劝她回到室内，但莉莉坚称：“我没有胡言乱语……真的……我没有。这件事实在是太荒谬了，简直可笑！”她边说边忍不住笑了起来，笑声持续不断。

她始终未曾意识到，是德·西翁先生将此事上报至陆军部，从而为她赢得了这份荣誉。

随着时间的推移，事情逐渐明朗。命运并未为西斯尔安排与那位逝去枪骑兵相同的结局。莉莉对西尔斯的下落一无所知。即便是巴黎政府的德·西翁先生也无从查起。时间从数小时延长至数日，再从数日延伸至数月，直至最终，她得以离开那间小屋，前往讷伊的医院探望吉恩。终于，有一天，所有的疑虑都消散了——男爵只是失踪了……就像许多失去音讯的人一样。仿佛在那爬满藤蔓的门口与她告别后，他骑着那匹黑马，疾驰而去，消失在一片永远吞噬他的黑暗之中。

在巴黎，雷努瓦街的那所房子显得格外凄凉。除了莉莉，这里已无他人。没有人能与莉莉共同分担这份痛苦，即便是吉恩也不行。吉恩此刻正躺在讷伊的医院里，他的右腿从膝盖处被截肢。那些镜子里除了映照出女主人、仆人们以及德·西翁先生的身影外，再无其他。德·西翁先生似乎在造访十号那座大宅的过程中，为自己最近所遭受的损失找到了些许慰藉。

艾伦终于逃离了中欧，安全返回美国。吉贡夫人已经离世，她的朋友们也不复存在。德·西翁夫人已经长眠于地下。布莱兹夫人仍旧居住在一家条件不错的精神病院中，她坚信这场战争实际上是一场革命，而革命结束后，她的朋友——那位葡萄酒商人，将会登上象征荣耀与胜利的法国王位。其他人呢？有的迁往了外省，而那些留下来的，都只专注于照顾自己的家人。他们的儿子、兄弟、侄子、表亲都在前线奋战…… 再也没有了沙龙聚会。莉莉也不可能独自一人去剧院。除了探望吉恩（尽管他看起来相当乐观，但这件事总让人感到悲伤），她只能坐在那所空旷的大房子里。如今，这所房子静得出奇，往日的闲谈、音乐和欢声笑语都已不复存在。就连特纳先生那幅如火焰般绚烂的《威尼斯》画作下的大钢琴也一直被盖着，无声无息。只有在极少数时刻，当莉莉似乎无法忍受这份寂静时，她才会打开琴盖，心不在焉地弹奏那些曾经在整座房子里回荡、飘出花园外的曲子。显然，要让一所住宅变得可忍受，仅靠镜子、玉器、画作和旧地毯是远远不够的。正如莉莉在十一月的一个午后喝茶时对德·西翁先生所说的，尽管每一件物品都能唤起一些珍贵的回忆，但它们只会让十号这所房子变得更加难以忍受。

"我能理解，" 她说道，"有时候我母亲在柏树山的那所房子里，肯定孤独得要命。"

她向德·西翁先生缓缓道来那所被火焰吞噬的房子的历史，从它落成的那一刻起，直至它化为灰烬的那一天。实际上，她向他倾诉了关于她父亲的往事、自己的童年记忆、米尔斯以及那个小镇的种种。她甚至向他透露了关于艾琳的一些故事，但讲述得并不详尽，无法让他洞悉全部事实，因为她坚守着某些界限，不容许任何人跨越；除了那位乡村老神父，因为他并非凡人，而是上帝的使者。遗憾的是，如今他也已离世。

在那段时光中，两人的关系日益深厚，仿佛在彼此的友谊中找到了心灵的慰藉，驱散了难以摆脱的忧郁和深沉的孤独。确实，莉莉变得更加体贴入微，她那无忧无虑的快乐已被一种更柔和、更成熟的理解所取代。那种懒散似乎在她决心主宰自己漫无目的的生活时消散了。她变得更加稳重。实际上，现在有些时刻，当她与这位和蔼、白发的法国人静坐时，她会显得异常严肃和沉思。这位法国人发现与她相处非常愉快，因此几乎每天都会在从陆军部返回的途中，顺道拜访第十号房子。正如她对威廉·哈里森所言，她变得越来越像她的母亲。

对莉莉而言，日复一日的生活无疑是一种全新且充满挑战的经历。唯一的变化发生在保罗·施奈德曼从戛纳的一家医院归来后。他来到了巴黎，成为雷努瓦街这所房子的第二位访客。然而，即便如此，他的到来也伴随着一种难以言喻的悲伤，因为那颗子弹导致他左臂永久性瘫痪了。他再也无法像艾伦在时那样，在那间宽敞的客厅里弹奏钢琴，或是演奏他带到这所房子里的大提琴了。

自从艾伦离开后，美国的报纸便再也没有出现在这所房子里。实际上，在巴黎，似乎已经无法找到这些报纸了，即便莉莉有意去搜寻也无济于事。因此，那个珐琅盒子里的剪报也停止了更新。最后一张剪报的日期定格在战争爆发初期。此后，便再无新消息。仿佛克林科也一样——那个莉莉在遥远的地方默默关注的克林科——要么已经离世，要么不知所终。就像其他人一样，消失在了历史的长河中。曾经完满、自足、低调而恢宏的一生，如今只余断章残篇。

终于，吉恩能够出院了。通过德·西翁先生的关系，他在陆军部获得了一份工作。至于莉莉，她不久后便开始筹备开设一家施粥所，旨在为那些途经巴黎的休假士兵提供食物。然而，与之前为罢工工人编织袜子时一样，她在这项事业上并未取得预期的成功；几个月后，她便将施粥所的日常管理交给了那些经济条件不如她，但更为能干的女性们。尽管如此，她始终慷慨地资助着这个施粥所。在对战争慈善事业的热忱中，莉莉首次将自己一年的收入全部用尽。她甚至动用了自己的本金。小镇为了购买柏树山支付给她的二十万美元，她全部用来为另一个国家的士兵提供食物和慰藉。

85

在这个小镇上，并没有出现宏伟壮观的新火车站，因为在那些年头，小镇和工厂都忙于追求财富，以至于连建设新火车站的计划都搁置了。那片曾经充满生机的公园，如今却沦为堆放弹壳的场所，因为工厂生产出了大量令人瞠目的弹壳。毒气弹、高爆炸弹、榴霰弹壳……所有这些军需品都沿着曾盛开飞燕草和鸢尾花的小径，堆积如山。即便是那些曾矗立在凋敝树篱中的雕塑——基德诺斯的维纳斯和望景楼的阿波罗——现在也已破损不堪，被弹壳覆盖得无影无踪。世界上某个地方正在打仗，工厂的生意也因此火爆异常。小镇以空前的速度发展，物价飙升，到处都弥漫着繁荣和进步的气息。人们甚至预言这场战争将使德国衰落，认为它将无法在世界钢铁市场中竞争。然而，这反而预示着更多的繁荣和更多的财富。

在熔炉上方，火焰猛烈地燃烧着。巨大的厂房内回荡着震耳欲聋的轰鸣声，这声音在这片土地上前所未闻。戴着防毒面具的女工们长时间地工作，往炮弹里装填腐蚀性酸液，这使得她们的脸庞变得憔悴不堪，与她们身上穿的黄色围裙同色。小职员们纷纷购置了汽车。从事房地产交易的人们发了财。如果不是人们对更多财富怀有无尽的渴望，每个人本应该都感到满足了。

曾经发生了一次剧烈的爆炸，其破坏力之大，宛如末日降临。四十七具被烧焦的遗体被裹在白床单中抬出，床单紧紧地黏附在焦黑的遗体上。另外十七人则连完整的遗体都未能留下，仅发现几块零散的骨头、一只手或一只脚、一小片烧焦的皮肤，这些残骸根本无法还原逝者完整的形象。因此，他们被草草地埋葬在一个大坑中，当泥土覆盖了他们之后，世界依旧继续着它的欢愉。火焰更加炽烈地燃烧着，腾跃得比以往任何时候都要高。厂房内，锤子敲击的声响震天动地，似乎足以将整个厂房震裂。小职员们驾驶着他们突然间拥有的豪华汽车，在四处狂奔。人人似乎都变得富有。小镇的繁荣与昌盛达到了顶峰，它不断扩张，最终成为该州最大的城镇。一切都在迅速发展，以至于其他的一切似乎都不再重要了。

在巴黎，战争的硝烟终于散去。经过一两位政治家和众多政客的一番折腾，人们开始转向和平处理。

那些日子里，巴黎弥漫着一种前所未有的、近乎疯狂的欢乐气氛。林荫大道上，来自十四个国家的士兵们身着五彩缤纷的军装（制服种类多达数十种），熙熙攘攘。整个城市仿佛变成了一个充满神经质兴奋的疯人院，洋溢着欢快与狂热。来自外省以及意大利、英国和西班牙的妓女们纷纷涌入巴黎，因为这里的生意异常兴隆。低级酒吧和夜总会里，人们毫无节制地放纵自己，展现出一片荒淫无度的景象。人们纷纷染上了新的恶习，堕落的行为变得司空见惯。粗鲁、庸俗、野蛮的人们在街头横行霸道。一夜之间，许多男孩仿佛变成了饱经世故的老人，被一种腐蚀性的智慧所困扰，若非经历了这些，他们或许永远也不会理解这些。

在小镇上,人们明智地摇头表示,为正义事业而战的战争是伟大的。“它能净化人心!”他们宣称,“它能激发出人性中最美好的一面!”

繁荣即正义。难道成功本身不就是一种证明吗?对此根本无须争论。财富能驱动一切,孩子!财富能驱动一切!成功即正义。德国,这个国家中的霸主!德国,这个贪婪、物质至上的德国,永远完蛋了。

当然,也许当他们称战争是伟大的净化剂时,他们想到的是那浩浩荡荡的死亡大军。

86

每当政治家们聚集一堂,他们总是会召开大会,举行招待会,或者组织某种形式的聚会,以便彼此交流,或者至少让自己成为众人关注的焦点。因此,世界上大多数政治家似乎都会聚在了巴黎。这座城市仿佛感染了一种特殊的“疫病”,各大酒店、各国大使馆以及各处宫殿纷纷举办起盛大的招待会。关键在于每个人都希望见到其他人,这无疑是一个不可错失的良机。

在冬末一个阴沉的午后,莉莉·谢恩多年以来首次感受到同胞们的环绕。她感到疲惫、焦虑,呼吸急促,在克里雍酒店的一个小壁龛里找到了一个可以避开人群的避风港。这个角落毗邻一扇窗户,透过它可以看到协和广场的辽阔景象。广场上如今陈列着众多战利品。杜伊勒里花园的高台上,排列着一排破旧的飞机——既有像鹰一样的哥达式飞机,也有像烟囱雨燕般的福克式飞机。它们都已损坏,曾经光鲜的机翼沾满了胜利的泥泞和油渍,变得污秽不堪。矮墙上,间隔摆放着由德军钢盔堆砌成的金字塔,空洞而阴森,仿佛成吉思汗为了纪念其在欧洲的征服而散布的一堆堆头骨。在那古老、幽静、独立的方尖碑旁——它见证了十几个文明的兴衰——被缴获的大炮静默地蹲伏,将它们的钢制炮口指向阴沉的天空。一些大炮来自克虏伯的巨型兵工厂,而另一些则出自著名的斯柯达工厂。在以法国七大骄傲城市为标志的圆圈内,里尔和斯特拉斯堡的雕像不再被黑纱覆盖,而是面无表情地矗立,被层层花环和鲜花所掩埋。整个广场在塞纳河上升起的薄雾中显得有些模糊。雾气低沉而灰暗,像破碎的面纱一样缠绕在无声的大炮上,低低地覆盖在那些由空的头骨状的钢盔堆成的金字塔上,轻抚着那座永恒的方尖碑坚硬、光滑的花岗岩。而那方尖碑,超然独立,沉默不语,似乎带着一种嘲讽和挖苦的意味。

莉莉独自一人坐在那里,目光投向广场,仿佛突然间领悟到自己正位于世界的中心。在她身后不远的地方,一群人穿梭于装饰着水晶吊灯的长廊,他们的身影错综复杂，显得有些怪异。他们绕过镀金的家具，经过镶有金边的镜子，轻抚厚重的窗帘，不安地来回踱步。这群人中包括英国人、法国人、比利时人、意大利人、葡萄牙人，以及那些得意扬扬的日本人，他们或许正暗自对雾中的协和广场上的景象窃笑。当然，还有众多美国人……他们中有的是政客、参议员、众议员，有的只是纯粹的好奇者，有的身着笔挺的燕尾服，有的穿着灰色或蓝色的西装。人群里还有许多女性……她们人数众多，穿着男性化的服装，英姿飒爽，举止自信而充满活力。

在这喧嚣的人群中，他们高谈阔论，为胜利而欢笑。莉莉那孤僻而沉默的身影却显得格外突出，透出一种难以言表的孤独。她仿佛在模仿那座方尖碑，背对着这一切，对周围的喧闹和浮华视而不见。她身着一套整洁的全黑套装，头戴一顶贴合的帽子，仅露出一圈窄窄的琥珀色头发。她那白皙而丰满的脖颈上，佩戴着一串紧实的大珍珠项链。岁月已在她身上留下了痕迹，她不再年轻，曾经的曼妙曲线已不复存在。她消瘦了许多，尽管嘴唇和脸颊上涂有胭脂，但看上去依然显得老态。她那双黑眼睛里曾经的青春光彩已被一种奇特而冷峻的光芒所取代。往日的慵懒似乎已不复存在。她坐得笔直，此刻她身体的仪态中透露出一种奇特的、与她母亲曾经的桀骜不驯颇为相似的气质。然而，即便如此，她依然美丽。她的美丽是无法否认的，即便那份艳丽的特质已经永远消逝。如今的这份美丽，不只是宁静、优雅、练达——最重要的是从容。即便她脸上带着倦意，也无法破坏这份美，因为这份美不仅关乎肉体，更关乎精神。毕竟，她不是那种金发碧眼的花瓶美人，年纪一大就会变得憔悴不堪。她是一位杰出的女性，一位非凡的女性，即便青春已逝，也依然令人无法忽视。

片刻之后，她从窗边转身，目光投向那些络绎不绝的行人。她的唇上涂着胭脂，微微上扬，勾勒出一抹淡淡的嘲讽的微笑——这不仅暗示着对某种巨大徒劳的讥讽，更显露出饱经风霜与疲惫的痕迹。她似乎对眼前的景象既感到好笑又深感悲哀。然而，她的笑容中也蕴含着善意，宽容而富有同情，还透露出一种隐秘、深邃、本能的智慧。她静坐了许久，只是偶尔轻触腿上的银色手包搭扣。无人察觉她的存在，因为她并未融入这喧嚣的场景。她独自坐在一个死寂的角落，隐匿于阴影之中，而喧闹的人群则在一系列金碧辉煌、洛可可风格的房间中穿梭不息。

87

她显然已经在那儿坐了至少半个小时，突然间，她的笑容消失了，原本在摸索银色手包的手指也停了下来，脸上浮现出一种僵硬的神情，那是当人们目睹了几乎难以置信的事情时才会有的表情。

一位男士沿着那装饰着璀璨水晶吊灯、悬挂着华丽锦缎窗帘的悠长过道向她走来。他身材高大魁梧,面色红润,相貌英俊。尽管浓密的黑发中夹杂着些许银丝,他看起来也不过五十五六岁,而且他蓄着长发,这种发型显然是为了吸引旁人的目光。他佩戴着角质框眼镜,系着一条飘逸的黑色领带,与他那身笔挺的灰色燕尾服和格纹马甲形成了鲜明的对比。毫无疑问,他是个美国人。他的举止中流露出和艾伦同样的洒脱,天真无邪又充满活力。当莉莉背对着广场上那带有悲剧色彩的景象,静静地站在那里时,他的活力突然爆发,发出一阵响亮的大笑,还拍了拍在人群中偶遇的一位朋友的后背。在低沉的嘈杂声之上,他那洪亮的声音传到了她的耳中。

“哎呀,哎呀,哎呀!…… 你在这罪恶的巴黎做什么呢?我猜是来敲定和平协议的吧!”

听不见那个陌生人回答了什么。两人从熙熙攘攘的人群中退到一旁,交谈了一会儿。他们的谈话不时被那位身着格纹马甲的男士突如其来的笑声所打断。

莉莉在角落里轻轻地向前倾身,以便更清晰地观察那个让她着迷的身影。不久,他转身与朋友告别,随后继续前行,沿着过道直奔莉莉而来。他迈着大步,一摇一摆地走了过来。当他靠近时,那宽阔的脸上洋溢着得意的神情。他带着一种屈尊俯就的神气把头转来转去。对莉莉来说,这种神气如此熟悉以至于即使过去了二十年,这记忆也不可能完全褪去。正是这份熟悉感让她毫无疑问地认出了他。他面带微笑,四处张望,整个人散发出一种极端的自满。不再有任何疑问了。这个男人,正是州长。他的成就明明白白地刻在那张如今变得肥胖且黝黑的脸上。

当他接近莉莉所在的角落,仅几步之遥时,莉莉起身迎向他。在她靠近他的那一刻,她仅犹豫了一次。就在他即将从她身边经过的瞬间,她鬼鬼祟祟地伸出手,却又急忙缩回。他继续前行,即将再次融入人群。在那一刹那,倚靠在墙上的莉莉,似乎无法再抵抗那股冲动,便迅速迈前一步,轻触了他的肩膀。

“亨利。”她轻声喊道,然后静默以待。

州长转过身来,刹那间,他的脸上流露出困惑的神情。随后,他屏住呼吸,半天才缓过神来。先前满面的笑容完全消失了,取而代之的是一副极其严肃的表情。

“莉莉……!”他惊呼,“莉莉·谢恩…… 看在上帝的分上!”

她将他拉到一旁,避开了人群熙攘的通道。

"这么说你还记得我?"她带着一抹淡淡的微笑说道,"二十年也不算太长嘛。"

他再次凝视着她。"莉莉…… 莉莉·谢恩!"他重复道。接着,他紧握她的手,以一种既热情又略带惊讶的力度紧握了一下。

"我就知道是你,"她说道,"我一眼就认出了你…… 有些特质是永远不会改变的…… 从一些微小的细节就能辨认出一个人来…… 虽然它们不多…… 也许是一个特定的手势…… 你太容易辨认了。"

当他从惊讶中稍微恢复过来,他才勉强说道:"我真没想到会在这里遇见你。"

莉莉朝他笑了起来,那笑容似乎瞬间消融了他们之间二十年的隔阂。那是一种独特的笑容,既带有挑衅的成分,又隐约透露出一丝嘲讽。威廉·哈里森对这种笑容再熟悉不过了。"过去二十年我一直住在巴黎,"她做了个鬼脸,笑着反驳道,"而且我还会一直待在这儿,直到生命的尽头。"

二十年未曾谋面的两人意外重逢,交谈中难以避免地显得有些生硬;显然,曾经导致他们分离的那些因素,依旧使得这次重逢的对话充满了尴尬。莉莉似乎已经将柏树山花园派对后的那个夜晚抛诸脑后,或者至少是选择性地忽视了。她的举止轻松自如,仿佛面对的是一位久违的老友,既不过分亲昵,也不显得疏远。即便她内心有所愧疚,也掩饰得无懈可击。相比之下,她的同伴显然没有那么从容。他的脸色突然变得苍白,紧接着又涨得通红,就像一个被当场揭穿了糗事的小男孩。

"你几乎没变,"她似乎试图打破僵,说道,"我是指你的外表……身材还是老样子。"

他露出笑容。"我变胖了……胖了很多。"

确实如此。

曾经那像酒桶一样结实的胸膛,现在已塌陷,变成了圆滚滚的肚子。"倒是你,"他继续说,"你才是一点都没变。看起来还是那么年轻。"

"你还是那么会说话,亨利。但这可不是事实。我现在已经开始化妆了……甚至还稍微染了染头发。我们无法假装自己没变老。那是无用的。岁月都写在了我们的脸上……从我们的面容就能看出。"

州长伸手探入衣袋,叮当作响地摆弄着几枚法郎硬币和一串钥匙。同时,他掏出了一块手表。"我们可以找个地方坐下谈谈吗?"他提议道,"我们可以聊一会儿。"他紧张地清了清嗓子。"但我时间不多。"

听到这话,她又朝他笑了起来。她的笑声依旧年轻,带着和过去一样的愉悦心情。

“我没打算纠缠你,”她解释道,“你想离开随时都可以。”她低头沉思了片刻。“当我看到你,就情不自禁……我必须和你说几句话。没有什么能阻止我。你知道的,我感觉自己好像被某种魔力驱使。”

随后,她引领他回到了那个角落,那里靠着高大的窗户,可以俯瞰被雾气笼罩的广场。天色愈发昏暗,寒冷的雾气彻底包围了河对岸的建筑。广场上,大炮、钢盔和残破的飞机摆满了地面。在这些战利品之上,那座笔直而永恒的方尖碑,如同一把剑般刺穿了雾气。

他们在那儿坐下来开始聊天。周围全是人,但没有人特别注意到这对坐在壁龛里的中年男女。州长显得有些局促不安,他坐在椅子的边缘,仿佛随时准备抓住机会起身离开。莉莉的平静与安详似乎只是加剧了他的慌乱。或许,她唤起了他好不容易才埋藏在心底的回忆。

他们遵循着最刻板、最陈旧的模式聊了一阵子。双方都礼貌地询问了对方的健康状况。莉莉告诉他自己的母亲已经去世,柏树山曾发生过一场火灾,她还表示自己已经彻底切断了与那个小镇的所有联系,不再打算回去。

“不再回去了?”州长重复道,“不再回去了?”

“是的,不回去了。我为什么要回去?一切都变了。我在那里已经没有牵挂。我的生活现在在这里。我可能会在这里结束我的生命。那个小镇对我来说已经失去了意义。”

州长的脸上突然间焕发了光彩。他用力拍了一下大腿——那曾经是如此结实而美观的大腿,现在却因脂肪过多而显得松弛——重重地拍了一下。

“确实,一切都变了。你根本想象不到它发展得有多迅速。大约六个月前我曾去过那里。它的规模已经翻了一番。你知道的,它现在是世界上最大的钢铁城镇之一。你完全有理由为它感到自豪。”

莉莉什么也没说。她正透过那扇高大的窗户凝视着外面的白色广场。

“还有艾伦,”州长继续说,“我听说她已经成名了。”他笑了起来。“谁能想到呢?我记忆中的她还是个扎着辫子、脾气暴躁的小女孩。当然,我对音乐一窍不通。那不是我的专长。但他们都说她非常出色。”

看到她没有回应,他静静地观察了她一会儿,不久便咳嗽了一声,似乎是在试图引起她的注意。最后他微微向前倾身,轻声问道:“你在想些什么?”

在那一刻,州长的声音里意外地流露出一丝柔和。他仔细地观察着莉莉,审视着她那细腻白皙的皮肤，宽边女帽下那飘出的柔软发丝，以及那优雅的颈部和头部姿态。为了打断这种审视，莉莉带着微笑转过身来回答：“在想什么？我在想，在我度过童年的地方，却没有留下任何美好的回忆，这实在令人感到绝望和悲伤。你看，如果我回去，什么也找不到了。柏树山被烧毁了……我雅各布叔叔的农场也被新建的房屋所覆盖，一排排丑陋且廉价的房屋千篇一律……小溪也被油污和污秽所毁。哎，连人也变了。除了威廉·哈里森，我想不到还想见谁，但仅仅为了见一个人跑那么远并不值得。我在想，如果我出生在法国，我就会有关于一个村庄、翠绿的乡村和漂亮石屋的回忆。那里的人总是那么稳定不变……我现在无法回到那个小镇。我做不到……我对它还有记忆。我不想让那些记忆被破坏。”一瞬间，她的眼中泛起了泪光。她向他倾身，轻触了他的手。“亨利，我不是不忠诚。请不要这样想。只是我没有什么可以忠诚的了……除了回忆，我没有什么可以珍视的了。我在那里不会快乐，因为那里只有喧嚣和丑陋。我相信在美国的某个地方肯定有令人喜爱的、充满美好现实的城镇，但在我的家乡附近却没有。那里什么都没有。”她停顿了一下，继续说：“这一切变化得太快了。想想看——从我还是个小女孩起，一切都变了。”

对于这一切，州长似乎并未真正领会。他凝视着她，脸上流露出一种茫然和无助的困惑。尽管如此，他还是回应道：“是的，我理解。”随后，一段令人尴尬的沉默再次降临，笼罩了他们。

最终，莉莉转向他，轻声说道：“告诉我你的故事吧。毕竟你已经取得了不少成就。分享一下你自己的经历。”

州长在椅子上微微后仰。“你肯定已经听说了，”他带着惊讶的语气说，“毕竟这些都上了报纸。从事政治，就不可能避开媒体的聚光灯。”他的眼中再次闪过一丝得意，同时恢复了他那高高在上的态度。

“但你忘记了，”莉莉反驳道，“我不读美国的报纸了。我已经离开美国很长时间了。”

“对…… 对。”他紧张地清了清嗓子。“实际上，没什么特别需要说的。我已连续五届当选为参议员。只要我继续活着，我相信我能够持续当选。我已经获得了我所追求的一切…… 在党内，我被视为成功者。我参与起草了保护美国工业的关税法案，这使得那个小镇比以往任何时候都要繁荣。哦，我确实贡献了自己的力量！…… 甚至可能比那更多！我和我的妻子在华盛顿生活得非常愉快。你知道的，她在社会上享有很高的声望。她是州妇女共和党委员会的主席。哦，她确实声名显赫…… 是个天生的领导者，也是个卓越的政治家。你应该听听她的演讲。”

莉莉听得津津有味。她再次笑了起来。正如威廉·哈里森所言：“莉莉的心思总是难以捉摸。她总是面带微笑。”

州长似乎过于热情了；不知为何，他的话似乎有些夸大其词。

“那不是很棒吗？”莉莉说，“你看，亨利，事情正如我之前告诉你的那样发展了。如果我成为你的妻子，我肯定不会是个好妻子。在政治方面，我恐怕无法提供任何帮助。”

这番话似乎又让他感到紧张。他向前挪动，坐到了椅子的边缘。显然，当话题突然转向他年轻时的某些往事时，他便会感到极度惊恐。他无法轻松地进行交谈，因为总有些东西在扰乱他的心绪。莉莉可能已经猜到了那是什么，毕竟在处理这类事情上，她经验丰富，而她的同伴只会感到不自在。他站起身，望向雾蒙蒙的广场。广场上的灯光透过雾气，开始显现出模糊的黄色光晕。

“真是不同寻常，”他评论道，“广场上挤满了汽车。”他突然满怀激情地转向她。“你看看！这就是美国…… 一辆接一辆的汽车！美国高级专员公署[①]的车队比其他任何两个机构加起来的都要庞大。我们是一个富裕的国家，莉莉。战争使我们变得更加强大。我们有能力统治世界，随心所欲。从现在起，世界就是我们的了…… 只要美国委员会里的那些笨蛋不把一切都搞砸，未来就是我们的。”

莉莉再次露出笑容。“确实令人印象深刻。我们应该为此感到自豪。”

“但你确实感到自豪，不是吗？”他认真地询问。

“是的。”

“这正是我来这里的原因之一…… 要结束这种国际联盟的荒谬行为。我们赢得了战争，但现在他们却想逃避责任。我们没有理由卷入他们的纷争…… 没理由为此受苦。这与我们无关。”

他挺直了腰杆，腹部几乎回到了昔日胸膛的位置，举止间流露出夸张的浮华。这种姿态与二十多年前朱莉娅·谢恩在柏树山那间镶板装饰的餐厅里所嗤之以鼻的如出一辙。令人震惊的是，时间似乎并未使他变得柔和。岁月似乎并未赋予他丝毫的温柔、幽默或智慧……反而带来了一种粗鄙的狡黠。

“不，”他一边摇头晃脑地向她示意，一边继续说道，“我绝不会让这种荒谬的事情就这样不了了之。我们没有理由去收拾他们的烂摊子。”

莉莉的眼睛睁得又大又亮，那神秘而略带嘲讽的笑容依旧挂在她的脸上。

---

① 代表美国政府行使特定职责的机构。其职责可能包括监督某些协议的执行、管理特定区域事务（如在海外托管地或一些特殊国际安排下的地区）、处理经济合作和援助项目等诸多事务。

“你真是了不起,亨利,”她说道,“我一直都知道你会成为怎样的人。你还记得吗?我曾经告诉过你。你现在就跟我当初预言的一模一样……分毫不差。”

仅从她的声音或举止根本无法揣度这句话背后的真正含义。州长根据自己的理解方式解读了这句话。

“嗯,”他继续说,“我可不想看到在其他国家因自我毁灭而陷入困境时,美国却仅仅因为自身的富裕和繁荣被视为傻瓜。我的妻子也认为我这样做是正确的。她也计划开始巡回演讲。”他的热情再次高涨。“你真应该听听她的演讲。她的嗓音非常迷人,极具感染力。”

“是啊,”莉莉轻声回应,“但那些事情我实在做不来。如果尝试去做,恐怕只会把事情弄得一团糟……”

“她目前和我一同在巴黎,”州长继续说道,“她以前从未踏出过国门。我认为她会对这里的名胜古迹感兴趣,因此便带她一同前来。”

“她今天也在这里吗?”莉莉再次询问。州长的脸上再次显露出极度不安的神情。

“没错,”他回答,“没错。”随即,他突然沉默了下来。

莉莉凝视着他,似乎他那慌张的神态给她带来了一丝不易察觉的愉悦。最终,她开口道:“我确实想见见她。不过,我并不是在要求安排见面,那样做未免太失风度。而且,我们见面又能改变什么呢?对我们彼此而言,都不过是陌生人。”

“的确,可能是这样。”

他再次将目光投向窗外。莉莉瞥了一眼自己手腕上的手表。

“我马上要走了,”她说道,“我丈夫在等我。”

她的同伴感到意外,从窗边转过身来,面对着她。

“这么说你已经结婚了,”他说,“可你都没告诉我。”

“你也没问过呀。我还以为你对我的生活不感兴趣呢。”

他伸出一只大手。“我得恭喜你!”他热情洋溢地重复道,“我得恭喜你!我就知道你总有一天会结婚的。多久了呀?”这个消息显然让他由衷地感到高兴。或许现在他感到更加安心,对莉莉的畏惧也有所减少。

她平静地和他握了握手。

“没多久…… 才三个月。”

“他叫什么名字?”

“德·西翁…… 勒内·德·西翁。他在新内阁任职…… 你瞧,我终究还是嫁给了一个政客。”

她又笑了起来,还是那种充满神秘感的微笑,既带着一丝嘲讽,又似乎玩世不恭。她的镇定自若让人无法看透,仿佛无懈可击。旁人根本无法揣摩她内心的真实想法。

“这就是我今天来这儿的原因。”然后,有那么一瞬间,她表露了自己的心声。“想想看,”她说,“从柏树山到成为法国内阁部长的妻子,这之间的转变确实巨大。自从我们上次见面,我们俩都走了很远的路,亨利。我们俩都经历了很多事。对我来说,我并不希望任何事情有所改变。当然,人生充满了不同的选择。有些人喜欢这样,有些人则偏爱那样。我知道你一直觉得我没嫁给你,错过了很多。”他动了动,似乎想要插话。“哦,我知道你没明说过。你能这么大度…… 希望我也能成为你生活的一部分,这真是太好了。”她突然垂下眼帘,声音也变得柔和,尽管仍带着一丝俏皮的戏谑。“我很感激这一切…… 但我什么都不想改变。无论如何,我也不会选择嫁给你。”

州长又咳嗽了一声,看向窗外。

“我们迟早都会走到这一步的,”他说,“结婚是件好事。”

“是啊…… 孤独的晚年可不好过。”

于是,谈话又一次陷入了僵局。

人群逐渐变得稀疏。现在,沿着那一长串房间望去,可以不时地在人群中辨认出个别身影。屋外,夜色已深,白色的广场完全沉浸在黑暗之中,只剩下那些微弱的光球和偶尔驶过的汽车投射出的昏暗光线。

州长突然转身,张嘴欲言又止。显然,他原本有话要说,但似乎又突然失去了勇气。最终,他开口了,却明显避开了他原本打算提及的话题。

“告诉我…… 艾琳在哪儿?”

“她已经被埋葬了…… 到现在已经有十一年了。”

州长皱起了眉头。

“我真不知道,”他结结巴巴地说,“要是早知道我就不问了。”他愈发陷入了慌乱之中。他的样子几乎有些可怜,此刻全然没了那副浮夸的做派,也没了自鸣得意的神情。

莉莉笑了。“哦,她没死。她成了修女,去了利雪的加尔默罗会女修道院……我的意思是说,就生活而言,她已经被埋葬了。她已经和这个世界脱节了。你知道的,她从不离开修道院。这是她誓言的一部分。她就被‘埋葬’在那儿了……但还活着！那是一种生不如死的状态。”突然,她垂下眼睛,打了个寒战。“或许她已经死了…… 当一个人的信仰破灭了，就不再是活着的了。你瞧，是我毁掉了她对这个世界的信仰。我就是这个意思。她真的是被'埋葬'了…… 但还活着，你明白的。"

州长轻轻吹了声口哨。"我一点儿也不惊讶。"

莉莉好像没听见他的话，接着说："我曾经以为一个人可以独自生活，不与他人的生活有交集。但这是不可能的，对吧？生活远比这要复杂得多。"

州长的脸慢慢红了起来。他又紧张地把话题转回到艾琳身上。"你不会忘了她在那晚的表现吧……"突然，他哽住了。现在已经太晚了，他含含糊糊地把话说完："在那次花园派对的那个晚上！"

88

这下可糟了，他露馅了，那道防线崩塌了。在他们两人面前，想必又浮现出在那间挂着约翰·谢恩那幅阴森肖像的书房里发生过的那痛苦一幕。（莉莉，当时还是个年轻姑娘，面带微笑地说："我想我是爱你的，但我更爱我自己。我原本或许会嫁给你，但现在不行了，因为我心里有数。"朱莉娅·谢恩，如今早已过世，拄着她那根乌木拐杖，面对一切都那么强硬，毫不退缩。"瞧，我无能为力。她太像她父亲了。"）

此刻，那关乎两人人生的关键时刻就赤裸裸地摆在他们面前，所有被遗忘的过往都被揭开。州长满脸通红，气得快要中风了，一声不吭，说不出话来。莉莉轻声说道："对不起…… 对不起。我真不该提起这事。我没想到这会让你这么痛苦。"

在他们这次的对话中，莉莉头一次流露出一种全新的温柔和同情。这一点从她那双乌黑发亮的眼睛中便能清晰地看出。毫无疑问，她不再嘲讽了。她对这位曾经的恋人表示同情，看着他如今年岁已高，却仍被那段年轻时炽热的激情记忆所困扰。她甚至轻轻地触碰了他的手。

"现在都不重要了，"她说，"毕竟，那只是人生的一部分。我自己倒没什么可遗憾的…… 而且世人大概会说，受苦最多的是我。但我其实没受苦…… 相信我，我真的没受苦。"她笑了笑。"再说了，后悔又有什么用呢？人得活在未来……而不是过去。我活得越久，就越坚信这一点。"

他依旧沉默不语。在二十多年前发生的那件事的记忆面前，他变得谦卑、沮丧，整个人都蔫了。她想必在那一刻才恍然大悟——在她年少时不经意的残忍中，她从未察觉到——他确实曾饱尝痛苦，而且痛苦之深远超她的想象。这或许是因为他的自尊心受到了伤害,毕竟他是个骄傲的人。也可能是因为他曾经热烈地爱过她。说到底,他是个直率、不擅掩饰的人,肯定会把整件事视为不光彩且糟糕透顶的。很明显,那道伤口从未真正愈合,至今仍有能力让他痛苦不堪。

“对不起,”她又重复了一遍,“对不起…… 从来就不存在什么原谅不原谅的问题。我没有受到伤害…… 而且说到底,这事主要是我的错,而不是你的。”

接着,州长做出了一个令人意想不到的举动。他弯下腰,越过自己圆润的腹部,轻柔地将她的手抬至唇边。这一动作出奇地没有丝毫矫揉造作的感伤。它甚至不似人们所预期的那样,带有刻意的表演性质和自我意识。这仅仅是一个能在成千上万的人群前侃侃而谈,却在一位女士面前显得无力且沉默的男士的简单举动。它含义深远,比任何长篇大论都更具说服力。不知怎的,这个动作促使他开口说话。

“孩子呢?”他问,“那孩子怎么样了?”

莉莉沉默了片刻,没有立即回应。她转头望向窗外,身体轻微地颤抖。最终,当她开口时,她刻意地转过脸,因为她在冷冷地、有意地对他撒谎。

“他死了,”她轻声说,“他在战争中牺牲了…… 就在战争爆发的第一年。”随后,她突然展现出一种能够驾驭自己以及她那饱受创伤、满怀悲痛的昔日爱人的姿态,转过头来。“我现在必须离开了,”她说道,“再见,亨利。祝你一切顺利。现在我明白了,我曾经所敬佩的你的那些品质并未消逝。即使经历了所有磨难,它们也并未被彻底摧毁。直到刚才,我还一直为此感到忧虑。”

“再见,莉莉。”

不久后,她便起身离开,沿着漫长的走廊向德·西翁先生等她的地方走去。走到一半,她回头一瞥,发现州长的目光依旧追随着她。尽管他正与一位女士交谈——那是一位身材高挑的女性,显然就是他的妻子——但他的注意力并未从她身上移开。那位女士体态丰腴,属于那种步入中年后会显得颇具男性气质的体型。她穿着平底鞋,戴着一顶宽边女帽,帽檐垂挂着多层轻纱。她的礼服是由深蓝色的印花薄绸制作的,上面装饰着醒目的白色图案。在她宽阔的胸前,通过一个精巧的百合花形状小钩子挂着一副金边夹鼻眼镜。她的举止威严,与她作为州妇女共和党委员会主席的身份十分相称。毫无疑问,她能够发表引人入胜的演讲。可以想象,她的声音必定洪亮有力。显然,她对州长的影响力不容小觑。在政界,她无疑为她所敬仰的丈夫的成就贡献了巨大力量。她的精力非常充沛,那股威慑力令人敬畏!

莉莉转身离开时,注意到他微微低头,依旧在偷偷地、依依不舍地凝视着她。

89

直到一九二〇年春天，镇上那座新火车站的建设工作才终于动工。在实际动工的几个月前，镇议会就在柏树山那个三角形的荒芜公园两侧竖起了巨大的标识牌，上面的字足有三英尺高。这些标识牌正对着三条横贯大陆的铁路轨道。在平民区那脏乱污秽之上，它们高高地亮出了极具冲击力的标语。每块牌子上写的内容都一样：

“在此定居吧!!!
全州最高耸、最健康、最繁华、规模最大的城市
八家钢铁巨擘
与
六十七家其他行业翘楚
共同见证我们的茁壮成长!!!”

在柏树山那座废弃的公园中，工人们出现了。他们砍伐了剩余的枯树，基德诺斯的维纳斯和望景楼的阿波罗雕像也被人从毫无生气的树篱基座上推翻。其中一位来自卡拉布里亚的工人，用推车将它们运走，仔细擦去表面的煤烟污垢，然后将它们安置在位于平民区的小房子后院。它们找到了一个温馨的归宿，因为这位工人真心热爱它们。凭借他的精心照料，他的屋后小花园里奇迹般地生长着各种绿植。他亲手用砖块和混凝土为这两座雕像搭建了基座，并将它们安放其上。在基座的底部，他种植了常春藤，这些常春藤生长得生机勃勃，蔓延至这有裂痕的大理石雕像以及相邻的栅栏上。因此，在这座大型工业城镇的荒凉之中，至少有一个角落，在卷心菜和番茄藤的朴素环境中，保留了人们对美的崇敬之情。到了傍晚，光线柔和之时，这个小小的角落看上去就像是佛罗伦萨的一处花园。

在一个四月的晴朗早晨，伴随着蒸汽的嘶嘶声、钢缆的嘎吱转动声和铁链的哗啦声，蒸汽挖土机开始作业了。它们贪婪地挖掘着自第二次大冰川期以来未被扰动的土壤。小镇居民并不满足于仅仅拆除柏树山上的那座房子，他们决心要将柏树山本身也移除。这是一项惊人的工程，也为小镇赢得了广泛的报道。柏树山被摧毁的影像出现在各种画报上，甚至在全国各地的电影院中播放。

巧合的是，在蒸汽挖土机启动作业的同一天，伊娃·巴尔在她居住了十余年的寄宿公寓中离世。她依赖表妹莉莉·谢恩提供的抚恤金维生。在创建小镇的家族成员中，她是最后一位离世的。

在那座山上，只有为数不多的少数人还记得柏树山昔日的辉煌。大多数人对

谢恩城堡及其主人莉莉和艾琳·谢恩却一无所知。当提到她们的名字时,老一辈居民会回应:“哦…… 莉莉和艾琳。当然了,你肯定没见过她们。她们属于老镇时期的人。据说莉莉长得非常漂亮,还有点放荡不羁,不过没人能确定这些说法是否属实。当然了,她们现在可能都已经不在人世了。我所知的最后一次关于莉莉的消息,是她居住在巴黎。”

仅此而已。在一百年的时间里,谢恩城堡从无到有,又从有到无。在这一百年间,往昔的生活方式一去不复返,那个曾经在本县历史上留下深刻印记、备受尊敬的家族的记忆也逐渐淡出人们的视野。它仅存于小镇的名称之中;而这个小镇,作为世界知名的工业中心之一,其名字早已与荣耀和利益紧密相连,因此改变它似乎已变得毫无意义。

90

随着莉莉的婚礼和战争的结束,雷努瓦街的那所房子再次充满了往日的生机与欢乐。对于德·西翁先生而言,这场联姻带来了诸多好处。他的妻子不仅财富丰厚,而且容貌出众,品味非凡,法语更是说得流利至极。作为美国人的她,为他与那个强国之间架起了桥梁,而这个国家的青睐对于欧洲各国而言,都极具价值。他的朋友们都很喜欢她,因为她掌握了一门倾听的艺术,总是以一种全神贯注的态度,静心聆听他们的交谈。因此,他们不仅赞美她的美貌,更认为她智慧过人,这样的评价连莉莉自己都未曾自诩过。世人仅知她曾是一位美国寡妇,富有、高贵、美丽,在巴黎度过了二十多年的宁静生活。没有人知晓她过去那些不愉快的经历。实际上,唯一了解她过去的人已经离世,死在了法国一个乡村小屋旁的粪堆上。

然而,正如人们所言,莉莉·德·赛昂身上散发着一种独特的魅力,足以激发人们强烈的好奇心,甚至引发一丝微妙的疑虑。不知为何,她与吉贡夫人那些衣着朴素的朋友们所代表的平静生活形象格格不入。她似乎拥有某种神秘的资源,无论是直觉、知识还是某种难以言喻的魅力。总而言之,她是一个极具吸引力的女性。

疯癫的布莱兹夫人所赠送的奇怪礼物已不再让她感到恐惧了;《戴帽子的女孩》和《拜占庭女皇》从十号房那间布满灰尘的阁楼中被取出,挂在了特纳先生那幅色彩斑斓的《威尼斯》画作的两侧。保罗·施奈德曼带来家里的画家们对这两幅画大为赞赏。有人认为这些作品出自安格尔之手,但无人能提供确凿的证据。由于画作上未留下任何签名,因此无法断定其作者。一些人相信它们出自一位默默无闻的艺术家之手，这位艺术家之所以能从平凡中脱颖而出，全靠一位女子的启发，这位女子拥有一头深琥珀色的秀发和白皙中透着绿意的肌肤，非常漂亮。

在一九二〇年的春天，一位邮递员将一封镶有黑色边框的信件递交到了十号小屋。信封上盖着利雪的邮戳。信里只写了一两行字，提及了莫妮卡修女的离世。她被安葬在那座修道院内，十三年多来，她从未离开过那座修道院。

91

花园的那座亭子，莉莉将其赠予德·西翁先生作为书房。每天，当德·西翁先生结束内阁的工作返回时，她总会习惯性地前往那里与他相聚。他所乘坐的汽车，也是莉莉所赠的礼物，负责将他送达帕西街的家门口。

在那年十月的一个晴朗日子，她一如既往地前往亭子。在德·西翁先生归来之前，她会翻阅他桌上的报纸来消磨时间。报纸被整齐地叠放成一摞……包括《日内瓦日报》、米兰的《世纪报》、罗马的《论坛报》、《伦敦邮报》、《伦敦时报》、《费加罗报》、《巴黎回声报》、《小巴黎人报》、《晨报》、《作品报》。

她快速地浏览着，阅读着各类新闻摘要，内容涉及歌剧、戏剧、社交圈、政治、赛马，以及《伦敦时报》上的个人广告……这些或那些，凡是能吸引她注意的资讯。

在客厅里，艾伦和吉恩坐在钢琴旁，吉恩将拐杖放在手边，他们正四手联弹着当前轻歌剧中的一些选段，包括《菲菲》和《快乐女王》。他们边弹边唱边欢笑，愉悦的旋律在花园上空回荡。

莉莉翻阅着报纸，直至感到厌倦。德·西翁先生不知被什么事耽搁了，已经晚回来半个小时了。最后，她无精打采地翻到那摞报纸的最底下，看到了被压在那些更浮夸、更昂贵的报纸下面的《作品报》。她从没读过这份报纸，因为它是一份社会主义日报，很枯燥。毫无疑问，她本会像往常一样忽略它，但一个藏在角落里用极小字体印出的名字，却引起了她的注意。这个名字显然像一记耳光猛地击中了她，因为她闭上了眼睛，向后靠在了椅子上。那份报纸滑落到地上，被她遗忘在一旁。

这则报道篇幅简短，仅包含三四行文字。文中提及了一位名叫斯特潘·克林科的国际劳工界杰出领袖的逝世。据电讯消息，他因罹患斑疹伤寒，在莫斯科逝世，此前他曾被美国政府驱逐至该地。

（或许，那位乌兰骑兵的预言最终成真。那怪物终究会将他们全部吞噬。）

片刻之后，莉莉站起身来，走出亭子来到花园里。她在园中慢慢地来回踱步，许久之后,终于在金链花树下的长椅上坐了下来。

屋内,那肆意的欢乐仍在继续。艾伦此刻正用她那醇厚的女低音唱着一首圆舞曲,弹奏时带着夸张的煽情。她以自己那强硬又玩世不恭的聪慧对这首歌加以嘲讽。她唱道:

“哦,那撩人的愉悦
初次相拥的时刻
带着羞怯去冒险
几乎是身不由己
那触碰让你战栗……”

伴随着一阵狂野的嘲讽的笑声,歌声戛然而止。那破碎的和弦声飘进了花园,莉莉就坐在那里,背靠着金链花树,沉默不语,若有所思,眼中满是哀伤与疑惑。那一刻,她比以往任何时候都要美丽…… 她象征着那凌驾于一切之上的永恒之物,它不受任何束缚,历经城市、工厂乃至国家的兴衰而存续,它本身即是万物的起始与终结,没有它,世界本身必将崩塌。

不一会儿,在梧桐树丛的深处,高墙的大门轻轻开启。在帕西街远处灯光的映照下,白发苍苍的德·西翁先生走进了花园。

后记

路易斯·布罗姆菲尔德一生创作发表了三十余部文学作品，其中不少作品被翻译成其他语言并改编成电影。作为一位在文学史上留下深刻印记的杰出作家，他的作品犹如一面镜子，映照出特定时代的风云变幻与人性的复杂多样。

布罗姆菲尔德一八九六年出生在美国俄亥俄州，他的成长环境与经历对其创作产生了深远影响。自幼，他便对周围的世界充满好奇，善于观察生活中的点滴细节，这为他日后的文学创作积累了丰富的素材。他在俄亥俄州的农场度过了部分童年时光，乡村的自然风光、农事劳作以及邻里之间的质朴情谊，成为他作品中常常出现的元素，赋予了他的文字一种浓郁的乡土气息和对自然的深厚情感。

在文学创作领域，布罗姆菲尔德展现出了非凡的才华与执着的追求。他早期从事新闻工作，这段经历不仅锻炼了他敏锐的观察力和扎实的文字功底，还使他接触到了社会各个层面的人和事，进一步拓宽了他的视野。他的作品风格多样，涵盖了小说、散文等多种体裁。其小说创作以细腻的心理描写、丰富的情节构建和深刻的社会洞察而著称。他善于刻画人物内心的矛盾与挣扎，将人物置于时代的大背景下，展现他们在社会变革、家庭纷争、爱情纠葛中的种种遭遇，使读者仿佛身临其境，感受到那个时代人们的喜怒哀乐。

《绿湾古树》(*The Green Bay Tree*)从某种程度上讲，是其“逃离”系列的一部分，该系列还包括《占有》(*Possession*)、《初秋》(*Early Autumn*)和《一个好女人》(*A Good Woman*)，其中《初秋》在一九二七年获得了普利策小说奖。